韩七录，你站住

第一季

Han qi lu
Ni zhan zhu

锦夏末 —— 著

江苏凤凰文艺出版社
JIANGSU PHOENIX LITERATURE AND ART PUBLISHING, LTD

第十二章 情敌来袭

此刻，韩家大门口，几辆黑色的商务车整齐地排成一行。凌寒羽家的人井然有序地从韩家的女佣们手里接过行李，搬上后面的几辆商务车。

原本安初夏是准备只带几套衣服就行了，结果姜圆圆硬是让她把大衣柜里所有的衣服都带去了，还让她打死也不能穿凌家给她准备的衣服，说是她的衣服只能由她来准备。她找不到拒绝的理由，只好同意了。

“奇怪，我的笔记本怎么还没有拿来？”安初夏疑惑地望了眼大厅所在的方向，明明特意吩咐了一个女佣要拿来的。去凌家借住的话总不能用凌家的电脑上网写小说吧，原本就已经很不好意思了。

听到安初夏的话，凌寒羽走到她身边看了她一眼说道：“我说小姐啊，你当我们凌家是什么特别穷酸的地方吗？笔记本的话，我让他们买几十台来给你玩个够，上车吧，还要去一趟凌家。”

安初夏轻瞥了一下已经不耐烦的凌寒羽，从他手里一把抢过漫画不怀好意地凑近他轻声说：“boss 大人，你再催，我就把你某种取向不明的话说出去！”

凌寒羽脸部的表情不自觉扭曲了下，这个蠢货真的以为他是吗？从小到大他还没有如此憋屈过！刚要再说些什么就看到女佣小霞抱着一台笔记本神色委屈地跑过来，仔细看的话还可以发现她的眼角有些潮湿。

安初夏不是那种特别粗神经的人，一眼就看出了女佣的异样，在女佣把笔记本交给凌寒羽的手下后，她拉过了女佣疑惑地问道：“怎么了？小霞，一副别人欺负了你的样子，是不是韩管家训你了？”

小霞慌忙摇摇头，眼泪像掉了线的珍珠一样流下来。一方面是因为舍不得安初夏，另一个方面是想要狠狠地整一下那个高傲自大的巴萨丽小姐。

“这是怎么了？”姜圆圆一向是爱护下人的人，虽然平时一副咋咋呼呼的样子，但若是看到下人委屈了也会很关心。

“夫人、少夫人，都是因为……那个巴萨丽小姐的关系。”小霞话一出，立即吸引了姜圆圆的注意。她大步走上前拉过小霞，满脸愤怒地看着小霞问道：“怎么了？她打你了？”

小霞再次摇摇头，吸了吸鼻子才继续说：“因为小霞说要先把笔记本送出来给少夫人再给巴萨丽小姐倒牛奶的原因，结果她就……就把少夫人的笔记本给扔在了地上。还好没有摔出什么故障，而且，巴萨丽小姐她还骂了韩管家，我是替韩管家和少夫人感到委屈。凭什么她突然就住进来对我们……”

“够了！”韩七录出声制止，“这件事就到此为止，我说过，最讨厌你们背后嚼舌根！”

见韩七录这么说姜圆圆顿时不爽了，双手叉腰皱着眉朝韩七录大声说道：“嚼舌根跟说清事实你都分不清吗？韩管家在我们韩家工作多少年了，我都没怎么会对韩管家大呼小叫，她居然敢……”

“夫人……”韩管家正好走到大门口就听见姜圆圆在对韩七录大声地说话，想来也知道是小霞说了什么，忙上前制止，“夫人，这肯定是有什么误会。巴萨丽小姐她……”

“行了，你们慢慢解释是怎么一回事吧，我先上车了。”安初夏咬了一下唇，转身准备上车，韩七录快速上前几步拉住了她的手腕。

站在一旁的凌寒羽勾起嘴角，几步走上前：“哟哟哟，韩少爷这是舍不得了？既然舍不得为什么还要带那个女人回韩家？”

偏头看了凌寒羽一眼，韩七录抓着安初夏手腕的力道更大了：“我是为了韩氏，但是，我绝对不会跟巴萨丽订婚的。”

安初夏的脊背直了直，转过身来时正好看到巴萨丽走到大门口。巴萨丽的身材很好，把斯蒂兰学院的制服都穿出了一种布娃娃的感觉，哪里像她……

轻抬起下巴，她弯嘴轻笑：“这跟我似乎没有多少关系，另外……我快来不及了，麻烦你放手好吗？”

刚才他居然因为巴萨丽而训斥小霞，这是不是说明他对巴萨丽也并不是没有一点好感？否则怎么会护着她。说是为了韩氏，可是，没有这个合作韩氏也会一样一如既往地混得风生水起吧？

察觉到抓着手腕的力道松了些，她立即挣脱开手，最后看了快要哭出来的姜圆圆一眼，转身在坤尼的带领下走到最中间的一辆商务车内坐了进去。

见安初夏坐进车了，凌寒羽眼中的笑意更深了，走到韩七录的面前拍了下他的肩："把她放心地交给我吧，兄弟，如果这个外国女人你不抓紧时间处理掉的话，安初夏我可就不还给你了。"

"你敢？"韩七录抬起下巴看了凌寒羽一眼，"快上车吧臭小子！市里的统测提前到今天上午八点，别迟到了。"

点了下头，凌寒羽的目光中有着一丝复杂，快速地转过身上了安初夏坐着的商务车，五辆商务车排着队离开了韩家大门，消失在他们的视线中。

"嘤嘤嘤……"见安初夏完全消失在视线中，姜圆圆趴在小霞的肩头上小声啜泣了起来。明明知道她很快就会回来，但是没有小初夏在的日子她真的很难适应啊。

伸手轻拍了下姜圆圆的背，小霞转头看向巴萨丽，目光轻蔑。这个女人，早晚都会离开这里的！居然敢骂韩管家，要知道，如果没有韩管家给她的工作，她早就饿死在街头了。

决定了，等巴萨丽离开韩家的那天，她一定要放烟花来庆祝！

巴萨丽此时倒是满意地望了安初夏离去的方向，起身走到韩七录面前："今天第一天上学呢，我想要跟你分到同一个班。"

她知道斯蒂兰的理事长是韩六海，只要韩七录开口的话，她一定可以分到韩七录那个班的。

而韩七录转头看了巴萨丽一眼，不说话不着痕迹地甩开她的手坐进了加长版宾利。韩管家也快速地跑上前坐到了副驾驶座上，汽车就在巴萨丽呆愣的那一瞬间飞驰了出去……

"等等！我还没上车呢！七录！"半晌，巴萨丽才如梦初醒，匆匆跑上前欲想追上去，可是宾利早已经没了影子。

她狠狠一跺脚。姜圆圆在此时笑盈盈地迎上来，脸颊还能看到泪痕，然而眼中已经全然没有了悲伤的样子："怎么了巴萨丽小姐？我那儿子没有等你吗？"

巴萨丽扯扯嘴角，在姜圆圆的安排下，坐进了另一辆车去上学。看到巴萨丽离开了，小霞不满地嘟起嘴："夫人，您怎么还给她准备车呀？直接让她自己走去上学不就好了。"

她的话引来姜圆圆的一个白眼。恨铁不成钢伸出食指戳了一下小霞圆圆的脑袋道："说你笨你还不承认呢！如果让她走路上学的事被她老爸知道了怎么办？传出去外人怎么看我们韩家？恐怕都觉得我们小肚鸡肠呢！"

小霞恍然大悟地点点头，不过她还是觉得这样真不开心，正准备扶姜圆圆往回走的时候姜圆圆突然拉过她，小声地说："小霞，你给我好好打听一下巴萨丽不喜欢吃什么。"

"什么嘛！夫人，您还说您也不喜欢那位巴萨丽小姐呢，现在怎么还……

哎哟！痛！”小霞捂着脑袋龇牙咧嘴地说，“您干吗敲人家头啦！”

再次丢了个白眼给小霞，姜圆圆拉过小霞压低了声音说：“我的意思是，她不喜欢吃什么，我们午餐和晚餐就做什么！”

眨巴眨巴眼睛，小霞如梦初醒，拍了一下脑袋道：“看我这木头脑袋！我马上就去偷偷查一下！”

姜圆圆满意地转过身走进韩家大门，想要当她的儿媳妇可没那么容易！她一定会尽快把巴萨丽赶走，然后风风光光地接小初夏回来！

商务车内。

“怎么突然就提前考试了，这也太不靠谱了吧！”如果突然提前的话，安初夏真担心班里的同学们又考个全市倒数。看得出来大家对这次考试都抱着很大希望，也都付出了很多努力，如果还是拿倒数的成绩的话可如何是好？

丢面子是小事，怕就怕大家因为这次市里统考以后，都没有了学习的热情。那她可就成了千古罪人了。

安初夏反反复复把手机里的校讯通看了好几遍，最终一生气“啪——”地把手机丢到一边，柳眉紧紧地走在一起。

凌寒羽从漫画中抬起头看了她一眼：“传说中的打败恶魔大少韩七录的美女战士这是怎么了？被一个提前统考的消息打败了？”

安初夏无比自然地抬起手就给凌寒羽一个爆栗：“谁会被一个小小的统考提前消息就打败啊？你傻啊你！”

突然感觉到车内的气温急降，她的余光看到坤尼正通过车内的后视镜冷冷地看着她。心脏猛地跳了几下，慌忙使劲揉了几下凌寒羽的脑袋：“不好意思啊，boss大人！没被敲痛吧？”

凌寒羽轻瞥她一眼，低头看自己的漫画去了。心里默默道：啧啧啧，怎么弄了个暴力女回家？他真是太欠考虑了！

“不过……”半晌，凌寒羽突然出声，“看不出来嘛，原来你也挺怕死的！”那以后他就可以用坤尼威胁她了。

安初夏却突然陷入沉默，脸上的那一抹笑容也被孤寂和落寞替代。

“怎么，被别人说一声怕死就生气了？”所以说女生真是麻烦！连开个玩笑都会较真！比起安初夏，他还是更喜欢看漫画。等等，喜欢？开玩笑……他只是觉得安初夏很逗很神奇罢了。

至于跟韩七录道别时说的要带走安初夏的话，也不过是说说而已。他怎么可能喜欢她嘛，真是好笑……

“确实很怕死。”安初夏突然仰起头看向窗外，“从妈妈离开的那一刻，我就决定要为了妈妈的梦想而活，也因为那样，才没有崩溃，选择了努力活下来。”

内心猛然一怔，凌寒羽难以置信地看向安初夏，他知道安初夏的妈妈原本就是癌症晚期，又在那种情况下阴差阳错地救了韩伯父，也知道安初夏的爸爸从她们母女很小的时候就抛弃了他们，可是亲耳听到安初夏提起自己妈妈的时候，他还是愣住了。

他也曾经有过很美好的回忆——有一个慈祥的不能再慈祥的奶奶，奶奶是个漫画家，她生前画的唯一一部完整的漫画的女主角就叫初夏。因为向蔓葵对七录的背叛，他不相信爱情，讨厌女生，而对于安初夏的那份莫名其妙的不抗拒，大概就是因为她的名字吧？是这样没错……

“抱歉，似乎让你想起了什么不好的回忆。”凌寒羽尽量使自己的语气听起来轻松些。而安初夏只是转过头看了他一眼，随即就笑了下表示无所谓。

她确实是因为妈妈的梦想才能坚持活到今天，可是自从韩七录走入了她的视线，她的世界就不像以前那样眼中只有妈妈的梦想。所以她抗拒韩七录，甚至害怕他，怕因为接近他，而忘记最初的梦想，最初活着的原因。

车窗外的景色快速地后退着，马路旁大树的枝叶似乎更加茂盛了些，一切都预示着初夏季节的来临。

车子很快就在凌家大门前停下，迎接她的是凌老太爷和一干凌家的人，而那些人对她都是恭恭敬敬的。

疑惑中，安初夏在凌老太爷和凌寒羽带领下来到了她的房间，她自然是不会知道这是为什么，其实原因很简单，就是凌老太爷在安初夏到之后吩咐过了，对她就要像对待少爷一样恭敬，她即将成为凌家的准少奶奶。

她房间对面就是凌寒羽的，这大概是凌老太爷故意的安排，但她稍加打量了一下房间后就和凌寒羽匆忙赶往学院，提前统考，她必须要快点到。

望向那几辆商务车离开的方向，凌老太爷收回目光看向站在一旁的女佣:“凌树那边呢，还没有准备回国的消息吗？”

女佣微微一欠身，恭敬地回答道：“那边说是发生了点紧急情况要处理，大概还要过几个星期吧。”

凌老太爷轻叹一声：“打个电话给他们吧，说是寒羽都有结婚对象了，当爸的人也别整天都窝在国外，该关心下孩子还是要关心的。”

凌老太爷说的凌树就是凌老太爷的儿子，凌寒羽的父亲。几年前，因为凌寒羽的奶奶突发脑溢血，奶奶想要见自己儿子最后一面，于是凌寒羽打了个电话，谁知道凌树当时跟一个女人在酒吧喝酒，没有接电话。

于是这最后一面没能够见着，凌寒羽的妈妈也因为得知丈夫出轨而跳海自杀。从此凌寒羽与凌树就如同形同陌路。凌树跟凌寒羽说话，那么凌寒羽肯定是不会搭理的。久而久之，凌树也就不去热脸贴冷屁股，又因为理亏所以干脆常年漂泊在国外，父子之间的感情越来越淡……

今天的天气似乎不是特别的好，没有一丝风，看样子是要下雨了。

几辆商务车齐刷刷地停在斯蒂兰学院的门口，顿时引来无数同学围观。有这阵势肯定是三大校草中的凌寒羽，他的安全问题一向是凌家最重视的。

看了眼车外围观的人群，安初夏皱了下眉看向凌寒羽："奇怪，你以前上学都有这么多人围观吗？不会感觉自己像个动物一样吗？"

凌寒羽没有回答打开车门走出去，如果不是她住在了凌家，爷爷一直坚持让他回凌家住他也不至于被这么送到学校。要知道，以前他可都是自己开车来斯蒂兰上课呢。

"这女的是谁啊？怎么会在凌少爷的车上？"

"哎呀！都说你笨了！这是韩少爷的未婚妻嘛！"

"想起来了，他们上了昨天早报的头条呢！羡慕死我了！"

"可是听说韩少爷的未婚妻另有其人呢！这是怎么回事？"

安初夏一下车就听到诸如此类的对话，她撇撇嘴大步走进斯蒂兰学院的校门。这八卦可谓是无处不在，传播速度完全可以跟光速相提并论。学院里林荫道两旁种植着梧桐树，走在林荫道上，感觉凉爽多了。大概是因为快要下雨的原因，不出一会儿，她的额头上就渗出了细汗。

看了下时间，还有二十分钟就到上课时间了，上课铃响后，再过一个小时就是统考的时间了，不知怎的，她感到胸口烦闷无比，直想找个宣泄口。

无奈地叹息一声，她正准备往回走，就听见身边传来一声尖叫。顺着声音看过去，只见一个女生从一棵树上跌落了下来，硬生生摔在了地上。可是女生似乎经常从树上摔下来一般，在掉落的一刹那立刻就在地上翻滚了三四圈。

她不想多管闲事正准备离开，脑神经突然一紧，上前几步小声地喊道："萌……小男？"

正准备从地上爬起来的萌小男听到声音动作一泄，一不小心又摔在地上。她狠狠地偏头看向罪魁祸首正准备破口大骂就见到安初夏脸色僵硬地看着她。

"老大？"她的目光中闪过一丝惊讶。这林荫道属于比较僻静的地方，刚才她专心致志在树上工作的时候都没有听到任何声音，老大是什么时候出现的？

擦了擦额头上的冷汗，安初夏轻扯了下嘴角，一脸尴尬地伸出食指指向萌小男："粉色的……百变小樱内裤？"

"啊——"一声尖叫再次响彻学校的林荫道，有路过的同学听到惨叫纷纷往林荫道里探头看去，却又被萌小男高分贝的声音吼退："看什么看？！没看到美女在练声乐啊？”

无奈地耸耸肩，安初夏走过去，戳了戳萌小男的肩问：“我拜托你，第一天上学能不能安分点？还有你有事没事趴树上干什么？不会告诉我你又那啥……”

某只生物立即摆出一副“还是老大你最了解我”的表情，伸出食指指了指树上的某个树杈说：“我原本是想熟悉熟悉斯蒂兰皇家学院，路过这里的时候你猜怎么着？”

不耐烦地翻了个白眼，安初夏接口说：“结果你看到了树上的鸟窝？”这孩子怎么这么多年还不改看到鸟窝就想爬上去掏的习惯啊？

萌小男一把搂过安初夏的肩无耻地笑着：“还真被你猜对了！我说，怎么这么明显的鸟窝都没有人掏呢？这些有钱人家的子女还真是不知道什么叫节俭。有零花钱不能用来买吃的，掏个鸟蛋吃不就行了？你说是吧？”

用力甩开萌小男的鸡爪，安初夏再次翻了个白眼说：“萌小男同志，既然你也已经身为一名‘有钱人家的子女’，那么麻烦你照顾着点自己的形象好不好？别整天做这些伤天害理的事情了，鸟蛋掏多了，总会摔下树的！”

无辜地一撇嘴，她刚才还真的摔下来了……不过，掏鸟窝是伤天害理的事吗？说得也太过分了吧……

“不对啊！”萌小男突然反应过来，“不管是爬树还是掏鸟窝偷鸟蛋，都是老大你教我的啊！”

以前她们没有零花钱买零食吃，看到别人吃东西又嘴馋，于是常常就去找鸟窝偷鸟蛋然后煮着吃。想想那些日子虽然过得艰苦，却也过得很开心。

两个人一时间居然都陷入沉默。

“江南！你这丫头……我找你半天！”（萌小男真名江南）一个中年男人的声音传来，安初夏顺着声音看过去就看见那个记忆中很模糊的、萌小男的亲爸。

“我不是说了我到处看看吗？不是让你办完手续就直接回去的吗？还找我半天……找我干吗？”萌小男的语气很不耐烦。但她亲爸似乎脾气很好的样子，也不生气，只是从兜里掏出一张卡走上前递给萌小男，然后看了安初夏一眼对她点点头之后就离开了。

待萌小男亲爸离开后，安初夏不悦地瞪了萌小男一眼：“知道你对你亲爸没什么好感，但你别这么对他啊，我看他对你挺好的哦。如果我是你爸啊，你这态度我早就一巴掌扇死你了，哪还会给你卡啊？话说，这卡里应该有不少钱吧？”

难得萌小男有那副落寞的表情，但很快就消失不见，反应过来刚才安初夏说了什么后，她毫不怜惜地丢了一个卫生球给安初夏：“老大，拜托你别只想着钱好不好？我知道你缺钱，但也别这么……好啦！这是饭卡！让我今天中午在学校吃来着。”

若有所思地点点头，安初夏打开手机看了下手机屏幕道：“十分钟上课了，今天市里统考，我先闪了，下课记得来一年 A 班找我啊。”

“等等！一起去上课啊！”萌小男狡黠地朝她眨眨眼，装模作样地说道，“这位同学，真巧，我也是一年 A 班！”她可是求了校长好久才得到去 A 班的准许。

呆愣了三秒，安初夏猛然睁大眼睛：“这感情好！这次统考你必须给我考满三科满分，否则就给我下地狱去吧……”

“不是吧！”林荫道里又传出一声惨叫。

几分钟后，安初夏跟萌小男有说有笑地走进教室。结果看到的却是全班同学都在低着头复习，要么就是在做习题，一个个都认真得不可思议。

她脸上的笑容顿时顿住，在萌小男感慨这所皇家学院的学习氛围真好的时候，就看见安初夏起身走上讲台，立即就感到有些不明所以。

“大家，这是……”安初夏疑惑地眨眨眼睛，环顾了下教室四周。

同学们立即安静了下来，安辰川朝她微微一笑站起身说：“我们知道这次考试对我们班来说很重要，是难得的一次让我们班改头换面的机会，所以就更努力了一些。”

“不过……”一个女生小声地说道，“这次统考突然提前，很担心呢，能不能考好。虽然已经做好了准备，可是时间太短了，很担心呢……”

其他同学也纷纷点头，表示自己很担心。安初夏欣慰地一笑，扬声说：“不管是什么样的结果，至少我们在这过程中拼命地努力过，只要努力过，就没有什么失败不失败之说。不是吗？”

“没错！”同学们异口同声地回答，上课铃也在此时响起，班主任准时在教室门口出现，拉了萌小男走上讲台，而安初夏也在此时走回座位上坐下。

“同学们，这位是新来的同学，来吧新同学，做个自我介绍。”班主任慈祥地笑了笑。

萌小男点头，扫视了下全班，大声地说道：“大家好，我叫江南，江南的江南。不过我更喜欢大家叫我萌小男，怎么样？这名字是不是很可爱又很帅气还很有内涵呢？”

全班爆发出一阵响亮的笑声，伴随着用拳头砸桌子的声音。

比起这边的自我介绍，二年 A 班就没有这么幽默了。

“大家好，我叫巴萨丽。故乡是瑞士，但是母亲是中国人。如你们所见，我就是……七录的未婚妻，所以以后女生们就尽量离七录远一点吧，否则我是会生气的哦……”

二年 A 班立即陷入一阵沉默，凌寒羽倒是一副漠不关心的样子，只是在合上漫画书的一刹那对着同桌萧明洛说：“接下来的日子会很好玩哦。”

狠狠地咽了口唾沫，萧明洛对这一切毫不知情，顿时有些反应不过来，直直地看向韩七录。当事者并没有想要反驳的意思，只是背靠在后座的桌子上，一脸深不可测地看向窗外。

“智障，这是怎么回事？”萧明洛压低了声音问凌寒羽，“七录怎么不反驳，或者上去把这个外国女人一下子掐死？”

无所谓地一耸肩，凌寒羽趴在座位上打了个哈欠：“因为这是事实啊。”

巴萨丽的一席话正好让路过二年A班门口的丸子听见了，她稍加停顿打量了一下巴萨丽便低下头走回了班里。

“好了，那么巴萨丽同学，你就坐在那个空座位上吧。”二年A班的班主任指了指第四排的空位。

这话顿时换来巴萨丽的不满，她伸手指向韩七录旁边的空位大声说道：“老师，明明第二排也有个空位子，而且，我是七录的未婚妻，理应就坐在他旁边吧？”

二年A班再次陷入一阵死寂，有的同学干脆都屏住了呼吸等待韩七录的大发雷霆。然后……依旧是一片死寂，韩七录还是默默地看向窗外，似乎是在想什么事情。

于是班主任就把这当成了默认，巴萨丽一脸得意地坐到韩七录左边的座位上。而韩七录恰好在巴萨丽坐下的那一刹那站起了身：“我上个厕所。”

说完，他淡淡地瞥了巴萨丽一眼，那眼神中充满警告，但他毕竟没有当场把巴萨丽抓起来扔开。

萧明洛也跟着站起来：“老师，我也上个厕所。”

这么说着，他还拽着准备睡觉的凌寒羽，而后者嚷道：“干吗拉我！我不要上厕所，我没尿！”

“你有尿！”萧明洛扬起一个微笑，温柔地问道，“是不是啊？寒羽同学？”

狠狠地打了个哆嗦，凌寒羽无可奈何地点点头，只好跟着凌寒羽出去。

尴尬地推了下鼻梁上的眼镜，班主任抬起头说：“那么，大家应该都收到短信通知了，今天市里统考提前，大家自己看书，查漏补缺吧。”

待班主任离开后，全班立即闹开了，谈论的话题无非是这个叫巴萨丽的女同学跟韩七录的关系。有人对此嗤之以鼻，有人对此表示无视，有人对此很嫉妒……

当然，还有人……

“你开什么玩笑？”莫昕薇拿着眼线笔画眼线的动作连停都没听。这也难怪，丸子突然冲进来就伏在她耳边轻声说一个外国女生穿着斯蒂兰的制服，还说那女生说韩七录是她的未婚夫，她是韩七录的未婚妻。任谁听了都不会相信。

趁着老师还没进教室，教室乱哄哄的一片，丸子左右看了看，并没有人注意她，于是再次压低声音说道："除非我耳朵出问题了，不信你去 A 班门口看看嘛！"

听丸子这么说，莫昕薇缓慢地放下眼线笔，眼神变得锐利。丸子是绝对不可能用这种事来骗她的，除非她活得不耐烦了。可是如果她说的是真的，那么……安初夏的存在又是怎么回事？头一下子隐隐发痛，她拿起眼线笔猛地扔出去，站起身大声地说道："吵死了！上课铃都没有听到吗？！"

全班立即安静了下来，没有人会没事去惹学校的女老大——莫昕薇。安初夏就是一个很好的例子，因为惹了莫昕薇而被罚绕着操场跑十几圈。尽管不服的人有很多，但没有人愿意真刀真枪地跟她对上。

"大小姐啊，您朝她们发什么脾气啊！依我看，我们现在去会会那个外国女人？看起来呆呆的，应该没有什么多大的本事。"

丸子刚一说完，脑袋就被莫昕薇拿书敲了一下，她瞪了丸子一眼一挑眉，诡异地说："你现在让我去 A 班，去七录的班里质问那个女人？那我不成了女疯子了？当务之急，是证明这件事的真实性。"

丸子立即双手一拍，目光中满是敬佩："你的意思是……找安初夏？哎哟你看我这脑袋，最近怎么越来越不灵光了呢？"

两人走出教室的时候正好跟走进班里的班主任撞了个满怀，丸子慌忙蹲下来帮老师捡起掉落的教材。倒不是她怕这个老师，而是走校长正经过走廊。等校长走过去后，丸子猛地站起身把教材放到班主任怀里转头对莫昕薇说："昕薇姐，就是她！"

顺着丸子指的方向看过去，正好可以看见那个跟校长有说有笑的女生的侧脸。班主任自认晦气地走上前一步："你们两个，没有看到校长走过去吗？也不知道收敛……"

"我说老师啊，这校长都走过去了您才放马后炮呢？上您的课吧！"莫昕薇不屑地在班主任肩上轻拍了下，转而惊讶地盯着班主任的脸看："天呐，老师啊！您该好好做做保养了！这脸上的鱼尾纹都出现了！"

"是……是吗？"班主任慌张地抚上自己的眼角，一脸的愁眉苦脸。

莫昕薇慢悠悠地从口袋里掏出一张卡递到班主任手里，满面微笑地说："这张呢，是美容店的免费贵宾卡，您收好，只要去我们家的任何一家美容连锁店都可以使用。"

莫昕薇的家族主要经营化妆品，旗下有很多美容店，其品牌享誉全球。另外值得一提的是，莫昕薇的妈妈是法国人，在三岁时就凭借一部电影成了明星。因此她也继承了母亲妩媚漂亮的外表。

不着痕迹地把卡放进兜里，望向莫昕薇和丸子远去的背影，班主任摇摇头无奈地叹息一声。

“昕薇姐，你那卡干吗要给她啊？反正她也不敢再多说什么。”丸子不悦地看了眼莫昕薇，那卡多不容易拿到啊，就连她也需要很费劲地求莫昕薇呢！

莫昕薇没有回答丸子的话，只是快速地朝楼下走去。有些人呢，不能一味地用批判的手段，否则谁知道那班主任会到校长面前怎么说她？偶尔也是要给别人一点好处，别人才会继续睁一只眼闭一只眼。

还没到一年A班的门口呢，就听见教室里传来一阵阵读书声，莫昕薇不由得放慢了脚步，心生疑惑，难道是校长又到了这个班视察？不可能的啊，可是如果不是校长来了，那么他们班是发什么神经居然背那些一看就让人想吐的公式啊？

大摇大摆地走到一年A班门口，班里没有老师，只有一群低着头念书的学生。她抬起手腕弯起手指敲了敲门，立即吸引了大家的注意。

“这不是莫昕薇吗？她来我们这里干什么？”

“不会是又来找初夏姐的麻烦吧？这可怎么办呀？”

不耐烦地瞪了那些废话的人，莫昕薇的目光望向安初夏：“安初夏同学，能借你点时间用用吗？出来吧，我们谈一下。”

被安排坐在安初夏后面的萌小男疑惑地看了安初夏一眼，看她脸色很不好的样子。看来这莫昕薇绝对不是什么好货！看安初夏不得已站起来，她也跟着站起来：“初夏，我陪你出去。”

“别了，你还是好好待着吧，待会儿出去别又给我惹什么麻烦。福星和斯蒂兰教学的进度不一样，你还是趁着考试时间还没到好好看书吧。”摇摇头，她拒绝了萌小男的好意。

这一次莫昕薇找她应该不会有什么恶意，从莫昕薇的眼神中就可以看出。不过，真的是这样吗？上一次她可明明给了莫昕薇一个耳光，就这件事，依她的性子也绝对不会善罢甘休的。

走出教室后，她还故意把教室的门关上了，挡住了那些想要看看莫昕薇想干什么的视线。

“找我有什么事？”她开门见山地问，“是因为上次我扇了你一个耳光吗？”

听安初夏这么说，丸子的眼皮猛地一跳。安初夏……扇了昕薇一个耳光？可是为什么昕薇一个字都没提？不明所以地看向莫昕薇，她只是轻瞥了下嘴角，没多大反应。

“上次的事，我当然也有不对的地方，毕竟差点害你……”

“我说，莫昕薇啊，你到底想说什么，直接挑明了吧。我们两个人就不需要假惺惺地相互客套了，毕竟本身关系也不是很好，你说呢？”安初夏淡淡地挑了一下眉，果然看到莫昕薇的脸色变了变，像吃了一坨大便一样难看。

站在一旁的丸子看不下去了，咬了下牙问道：“喂，安初夏，我们这次不是来算账的，而是……”

“那个女人的事你知道吗？”莫昕薇打断丸子的话，直接切入了主题。

这一次轮到安初夏疑惑了，偏了下头，思考着莫昕薇说的“那个女人”。突然她的神色变幻了下，收紧下巴一脸严肃地问道：“你指的是……巴萨丽吗？”

这八卦消息传得果然快，巴萨丽的存在居然都已经被莫昕薇知道了。

莫昕薇的脚步稍有些不稳，一个安初夏就足够了，怎么还真的出现了一个巴萨丽？她现在反倒宁愿这是丸子那货故意要她玩的。

可是看安初夏的反应，明显这是真的……

“怎么？那女人也惹到你了？”安初夏微微一笑，“跟你说实话吧，巴萨丽跟你的话，我倒还是喜欢你一点。喏，她现在搬到韩家来了，我被逼无奈搬到凌家暂住去了。”

这么说的原因是希望莫昕薇也像当初整自己一样，狠狠地整一下巴萨丽。说实在的，对于巴萨丽那种人，她确实更喜欢莫昕薇。至少莫昕薇比她有脑子！

“你之前居然真的住在韩家……”莫昕薇摇摇头，“算了，现在不是计较这个的时候。不如……我们联手吧，把那个女人赶走！”

“噗……”安初夏一不小心笑出了声，等恢复平静的时候才扶着走廊的栏杆说，“莫昕薇啊，你似乎一开始就找错了人，我跟韩七录，那完全是不会有任何交集的人。要把她赶走那也是你这个正牌女友的事，就没我什么事了。”

伸出双手快速地掰过安初夏的肩，莫昕薇的眼底闪过一丝落寞：“安初夏，虽然我也不喜欢你，可是比起突然出现的那个女人，我也还是更喜欢你。可是你现在什么意思？想要让我一个人把她赶走，然后你坐收渔翁之利？”

无奈地叹口气，安初夏微侧过脸看着莫昕薇，双手一扬挣脱开莫昕薇的双手说：“如果我再年轻个一两岁，我就肯定跟你去把那人给赶走了。可是现在我身上背负了太多的东西，妈妈的期望，妈妈的梦想，自己向往的平静生活之类的。韩七录不适合我，他可能更适合你吧。再见，我要回去复习了。”

安初夏对着微愣的莫昕薇一点头，转身打开了教室的前门。萌小男此刻正趴在门上专心致志地听外面的谈话，听到安初夏要回来复习正准备抽身门就被打开了。顿时整个人都扑向地面，还好安初夏及时地拉住她的衣领才把她给拽了回来。否则非要摔个狗吃屎不可……

“你怎么回事？”安初夏的声音泛着一丝凉意，萌小男深深地知道这是安初夏发怒的前兆，慌忙站好了身子拍了下裙子才干笑着说道：“我这不是……想要去上厕所吗？”

安初夏忍不住翻了个白眼，上个厕所需要趴在门缝上么？瞥了下嘴角，她没有说破，只是波澜不惊地说了一句："没有下次。"

萌小男忙不迭地地跟上："绝对不会有下次！"果然她做什么事都瞒不过安初夏的眼珠子啊。

而安初夏只是单纯不想让萌小男掺和进来，万一她那臭脾气把莫昕薇给惹火了，那么善后的事不又得她来做？倒也不是怕麻烦，只是担心……她因为自己而受到伤害。

"安初夏，事情不会就这么结束的，我会再来找你。"把教室的门关上的一刹那，莫昕薇的声音正好传入她的耳朵，紧接着是渐行渐远的脚步声。

萌小男正想说点什么，一抬眼刚张开嘴巴就看到安初夏阴森森地看着自己，只得低下头，灰溜溜地走回座位上坐下。

十分钟过后，她实在忍不住，撕下了一张白纸在草稿纸上写道：老大，你为什么不让我听啊？

写完之后她揉成一团，轻轻一扔，结果一不小心扔太用力扔到安初夏桌子前面去了。轻叹一声倒霉，她干脆伸手捅了捅同桌，同桌放下课本疑惑地看向她："怎么了江南同学？"

萌小男朝她招招手，等她凑过来之后也把头凑过去，压低了声音问道："刚才那两个找初夏的女生看起来不是什么好人吔，她们跟初夏有什么过节吗？"

虽然之前她是凑在门缝里偷听她们说话，但是教室里读书、背公式的声音太响了，她根本听不到完整的话，只听见那个女生说什么巴什么丽什么的，好像初夏还说怎么背负什么沉重的东西……总之她就是没有听清，所以完全不知道她们在讲什么。但是从那两个女生的眼神中可以看出，她们对初夏并没有什么好感。

同桌先是轻叹了一口气，随即也压低声音说："那个女生啊叫莫昕薇，就是我们斯蒂兰的校花。韩七录韩少爷你知道吗？就是她的男朋友。但是韩少爷似乎不怎么喜欢她，反而跟我们初夏姐走得很近，所以那个女生就因为嫉妒在体育课上陷害初夏姐，让她绕着操场跑了十几圈呢！还好后来韩少爷把她抱走了，否则非得累死不可。"

说到这里，同桌耸耸肩，一脸无奈的样子。

萌小男恍然大悟地点点头说："我知道了……原来是这样！对了，以后叫我萌小男，我觉得这样比较有内涵。"

同桌忍不住笑了，轻瞥了萌小男一眼吐出一句："你还真幽默。"

萌小男很快又愤恨地咬牙切齿，那女人简直是不想活了！居然敢陷害她家初夏，她非得……好好还她个礼才是！否则她以后还怎么配叫初夏老大啊？

正在想着怎么报复莫昕薇呢，教室的门突然被人推开。只见走进来的人是校长，她的身后还跟着一个看起来不怎么像中国人的女生，女生满面笑容地站在校长背后，但在抬起眼看到安初夏的那一瞬，她的眸光突然阴沉了下，像个深深的漩涡一般涌起不同寻常的光芒来。

“这个女生是谁啊？长得好像芭比娃娃啊，真可爱！”有女生轻叹。

“怎么嘛，天生就是一副狐狸样！”立即有女生反驳：“还不如初夏姐漂亮呢！”

校长让巴萨丽站在门口，自己则上前了几步，看向萌小男说：“江南同学，我考虑一下，你们以前的学校跟我们的学校教学进度肯定是不一样的，所以让你来校长室先坐一会儿，很快就要考试了，这次的统考你还有这位巴萨丽同学就先免考好了。”

一直低头看书的安初夏在听到巴萨丽三个字时，翻书的动作突然一顿，抬头朝门口看去……

果然是巴萨丽，只见她也微眯起眼睛看着自己，脸色也同样没有好到哪里去。微扯了下嘴角，她象征性地朝巴萨丽点点头，而巴萨丽只是傲慢地把视线移开不再看她。

萌小男虽然平时有点迟钝和秀逗，但是该敏锐的时候她还是挺敏锐的，那双可爱的单眼皮眼睛一下子就觉察出巴萨丽和安初夏肯定有什么她所不知道的事。

而唯一可以肯定的是，巴萨丽肯定不是什么好货！亏她在看到巴萨丽的第一眼还觉得有那么一点惊艳，现在看来，肯定是她当时瞬间脑残了，要么就是被那妖女蛊惑了！

“江南同学？”校长唤回了神游的她。

萌小男连忙朝校长一点头：“好的，校长。我马上就去校长室，不如您先走？我这处理点事，很快就来。”

“你认识路吗？”校长微皱起眉，“别走丢了，新生在斯蒂兰迷路的情况可是经常出现，这就市里统考了，我可不想在这个节骨眼上出什么乱子。”

其实校长这话说得也挺在理，但是萌小男怎么听怎么不舒服，敷衍地回了一句：“我认识路……那什么，就算不认识，我也可以让认识的人带我去嘛。”

听她这么说，校长也就没再说什么，转身往外走，可是刚走了几步又停下来，转回来伸手指了指站在门口的巴萨丽：“那你快点，我让巴萨丽同学跟你一起去好了，或者你们可以随便在斯蒂兰逛逛，但是千万别在考试的时候靠近教学楼。”

微一点头，校长这才安心地离开，还对巴萨丽说了句：“那么就辛苦你了，刚才我已经带着你在学校里逛了下，应该不会很陌生了吧？”

巴萨丽甜甜地笑着用僵硬的中文回答道：“是的，您尽管放心地去政教楼开会好了。”

送走校长，巴萨丽又转过身对着萌小男说：“同学，那么快点哦，我在外面等你。”说完她转身走到了一边，门口不见了她的身影。看到安初夏，她就满肚子的火气，还是别看了。中国有句古话，叫作：眼不见为净！

见巴萨丽走开了，萌小男突然站起身伏在安初夏耳边问道：“老大，你是不是不喜欢这巴萨丽？”

安初夏的后背僵直起来，嘴角轻蔑的一勾：“她啊……准确地说，就是让我终于脱离了韩家搬去凌家住的恩人。说不上喜欢，但是，也没有到特别讨厌的程度吧。”

毕竟巴萨丽确实从某种程度上帮她离开了韩家，尽管……内心有那么一丝不舍。

“搬家？”萌小男猛然瞪大眼睛，“你什么时候搬的家？为什么要搬家？难道搬家的原因是刚才门口的那个外国货？”

被萌小男“外国货”三个字逗乐，安初夏笑了一声回答道：“我也不瞒你，她呢，就是正牌的韩七录的未婚妻，你应该很快就也知道这件事了吧？不过，我考试的这段时间你绝对不能跟她发生任何冲突，别给我惹麻烦，知道吗？”

萌小男不经意间轻蹙起眉头，她点了下头，恍恍惚惚地走出教室门口，见巴萨丽正在走廊的另一头发呆，便慢步走了过去。安初夏像她肚子里的蛔虫一样知道她在想什么，其实她也想像安初夏肚子里的蛔虫一般。看得出来，老大对那位七录少爷并不真的像她说的那样，是什么讨厌的人之类的……

“你好，我叫……萌小男。”萌小男嘴一扬勾起一个诡异的微笑。

——我考试的这段时间你绝对不能跟她发生任何冲突，别给我惹麻烦，知道吗？

安初夏的话还回荡在她的脑海，然后在下一瞬萌小男就把这些东西抛到了九霄云外。对她来说，咱不怕惹麻烦，怕就怕不能惹麻烦！

原本对于萌小男的招呼，巴萨丽并不想理会。可是转念一想，这个女生也是新转来的，而且正好分在安初夏那个班，而且那天她似乎跟安初夏很熟悉的样子。或许她可以收为己用也说不定。毕竟在斯蒂兰她还没有熟识的同学，除了韩七录之外。如果能把安初夏的好朋友好姐妹拐过来，让她成为自己的好朋友，那……

经过这么一想，巴萨丽也扬起那副萝莉的笑容，走上去很亲热地抱住了萌小男的胳膊：“我叫巴萨丽，那天的事情就一笔勾销，谁也不要再提了！希望我们能成为好朋友。”

眼眸一沉，她转而对巴萨丽灿烂又羞涩地微笑：“你那么漂亮，真的愿意跟我成为好朋友吗？而且那天，初夏还给了你一个耳光呢？”心里却已经开始问候起巴萨丽的祖宗十八代。什么玩意儿！

重重地一点头，巴萨丽亲昵地拉过萌小男的手走向走廊尽头然后顺着楼梯往下走。一边用那僵硬的中文说着那天的事情都是误会，一边又问萌小男家住在哪里。

萌小男当然不会把地址告诉巴萨丽，只是说自己还刚来 A 市，没找好住的地方，目前住在自己的姨妈家。

所以巴萨丽也就没能够说去她家坐坐。走下教学楼后，迎面正碰上韩七录一行人。巴萨丽慌忙迎上去挽住韩七录的手臂甜甜地说："七录，午饭我们去哪里吃呢？我听说这附近有一家日式餐厅很不错呢。"

没等韩七录说什么，凌寒羽就凑了上来："我们最讨厌的就是日式餐厅，难吃得要命！"

萧明洛也跟着附合着说："如果你要吃，你可以自己吃去。"

他们两个一唱一和，巴萨丽的脸上变得铁青，动了动嘴唇不知道该说什么，可是手臂还是紧紧地搂着韩七录的手臂不放开。

韩七录不耐烦地准备甩开巴萨丽，可是一抬眸突然看到了站在一旁大胆"欣赏"帅哥的萌小男。

她……似乎很眼熟的样子，是在哪里见过呢？脑海中闪过一个人影。是她？在安初夏以前读过的高中见到的那个女生？随即上下再看了一眼，他万分肯定现在这个看起来很清纯的女生就是那天见到的"花蝴蝶"中其中的一只。而且，那天在广场上，她就跟安初夏站在一起。

"哟，这位美女是几班的？怎么以前没有见过？"萧明洛眼前一亮，几步上前暧昧地搂住萌小男的肩伏在她耳边轻声说道，"你好，我叫……萧明洛。"

萌小男刚想要说什么，一偏头就撞上韩七录直直看着自己的眼睛。糟糕……

"你……"语气中带着疑惑。

"你好！你是他们说的七录少爷吧？刚才还觉得班里的女生太夸张，原来您真的那么帅啊？昨天没能好好跟您打声招呼，以后在斯蒂兰学院还请多多关照。啊哈哈哈……"萌小男在韩七录才说了一个字之后就干笑着打断他。

从她那转来转去乌黑的眼珠中，韩七录看出了些端倪——这个女生似乎在极力想要掩饰些什么，而她跟安初夏的关系应该不错，可是为什么会跟巴萨丽走得这么近？刚才没记错的话，巴萨丽挽着她的手臂亲昵得很。

安初夏并不喜欢巴萨丽，那么这个女生……如果没猜错，这个女生似乎是想替安初夏出头，但苦于没有办法，就跟巴萨丽先讨好关系。她看起来也没想象中那么笨嘛……

“放手！”收回目光，韩七录将视线落到身旁的巴萨丽，声音冷冷的，让人不自觉就颤抖了一下。

“可是我们午餐到底要去哪里吃呢？不喜欢去日式餐厅吃饭那我们就……”

“我回家吃，你呢……我随便你。”韩七录轻描淡写一句，想甩开手，无奈巴萨丽紧紧地把他的手抱在怀里，他甚至都能感觉到巴萨丽胸前的柔软，却并不觉得有任何兴奋的感觉，而是恶心和不耐烦。

“松手！”这次韩七录再不留情，用另一只大手使劲抓住巴萨丽的手，然后一把将她甩倒在地上，大步流星走上楼梯。

从他泛白的骨节不难发现，他在隐忍，一旦他动手，那么合约肯定会谈不成。这个合同就算不签，实力强大的韩氏集团完全能够受得住，可是这个合作案涉及到市中心那块最大的地，有来自各方面关注的压力，合作真的终止，对韩氏集团的名誉是有损失的。

这个名誉的损失虽然还可以弥补，但他不能冒这个险。韩氏集团是他们韩家几代人的努力才达到今天的成就，绝对不可以因为他而将这一切毁于一旦。

而不远处，萌小男正对萧明洛说出一句“麻烦你离我远点好吗？”从她丰富的泡帅哥经验中，她知道这类帅哥一向是花天酒地，那颗爱别人的心早已经被他们自已深深埋葬，所以这类人是最惹不得的，一不小心就会让你永无翻身之地！

萧明洛嘴角微微一勾，这女生居然不着他的道！难道说，她只对七录有兴趣？一般女生对他们三个无论谁都不会有抵抗力，可是她……有趣！和安初夏倒是挺像。脑海中不经意间想起安初夏那张清醒的脸，抬起眼看了下巴萨丽，有了这个正牌未婚妻的存在，不知道她现在是何反应呢……

不过，见到韩七录黑着脸离开，萧明洛还是暂时没管萌小男，和凌寒羽对视了一眼，默契地走过去将巴萨丽扶起来。萧明洛摆出他那天使般的微笑垂下头说：“真是抱歉，七录这小子，偶尔就喜欢欺负欺负女生！他其实也就是……大家俗称的——变态！”

嬉皮笑脸的一番话把萌小男这自以为笑点超高的货都给逗乐了，扑哧一声笑出声来。学校的校霸加校草级的人物居然被说成变态，除了震惊，她只觉得这萧明洛还挺大胆加幽默的。

然而另一个人可不这么想！巴萨丽刚站直身子就听到萧明洛说她的七录是变态，这个词她还是很了解的，总之就是骂人的意思，她可不允许别人骂她的未婚夫。一咬牙，她将扶着她的凌寒羽和萧明洛一齐推了出去：“你们两个！给我滚！我不许任何人说七录的坏话！”

在巴萨丽说完这几句话的下一秒，一排黑衣人横空出现，站在最前面的是坤尼。

巴萨丽不自觉地后退了一步：“你……你们？”初来乍到的她当然不知道这些人是什么人，明显也被这阵势吓到了。

萌小男虽然也被吓到了，但她很快就明白过来这些人应该是凌寒羽的保镖之类的人。好玩，这下子有好戏看了……

凌寒羽本就是那种对女生没什么好脸色的人，无所谓地一耸肩，淡笑着说：“真是不好意思，我的手下比较护主，你刚才推了我，那么他们自然也就不会对你客气。顺便提一下，我的手下不怎么听我的话，有时候反而会逆着我的话做事。”

他脸上那无害的笑容却让巴萨丽忍不住竖起了汗毛，她强作镇定，微扬起下巴，刚要说些什么的时候，却听见韩七录的声音突然从楼梯上传来：“你们两个，快考试了，还站着干什么？”

言下之意，也就是让他们两个适可而止，凌寒羽心中略有不爽，对这个突然出现的巴萨丽持着的是万分不满的态度，但看韩七录那强势的表情，他也就只好咽下这口气了。而且……看安初夏，似乎也没有什么很大的情绪波动啊。那他激动个什么劲？一撇嘴，最终轻瞥了一眼巴萨丽然后转身走向楼梯。

至于萧明洛，一向是以自保为原则，也摸摸鼻子，灰溜溜地往楼梯上走去，期间还朝萌小男抛了一个媚眼，看得萌小男的眼皮子一跳，差点当场吐出来。

“七录，他们……”面对那么多虎视眈眈的人，即使巴萨丽因为韩七录帮了她感到很高兴，也不敢挪动半步。

领头的坤尼收回落在巴萨丽脸上那犀利的目光，转头看向韩七录。韩七录的名望他听到过不止一次，能让凌寒羽这么害怕的人世界上除了凌老太爷那也就只有韩七录了。跟他对视了片刻，坤尼的额上浮起一层细汗。

那是何等可怕的眼眸？你不仔细看的时候只觉得那双眼睛很漂亮，很有神。可是一旦你仔细看，你就会发现那平静眼眸的背后藏着的是如深渊一般深厚的戾气。

不着痕迹地收回自己的视线，坤尼朝韩七录微点了一下头，沉声说了一句：“消失。”

瞬间，一群保镖在他们面前消失得无影无踪。巴萨丽再次惊讶地张大了嘴巴，傻傻地盯着前面的空气。显然这种场景她是从来没有见过的，相对于她的惊讶，萌小男反倒显得异常冷静。这种凭空消失的场景她见得多了——在小说里。

稍收敛了心神，萌小男镇定地朝楼梯口看了一眼，没有韩七录三人的影子，忙上前几步，伸手轻拍了下巴萨丽的肩，眼眸中划过一丝冷笑，稍纵即逝。

“巴萨丽同学，七录少爷他们已经走了，你别怕，已经没事了。”萌小男关心地拉住巴萨丽的手，但随即手被巴萨丽甩开。

萌小男猝不及防地抬头看向巴萨丽，只见她满脸阴霾地看了一眼楼梯口的方向，又很快收回目光对上萌小男不知如何反应的脸。

转而扬起一抹淡然的微笑，她挽住萌小男的手说："抱歉，我刚才有点失控。都是因为他们……那两个男生我认识其中的一个，叫凌寒羽，是凌家未来的继承人。那另一个又是谁？两个人还真是让人感到恶心！"

萌小男耸耸肩，不置可否："我也刚来，不是很清楚呢。不如我们先找个地方坐坐，然后等考完试我们就回去？"

"不需要了，我有事要离开一下这里，你如果想要找个地方坐坐就坐坐吧。我先走了。"

巴萨丽眼中的那丝轻蔑虽然被隐藏得很深，但还是被萌小男一眼就看了出来。紧紧地握紧手中的拳头，她真心想要一拳就挥过去。但还是在心里心心念念地告诉自己，为了大局着想，一定要稳住，稳住！

扬起僵硬的嘴角，萌小男干笑说："既然你有事，那就先走吧。我随便走走。"

目送着巴萨丽离开的背影，她早在心里问候了巴萨丽的十八代祖宗一百八十遍了。一转身，却正好撞到一个人。

而且，这个人好眼熟的样子……

"校长好！"她对着校长鞠了个九十度的躬，随即挂上一副狗腿的笑容："您怎么会在这里？不是应该去监考吗？"

校长像看白痴一样深深地看了萌小男一眼，这才收回目光淡然地说道："我是校长，不参加监考，如果你很空的话，就去帮忙打扫一下学院里的图书馆吧。正好那边很缺人手。"

打扫？萌小男的脖子僵硬了一下，狠狠地咽了口口水，点了下头道："能为学院效劳，我萌小男在所不惜！"

这话换来的当然是校长满意的笑容，然而几个小时过后，安初夏扶着萌小男恨铁不成钢地瞪了她一眼，把累得连腰都直不起来的萌小男扶到图书馆的空座位上轻轻扶着她坐下。她刚考完试手机就震动起来，短信内容是：老大，我在图书馆，救命啊！

有那么一瞬间她还以为是巴萨丽对她做了什么，于是二话不说跑出教学楼往图书馆这里跑来。结果是这家伙为了能跟校长讨好关系，居然来做苦力。一个人把巨大的图书馆都给打扫得干干净净。

看萌小男重重地松了口气时，安初夏紧张的神经也算是放松下来，不由说："我说萌小男，你稍微有点出息好不好啦？以后再为了跟人家校长或者老师讨好关系就做这种累死人不偿命的活的话，你就直接先自我了断。否则等我知道了，我直接掐死你！”

“哟，这是想要掐死谁呢？”萧明洛的声音突然像幽灵一般飘了过来，紧接着就闻到一阵花香。再接下来，安初夏的眼前突然出现了一束火红色的玫瑰。

带着几分迷茫地眨眨眼睛，安初夏抬眸，对上萧明洛的眼睛：“你这是……你怎么会在这里？”

作为一个女生，她的第一反应居然不是因为男生突然送给她红色玫瑰而感到惊讶，而是一开口就问对方怎么会在这里。果然安初夏的脑子里塞的都是浆糊吧？萧明洛在心里叹息一声，转而扬起一个无耻的微笑：“可爱的安初夏小姐，帮我个忙可否？”

如果不是这家伙有着那样一副好皮囊的话，安初夏肯定会毫不犹豫地赏给他一个耳光。只是这俊脸让人一看就难以下手。当然，她扇韩七录那张脸也不知道扇了多少次了……

“有屁快放，我忙着呢！”她皱了下眉，没有接过萧明洛手里的玫瑰花。这男人犯贱到什么程度了她也是知道的。

一旁坐着喘息的萌小男此刻眼珠子一转，见萧明洛一脸尴尬的样子，忙伸手一把夺过他手里拿着的那束玫瑰花眼睛闪闪发光：“这位公子，您买的花真香，我就不客气了！”

萧明洛先是一愣，再低头看了下自己的手，原本拿着一束玫瑰花的手空空如也。无所谓的一耸肩，反正这花也是刚才爱慕他的女生送给他的，谁爱要谁要呗。现在他有更重要的事情需要安初夏帮忙……

这么想着，萧明洛随即扬起一抹无耻到极致的笑容：“其实我出现在这里并不是偶然……”

“行了，有话直说，吞吞吐吐的跟个娘们似的。”安初夏眉眼一抬，一脸鄙夷。说到底，她其实对萧明洛的好感真的没多少，这种游戏人间的公子哥真是怎么看怎么不爽。好在他对她似乎没什么非分之想，纯粹当兄弟对待了，她也就把他当作了朋友。

虽然是这样，但心里对萧明洛的芥蒂多多少少还是存在着的。

轻叹了口气，他微抬起眼瞥了一眼萌小男，毕竟这种丢人的事还是越少人知道越好吧？萌小男自然也不是傻瓜，人家一个眼神她就明了。干脆一摊手，轻扯了下嘴角无比自然地说：“我去医务室挂点葡萄糖吧，今天体力消耗忒大了。”

安初夏轻点了下头，没有拒绝，目送萌小男渐行渐远的背影消失后，才抬气起眼带着一丝慵懒地看向萧明洛：“说吧，有什么需要我帮忙的，我很忙……”

待会儿班主任还要就上午的考试跟他们说点事，她可不能迟到。

“或许，我应该把所有关于我的事都告诉你。”他并不着急，因为事情总是要慢慢的才能说清楚。而且，就算没有安初夏他也能很好地解决这件事，但是他只是想单纯帮一下安初夏和那个榆木脑袋韩七录。

一直以来，他都在被人误解。而且，他想要的就是被人误解，因为他压根不想当什么萧氏集团继承人。所以他才一直是以一个花花公子的身份出现在大家的面前。可是韩七录，那个榆木脑袋，居然一眼就看穿了他。

从萧明洛那充满魅惑的口吻中，她了解到，萧明洛其实并不是那种在花丛里整天沾花惹草，却从不对任何一朵花或者草负责的人。

萧明洛跟凌寒羽还有韩七录都不同。他并不是独生子，上面还有一个无论什么事都做得非常好的哥哥。但是去世的祖父留下遗嘱，以后萧父要将萧氏集团的继承权交给他。因此拥有继承萧氏的绝对权。也因为这样，他对哥哥深感愧疚，所以故意流连花丛让父亲放弃把继承权交给他。

这原本是很沉重的话题，萧明洛却把它以无比轻松的口吻说了出来，就好像在讲一件和自己毫无关系的事。

不知怎么的，安初夏的胸口居然感到了些许的沉重。一直以来，她都很讨厌那种含着金汤勺出声的人。现在跟他们熟识了，才发现他们其实并没有自己以前认为的那样过得很轻松，反而比一些穷苦人家的人过得更加沉重、痛苦。

人人都有一本难念的经，这句话说得确实没错。但重点不是这个，重点是……

“你总不是想要我帮你去跟你老爸说，让你老爸把继承权交给你哥哥吗？别说我会不会答应你了，就算是答应你，你老爸会不会把我当成一个女疯子还是另外一回事呢！”

安初夏的目光中闪烁过一丝不解，惹得萧明洛哈哈大笑，一伸手轻轻弹了一下她的额头。

“如果我的这件事是你能说话就能解决的，我就没什么可愁的了。我说这些，只不过是希望你能够心甘情愿地帮我解决另外一件事。”萧明洛眼中划过一道深不可测的亮光，一闪即逝。

“帮你……另外一件事？”安初夏眨眨眼睛，更加不解，干脆一挺胸，“那就别绕弯子了直说了。我对你以前有些误会，希望你不要介意。”

萧明洛无所谓地一挑眉，一脸坦然地掏出口袋里的手机，一边查找手机里的通讯录，一边说道：“你还记得自己那天去亚特兰蒂斯时认识的那两个女生吗？”

稍微一偏头，她的脑海中立刻浮现出欧亚和欧溪两个人的面孔。说起来，她还很不厚道地利用了她们，没能够找到机会说谢谢，也没能够找到机会说抱歉。虽然她不是有心的，但利用了她们两个确实是事实啊。

用力地一点头，她的目光笔直地看向萧明洛：“当然记得，说起来我还欠她们两个人一个人情呢。”

萧明洛慌忙搂住安初夏的肩，强迫着她与自己再次对视，目光中带着一丝恳求道："小初夏，伟大的小初夏同学啊！这次你可不能帮她们！得帮我！"

这下子安初夏完全是丈二和尚摸不着头脑，迷茫地上下打量了萧明洛一眼问道："你到底是想要我干什么？"

"很简单！"萧明洛打了一个响指，"做我女朋友！"

"咳咳咳咳！"安初夏被萧明洛突然的一句呛到了，呛得眼泪都忍不住流出了那么半滴……

而始作俑者眼底闪过一丝笑意，无可奈何地拍了下安初夏的肩一字一句地说："拜托，别这么大惊小怪好吗？"

最后总算是止住了咳嗽，安初夏狠狠地抬起眼睛瞪了萧明洛一眼："合着你这是在耍我呐！"说完不等萧明洛有什么反应，她转身就要离开。

萧明洛连忙上前拦住她："别生气嘛！是你误会了，我的意思是，请你假扮我的女朋友吧！"

"假扮？"安初夏一挑眉，她一开始就猜到萧明洛这家伙不会对她说那种话。无奈这家伙说话实在太拐弯抹角，再不假装生气的话，他恐怕还要磨蹭个半天。

从萧明洛无奈的描述中，她知道了萧明洛这家伙有个怪癖。那就是不喜欢一次只勾搭一个女生，喜欢看到昔日好友的两个女生因他的出现而决裂。

双手抱胸，她有些气恼："萧明洛，我真心都不想说你！你说你怎么……"

"我这不是无聊吗？！拜托你，就帮我这一次！下次这种低智商的事情我绝对不会再做！"萧明洛信誓旦旦地说完，他还伸出右手的三个手指做发誓状。

如果不是想要让巴萨丽快点消失，让他能够重新看韩七录和安初夏的好戏，他才不会发誓不再做那么有趣的事。由于哥哥一直因为继承权的原因讨厌他，他们兄弟两个的关系根本就是水和火，所以他并不喜欢看到别人有什么姐妹情深。

或许，他喜欢挑拨两个女生之间的朋友关系的原因，只是因为他太无聊了……

但不管怎么样，他确实是真心希望榆木脑袋七录和安初夏在一起的。所以，他只能做出点牺牲喽！

白了萧明洛一眼，安初夏收回目光："那为什么是我？你完全可以找一个心甘情愿做你'假女友'的女生。"

关于安初夏这个问题，萧明洛之前早就想好要怎么回答了。

"你以为我喜欢做这种热脸贴人家冷屁股的事吗？怕就怕那些女的假戏真做，赶走两个麻烦又多出一个新的麻烦。所以就找您这位不会为我英俊的色相所迷惑的仙人喽！这天底下唯一对我的魅力不感冒的，也就只有伟大的小初夏了，你说是吧？"

这话安初夏听得相当舒服。一点头，她同意了："但是作为报答，你要给我相应的报酬。”

萧明洛一愣，这安初夏什么时候也这么爱财了？不过说起来，她之前还说要去凌寒羽家打工来着。难道很缺钱？哎呀！不管了！钱乃身外之物。一闭眼，他伸出一个手指：“一百万，不能再多了！”他最近经济危机，也拿不出更多的钱。不过他当然也不是白痴，这些钱在她跟七录和好之后，他会连本带利再乘以十倍让七录这富翁还给他的！

“合作愉快！”安初夏贼贼地笑笑，“那就约个时间吧，到时候再跟我说，想要我怎么做。我现在得赶紧赶回班里去。”

萧明洛无所谓地一耸肩：“到时候我会来找你的，你只要配合我就好了。”

他跟那个叫欧溪的女生约好在今天中午放学的时候见面，现在还早得很，他也就不着急。

“对了，再帮我件事。麻烦你去医务室看看刚才坐在这里的女生，她是我朋友，如果可以，麻烦你送她回家吧。”

萧明洛二话不说就答应了，不就是送个女生而已。更何况，那女生好像很好玩的样子……至少，看起来不花痴，那也就够好玩了！

见萧明洛答应了，安初夏也就放心地走出了图书馆，快步走向教学楼。

看了下手机，离老师规定要到教室的时间还有十分钟，不由得放慢了脚步。手机突然震动起来，来电显示：韩七录。

拿着手机的手突然一紧，她的神色显得有一些慌乱。眉头微皱，她犹豫着要不要接电话。他这个时候打给她干什么呢？应该……不会有什么重要的事吧？不行！要就此跟他划清关系，那么这个电话，绝对不能接！

一闭眼一咬牙，她按下了拒接键。可是她私心地没有按下关机键。但是直到走回教室，手机却再也没有震动过。韩七录没有再打过来，她应该感到轻松才是。可是为什么心底却涌现出那么浓重的失落呢？

难道自己疯了？安初夏失魂落魄地在座位上坐下。同桌菲莉亚疑惑地凑上前询问：“怎么了初夏？是小男出什么大事了吗？怎么一副丢了魂魄的样子？”

之前见安初夏一交卷就往外跑的时候，她就已经猜到肯定是小男同学出什么事了，现在她这副表情，让她更加担心了。

将心底所有的情绪收敛在眼底的最深处，她扬起一抹笑：“没事，你不用担心。那家伙只是因为无聊而做了很无聊的事。我只是在担心我们班里的成绩罢了。”

菲莉亚这才放下心来，就在这个时候，班主任走进了教室。

“刚才的那堂测试大家应该都发挥得不错吧？”

回应班主任的是此起彼伏的声音。

“那当然！”

“这将会是我有生以来考试考得最好的一次！”

“我们不会让你失望的！”

听到大家的回答，安初夏的心绪才算是稳定了些，隐藏在心底的情绪也算是消散了一点。

“虽然这样，但是大家也不能就这么松懈，下一堂测试也要全力以赴！”

“是！”

“还有一件事，那就是关于斯蒂兰一年一度的野外大探险活动……”班主任正准备继续说下去，门口出现的人却吸引了所有人的视线。

“七录少爷，您怎么会突然来这里？”班主任的态度显然有些卑微。韩七录轻瞥了讲台上的班主任一眼，随即将视线落在初夏淡漠的脸上。

她好看柔和的脸部线条在此时显得有些紧凑，却也不乏美感。如王者一般，他上前几步，走到安初夏面前：“为什么挂我电话？”

他这句话并不是疑问句，而是质问，不乏威严的质问。被他这么一问，安初夏的脸上不免有些挂不住，手紧紧地攥成拳状，语气却异常轻松：“如果我没有记错，宪法里并没有规定我安初夏必须要接您的电话吧？”

安初夏轻蔑的语气和淡然的表情彻底激怒了韩七录。一伸手，在全班众目睽睽之下，他紧紧地拽着安初夏的手臂，将她拉出教室。

“你要干什么？放开我！放开——”安初夏大声地喊着，无奈力气太小，无法挣脱开他如同铁臂一般有力的右手。只好任由着他拉着自己的手臂，一直被拉到了学校的天台上。

用力一甩，她整个人被丢出去，如果不是她反应快及时地抓住了天台的栏杆的话，说不定就被直接从天台上被丢了下去。

惊魂未定地紧紧抓住栏杆，她脸色苍白。倔强的小脸却并未留下半滴眼泪，如果就这么死了，或许她就可以见到妈妈了。

韩七录知道，以他的力度和刚才把她甩出去的速度，她绝对不会摔下天台，然而他必须要让她受到教训！

“下一次，如果再挂掉我电话，那么……后果绝对不会是这么简单。我会让你……死无葬身之地！又或者，让你生不如死。你知道的，我这个人，绝对是说到做到！”他的语气高傲地不可一世。其实他一直就是这么一个人，像皇帝一样，不允许有任何人轻视他的权威。

就算是她安初夏，也一样！

安初夏强迫着自己，压抑着胸口的熊熊怒火，忍住不朝他发脾气。深吸一口气，为什么会觉得连呼吸都那么沉重？

“你找我什么事？”她的声音听起来无比平静，如同一潭死水般毫无波澜。

但这就像一部韩剧里说的，相当于在“平静的湖面开机关枪”。

能上天台来的人一般都是韩七录这等超级贵公子，所以天台上几乎没有人。不着痕迹地看了眼周围，并没有任何一个人，韩七录上前几步，拉住安初夏的手，她可以很清楚地看到韩七录的嘴唇有些颤抖。

“你在吃醋？”跟安初夏想的相反，韩七录居然没有一点发怒的征兆，反而……眼底居然有那么一丝并不明显却是真真正正存在着的笑意。

如果安初夏这是在吃醋，那么……是不是说明，她确实也是喜欢他的？

紧咬了下下唇，安初夏的脸上浮现出一丝冷笑：“大少爷，你似乎也太过自恋了吧？如果没什么事的话，我就先回去了，很快就要进行下一堂测试了。”

“如果你是在担心这个的话……”韩七录顿了顿，如神明般望着她，一字一句地说：“我可以命令他们，让他们把考试的时间延后。又或者说，我可以轻而易举地让他们把你们班的名次排到第一。”

韩七录说话向来都是这样，像高傲的王者一般，似乎什么都可以做到。而他也确实什么都可以做到，但她就是不爽他这个态度。真以为自己是神了？

她对此嗤之以鼻，甩开韩七录轻拉着自己的手腕，她与他擦肩而过。

有一撮柔顺的发尾因为风的原因，轻扫过韩七录轮廓分明的侧脸，痒痒的，有一种莫名的心悸感：“我们不可能的，韩七录。”

韩七录的睫毛渐渐地低垂下来，安初夏没有看到韩七录那不可一世的俊脸上出现哀伤的神情，就连天空都阴暗了一点，似在为他的悲伤而感到悲伤。

“第二堂考完的时候我在校门口等你，我妈让你回去吃饭。”末了，韩七录怕安初夏不答应，又补上一句，“别让她失望。”

说完的时候，安初夏微凉的指尖正好触及到冰凉的天台门把手。手指微僵了一下，她打开门，果断地走出了天台，自始至终没有回头看韩七录一眼，而韩七录也一直是保持着之前那个背对着天台门的姿势。他不知道现在自己是怎么了，只是觉得当年向蔓葵带给他的伤痛似乎又回来了，而且这种痛，似乎比那种痛更加让人难受。

“该死！”他狠狠地一拳砸向天台的栏杆，被砸的地方稍微有那么一点凹陷，紧接着鲜血直流。

而他的脸色却丝毫未变。

安初夏再次打开天台的门的时候就看到韩七录的右手直冒血，一点一滴都滴到天台的地上，居然汇聚成了一小滩的血，触目惊心。

原本她只是接到萧明洛的电话，说是时间定在今天中午吃饭的时候。只要她配合他，装作是他的女朋友然后借机甩掉欧溪就可以了。

自然，她是不想让姜圆圆失望的，毕竟是真心待她的人。所以就想来跟他说一声，可能会稍微晚点到学校门口。没想到居然看到了这样一幕。

她的胸口不自觉的一息，像是有块石头堵住了她的胸口，让她不能呼吸。

听到开门的声音，韩七录一脸冰冷地偏过头看向门口，却看到安初夏满脸震惊的样子。他还以为是凌寒羽又或者是萧明洛，没想到居然是她。

不着痕迹地将手收到身后，他不想让她看到自己受伤了。轻描淡写地将目光移开，平静地问道："有事？"

以她的个性，没有事情绝对不会再回到这里来。其实他说的都是实话，姜圆圆确实打了个电话让他叫安初夏中午回去吃饭，那么，她现在是来拒绝他么？连姜圆圆的请求都拒绝吗？他的目光染上一丝冰冷。

嘴角一扬，他收起心里的情绪道："实在很厌恶去那里吃饭的话，就不要去了。我妈她还不至于因为你不回去吃饭就要死要活的。"

而安初夏根本没有注意他在说什么，只看到他不着痕迹地把手放到身后。

迅速地往前跑，她很快就跑到韩七录的面前。这个笨蛋！

"你……刚才跟人打架了么？"其实她一眼就撇到了栏杆上的血迹，知道他肯定拿自己的手出气了，其实又何必……

想想也是她的错，不自觉的，她语气带了一份关切："把手给我伸出来。"

韩七录一愣，望向她的眼睛多了一份探究。他在猜测她这句话到底是什么意思，到底是本着什么心情说出来的。然而高傲如他，怎么可以因为女生让他把手伸出来他就伸出来呢？那也太没面子了！虽然安初夏早已经无数次让他没有面子，丢脸丢到了太平洋。

见韩七录纹丝不动，没有想要把手伸出来的意思，安初夏一急，伸出手把韩七录藏在身后的手一把扯了出来。他的手比她的要大很多，手上还有不属于他这个年纪的老茧，还有就是……血肉模糊的骨节。

心忍不住就抽痛起来，她眉头一皱："自虐很好玩吗？"

韩七录紧紧地用目光锁住她的眼眸，似要把她看出一个窟窿来。半晌，他动了动嘴唇道："我会尽快让巴萨丽消失在你的视线的，相信我。"

这句话从他嘴里说出来，就像是一个郑重的誓言般，让她更加喘不过来气。而"巴萨丽"这三个字，也让她瞬间惊醒。如同扔烫手山芋一般松开韩七录的手，连连后退了两步才稳住身子。

"这跟我无关，我只是来告诉你，会晚一点到门口，我走了……"

又是那种淡漠的表情，她转身就走，而韩七录这次也没有拦着她，嘴角却染上了一丝笑意。这丫头，太过倔强，不过跟他也脱不了关系。如果不是刚见面的时候对她态度恶劣，恐怕会省去很多麻烦两个人就能在一起的吧？

第十三章 花为媒

话说萧明洛离开图书馆之后，就前往医务室。可是医务室里空空如也，除了那两个轮到今天坐班的医师外再没有看到任何其他人的人影。

“萧少爷，是哪里不舒服吗？”那两个坐班医师立即上前问道。

再次环视了下并没有很大的医务室，他收回目光淡淡地问道：“有没有看到一个女生？长得……不怎么漂亮，然后很有趣。”

两人对视一眼，尴尬地笑着说：“我们并不知道您指的那位女生是谁……不过这医务室今天还没有学生来过，应该没有来过您要找的人。”

这就奇怪了，难道她没有来医务室？

头痛地摆摆手，他转身就走。这死丫头到底跑哪里去了？算了，干脆再给安初夏打个电话说见不到人，那就不是他的失职了。

刚拿起手机还没有来得及开锁，目光就瞄到一大群人站在他的不远处，在抢着什么。眼尖的他一眼就看到萌小男抱着火红的玫瑰花在说着什么。

把手机放回兜里后，他疑惑地上前几步，就听到萌小男居然在……

“都来看一看啊！同学们都知道这是什么花吗？”萌小男的表情那叫一个高深莫测，在得到玫瑰花这样的回答后，她嘴角一扬，洋洋得意地说：“你们不知道，这是我从郊区的紫云寺开光带回来的，别看这看起来像普通的玫瑰花，其实啊……”

“其实什么？”见她卖关子，围观的同学立即迫不及待地问出了声。

萌小男脸上的笑意更深：“其实这是能保佑我们逢考必过的仙花……神仙的仙！我妈特地帮我去求的，上一堂考试我真的就考得很好，肯定能过！不过这花太多了，我不知道应该放哪里，班主任说让我拿去扔了。你们说这仙花扔了多可惜啊，是不是？”

“是啊！”有人回答道：“不如送给我一朵吧，我看看是不是真的有那么灵验。”

“也送我一朵吧！”

“我也要我也要！”

“同学，也给我一朵吧！”

这时候萌小男翻了个白眼说：“我妈可是千辛万苦才去求来这束花的，就这么送给你们，多少觉得有些……”

“那我买了！多少一朵？”立刻有人回答道。

站在离他们不远处的萧明洛如同被雷劈中一般，傻傻地站在原地，嘴角不自觉抽了抽。这个女生……怎么可以比安初夏还要强大？这么一神游，他没有听清楚萌小男开了多少价格，只见那些学生们纷纷掏口袋，几乎是在一分钟之内，一大束玫瑰被一抢而空。那些没有买到的还自认倒霉，说着下次如果她妈再去那个寺庙求花的时候就帮他们带几朵，愿意出高价买之类的就离开了。

原本脸色一脸可惜的萌小男在那帮人离开后，立即眉开眼笑，跟换了个人似的。像个财迷似的快速从口袋里掏出一大沓红色的百元钞之后，开始认认真真地一张一张地数起来。一边数还一边鄙夷地说：“这群有钱没脑子的，随便这么一说就信了。两百一朵居然真的就两百一朵。早知道的话，我就说一千一朵了。啊哈哈，不管怎么说，现在也算是发了点小财。上帝有眼呐……”

面前却突然出现了一个黑影，她诱惑地抬起头，刚想要说花卖完了，欢迎下次再来时，却撞上了萧明洛的那双迷死人不偿命的桃花眼。

有那么一瞬间，她感到一丝晕眩。但很快她就恢复镇定，不着痕迹地把钱放回口袋，还装模作样地理了理衣襟，这才慢条斯理地说道：“您……有事？”

挑了下眉，萧明洛好笑地看着萌小男一字一句地说：“怎么说这花的原主人也是我吧？现在赚了钱怎么也没看你有想要分我一半的想法？”

心里咯噔一声，萌小男早已经把萧明洛的十八代祖宗都问候了个遍了。俗话说，越有钱的人就越吝啬，此话果然不假。

干笑着，在萧明洛炽热目光的注视下，萌小男狠狠地一咬下唇，把自己的血汗钱掏了出来，抽出了其中的一半，半闭着眼睛递给萧明洛。

眼中快速地闪过一道狡黠的光，萧明洛毫不客气地拿过钱，放在了上衣口袋里。满意地看了萌小男一眼说：“丫头，看不出你还是挺有经济头脑的嘛！下次在我紧急短缺的时候，可以考虑考虑，再次跟你合作。”

萌小男再次干笑着说：“您过奖了……”

收起脸上那戏谑的笑，萧明洛终于想起了正经事，轻拍了下萌小男的肩膀说道：“安初夏那丫头让我把你送回家，可是我待会儿也要考试了，怎么说这次不能比寒羽那混蛋考得差，所以呢，你在这里等着不要乱跑，我叫我的手下开车送你回家。待会儿你告诉他们地址就好，我就先走了。”

萌小男的脸上依旧挂着那副职业性的微笑，淡淡地回答道：“既然这样，那也就不客气了，您慢走，祝您待会儿的考试赢过那个什么混蛋。”

满意地一点头，萧明洛转身就走，没有看到萌小男朝他原本站着的地上吐了一口唾沫。待他走远后，萌小男才大骂出口：“你个什么东西？！凭什么老娘的血汗钱要分你一半？我咧个去，简直是非人哉啊！”

不过……她的脸上在瞬间又泛起了笑意！还好凭着她超级无敌的脑袋和视力，早在忽悠同学买花的时候就看到了站在远处一脸莫名的萧明洛，所以她就留了一手……

将手伸进另一个口袋，从那个口袋里掏出了一叠红色毛主席，还好她眼疾手快藏了几张放在另一个口袋，否则非亏死不可！

正想夸自己是多么青春无敌的时候，眼前突然出现了一辆黑色的轿车。从车上走下来一个中年的男人，这人想来应该就是萧明洛的手下了。

果然，那人看了萌小男一眼，恭敬地上前询问道：“请问您是我们少爷让我接的那位卖花小姐吗？”

卖花……小姐？萌小男的脸上立即变得铁青，但无奈，她总不能说不是，拒绝了这辆免费轿车不是？一咬牙，她露出一个比哭还难看的笑容回答道：“是我，麻烦你送我回家了……”

车子很快驶出斯蒂兰学院的校门，铃声在此时恰好响起，第二堂考试开始……

一个多小时后，安初夏揉了揉疲惫的双眼，刚想要眯眼假寐一会，班主任就走进来了。说的无疑就是关于野外大探险活动。

说到野外大探险，安初夏原本快要被瞌睡虫占领的脑袋瓜立刻完全清醒了过来。坐正身子，偏了下头轻声地问同桌菲莉亚道：“野外大探险活动应该会很好玩的吧？”

谁知道菲莉亚立即摆出一个恐惧到极点的表情，而且安初夏清清楚楚地看见她的额头上滑下了一颗细腻的汗珠。

“怎么了？”安初夏的声音稍有些沙哑，这是被菲莉亚夸张的表情给吓的。难道她说了什么不该说的话？难道这几个字也是斯蒂兰的禁忌？

只见菲莉亚摇摇头，从抽屉里抽出一张餐巾纸给自己擦了擦额头上的汗颤抖着说：“这种活动，简直是为了折磨人而存在的。你看我这个体型，去参加什么野外探险，这简直不科学嘛！”

这下子是安初夏的额头流下了一滴冷汗。稍打量了一下菲莉亚，虽然菲莉亚也算不上是什么很胖很胖的胖妞，可也确实不能够被称之为苗条。

这下子她了解为什么菲莉亚会那么害怕听到“野外大探险”五个字了。但是她越是害怕做运动，身体就会越来越胖的。安初夏摇摇头，压低了声音说：“菲莉亚，你这样可是不行啊。参加野外大探险活动其实也是有好处的，比如说……能够帮你减肥啊。虽然你也不是很胖，可是再这么偷懒下去，迟早有一天会成为一个胖妹子的。”

菲莉亚无所谓地摇摇头回答说道：“我无所谓什么胖不胖，你也不用安慰我，我知道自己确实很胖了……再胖下去反正也没多少差别，总之这次活动我死活不会去参加的！对了，初夏，要不你也别参加好了，这种活动根本就是浪费时间嘛。还不如买点零食，然后趴床上看漫画来得实在！”

听完菲莉亚的话，安初夏没有再说下去，毕竟去不去是人家的自由，她可没有那个权利去干涉。

不过再仔细想想的话，其实菲莉亚的话也并不是完全没有道理。这种活动，在普通的学校是根本没有的，这种活动的存在也不过是为了让这些富家子弟玩得开心，她可不是为了这些才活着的，她是为了妈妈的梦想。

所以……不如这次她也别去好了，拉着萌小男逛逛街，复习复习功课。有空还可以找份临时工的工作赚外快。

正这么想着，班主任的话又传入她的耳膜。

“这次野外大探险活动是大一、大二、大三三个年级的人都会去的，但是也不乏有不想去的同学。所以我在这里说一下，不想参加这次活动的同学，必须要跟自己的父母商量好，让他们打个电话到我这里报备一下。到时候再写一下请假条，他们参加活动的时候，不想参加的就可以在家里自习。但是要切记，在家里也不要惹事，要好好预习功课。”

菲莉亚的眼睛闪啊闪，高兴地笑着回答道：“老师万岁！”

班主任轻咳了一声说：“那我先了解一下，有多少人是不想去参加野外大探险活动的？”

菲莉亚快速地举起了手，紧接着也有那么几个人举起了手。就在班主任清点人数的时候，安初夏也举起了手。

菲莉亚稍感到些诧异，但没有多问，反倒是坐在她右边的几个同学问她为什么不去。

安初夏眨眨眼睛说：“还不是很确定，总之，先举手了吧，反正现在也不是最后的统计。到时候我还是可以去的啊。”

她回答得模棱两可，大家也就没有再追问。

"一共是七个人，那么回去后你们让你们爸妈给我打个电话吧，我的电话号码是××××××××××××。不是家长打的不作数，就先这样。"

恰巧此时，放学的铃声响起，班主任走出了教室的门，同学们也都一涌而出。安初夏随便收拾了一下座位就走出了教室，恰巧碰到萧明洛一脸淡笑地往这边走来。

安初夏快步走上去问道："那两个女生呢？我今天有事，得回韩家吃饭，你得动作快点。"

无比自然地挽过安初夏的肩，萧明洛轻声说："那么你就要好好配合我啊，放心，占用不了你十分钟，我甩人的功夫还是很厉害的，走吧！"

说着，萧明洛挽着安初夏往楼梯走去。安初夏原本是想要甩开他的手的，但是转念又想到既然现在是假扮他的女朋友，那么她也就得忍着点，于是就这么任由他挽着自己的肩。

本以为他跟欧亚和欧溪约了个比较僻静人烟稀少的地方，可是萧明洛却意外地把她带往校门口。一开始她还没察觉出什么，可是视线在看到校门的时候，心中突然划过一丝慌乱。

偏头将目光看向萧明洛，动了动嘴唇她微颤地问道："萧明洛，不要告诉我你跟欧亚和欧溪约在了学校门口。"那样子她绝对会杀人的！

谁知道这家伙迷茫地眨眨眼睛，无辜地回答道："难不成分手还要挑地点不成？我说姑奶奶啊，最后关头，你可不要给我反悔啊，否则我会死得很惨的……"

萧明洛摆出一副快要哭出来的模样，安初夏的眼皮跳了跳，终究还是没能够拒绝这家伙的请求。可是她沉默的时候，萧明洛以为她想要反悔，立即说："你不用担心出现流言蜚语什么的，现在很多人都已经知道了正牌韩氏集团未来的少奶奶不是你，是那个叫……对了！叫巴萨丽的，所以不会有人说你脚踏两条船的啦！"

随便的几句话，却无意中刺痛了安初夏的心。她的眉头微微皱起，尽管动作很细微，但是这一动作还是被萧明洛收在眼底。

虽然很不忍心，但是，这是必须要说的话。俗话说，风雨过后才能见彩虹。果然，安初夏一咬下唇，坚定地看着他说："你误会了，我根本没有不想帮你的意思，走吧。"

反正……她现在确实跟韩七录没有任何的关系了。待会儿去韩家的时候，她应该让姜圆圆给班主任打个电话，然后再……划清她跟韩家的关系吧。

总之，今天她会做一个了断。欠韩家的，她以后一定会还的。

正这么想着，她发现周围的人越来越多，而注意她和萧明洛的人也是越来越多。校门口还有很多人在等自己家的车，也有一些人在闲聊。而安初夏跟萧明洛的出现，无疑吸引了所有人的视线。

“这是怎么回事？安初夏怎么会跟萧少爷走得那么近，而且你看他们的动作，好亲密啊……”一个女生忍不住开口询问站在自己身边的同学。

那人也是一愣，然后迷茫地摇摇头：“你别问这么多啦，说不定是很好的朋友关系啊。”

“可是再怎么好的朋友关系，也不能挽着肩像情侣一样吧？”

“不会是……”讨论这件事的人越来越多，“不会是安初夏跟七录少爷分手了，然后跟萧少爷在一起了吧？”

“可是怎么说也不可能的吧！还有，不知道你们听说了没有，七录少爷似乎有一个真正的未婚妻，就是刚转来七录少爷那个班的女生，长得很可爱的样子呢。”

“我也听说了呢……我还以为这是传言，看样子，好像是真的。”

“天呐，这么说来，安初夏好可怜……不对，如果是这样的话，那校花莫昕薇又是什么立场？不是说她才是七录少爷的正牌女友吗？”

八卦天天有，今天特别多。诸如此类的讨论声不计其数，统统都传进了安初夏的耳朵里。在走到校门口的时候，她不经意间就瞥到韩家的车子正端端正正地停在离她三米远的地方。

虽然隔着黑色的车窗，她完全看不到里面，可是她却能感觉到从车窗里迸射出了两道犀利的光，直直地射在她的身上。

“萧少爷！”一个熟悉的女声传入安初夏的耳膜，她顺着声音看过去，正好瞥见欧溪满面笑容地往这边走过来。看到安初夏，她先是疑惑地看向萧明洛，再是皱紧了眉头，不悦地看着萧明洛挽着安初夏的肩的手。

“你们两个……”她的意思再明显不过。而萧明洛却是一脸的气定神闲。

担心欧溪而故意跟着欧溪的欧亚此刻气喘吁吁地跑到了欧溪的身后，看到安初夏跟萧明洛亲昵的动作，不禁也是一愣。

紧接着，萧明洛轻蔑的声音响起：“看清楚了吧？我也就不多说了，分手吧，我喜欢的人，其实是安初夏。”

看到欧溪刹那间变掉的脸色，安初夏突然感到一阵愧疚。很后悔很后悔怎么就答应演这种坏角色了。

“萧少爷，你在跟我开玩笑对不对？”欧溪虽然是笑着问出这句话的，可是眼泪却不自觉地大颗大颗地滚落下来。

如果不是萧明洛紧紧地挽着她的肩，安初夏恐怕早就坚持不住，冲过去把事情的真相都说出来了。微抬起头，她不悦地瞪了萧明洛一眼，而萧明洛却只是回敬给她一个微笑。她紧紧地咬着牙，目光看向别处。

站在欧溪身后的欧亚一向是很聪明的，一眼就看穿了萧明洛跟安初夏刚才的眼神交流是怎么一回事。上前一步，她挽住欧溪的手臂道："欧溪，我们走吧……"

"不！"欧溪一用力，将欧亚推开。欧亚一个站立不稳，重重地摔倒在地。

"嘶——好痛！"原本清澈平静的眼眸此刻竟泛起了一层薄薄的水雾。欧亚强忍着手心的痛想要站起来，然而眼前却突然出现了一双修长好看的手。

不由自主地眨了眨眼睛，等眼眸的水雾散去时，欧亚这才看清了这双手的主人不是别人，正是笑容复杂的安初夏。她的眼底，似乎隐藏着什么，但她极力地抑制着。

"你……？"欧亚不解地歪了下脑袋，只见安初夏拉了她的手腕扶她站起来，然后指着欧溪跑开的方向轻声说，"她应该是往林荫道那边跑了，要赶紧找到她哦。还有……"

她稍稍顿了下，回过头来看向欧亚，那双眼眸让欧亚的心不自觉颤动了下。上一次见她，是她用了计谋让自己跟欧溪把她带进了亚特兰蒂斯，这一次见她，她似乎又比上次漂亮了不少。又或者说，上一次，自己压根就没仔细打量过安初夏。

那瘦小的肩头，有些微颤。

"还有就是，上次谢谢你们。"

欧亚一点头，扬起一个笑容："欧溪她就是有点小孩子脾气，你不用担心更不用自责，我先去找她了。"说完，她再次对着安初夏一点头，起身重新跑进了斯蒂兰学院。欧溪其实一直都是一个乖孩子，只是被有些东西蒙蔽住了双眼而已。作为姐姐的自己，一定能够让她重新振作起来，接受事实的！

欧亚的背影快速地消失在安初夏的视线中，看到她的反应，安初夏很是满意。看得出来，欧亚应该不讨厌她，反而，那神情里竟然有那么一丝感激。虽然不大清楚这是为什么，但是她还是真心希望欧溪能够忘记萧明洛，重新开始。

嘴角刚要扬起一个弧度，眼眸却突然停顿了一下。

"你喜欢的人……是她？"没错，这声音正是韩七录。他从一开始就注意到这边了，只是一直压抑着，没有走下车。但是看到一个女生摔倒之后又被安初夏扶起来，然后跑开之后，他再也无法保持平静，打开车门走了出来。

虽然这话是问给萧明洛听的，然而他冰冷的视线却自始至终都停留在安初夏的身上。如同苍鹰一般锐利的眼眸似要把她生生地活剥了一般。

聪明的同学都识相地离开了校门口，当然也有那么几个好奇心特别强的，偷偷地站在不远处看着这边发生的一切。

暴君要发怒了……阿弥陀佛，上帝保佑，愿这世界一切太平。

终于出来了……萧明洛心里一阵感慨，他还以为，要等到自己亲安初夏的时候他才会出来。没想到根本都不需要那个步骤的嘛！

不过这样子的话，是不是说明，七录比他想象中的，还要在乎安初夏呢？那么，向蔓葵呢？哎呀！好混乱！

萧明洛微微一皱眉，不管怎么混乱，这戏还是要继续演下去的。

“我说七录啊，你这人做得也忒不厚道了吧？你说你都有一个外国妞了，怎么还惦记着我们家小初夏啊？这不是站着茅坑不拉屎吗？”这话说得多少有点不怕死，但其实他的心里早就打起了鼓。

万一这韩七录一发怒，直接把他的小命给了结了可如何是好？俗话说得好，这生命诚可贵啊……

“萧明洛？”安初夏不明所以地看了萧明洛一眼，心里盘算着萧明洛刚才说的话是什么意思。明明她已经帮他把两个女生给甩掉了，可是他怎么还在假装喜欢自己啊？

她心里突然咯噔一声，莫不是，这家伙在用激将法帮她和韩七录？

“你也喜欢他？”韩七录这次终于算是跟安初夏说话了。之前在阳台上她的关切他全部都收在眼底，可是现在为什么又……难道所有的女人都一样，喜欢红杏出墙，脚踏两条船？

在他的心里，他是坚信安初夏不会是那种人的。毫无理由地相信，可就是说服不了自己把刚才发生的事情都忘记。

一个男生那么亲昵地搂着她的肩，她竟也可以依旧谈笑风生，似乎……还很享受。

周围空气的气温骤降，冻得剩下的几个想要看热闹的同学都再也站不住，一转身，烟一般地消失了。为了好奇心而害了自己的命，这不值得呀！

“我在问你话。”见对方没有反应，韩七录不耐烦地重新问了一遍。

略显疲惫地揉了揉太阳穴，安初夏扭头又上下打量了萧明洛一眼，看得萧明洛心里直发毛。看看，这韩七录跟安初夏这一对简直就天造地设啊，同样都拥有那么令人毛骨悚然的眼神。

“以后不要再做这种幼稚的事了，不是每一次我都会被你骗。”轻描淡写的一句话，算是跟萧明洛交代完了。听得萧明洛心里又是一阵发毛，果然自己的想法还是逃不过她的眼睛啊……

无奈地耸耸肩，萧明洛一脸无趣：“我这不是为了你好吗？算了算了……那等你们自己和好的时候，我再收取好处费吧。”

没错！其实他这么做只有一个原因，那就是……缺钱！最近老爸把他的银行卡都冻结了，说是他最近越来越不像话。所以就只能从富翁七录这里下手……

罢了，反正一时半会儿也饿不死！

眼皮一跳，萧明洛转身就走，边走还边说："七录啊，刚才那都是错觉，你什么都没看见啊！"

在遭到安初夏的一记白眼之后，这家伙才算是闭了嘴，快速地离开了。

而韩七录则是呆站着，他完全听不懂安初夏跟萧明洛刚才说的话是什么意思，什么为了她好之类的话，是在说明洛那小子确实是喜欢上她了吗？

单单只是这么一想，他就感觉自己的胸口似有一团火，要把周围的一切都烧个精光。

见韩七录还死死地盯着自己，安初夏无奈地叹息一声："快走吧，我快饿死了。"

然而韩七录却没有想要放过她的意思，伸手反扣住她的手腕，将她一把拉了回来。安初夏一抬头，正好撞进韩七录带着怒意的眼眸。

心底猛地一震，她淡淡地移开视线轻声说："我不想解释，因为什么都没发生。"

"哦？"韩七录冷然道："那么，你的意思是，你很想要发生点什么喽？"

安初夏的眸子不由得有些微颤，抬起那双眼眸重新对上韩七录的眼睛，唇瓣微启，刚要说点什么，韩七录却抢在她之前再次开口冷冷地说道："不要忘记自己的身份！"

身份？安初夏一愣。他指的是什么身份呢？韩七录的未婚妻？

她眼底不禁闪过一抹讽刺的光，嘴角也隐约勾起一个嘲讽的笑容。未婚妻么？却见韩七录的表情微有些变化，脸部轮廓变得紧凑了。顺着他的目光，安初夏偏过头去看，巴萨丽正从刚才韩七录坐的那辆车上下来。

再仔细看，巴萨丽满脸的不悦，视线紧紧地盯着她，那眼神愤恨地似乎想要活生生地把她撕碎一般可怕。

她毫无惧意，而且嘴角的笑意显得更加深了。一抬头，重新对上韩七录的目光，却见韩七录也正好收回目光来看她。于是很适时地说了句："七录大少爷，不要忘记自己的身份。"

紧接着，在他的脸色变换之前，她已经转身，走向巴萨丽旁边的车。

与巴萨丽擦肩而过的时候，她清清楚楚地听到巴萨丽对自己说道："安初夏，七录他是我的！"

这句话，似乎莫昕薇也对她说过——就算你用那种方法，也休想得到七录的心！因为……他是我的！

果然她们都是一样的说话没创意吗？放狠话就稍微放狠一点好了，她的小心脏还是可以承受得了的。不过无所谓……这一切都跟她无所谓。

安初夏只是脚步稍停顿了一下，转而露出一个灿烂的微笑，淡淡的用只有巴萨丽能听到的声音回答她道：“好，他是你的。”

现在，满意了吧？她撇撇嘴角，满脸无所谓地打开车门，弯腰坐进了后面的车座上。

“少夫人，您不要介意，夫人说了……这位巴萨丽小姐迟早是要走的，让我给您先带句话，说是最近委屈你了。”这话里的意思再明显不过，姜圆圆是站在她这一边的。

安初夏微愣，看向坐在驾驶座上的韩管家，没有回话，只是目光空洞地低下头，不停地搅动着自己的手指。心里思考着，到底要不要跟姜圆圆说，等她凑够了钱，就算巴萨丽走了，她也不会再回到韩家去。

她又开始犹豫了，从一开始的坚定，到现在的犹豫，竟然变化得如此之快。

同时，车外的巴萨丽快步跑向站在原地呆愣着的韩七录面前，不悦地说：“七录，原来你说要等人就是在等她？还有，你为什么下车的时候不让我跟着下车，我可是你的……”

“你给我闭嘴！”韩七录狠狠地瞪了她一眼，“如果还想要我继续好脾气地对你，那么以后就不要拿出那个该死的身份说话，否则……”

韩七录没有再说下去。只是用他那冰冷得不能再冰冷的目光重新上下打量了巴萨丽一眼，抬脚绕过她往车那边走去。

虽然巴萨丽满肚子的不甘心，可是在触及韩七录那冰冷的目光之后，也不敢再说什么，只是也转身快步地跟了上前。在韩七录准备坐在后座的时候，巴萨丽突然上前拦住了他：“七录，你坐前面吧，我习惯了坐在后面。”

韩七录打开门的手停顿了那么一秒，下一秒，他重新恢复淡定的表情，打开车门坐了进去。不习惯？怎么可能不习惯，一般如果真的会晕车的人坐在后面才会不习惯吧？更何况，他压根就不相信巴萨丽会不喜欢坐在前面。她刚才不就一直坐在前面么？

见韩七录没理会她，巴萨丽一咬牙，狠了狠心，最终贝齿还是松开了下唇，脸色复杂地坐到了副驾驶座的位置上。很快，韩管家启动了车子，车子匀速在马路上行驶着。

坐在前面的巴萨丽不住地透过车内的后视镜观看后面两个人的动作，可是每次看的时候，安初夏都是在低着头把玩着手里的手机，脸上的表情很是平淡。而韩七录也只是时不时翻翻手中的赛车杂志，连眼皮都没抬一下。

他们没有任何的肢体接触，巴萨丽心里别提多开心。心想，似乎是她想得太多了，七录似乎也没有对这个女生有太大的兴趣。就算因为她有了很多过常的举动，那也只能说明他是个很善良的人，对在同一个屋檐下相处久了的女生很客气罢了。

巴萨丽的嘴角因为心情变好，不由得勾了起来。就在这时，马路旁的一个小巷子里突然窜出来两只急速奔跑的狗，争先恐后地往马路上蹿来，韩管家慌忙刹车，由于惯性，一时没注意的安初夏一下子身子往前倾去。还好韩七录的反应快，快速地伸出手臂将安初夏揽到自己的怀中。

那两只狗似乎一点也没有发觉自己做了什么错事，依旧相互追逐着，远离了他们的视线。

韩管家慌忙往后看，急切地问道：“少爷、少夫人，你们没事吧？”

他的第一反应并不是关心巴萨丽，而是关心安初夏和韩七录。这个反应很正常，但在巴萨丽耳朵里听来，却是没由来地觉得烦闷。

她坐在前面，当然能清清楚楚地看见两只狗冲出来。第一直觉告诉她要扶住自己，于是快速地拉住了安全带，所以根本就没有出什么事，但被吓得不轻。

回过神往后看去的时候，安初夏正扑在韩七录的怀里，而韩七录的眸子里则满是紧张。

“没事吧？”不难发觉，韩七录的声音里带着一丝恐惧的颤抖。

韩七录身上的那股好闻的男士香水味让安初夏有那么一丝的入迷，贪婪地想要永远保持着这样的姿势，不想放开。然而，他跟自己注定不是一个世界的人。韩七录——堂堂韩氏集团未来的继承人；而她安初夏，不过是一个平凡的、普通的、想要努力考上一所名牌大学然后成为一名能被人看得起的教师的女生罢了。

他们之间不会有任何的将来。

这些想法几乎是在同一时间蹦出来的，一咬牙，她推开韩七录调整好姿势，脸上是一副淡定从容的表情，先是看了一眼韩管家，再是对上韩七录的眼眸，点了下头说：“我没事，谢谢。”

从遇见韩七录开始，每次她出丑或者犯难的时候，第一个出现的总是他，而今天亦是如此。

收敛下内心的波涛汹涌，她收回目光，将视线落到车窗外，看着车窗外不断后退着的道路两边的树，她经不住叹了一口气。

见她这样，韩七录也没有再说话，只是手里最喜欢的赛车杂志却再也看不下去。侧过头看向她的目光中忍不住流露出一丝关切。

这一切看在巴萨丽眼里，那是恨不得把安初夏给生吞了，她紧紧地咬着牙关，胸口的妒意似要把她自己都给燃烧起来。

“没事就好。”韩管家松了口气，转回身的时候无意中瞥见巴萨丽，这才想起原来还有巴萨丽这个存在，慌忙又开口问道，“巴萨丽小姐，您没事吧？”

巴萨丽又是一阵冒火，她明明已经警告过韩管家，让他以后都要叫她少夫人或者少奶奶，可是这老家伙刚才居然又叫安初夏少夫人。她眉眼一变，脸色突然变得苍白。

不知道她是怎么做到的，额头上居然冒起一颗颗汗珠，眼眸里也泛起一层薄雾来，表情凄楚地说道："我的手，刚才好像扭到了……"

这下韩管家被吓得够呛，慌忙凑上前问道："您没事吧？手哪里扭到了？要不要去医院看看？"要知道，他来韩家为韩家做了那么久的事还从来没有让韩家的客人受过伤，他能不着急吗？

见到韩管家的紧张的表情，巴萨丽很满意，微侧了脸，发现韩七录正在看她，忙皱眉说："我也不知道哪里扭到了，只是觉得好痛！"

刚开始的时候，韩七录还真以为她扭到手了，可是从她那略带得意的眼瞳里，他一眼就猜到她肯定是装的，顿时表情中就带上了些轻蔑。

"那应该只是擦伤了，到了之后叫佣人拿药箱来给你的手消毒一下就好。"韩七录淡淡地说，紧接着偏头看向韩管家，那眼底是深不可测，"开车吧，都没事。"

听韩七录这么说，韩管家想要提要不要还是送巴萨丽去医院看一下，但一抬眼，就察觉到韩七录的眼神有些许强硬，便一下子就明白了，启动车又进入来来往往的车流中。

"七录！"巴萨丽满是不悦，韩七录没有担心她就算了，居然还摆出一副鄙夷的表情，他这是什么意思嘛！

从赛车杂志里抬起头，韩七录漫不经心地应了一句："怎么了？"

"我……"巴萨丽想要说点什么，却发现自己有点词穷。只要韩七录一这样看着她，她就完全说不出话来，不得不说，他真的好帅。棱角分明的脸部轮廓，令人禁不住深深沦陷的漆黑双眸，还有那高挺的鼻梁，无一不是吸引人的。

一个男生怎么可以长得如此好看？

"我最讨厌的，就是女生对着我流口水。"韩七录毫不给她留面子地说道，转而偏头看向安初夏，"当然，不包括有些人。"

一直看着窗外，装作自己是空气的安初夏的手指在此时不自觉弹了一下，然而视线却是依旧落在窗口。可是只有她自己知道自己当时的心跳究竟跳得有多快，似要跳出胸口来一般。

巴萨丽自然是更加不悦，可是车子在此时又突然停了下来，透过车窗看向车外她才惊觉竟然这么快就到了韩家大门口。

高高的铁门被人打开，车子重新启动，缓慢地开进了韩家大门，在离大厅还有十米的空地上停了下来。巴萨丽快速地打开车门走下了车，再不走出去她怕自己会做出什么冲动的事。她可不希望给韩七录留下什么不好的印象。

韩管家也适时地走下车。安初夏把手机的游戏按下结束键后，发现韩七录还坐在那里看杂志。动了动粉红色的唇瓣，她终究还是没有出声唤他下车。

收回自己的目光，按捺住叫他的冲动，安初夏把手机放进口袋里，伸出左手准备打开自己左侧的车门，然而韩七录却在这时候扔下杂志抓住她那只准备开车门的手。

“你……”她不解地看向韩七录，他的目光带着一丝软弱却一下子刺破安初夏最深处的柔弱。

“抱歉。”他的表情在此刻看起来又有些窘迫，他堂堂韩七录韩氏集团的准继承人，还从来没有给人道过歉，只有她——安初夏，让他一次一次的破例。

对于韩七录突如其来的道歉，她无所适从，又觉得很迷茫，于是疑惑地问了句：“什么意思？”她确实是不懂韩七录的意思。如果是刚才不小心在车里差点摔倒的事的话，应该跟韩七录毫无关系，而且，她还说了谢谢。

“我是指之前在学校门口的时候，我对你发火了。抱歉。”他撇了撇嘴角：“我希望你知道，我是因为在乎你，所以才……”

“够了。”安初夏出声打断韩七录的话，继续说，“我说过的吧，以前或许我们还……可是现在不可能了。”

“为什么？”韩七录皱着眉，急切地询问：“你应该也是喜欢我的，难道不是吗？”

安初夏忍不住笑出了声，韩七录这个样子，还真是让她觉得……可爱！该死，她怎么可以……余光突然撇到巴萨丽怨恨的目光一直在盯着这里面。虽然从外面是看不到里面发生了什么的，但是巴萨丽的目光还是莫名的让她觉得不爽。

好吧，那么，她可不可以当一次坏人，利用韩七录把这个恨不得让自己下油锅洗澡的女人除掉？

一抬眸，她看向韩七录一字一句地说道：“因为有她的存在，只要她消失，我或许可以考虑一下，跟你在一起。”

韩七录的脸浮上几丝复杂，跟巴萨丽父亲的这个合作案正谈到最关键的时候，如果这时候让巴萨丽离开韩家，肯定会让她父亲不悦，那么很有可能，这个合作案就谈不成。合作案的重要性，不用韩六海直说，他当然也是很清楚的。

这……该怎么办？好在安初夏也不是那种不知恩图报的人，韩家明明可以出一笔钱就让她安初夏滚蛋，可是韩家却接济了她，不但接她到韩家住，还让她上最有名的皇家学院享受最优质的教育。这一切的一切，她都很清楚。

但不等韩七录开口，安初夏就继续说：“我不需要她现在就离开，我只是……喂，你当我男佣好不好啊？”这是她突然想到的。看了动漫《黑执事》，她突然也想要一个类似于塞巴斯蒂安 · 米艾利斯这样帅气又强悍的手下。

帅气嘛，韩七录自然是可以过关的，至于强悍，那是更不用说。虽然看上去身材偏瘦，但是一旦他脱掉衣服，那丰硕的身材足够让女生看一眼就流口水的，在办事能力方面也是不用说了。

但其实提出这个想法最重要的一点，那就是她要报仇……之前韩七录也说过，她安初夏是他的女佣人。虽然事情已经过了好久了，但仍有不知情的同学让她帮忙买水啊借书啊干各种杂活。虽然不想做，但她每次遇到这种事，都点头微笑着应予，然后认认真真地把他们交代的事情做好。

而越是这样，找她办事的人就越多，弄得她头痛死了。虽然在斯蒂兰上学还没有几天，但她感觉有几年时间那么长。

“男佣？”韩七录拧眉，“什么意思？”

“不要这个机会算了。”她翻了个白眼，作势要下车，韩七录慌忙拉住她回答道：“我没不要。”

那一瞬间，安初夏突然觉得他好可怜，居然就这样……跳进了她给的陷阱。

“好吧韩七录，那么，以后你就是我的……专属男佣了！希望你不要忘记自己的身份。”这句话是他对她说过的，她第二次奉还！

甩开韩七录的手，安初夏淡然地下车。不难发觉，她的嘴角轻扬了起来。

不过……这事情的发展，似乎完全脱离她的预想了呢。

车门被重新关上，韩七录的眼角也泛起笑意。别看安初夏那么得意，他当她的男佣，谁能得到好处这还不一定呢！

把赛车杂志随便往车座上一扔，他动作利落地下了车。然而一下车就被巴萨丽挽住了手臂，刚要说什么，却见巴萨丽的父亲跟韩六海一起从大厅内走出来。

走在最前面的是姜圆圆，她正低着头轻声跟安初夏说着什么。只见安初夏的脸色不是十分好，但也看不出有什么明显的不悦，而韩六海看到安初夏的时候，目光略带抱歉。

作为韩氏集团的第一领导人，为了合作案，他必须要狠下心来。而这个合作案一旦完成，巴萨丽，也不过是可以随时扔掉的一个可有可无的人物。所以对于安初夏，他虽然有着抱歉，但是还是能很坦然地面对她的。

安初夏对着韩六海一点头，目光清澈，并没有什么复杂的表情。反而在抬眼看向站在韩六海身边的那个年近半百的人时，眼中多了些复杂，脑子也飞快地转动着。

这个中年男人一开始就用一种探究的目光看着她，从骨子里，安初夏就察觉到这中年男人对她表情的很不友善，甚至还有那么一丝丝的厌恶。

这令安初夏很是不解。从眉眼中来看，这个中年男人并不眼熟，她应该是第一次见到他才对。可是为什么他对自己的态度会如此之差呢？

一开始安初夏还非常不解，到后面，巴萨丽挽着韩七录甜甜地叫了一声“爹地”之后，她一切都明白了。

原来这个看上去比韩六海老得多的男人竟然就是巴萨丽的父亲。难怪……难怪这人会用那种眼神看着她。自己的女儿喜欢的男生不喜欢她，多多少少会因为这个而对她产生芥蒂的吧？更何况，巴萨丽这种人，谁知道她背后说了自己多少坏话？

人心难测，虽然是这样，但她还是表现得很礼貌。至少她就是她，清清白白的安初夏。

收回眼眸中的所有情绪，她对着那中年男人点了下头，那男人也对着她点了下头，随即扬起一个笑容说道：“这就是安初夏小姐吧？久闻大名。”

巴萨丽的老爸说的中文显然比巴萨丽要好很多，用词却……久闻大名？任谁也听得出来这词语用在这里不妥当吧？安初夏嘴唇一抿，并未表现出任何不满，只是勾起一个好看的弧度说：“您太客气了，应该是我久闻大名才对。”

她说得不卑不亢，巴萨丽老爸也没有再说什么，移开视线看向韩七录和自己的宝贝女儿说：“你们还没有吃午饭吧？中国有句话叫作什么……对了，身体是革命的本钱！快去吃饭吧，正好我跟你韩伯伯还在说你们两个的事呢，一边吃一边说吧。”

站在一旁的姜圆圆按捺不住了，拉着安初夏的手就往大厅里走去，一边走还一边大声地说：“小初夏呀，我特意给你做了你爱吃的菜，你可要给我赏脸啊！”

安初夏没有多说什么，略微勾了勾嘴角算是做了应答。

刚在餐桌前坐下，姜圆圆就凑过来一脸严肃地看着安初夏说：“初夏，总之，你把那个叫巴斯的老头当作空气就行了，其他的事情，交给我吧！”

就在这时候，巴萨丽他们一行人走了进来。而韩七录则是径直走上了楼。安初夏疑惑，他不吃饭的吗？

但她并没有多说些什么，毕竟巴萨丽的老爸巴斯在这里，她不想跟韩七录表现得太过……她也不想给韩六海惹来任何的麻烦。从她准确的第六感可以判断出，这个巴斯绝对不会给她好脸色看。

“七录，你不吃饭吗？”相比于安初夏的不管不顾，巴萨丽显得比安初夏担心韩七录多了，一抬头看到韩七录往楼梯上走去，就慌忙喊道。

听巴萨丽这么说，巴斯也疑惑地看向韩七录，低沉的声音紧跟着响起：“七录，过来吃饭吧，顺便我们可以商量商量你们订婚的日子定在哪一天。”

不知为何，安初夏刚拿起筷子的手一顿。一双象牙筷子从手中滑落，掉落到地上发出清脆的响声。

看到这个场景，韩管家忙在安初夏起身捡筷子之前蹲下去把筷子捡了起来，风轻云淡和蔼地说：“少夫人，我帮您再去拿双筷子。”

“少夫人？”巴斯的眉头一皱，一双眼睛紧紧地盯着韩管家，万分不悦地说道：“你刚才是在叫这位安初夏小姐？”

他特意强调了“安初夏小姐”五个字。这一问让韩管家拿着筷子的手僵住，脸上的表情也不知是什么表情，反正让人看了感觉有些奇怪。一低头，韩管家低声道：“抱歉，巴斯老爷。”

原本往楼梯上走的韩七录此刻已经停止了脚步，用他那双天生带着一丝戾气的眼直直地看着巴斯。这老头，在商场上也算得上是一号人物，很多人都称赞他是个少有的“商场上的老好人”。只是没想到，他竟会为了自己女儿的幸福跟一个小姑娘过不去。

看自己的爸爸训斥韩管家，巴萨丽心里别提有多开心了。原本她就看这个站在安初夏那边的韩管家很不爽，可看在他在韩家也有一定地位的份上，从来没敢很正面跟他犯冲突。但看姜圆圆和韩六海都在场，她没有笑出声来，但眼里含着的满是笑意，一下子把韩七录都给忘记了。

“是……我的错”韩管家话未说完，姜圆圆抢先说话了，只见她一叉腰把韩管家拉到一边像个泼妇似的伸出食指指着巴斯说，“我说巴斯先生啊，原本初夏在我们家一直就被认为是七录的未婚妻，你现在突然又提起小时候的那个狗屁婚约，要说错啊，这不能说我的管家，要说只能说你自己！”

被姜圆圆说的，巴斯的脸上有些挂不住，嘴唇动了动，脸色阴沉地说：“韩夫人，你这话说的未免有些太不在理吧？”

听巴斯这么说，姜圆圆立即还嘴道：“我不在理？你不在理才对吧？你也不看看你们家女儿……”

“咳咳！”一直未曾说过半句话的韩六海低沉着一张脸故意咳嗽了几声。姜圆圆看韩六海那很不好的脸色，很自觉地闭上了嘴，但那双眼睛依旧是狠狠地盯着巴斯。

虽然在韩家，姜圆圆看起来是家里的老大，只要她说一个东，韩六海绝对不敢说一个西。但其实在大事上，做主的从来都是韩六海。而作为一个大神级别的资深写手，她的智商也不低，知道什么时候该说话，什么时候该闭嘴。

微上前一步，韩六海对着巴斯抱歉地一笑：“刚才的事就当没发生，我们先坐下吃饭。我听说今天孩子们的学校进行市里的统考测试，再大的事也不能耽误了考试，先吃饭先吃饭。”

既然韩六海都这么说了，巴斯也不能不给面子，微一点头走到餐桌旁坐下。巴萨丽也跟着坐在了巴斯的身边。

这时候，韩七录不知道在什么时候已经从楼梯上下来，手里拿着他的手机看了下时间，然后坐到了巴斯的对面。而坐在他右边的，正是沉默不语的安初夏。

刚才的争吵她并没有觉得姜圆圆维护了自己而感到开心，而是觉得很愧疚。这种愧疚感随着时间越长，积压的就越多。她觉得很对不起韩家，虽然如果不是韩六海，那么妈妈就不会死。但她不是那种没有常识的人，她知道，以目前医疗技术，如果没有因为救韩六海而离世，也迟早会因病离开人世……

这一点她一直不想承认，但现在，她不得不承认。因为这就是事实，所以她对韩家感到很愧疚。

手机铃声突然响起，韩六海说了句‘抱歉’之后就走出大厅去接电话了。姜圆圆突然想起来厨房还有一个汤在熬着，于是就起身走向厨房。一下子，餐桌前就只坐着巴萨丽、巴斯、安初夏还有韩七录了。

接过韩管家递过来的干净筷子，她随便夹了放在她面前的白菜就塞进嘴里。没想到姜圆圆刚离开，巴斯在这时候又开口了：“真没有教养，听说你从小就没有爸爸，那你妈妈是怎么教你的？长辈动筷子前你能先动筷子吗？”

一直表现得很无所谓的安初夏在听到巴斯说到她妈妈时，眉心突然紧紧地皱了起来。如果不是她在心里默念着：不能生气、不能生气的话，她早就忍不住端起一盘菜就扣到巴斯的脸上。

管他什么韩氏集团跟巴斯的合同，管他什么没教养，自己心里舒服了先。

可是她不能这么做，以前经常跟人打架是因为那时候还小，有一个妈妈为她收拾烂摊子，可是现在她不能这么做……冲动是魔鬼，这一点她很清楚。

“对不起……”紧咬着下唇，她硬生生地从嘴里挤出这么几个字。

巴萨丽捂着嘴偷笑，一边笑还一边小声地说：“活该，没教养……”

其实导致巴斯说这句话的根本原因，是韩七录的手机。

由于韩七录刚才拿出手机看了一下时间，然后在餐桌前坐下的时候，顺手就把手机放在了餐桌旁。

韩管家设置的手机节点保护等待时间比较长，所以在放下手机的时候手机屏幕还亮着。一不小心，巴斯就看到韩七录手机的壁纸。那张壁纸上灿烂又调皮地笑着的女生不是别人，也不是他的宝贝女儿，而是安初夏。

这一眼立刻又激起了刚才好不容易降下去的火气，可是他又不能直接质问韩七录。所以就把所有的气都撒在了安初夏的身上。而安初夏好像并没有自己女儿巴萨丽说的那样，动不动就打人骂人，似乎很能忍。不管是在社会上，学校，商场上或是任何一个地方，能忍的人都是强者。

而安初夏面对巴斯的找茬，只是说了句对不起之后，就把筷子重新放下，面色平静地等着巴斯先动筷子。这下子巴斯反而觉得更加不悦。

一仰头，他没有动筷子，只是轻抿了一口红酒然后看着韩七录说道：“七录啊，你觉得你跟我们家巴萨丽什么时候订婚比较好？这毕竟是你们两个人的事，还是由你们自己定好了。”

订婚……这两个字一下子就触及到了安初夏的敏感神经，她的脸色也一下子由红润变为了雪白，让人看了忍不住想要爱怜地拥入怀里。

有一点，巴斯是承认的。虽然自己的女儿巴萨丽算得上是很漂亮的了，可是安初夏，乍一看只觉得长得很文气，可是仔细看，就会发现她是灵动的，如同天使般一尘不染。特别是那双比起世界上最清澈的湖水还要清澈的双眸，会使人在不经意间就陷进去。

巴萨丽虽然漂亮，但是那种漂亮是普通的，可是安初夏的那种漂亮，则是令人惊艳的。但到现在为止，他依旧不承认他从小就受良好教育的宝贝女儿会比这个家世普通的安初夏差。

“还愣着干什么？还不快吃饭想要饿死在考场上吗？我亲爱的……主人？”谁承想，韩七录就像是变了个人似的，没有理会巴斯正儿八经的话，反而嬉皮笑脸地看着安初夏唯美的侧脸说。

这一刻，巴萨丽的脸色一下就如一个女鬼一般骇人，坐在那里一动不动。韩七录居然叫安初夏主人。巴斯的脸色也自然没有好到哪里去，就跟吃了一坨大便一样臭，最后他作势感慨了一声，提醒韩七录道：“七录，你这称呼，似乎不大合乎体统吧？”

注意到巴萨丽和巴斯脸色的变化，韩七录的眼底不经意间滑过一丝冷笑，但很快就消失不见，隐藏在眼眸最深最深的地方。

“啊——抱歉！”韩七录语气轻松，抬眼对上巴斯的眼睛继续说道，“初夏她比较调皮，喜欢玩什么过家家的游戏，虽然很幼稚，但是……我也觉得很有趣啊。所以我就扮演她的男仆，她就是我的主人喽。”

这不解释还好，一解释，巴斯的脸色变得更差了，这是在提醒他，以后离安初夏远一点，也别再玩什么荒唐的过家家了。

安初夏一直紧皱着眉，巴斯刚才这么一说，他到现在还没有动筷子，那她也不敢再动筷子。只好端端正正地坐在那里，等着姜圆圆回来。可姜圆圆不知道是在干什么，半天了还没有从厨房里出来。而韩六海的那个电话也已经接了很久了，依稀能听见什么“项目报表”之类的词，看样子那个电话还要接很久。

咬了咬牙关，巴斯冷声说：“七录，你是有未婚妻的人了。”

后者漫不经心地换了个坐姿，回答巴斯道：“这不是还没有订婚吗？再说了，依您的性格，应该早就调查过了吧？我喜欢安初夏，这确实是一个事实。”

他没有再说下去。反而是安初夏跟个傻子一样转头呆呆地看着韩七录。她着实没有想到韩七录会直接在巴斯面前说出来。

见安初夏很惊讶，韩七录只是对着她调皮地眨了一下眼睛。

他老是这样，一下子就换一张脸，让你分不清到底温柔的韩七录是真实的他，还是冷冰冰的韩七录是真实的他，又或者，暴躁的韩七录是真实的他。

韩七录太过多变，有时候她真的是看不清。

“你……”巴斯气急，偏偏姜圆圆这时候在女佣的帮忙下，把一罐用陶瓷装的鱼汤端了出来。她让女佣去调查过，巴萨丽最不喜欢吃的就是鲤鱼。似乎是因为以前不小心吃过一口变质了的鲤鱼汤。于是她就故意让人去市场买了一条很大的鲤鱼煲成汤。

见姜圆圆出来，巴斯没有再说下去。很明显，姜圆圆是那种誓死也会维护着安初夏的人，而就她在韩六海心目中的地位而言，他不会冒那个跟她鱼死网破的险。

“这是什么汤？”韩七录微抬了一下眼皮，“别告诉我又是骨头汤，我最近减肥。”

姜圆圆直接丢了一个大白眼给他：“就你这身子骨还减肥呐？不过你这次猜错了，这不是骨头汤，这是……”

说着，她故意拖长了声音，伸手接过女佣递过来的湿毛巾，盖在了盖子上面，然后打开了盖子。顿时，一阵鱼香味在空气中蔓延开来。

“这是鲤鱼汤！”姜圆圆眉开眼笑地把盖子放下说，一边还用余光瞄了一样巴萨丽。

果然，巴萨丽的脸色变得很差很差，突然喉头一动，竟吐了出来。

巴斯忙站了起来大喊：“快把鱼汤端走，拿毛巾和水来！”一边说着，一边快速地轻拍着巴萨丽的背。离餐桌最近的女佣跟姜圆圆对视了一眼，得到她眼神的首肯之后，方才快速地上前把盖子盖了回去，又把鲤鱼汤端回了厨房。

把嘴巴漱干净了之后，巴萨丽大口地喘着气。餐桌上的桌布已经被换成别的干净的桌布，姜圆圆站在一边叹了口气：“你居然有这种怪癖，一闻到鲤鱼汤的味道就会吐。不过，你干吗不告诉我啊？一般人都爱吃鱼啊！”

姜圆圆那表情无辜的，就跟吐的人是她一样，可怜兮兮的。这样一来，巴斯就没有怀疑姜圆圆是故意的，更没有责怪她的理由，最终也只得看了巴萨丽苍白的小脸一眼，重重地叹了口气。

当初巴萨丽不想要来中国，是他硬要让她来的。而现在，自己的女儿却深深地爱上一个并不爱她的男人。这一切，难道都是他的错吗？

他没有错！没有人会不喜欢他完美无瑕的宝贝女儿，就算是堂堂韩氏集团未来的继承人，外界传闻能令天底下所有女孩子为之疯狂的韩七录也一样。

“巴斯先生。”韩七录淡淡地开口，目光毫无波澜。巴萨丽柔弱的样子，丝毫不能让他的心动一下。

听到韩七录的声音，巴萨丽的眼底闪起了一层光芒，期待地看向韩七录。谁知道，韩七录连看都不看她一眼，只是笔直地看着自己的父亲说：“反正她刚转来也不需要参加市里的统考，既然您有空，就带她去医院看看吧，我看她的脸色还不怎么好。”

最后的一句话让巴萨丽的眉眼又亮了起来，小心翼翼地看了韩七录一眼低声问道：“七录，你在……心疼我吗？”

对于巴萨丽的这个问题，安初夏才不想知道韩七录是怎么回答的。不过她倒蛮希望巴斯快点带她的宝贝女儿去医院，这样的话……她就能动筷子了。

要知道，她现在快要饿死了！

心里虽然是这么想的，可是不知道为什么，耳朵却很认真地在听。只听到韩七录平淡地说：“嗯，担心。”

知母莫若子。姜圆圆是什么人他清楚得很！看姜圆圆刚才那个反应就知道，这件事肯定是她故意策划的。她让人去打听巴萨丽不喜欢吃什么，打听到了巴萨丽闻到鲤鱼汤的味道会吐就故意做了鱼，还放到最后才端上来。

如果没猜错的话，刚才姜圆圆在厨房里待了那么久，应该是在考虑到底要不要把鱼端出来。所以他才担心。要是巴萨丽出了什么事的话，那么事情都得算在姜圆圆的身上。虽然他脸上从来都没表现出什么，但对于这个孩子一般的母亲，她其实是有一种疼爱的情怀在里面的，虽然似乎不是很恰当。

可巴萨丽并不这么想，她一下子就开心地像是飞上了云端，整个人晕乎乎的，开心得不得了。一甩手，脸上的脆弱全都消失不见。

“我没有关系的，现在已经没事了，快吃饭吧，等会儿我要陪你一起去考试。”巴萨丽笑眯眯地说。

只有巴斯的脸色依旧很差，跟吃了三坨大便一样差。

巴斯不是傻瓜，自然看得明白韩七录并不是真的担心自己宝贝女儿的身体，担心的只是他跟韩氏集团的合同吧？但他也不好多说什么，在婚约这件事上，如果追究到底的话，理亏的终究还是他巴斯。

巴萨丽从小就没有妈妈，巴斯当然从小就把她当个宝似的捧在手心里疼，现在巴萨丽有了喜欢的人，他这个做爸爸的，自然无论如何都得让女儿得到她想要的幸福。说到底，其实也不过是父爱两个字。

这些，安初夏也是了解的。所以偶尔的偶尔，她其实也会嫉妒巴萨丽，有一个那么疼爱她的爸爸。而她的爸爸……

一个电话铃声响起，巴斯起身按下了手机的接听键，听到那边的叙述之后说了句“我马上来”便挂断了手机。

“既然没有事了，那么就跟七录一起去学校吧。如果有什么不舒服的要及时去医院，知道了吗？我有事要先走。”巴斯的表情看起来很严肃，但巴萨丽却不以为然地摆摆手，让老爸快去，眼睛一直看着韩七录，连瞥都没瞥一眼巴斯。

巴斯最后轻轻地叹了气，再抬起看，看了眼安静坐着不说话的安初夏这才转身离开。走到大厅门口的时候正好碰上迎面走进来的韩六海，两个人差一点就撞到了。

“实在不好意思，原本是打算在这里吃午餐的，结果分公司那边临时出了点事我要亲自赶过去处理。”巴斯先开口道。正好韩六海的韩氏集团总公司也在项目报表上出了点小差错。其实他是不用亲自回去处理的，只是在电话里告诉助理怎么做太麻烦了，于是就决定亲自回公司算了。

两个人相互抱歉了几句，干脆结伴一起开车回各自的公司处理事务。巴斯先走出门，韩六海跟姜圆圆说了一句也转身走了。临走的时候在安初夏的肩头轻拍了一下，有太多的话要对这孩子讲，但现在的情况，实在没有时间和机会说出口，于是千言万语汇成轻拍一下肩膀。

按程序回给韩六海一个淡然的微笑，表示自己没关系。韩六海也是跟巴斯一样，最后深深地看了安初夏一眼，叹了口气后转身离开。

姜圆圆没有再说什么，只是眼角带笑地夹菜往碗里放，还时不时地夹一些菜给安初夏。她这是故意在给因为韩七录说了“担心”而得意的巴萨丽难受。

见巴斯走了，安初夏开始拿起筷子狂吃。到最后实在吃不下了，可是姜圆圆还一直帮她夹菜，刚想要说什么，韩七录就拦住了姜圆圆夹菜的手冷冷道：“她会被你撑死的。”

这话听在安初夏耳朵里很是不爽，因为这么一点菜就撑死？那她也稍微太过脆弱了点吧？刚想要说点什么，突然嘴巴一张，不由自主地打了一个饱嗝。

而这话听在巴萨丽的耳朵里也很是不爽，韩七录这摆明是护着安初夏的。可是……可是刚才他明明说担心自己的呀！难道刚才七录都是骗人的？不可能的。依韩七录的性格，如果他不是说真的，那么他连骗都懒得骗。所以说，他说的担心自己肯定是真的……

这么说的话，七录应该也有那么一点点喜欢自己了吧？这么一想，巴萨丽的心情顿时又好起来了，对于刚才韩七录的动作，她也不再生气。眉开眼笑地自己夹菜吃。姜圆圆不喜欢她没有关系，只要韩七录喜欢她就行了！反正到时候如果她嫁进来了，那么一定会跟韩七录一起搬出去住的！

再说了，一般婆媳之间的感情都不好。这么说的话，安初夏注定也只能当韩七录的妹妹，而不是老婆！

“我这不是怕小初夏吃不饱嘛！”姜圆圆不满地嘟起嘴，却也没有再给安初夏夹菜，抬头看了韩管家一眼问，“你看看时间，几点了？他们还得去考试呢。”

韩管家忙抬起手腕看了下时间，非常淡定地说：“夫人，还有两分钟又十四秒就到下午上课时间了，也就是说……就要到考试的时间了。”

“什么？”安初夏从椅子上跳起来。幻灭了……为何考试要迟到了，作为半个家长的韩管家却能如此淡定？！如果是妈妈的话，以前上个学迟到都要急死个半天，认为天都快塌下来了，可是现在……

韩七录紧跟着站起来，但是安初夏从他的眼里也看不出任何的慌张。只见他慢悠悠地掏出手机，然后拨出了一个号码。

“喂？校长吗？我是韩七录，考试时间延迟半个小时，不要问为什么。”话毕，他果断地切断了电话，转而挑眉看着安初夏，“主人，作为男佣的我，绝对不会让您考试迟到的。”

没错……这下子考试是不会迟到了。从这里到学校，顶多二十分钟。可是！他居然为了自己延迟了整个学院的考试时间！

而且重点是，只要一个电话居然就可以办到！

看安初夏呆在那里，韩七录摇摇头笑着揽过她的肩，安初夏却在下一秒推开了他，并且往前跳了步，走到韩管家身边道：“韩管家，你快带我去斯蒂兰吧，别让别的同学等太久。”

她知道让韩七录“收回成命”是肯定不可能的，还不如心安理得地接受，赶紧到学校开始考试。

“这……”韩管家下意识地看了韩七录一眼，只见他一抬眼皮，默许了。韩管家这才转身走出去准备车子。

韩管家刚一走出大厅，安初夏正要跟着走出去呢，突然想起来这次回来还有正事要办。今天的情况发展下来，她已经没有办法对姜圆圆说什么狠心的话了，这样一来，也只能走一步算一步，船到桥头自然直嘛。

收回脚步，她一转身却撞进韩七录坚硬的胸口。他微一愣，紧接着不怀好意地笑起来：“怎么？准备投怀送抱？”

我呸！安初夏狠狠地抬起眼瞪了他一眼，然后绕过他走到姜圆圆面前。姜圆圆正在啃鸡腿，见她折返回来，迷茫地眨了眨眼睛，那样子别提有多萌了。其实说起来，姜圆圆长得挺漂亮的，虽然总是一副小孩子的模样，但只要稍微化一化妆，弄一下发型，十足一女明星啊！

不过，现在可不是感慨这个的时候。安初夏暗暗给了自己一掌，转而略带尴尬地说：“伯母，我需要你帮忙给我打个电话。”

“唔唔唔唔！”由于姜圆圆现在正咬着鸡腿，口齿不清，见安初夏没听懂，于是干脆放下鸡腿重复了一遍，“你刚才叫我伯母，不叫我妈咪？”

安初夏一愣，不顾旁边巴萨丽投过来的狠毒目光，扯出一个僵硬的微笑无可奈何地叫道：“妈咪，拜托您别玩了先，我现在赶时间。”

见安初夏的语气有些不好，姜圆圆便没有再追究下去。拿过旁边站着的女佣递过来的纸巾，擦了下油油的嘴角和手，正儿八经地问道：“说吧，什么事需要我做的，我立刻就去做！就算上刀山下火海也会给我们家小初夏办好的！”

这时候巴萨丽已经吃完了，直接拿过桌子上的纸巾擦了下嘴角，优雅地站起身走到韩七录身边。她刚想要像只章鱼一样挽住韩七录的手，却没曾想到，被韩七录一把拉开：“我不喜欢别人靠我太近。”

这态度跟韩七录刚才对安初夏不小心撞到自己的态度完全相差了个十万八千里。不，完全不止十万八千里，大概从地球到太阳的距离那么远吧。

“七录……”巴萨丽的眉心微微皱起，一双好看的眼睛立即被一层薄雾笼罩，那层薄雾眼看着就要变成泪水流出眼眶，韩七录却把头一偏，不再看巴萨丽。

另一边，安初夏正跟姜圆圆继续着刚才的对话。

“其实也没有什么大事。而且，我绝对不会让您上刀山下火海的。”安初夏坚定地看了姜圆圆一眼继续说，“下个星期斯蒂兰要开展一个……什么野外大冒险活动，这个您知道吗？”

姜圆圆把头偏了偏，点点头说：“这个我自然是知道的，这是斯蒂兰的惯例了，不过上次七录就没有去参加，怎么了，突然提起这个？”

听完姜圆圆的话，安初夏觉得有些好奇。韩七录这种爱玩的人，怎么会不去参加应该还是蛮有意思的活动呢？他是不可能为了安静地学习才不去的。不过管他的！但是……如果她这次也让姜圆圆打电话请假说不去参加的话，姜圆圆会不会觉得她是在偷懒？哎呀！这可如何是好？

见安初夏艰难地在做着什么决定，姜圆圆疑惑地看了她一眼说道：“小初夏，你不会是这次也不想参加吧？是怕累吗？怕的话还是不要去好了。”

“我……”安初夏想要说是想要好好借用这个空档学习的，可是韩七录的目光一直紧锁着她，竟然让她有几分紧张，一瞬间竟然不知道该如何组织语言了。

安初夏吞吞吐吐的样子让姜圆圆明白了她肯定也是不想去，于是很大度地说：“不去就不去，是让我跟校长打声招呼是吧？其实这事情七录或者韩管家都可以做。不过……既然小初夏你这么信任我，我一定会跟校长好好谈谈心的！”

“不不不！”安初夏连连摆手说，“不用跟校长说，只要给班主任打个电话就好，班主任说，要家长打电话给他请假就可以了。”

“家长？！”作为一名大神级别的资深写手，姜圆圆特别会抓住一句话或者几句话中的重点词，比如这次，她就捕捉到了重点词语。

就在安初夏还不知道怎么了的时候，姜圆圆突然扑过来一把鼻涕一把泪地哭着说："小初夏，人家爱死你了！你居然真的把人家当成家人了，人家好感动，真的好感动！"

几个人一阵无语……知道姜圆圆平时就很小孩，但她怎么会这么小孩。

"喂，女人！我们没多少时间，她还要考试，要感动也找个对的时间好吗？"韩七录"善意"地提醒。有时候真的是受不了他的脑残老妈！真不知道她当初是怎么把自己生下来并且养这么大的！

姜圆圆这才如梦初醒，脸上还带着两道泪痕，松开安初夏一字一句地说："小初夏，看在'家长'这两个字的份上，这件事我一定会办好的！"

安初夏已经恢复平静，淡淡地点了下头说："好的，那么麻烦你了……妈咪。"

叫出"妈咪"这两个字，对她来说在有巴萨丽在场的情况下真的很艰难。可是她只能以这种方式对姜圆圆表示感谢了。

"不要脸！"巴萨丽不悦地小声嘟囔了一声，但没有人听到她的咒骂。

"不过说起来真是可惜，每年的野外大探险活动都是大二的学长和学姐们跟大一的学长学姐们一起活动，听说晚上还要随机选择异性睡在一起呢，听起来好好玩的样子。"

姜圆圆不经意的一句话让韩七录的右手无名指突然动了一下。只见他的眼底划过一道光，淡淡然看向姜圆圆，不乏霸道地说道："不许帮她请假。"

没有人注意到姜圆圆眼底划过的那一抹得意。她说的话当然是真的，但她是故意说出来给韩七录听的。她知道以他宝贝儿子高超的智商一定会知道她这句话的用意，果不其然……

安初夏当然不知道韩七录为什么突然插嘴不让姜圆圆帮自己请假。她只认为韩七录这又是精神病发作，又要故意跟她唱反调了。不过这次奇怪了，她没做什么让这位大少爷不开心的事啊。

顿时心里感到浓重的不悦，一咬牙，她不爽地瞪着韩七录大声说："你这又是在做什么？我请假关你什么事，你凭什么不让妈咪给我请假？"

韩七录淡淡地看了她一眼，又扫了姜圆圆一眼，寒光四射："安初夏，我这么做，当然有这么做的理由。作为主人的你，偶尔也要听从一下善意的……忠告吧？野外大探险的活动很难得，你难道就真的不想去么？"

安初夏扬起一抹冷笑反击道："你自己不也是一样？妈咪刚才说去年你也没有参加，原因是什么？还不是怕麻烦，我也怕麻烦，所以我也不想去。"

听到安初夏的话，韩七录沉默了，不知道为何，安初夏竟从他的眼底看出一丝痛意，但那种情绪很快就消失不见，不会是错觉。

"上次不去的原因你想知道吗？"韩七录一挑眉，面无表情地说，"因为我失恋了。"

他不曾想过，有这么一天，居然能如此轻松地就把失恋两个字说出口。姜圆圆对此表示很震惊，一张嘴张得老大老大的。要知道，韩七录失恋这件事就是个禁忌，任何人都不得在他面前和背后提起。谁知道，他自己竟然把自己的禁忌说了出来，而且还那么淡定……她都怀疑这都是因为最近写小说压力山大而产生的幻听了。

相比于姜圆圆的震惊，巴萨丽反倒显得有些疑惑。站在那里动也没动开始歪着脑袋思考起来。难道韩七录的初恋并不是安初夏，这是怎么回事？从来没有人跟她提起过韩七录还有除了安初夏之外的女人啊。

对了，她曾经不经意间听到过“莫昕薇是韩七录女友”这样的话。难道那个叫莫昕薇的才是韩七录真正喜欢的人？那这个安初夏又是怎么回事？

不行，好混乱！混乱到她都觉得头都变大了。

安初夏避开韩七录火热的目光，偏过头装作很不在意地说：“那又怎么样？反正我就是不想去！”

“你不去也得去，主人。”韩七录似笑非笑，笑得安初夏心里直发毛，“这件事我替你决定了，就这么定了。”

安初夏刚要说点什么，正好在这个时候韩管家走了进来，鞠了个躬后恭敬地说：“车已经准备好了。”

韩七录往外走去，不管安初夏在后面怎么大喊大叫都没有回头。跟她擦肩而过的时候，巴萨丽用只有安初夏和自己能听到的声音留下一句：“下午第一堂考完的时候来找下我。”

重重地叹了口气，安初夏发现姜圆圆在一旁偷笑。

“您……在笑什么？”她觉得满头雾水，难道是她的脸上有什么好笑的脏东西？这么想着，她伸手摸了下自己的脸蛋说，“妈咪，我脸上有什么脏东西吗？”

姜圆圆慌忙收住笑容，一边憋笑一边说：“没有没有，我只是突然想笑。你知道的，多笑能够让人保持健康。哈哈哈……你快去上学吧，这次的野外大探险活动你也还是参加了吧，反正在家里也没有什么事情可以做的。学习的话……反正你都考那么好。我已经知道了哦，上次学校测试的时候，你拿了全科的满分呢。真是厉害！”

面对姜圆圆的赞美，安初夏只觉得不好意思，不过现在连姜圆圆都要让她去参加了，那也只能去参加了。反正没有参加过这种有钱人家小孩的活动，就当开开眼界好了。

这么想着，心情也愉悦了不少，刚才韩七录带给她的坏心情也一扫而光，对着姜圆圆扬起一个灿烂的微笑说：“那么我这就去上学了，妈咪再见。”

第十四章 不小心的监禁

跟姜圆圆告别之后她坐上了早就停在外面等她的车，不过这一次她坐的是副驾驶座的位置，后面的位置已经被巴萨丽给占了。不用想也知道，巴萨丽是想要跟韩七录坐在一起。

不过她才不在乎呢，一点都不在乎！但是为什么……她的心底感到有些涩涩的呢？不不不！这一定是她的错觉！

由于回程没有堵车，车很快就开进了斯蒂兰学院的门口。走进考场的时候，大家都已经端坐着等试卷了，没有人说她半句不是，但这让她感到很愧疚。

直到试卷发了下来，大家都认真地开始答题了她才略微感到轻松一些。认认真真地拿着笔做题。

这一堂考的是语文，安初夏的语文成绩一向都很好，所以她信心满满。对于语文，她一向担心的就是作文成绩，作文她都能拿高分，但她想要的是作文满分。

作文是半命题作文，题目是《我怀念的 ××》。×× 可以填任意人或者物都可以。她自然而然地就想到了远在天国的妈妈，于是开始动笔写了起来。

作文写完，安初夏发现自己竟然已经是满脸的泪痕。好在周围的同学都在认真答题，而考官坐到了教室的最后面，所以没有人注意她。安初夏慌忙擦干了泪水，翻过卷子开始检查。

考试完毕的铃声响起，下午第一堂考试就这么被画上了一个句号。等一会儿还要考第二堂和第三堂，跟周围的同学说了一声要上下厕所之后就匆匆走出了教室。她没有忘记巴萨丽跟她说的那句“下午第一堂考完的时候来找下我”。

之前她还在担心要到哪里去找巴萨丽，却在上洗手间完毕之后意外地碰见了巴萨丽。不过这似乎不是意外，是巴萨丽自己来找的她。

卫生间里现在除了安初夏和巴萨丽之外已经没有任何人。就在她踌躇着要怎么开口询问的时候，巴萨丽率先开了口，认真而又强势地说："我是想要来问你一个问题的，你肯定知道的，所以希望你能够告诉我。"末了，她还死要面子地补上一句，"如果你不说，我自然也有办法让别人来告诉我，我只是想做事省力一点。"

安初夏向来讨厌那种说话拐弯抹角的人。一抬头，她对上巴萨丽的眼睛，然后淡然地走到洗手台前打开了水龙头。水从水龙头里流出来的声音夹杂着安初夏好听温润的声音："有什么想要问我的就直接说吧。我知道的，我能告诉你的，我都会告诉你。毕竟……我不想与你为敌。"

这话听着很可笑，安初夏讨厌巴萨丽，这她自己心里清楚，巴萨丽心里也清楚，其实在内心深处，她真的还是不希望跟巴萨丽成为敌人。不，应该说是她不希望跟任何人成为敌人。

见安初夏这么爽快，巴萨丽也不再多说什么，直接开门见山地问："我想要问的是，七录的初恋情人是谁？难道不是你吗？"

安初夏的呼吸突然有些不规律。她突然又想到了向蔓葵。在韩七录的心里，向蔓葵应该还是占有一定的位置的吧？不然的话，在她问他去年的时候为什么不参加野外大冒险的时候，他不会露出那种心痛的表情。

虽然只是一瞬间，但她确确实实地看到了当时他在心痛，他在难过。

见到安初夏沉默，巴萨丽更加确定了安初夏一定知道韩七录的初恋情人是谁，也更加确信了韩七录的初恋情人绝对不会是安初夏。但不管怎么样，她一定要知道韩七录的初恋到底是谁，长什么样子，叫什么名字，现在身在何处。总之，她就是要知道！

"你怎么不回答？你一定知道的，告诉我！"巴萨丽的声音显得有些迫切。

安初夏闭上眼眸平息了一下呼吸，再次抬起眼睛看向巴萨丽的时候，目光已经是平静得不能再平静。嘴角勾起一个唯美的弧度，她淡淡地说："抱歉，这个是禁忌，我不能告诉你。"

巴萨丽的脸色徒然变差，精致的小脸因为生气而让人看着觉得有些扭曲。以前的韩七录，她不认识，所以没有参与他的人生。可是现在她已经深深地爱上了韩七录，爱上他冰冷的、温和的、默然的……所有的他。以前韩七录的人生她虽然没有参与，但是她不允许自己不了解他的过去。而安初夏却执意不告诉她韩七录的初恋是谁，这让她有一种吃亏的感觉，所以她很生气。深吸了一口气，她颤抖着最后又问了一遍："你真的不打算告诉我？"

“是的。”安初夏斩钉截铁地回答，她到现在还清晰地记得当她问起向蔓葵到底是谁的时候，萧明洛那一直玩世不恭的脸上居然第一次露出那么严肃的表情。

她也依旧清清楚楚地记得，萧明洛无比认真地对她说“不管是谁跟你说的，总之以后这三个字就不要再在任何人面前提起了。这是禁忌。”

总体来说，她也算是个守信的人。所以这一次，她不会把这件事说出来。就算巴萨丽说她不说她也总会知道的，但是她不能说，因为这是禁忌。

“很好。”巴萨丽紧咬着下唇，目光似要喷出火来。最终，她无可奈何地收回目光，踩着她的高跟鞋走了出去。

高跟鞋的鞋跟碰触地面的声音越来越远，安初夏叹了口气，略感无力地往厕所门口走去。

“Fuck！”她低声咒骂，巴萨丽这贱人居然把厕所的门给锁了！很快就要进行第二堂考试了，这可怎么办？！快步走到门前，她试图用力拍门，用声音来吸引路过厕所的任何人。可是无奈敲了半天什么人也没有过来。这个厕所所处的位置相对比较偏僻。也是因为这个原因，她才选了这个厕所来方便，因为人比较少，不会很挤。但就目前的形式来看，她进错厕所了！

有句古话怎么说来着？对了！一失足成千古恨。

“有人吗？有没有人呀？”安初夏最后拍了几下门，最终筋疲力尽地背靠着厕所的门慢慢滑落到地上，最后干脆坐到了地上。

斯蒂兰的厕所都有专门的人负责打扫，所以地面不湿也不脏。突然想起什么，她快速地弯起膝盖，从外套里面的口袋里掏出一支手机。

“万幸……”她刚弯起嘴角，手机屏幕却无力地闪了几下，最后屏幕微弱的灯光显示：电量不足。

“别……别这样玩我啊！”安初夏姣好的脸蛋染上一丝慌张，刚关掉提示点开了通讯录，手机屏幕就变黑了，没电自动关机。

后来她又试了几次，每一次都是刚开机就又黑了，到最后连开机都开不起来，完全没有电了。她也只好作罢，脸色铁青地把手机放回衣服的兜里。其实她真想把这手机砸了，用到它的时候偏偏没电，这不是藐视她的权威吗？

但谁让这手机不是她自己的呢？可没那个勇气砸这么贵的手机……

目光落到厕所最里面的窗户上，安初夏眼前一亮，快速站起身很不雅地拍了几下屁股跑到窗户前。窗户是打开着的，外面阳光明媚风景无限好。

但现在可不是欣赏风景的时候。她提了一口气，壮着胆子从窗户里探出头来往下看去。这一看就傻了眼，她忘记了这间厕所在第四层，如果为了一堂考试就这么跳下去的话，未免也太过……不值了吧？

收回脑袋的瞬间，她听到了外面广播传来的铃声。毫无疑问，考试开始了……

安初夏撇了撇嘴角，不过是一次考试而已，她才不介意！证明自己的机会多的是，总不能因为一次考试而葬送生命。

心境平和了许多，安初夏开始来回在厕所里踱步，但愿放学之前有人找到她，应该会有人找到她的。至少……凌寒羽会发现她没有回凌家，至于韩七录……管他的！

烦躁地摆了摆手，甩走脑海里关于韩七录的影子。最后安初夏干脆在一个相对适合坐的角落坐了下来。或许是这几天太累了，她闭上眼睛很快地就沉沉地睡了过去。

时间一分一秒地过去。教学楼上挂着的巨大挂钟不停地有规则地进行摆动着……这个世界总是看起来这么和谐，实则暗波汹涌。和安初夏同一个考场的同学虽然觉得安初夏没有出现很奇怪，但是却一个个都没有去找她。以为她是有什么急事。毕竟安初夏这种认真的人不可能随便地溜走逃考。而监考的老师也没有多问，只是看了她空空的座位一眼，没有说什么。

绯闻和消息传播的速度永远是那么快，几乎所有的人都知道安初夏跟韩家有着紧密的关系。就连监考老师也知道安初夏这位同学得罪不起。所以对于她的失踪，一个字都没说，就装作没有看见，谁都不想惹麻烦。

所以在各种契机之下，居然没有人发现她失踪了，也没有人去找过她，甚至没有人提起过她……很快，放学的钟声响了起来。下午考了三门课，大家都累得筋疲力尽，班主任也没有留大家，只是说了句让大家回去好好休息的话之后就离开了教室。

各人都开始不紧不慢地整理着自己的书包，也有性子急的连书包也没拿就跑出了教室冲了出去。

第一个发现安初夏不见的，便是菲莉亚。在整理好桌子底下的书后，她又把明天上课需要用到的课本放到了桌子上面，然后又不紧不慢地从抽屉下面拿出一个面包开始啃。啃完面包后，教室里只留有三个负责打扫教室的值日生和一个正坐在教室里入迷地看漫画的女生。

扬起双手舒舒服服地伸了一个懒腰后，菲莉亚突然觉得不对劲。然后以最缓慢的姿势看向自己右边的座位，座位上空空如也。

紧接着菲莉亚又回忆了一下刚才的情景……刚才考完试的铃声一响，同学们都拿着各自的文具和试题卷走回教室，可是……似乎有什么不对劲的地方……

“对了！”菲莉亚突然高声喊了起来。

那个一直在低头看漫画不知道放学时间已经到了的女生被菲莉亚的声音吓到了，猛然从漫画书里抬起头看向菲莉亚，紧皱着眉头不悦地看着她说道：“菲莉亚，你在叫什……咦？其他的同学呢？”

在擦讲台的一个值日生翻了个白眼无可奈何地叹了口气，这才慢悠悠地说道：“这位漫画迷大姐，十分钟之前放学铃就响过了，大家不回家难道还坐在教室里等着吃饭吗？”

看漫画的女生这才如梦初醒地放下漫画书，但她没有忘记刚才菲莉亚大喊了一声。偏过头去问菲莉亚道：“虽然很感谢你叫醒了我，不过……你刚才到底在叫什么？”

菲莉亚把手里装面包的空包装袋随手往地上一扔，刚要说话，那个在扫地的值日生就喊了一声：“喂！我们刚扫过你那个组，麻烦你自觉点好吗？吃货小姐！”

“对不起，对不起！”菲莉亚连连道歉，弯腰从地上捡起了刚才自己扔掉的空塑料袋，然后转头去问那个在扫地的值日生道，“你有看见过初夏吗？刚才考完在班里集中的时候我好像没有看到她回来。”

被称作漫画迷小姐的女生推了推并没有镜片的黑色镜框，沉思了一番。在听到扫地的值日生说没有看到之后开口说：“如果你这么问的话……我突然想起一件很奇怪的事。”

“奇怪？”另一个正在扫教室后面的值日生停下手中的动作，也疑惑地看向漫画迷女生。

漫画迷女生重重地点了一下脑袋，目光变得迷离起来，似在回忆，然后慢悠悠地说：“我跟初夏姐安排在同一个考场，我就坐在她的后面。第一堂语文考试的时候她还在呢，后来说有点事要出去之后，就没有再回到考场里来过了。”

“你说什么？！”菲莉亚不可置信地瞪大眼睛看着漫画迷女生问，“你说的都是真的？”

由于这一次考试都是随机排考场的，所以菲莉亚没有跟安初夏安排在同一个考场考试，她自然就不知道安初夏从下午第一堂考试结束后就不见了。

只见漫画迷女生肯定地点点头：“当时监考老师还问过这个位置是谁坐的，在听到是初夏姐坐的时候就没有再问下去了。应该……是发生了什么事才会缺考吧。”

如果这一次缺考的是别人，菲莉亚不会觉得奇怪，但是缺考的是安初夏她就觉得不敢相信了，问题是漫画迷女生没有跟她开玩笑的必要。

就在大家陷入沉默的时候，教室的前门突然被人敲响，吓了大家一跳。转过去看的时候就看见一个长相呆板的女生站在门口，手里拿着一些文具，还有一本考试时用来垫的本子。只见她指了指手里拿着的东西说：“安初夏是你们这个班的吧？”

菲莉亚连忙点头回答说：“是，初夏是我们班的。她出什么事了吗？”

女生摇摇头说：“没出什么事。我是我们班今天的值日生，讲台上放着安初夏同学的东西，一问才知道在考试结束后她没有把东西拿回去，所以我就送过来了。她位置坐在哪里？”

教室里的三个值日生彼此对视一眼，离门口最近的那个在擦讲台的值日生走过去说：“把东西给我吧，麻烦你了。”

在谢过送还东西的女生之后，那个值日生把安初夏的东西放在了安初夏的桌子上，然后抬头拍了下呆愣着的菲莉亚的肩说道：“看样子，她说的都是真的。初夏姐在考完语文之后就没有再去了。”

听这个值日生这么说，漫画迷女生顿时觉得不开心了，脸色阴沉地嘟起嘴说道：“我有骗你们的必要吗？跟你说还不信！算了，我先走了，应该不会出什么事的。说不定七录少爷已经把她接回家了呢。”

这么说着，女生把自己的书包从抽屉里拿出来，然后把刚才看的漫画书塞进了书包里抬脚走向教室门口。就在这个时候，凌寒羽的身影出现了。女生的脸上闪过一抹惊艳，将包包紧紧地拿在手里羞涩地看了一眼凌寒羽问道：“寒羽少爷，您……您来这里……有……有事吗？”

凌寒羽此时的脸色微有些不好，右手把自己的背包扛在肩上，左手拿着斯蒂兰学校的制服外套，胸口还上下地起伏着。明眼人一看就知道他是跑着过来的。只见他先是环视了一下教室，再抬眼看向一脸崇拜的漫画迷女生问道：“你有看到安初夏吗？”

一直在安慰自己安初夏不会有事的菲莉亚这才回过神，在漫画迷女生说话之前跑到凌寒羽面前着急地问道：“寒羽少爷，您也没有看到过初夏姐吗？”

这话顿时让凌寒羽的心一惊。他原本是在学校门口的车子里等着安初夏的，可是等了十来分钟也不见她出来，还以为她可能是去图书馆了，就先走到图书馆里看了一下。可是图书馆里只有图书管理员在，并没有任何安初夏的影子。于是他就跑到安初夏的班里找人。现在听到菲莉亚这么问，这就说明他们也没有看到安初夏。

“你这话什么意思？”他微挑了下眉，“难道……”

菲莉亚干脆从头开始讲起，从安初夏在考完语文消失到现在凌寒羽出现的经过都讲了。讲完之后才发现凌寒羽的脸色居然冷得可怕。一向以正太的形象出现在大家眼前的凌寒羽此时竟然染上了几分韩七录的冷意。

“这么说，她不见了。”凌寒羽皱起眉，“你们去找过人没有？”

几个人纷纷摇头。

“我知道了，你们有时间吗？帮我一起找人。之前在校门口等她的时候，我问过门口的保安有没有看到安初夏走出来过，保安说绝对没有。这说明她肯定还在学校里面，我想……应该是发生了什么事。”凌寒羽的脸色越变越差。

从来没有人敢违抗过斯蒂兰三大少爷的命令，虽然凌寒羽的口气听起来好像在询问他们，但是他们才不敢拒绝。

“我们有时间！”几个值日生纷纷把手里打扫的工具随手往自己的旁边一扔，万分热情地跑到凌寒羽的面前。对他们来说，凌寒羽的命令他们不但不敢违抗，为他做事还是他们的荣幸，更何况要找的人是安初夏，他们自然就很热情。

只有漫画迷女生一脸纠结的样子，凌寒羽只看了她一眼就让她回去了。女生千恩万谢之后说了缘由，今天是喜欢的漫画家签售新书的日子，她等了很久，原本还有一点时间的，但她看漫画太入迷了连放学铃声都没有听到，所以现在离签售新书的时间已经很近了，再不去就要迟到了。她真的不想错过。

看女生诚恳的样子凌寒羽也就淡淡地点了下头，说没关系之后就让她走了。对标准的漫画迷来说，漫画就是生命。自己喜欢的漫画家那就是神，所以同样喜欢看漫画的他很理解女生。

给几个人分工找之后，凌寒羽先是快步往左边的走廊跑去。他负责找图书馆和林荫道还有学生健身房那一带的地方。可是仓促的脚步刚跑了几步就慢慢停下了。

思考良久，他还是从兜里拿出了手机。不知道为什么，他的心里很不想打给韩七录，不想告诉他安初夏失踪了。真的不知道为什么，就是单纯想要自己找到她。

其实之前凌寒羽在校门口等安初夏的时候，碰到了韩七录。看见自己的时候，他一脸漠然。他身边跟着巴萨丽，巴萨丽没有穿校服，一身的风骚，一看就觉得恶心。但他没说什么，想要坐到车上边看漫画边等人。

却在跟韩七录擦肩而过的时候，听到他轻声说：“这段时间好好照顾安初夏。”

当时凌寒羽愣了一下，但他没有表现出什么，只是耸耸肩继续往前走。直到韩七录跟巴萨丽一齐坐上车，又过了几分钟，车子开走了。

通讯录终于翻到“七录”这两个字，他的手指僵硬了一下，感觉到手机冰冰凉凉的，竟有些刺骨。到最后，他深吸一口气，握紧手机还是把手机放回了口袋。没有打给韩七录，而是毅然往楼梯口走去。气温开始随着太阳的下落而降低。夜幕也拉开了一半，这边太阳还没有完全落下，但另一边的月亮已经升到了半空。

林荫道已经找了四五遍了，他甚至每棵树的树杈上都仔仔细细地找过，但就是没有安初夏的影子。到最后，他精疲力竭。白色的制服衬衫因为背部的汗水而紧紧地贴着肉身。抬头看了看天际，太阳刚好完全落下，夜幕真正地降临了。

今晚的天空虽然有一轮明月，但是没有多少颗星星，冷冷清清的，竟然让凌寒羽产生了一种绝望的情绪。

“找到人没有？”按照约定好的时间，他重新回到教学楼的楼下。三个值日生气喘吁吁地摇摇头，也顾不得地上干不干净，一屁股坐在了地上休息。

凌寒羽咬紧了牙关，不可制止地，他从心底发出了一声沉重的叹息。难道非要打电话给韩七录吗？虽然不愿意让韩七录知道，虽然不知为何自私地想要以自己的力量找到安初夏，但是现在，看样子……以他的能力是找不到的。

“别着急啊，寒羽少爷。你看菲莉亚还没有回来，我们再在这里等等，休息一会儿，说不定菲莉亚就跟初夏姐一起在我们面前出现了。”

那个清理讲台的值日生好心地安慰看起来疲惫无比的凌寒羽。心里暗自感慨，不愧是三大校草之一啊，连疲惫的时候都看起来那么迷人。不对！他怎么能跟个女的一样犯花痴呢？

值日生摇摇头，甩走脑海里乱七八糟的情绪。却见凌寒羽抬起右手，中指和食指一捏，发出一个清脆的响指声。立即在他们面前出现了一群身穿黑衣的人。几个人好歹也在学院混了快一年了，这点场面还是见过的。他们知道这是凌寒羽的私人保镖，纷纷退后不语。

要知道，惹上这些人，可绝对不是什么好玩的事……

“少爷，有什么吩咐？”带头的坤尼低下头，恭恭敬敬地问道。看到凌寒羽在学院里像一只无头苍蝇一样到处乱窜找人，其实他早就想要现身了。但作为凌家特训的保镖精英之首，没有主人的吩咐，他是绝对不会出现的，除非主人的生命遭受到了威胁。

凌寒羽刚要开口，从不远处拐角的楼梯口里窜出一个人影。灯光照在那个人的脸上，凌寒羽一眼就认出她应该就是这几个同学说的“菲莉亚”。

凌寒羽地往前跑了几步急切地问道：“有没有找到安初夏？”

一听凌寒羽这么问，菲莉亚胖嘟嘟的脸一阵扭曲，然后快速地摇头。几滴晶莹的泪珠滚出眼眶，顺着脸颊的弧度滚落到地上，被大地吸收消失不见。

凌寒羽原本悬着的心被吊得更高了，菲莉亚是负责找教学楼的，听了那几个安初夏同学的话，他把全部的希望都寄托在了菲莉亚的身上，结果还是没有找到人。

最后他终于忍不住，大声喊道：“该死的！怎么会这样？！”

“发生什么事了？”韩七录的声音突然从身后传来，那一刻，凌寒羽还以为那是他由于太过激动而产生的幻觉。直到转身借着学院里的灯光看到了韩七录的脸这才惊觉韩七录是真的出现了。

他身子一颤，竟有些站不稳。

看到凌寒羽的反应，韩七录顿时觉得不对劲。从韩管家开车载着他和巴萨丽离开校门的那一刻，他的眼皮就一直不安地跳动。还以为是因为这几天一直没有睡好而导致的，于是他快速吃完了晚餐就回到房间补眠。

可是醒来的时候，他竟然感觉到一种很奇怪的感觉。就好像有什么重要的东西忘记了拿，却一直想不起来到底是忘记了什么东西。

这种奇怪的感觉一直缭绕着他，就算他打开了电脑上网打网游也还是感觉到奇怪。到后来，这种奇怪的感觉转成了不安。于是他就干脆关掉了电脑，拿上外套去了亚特兰蒂斯酒吧，一杯酒下肚，明明没有醉，眼前却浮现出安初夏那淡淡的表情。

到最后，神差鬼使的他就开了车到了凌家。可是凌老太爷说两个人都还没有回来，又给司机打了个电话，说是两个人都还没有从学校里出来。那种不安感又浮现在心头，他立刻就离开韩家开着他拉风的跑车一路闯红灯飙车飙到了斯蒂兰学院。

谁想刚看到凌寒羽就看见他脸色很不好地在说脏话。一般的情况下，凌寒羽都是那种偶尔低头看漫画，偶尔犯二，偶尔正经，偶尔小白的人。从未见过他无缘无故地情绪失控。这只能证明，安初夏出事了。

“安初夏呢？”韩七录快速地上前几步，抓住凌寒羽的肩膀问道。

凌寒羽深深地看了韩七录一眼，他知道，这次果然还是要靠韩七录。虽然心里觉得很不爽，但是……安初夏如果真的不见了，必须要靠韩七录来找了。不知为何，就是觉得，如果是韩七录的话，应该会找到的。

“她不见了。”凌寒羽咬咬牙，说出这么几个字。

“什么？！”

韩七录瞪大了眼睛，脸上写满了复杂。有担忧、有震惊、有烦躁、有不解。突然有一连串的场景浮现在了他的脑海。

巴萨丽在回去之后意外地没有缠着他，似乎还时不时地小心偷看他。还有，在姜圆圆提起安初夏怎么不回来吃饭的时候，正在夹菜的巴萨丽居然手一抖，筷子掉落到了地上。之前他还没觉得什么，以为是自己想太多了，现在看来……

如果没有猜错的话，安初夏的失踪，巴萨丽绝对逃不掉关系!

“一开始我也没发现，后来到教室里找她的时候，他们说安初夏从下午考完第一堂语文测试的时候就不见了人影。”凌寒羽一边解说着，一边拿出手机，抬起头看向韩七录说，“干脆，打个电话给警局吧。我让他们调动所有能调动的人手出来找人。或者……让我们家没事的人都……”

“不用了。”韩七录现在反而镇定下来，摆摆手拒绝了凌寒羽的这个提议，然后从口袋里拿出了手机，按下了韩家客厅里的电话。

此时，巴萨丽正坐立不安地在自己的房间里踱步。她只是一时气不过，就把安初夏锁在了厕所里。现在也不知道安初夏出来没有，如果出来的话，她会不会说是自己把她锁在里面的。如果是这样的话，按照目前的形势，韩七录绝对不会放过她。

怎么自己这么冲动？！

房间的门突然被人敲响。巴萨丽平复了一下心情，强装镇定地走到门口开门。打开门，门口站着韩管家，只见他先是恭敬地朝她鞠了个躬，才慢慢说道：“巴萨丽小姐，客厅有您的电话。”

“我的电话？”巴萨丽疑惑地重复了一遍韩管家的话，心说，难道是爸爸打来的？可是爸爸是知道她的手机号的，怎么会打到客厅呢？

见巴萨丽迟迟没有动作，韩管家再次说：“巴萨丽小姐，是少爷的电话，说是有急事，让您赶快去接。”

听了韩管家的话，巴萨丽心头的疑惑顿时消散。可是随即又狐疑起来。韩七录从来不会主动打电话给她，连她的手机号都不知道是以才会打到客厅。可是他找自己有什么事呢？

一种不祥的预感蔓延上她的心头。站在门口的韩管家又是好意地提醒道：“巴萨丽小姐，别让少爷等急了。”

咬了咬牙，巴萨丽瞪了韩管家一眼，鄙夷地说：“你这老东西到底有没有长记性？我说了多少次了，叫我少奶奶！下次再记不住，你就给我小心了！”

说完她不再看韩管家一眼，走出房间跑下了客厅。看着被韩管家暂时先搁置在一旁的电话听筒，她伸出去的手有些微颤。虽然心里一直不停地告诉自己千万不要慌张，但是一出声，她的声音还是出卖了她，原本有些尖锐的声音居然颤抖着。

“喂……”巴萨丽紧抓着电话，而另一只手不停地绕着电话线。

那边传来韩七录不带有一点温度的声音，如同来自地狱的鬼魅般可怕：“巴萨丽，我希望你能自己跟我说明，而不是我问你。”

这句话打破了巴萨丽的最后一道防线和希冀——只能说明韩七录已经知道了。巴萨丽紧紧地咬着自己的下唇，脸色不断地变幻。一失足成千古恨，难道就是这样吗？

不……她不要韩七录恨她，绝对不要！

“我……我不明白你在说些什么。”巴萨丽轻摇着头，眼角却渗出了一滴泪，垂挂在眼角，久久不肯落下。

那边的韩七录冷冷一笑，那双眼眸就像是千年的寒冰一般，让人不敢直视。怕一眼对上，就万劫不复！

凌寒羽原本是不明白韩七录为什么不立刻去找安初夏，而且还拿着一支手机给人打电话。这一下他算是完全明白了，安初夏的失踪，原来跟那个“外国货”有关系！

来回踱了一下步，见巴萨丽还死鸭子嘴硬不开口，便再次开口，这一次他也不再拐弯抹角，直接说道：“听着女人，我再给你最后一次机会。告诉我，她在哪。只要你说了，我就不追究你任何责任。但如果你还是不肯承认，那么后果，就让你的老爸巴斯来承担，如何？”

“……”那边一下子陷入了沉默。但耳尖的韩七录听到了巴萨丽在喘气的声音。

“我绝对说到做到。”

韩七录低声说道，刚要按下挂机键，就听到巴萨丽撕心裂肺的哭声。他微皱了下眉，眼角有那么一丝的不耐烦。大约过了半分钟左右，巴萨丽的哭声渐渐变小，紧接着就是她沙哑的声音：“她在教学楼四楼的女厕所。”

不再听巴萨丽说什么，他只捕捉到了这么一句，便快速地挂掉了电话起身就往教学楼的楼梯口处跑去。凌寒羽刚要追上，转而停下了脚步。他的听觉功力一向很强大，即使是那么轻的声音他也还是听到了。他听到巴萨丽说安初夏在教学楼四楼的厕所。

可是刚才菲莉亚明明说没有找到人。难道她没有找过厕所？不可能啊！

转身又跑到菲莉亚身边开口就问道：“你不是说教学楼里没人吗？安初夏在四楼的女厕所你没有找过吗？！”

声音的音量稍微有些过头，菲莉亚差一点就被吓到。狠狠地咽了下口水后，菲莉亚回想了一下，突然一拍手说道：“我去找的时候，那里的门被锁上了。门口还放着‘维修中’的牌子，我就没有去……”

“该死！”凌寒羽狠狠地把脚边的小碎石踢到远远的黑暗里。他想要上楼去，可是他心里清楚得很，有韩七录在，安初夏不再会需要他。

尽管是这样，凌寒羽还是让自己的手下坤尼带着几个人上楼了。怕他们需要什么，还顺便叫了120救护车，以备不时之需。自己像是丢了魂一样，走到花坛边坐下。

三个值日生听到韩七录已经知道安初夏在哪里了，于是便跟凌寒羽道了别，回到教室拿了书包回家了。而菲莉亚跟着坤尼他们一起上了楼。一瞬间，教学楼的前面只剩下凌寒羽还有剩下的几个穿着警察制服的保镖。

时间一下子就像是静止了一般……

另一边，韩七录快速地跑上了楼梯，来到四楼女厕所门前。门口放着一个“维修中”的黄色牌子，他一脚就把牌子踹开。不用想也知道，这一定是巴萨丽放在这里的。

“安初夏？安初夏！安初夏你在里面吗？”门被锁了，他先是朝着门大声喊了几声，也不知道安初夏有没有听到。反正他是没有听到里面有传来半点声响。

门锁很坚固，他身上又没有带开锁的工具，弄了半天硬是没有把门弄开。最后他后退几步，准备撞门。刚准备开始跑的时候，坤尼突然出现拦住了他。

“七录少爷，这门很结实，应该是撞不开的，您退后，我来。”坤尼的声音里带着一丝恭敬。

韩七录深知凌寒羽的这几个保镖都是神一样的人物，开锁这种小事自然是难不住他们的。于是也没有说什么，点了下头站到了一边。

见韩七录站到了一边，坤尼从拴在他腰上的小黑皮包里掏出了一条黑色的皮布。皮布被打开后，里面放着很多铁质的小夹子还有银针之类的东西。他从里面拿出了两根长短不一的小铁丝走到门前，另一个保镖打开强力电筒帮坤尼照明，没有五秒钟，就听见啪的一声，门开了。

韩七录一把拽开他们把门打开，厕所的灯光很微弱，带着点昏暗的鹅黄色。透过灯光，他看到了里面靠着墙紧闭着眼一动不动的安初夏。

她的头发微有些凌乱，但不会让人觉得邋遢，倒还多了一分凌乱的美。只是她的眉头紧皱着，似乎睡得不太安稳。

“安初夏？”韩七录慢慢走过去。这一刻，他的心情很复杂，不知道是应该高兴还是应该生气……从放学之后，都是因为她，他才会变得那么奇怪，那么不安。

韩七录一步一步地走过去，直到走到安初夏面前的时候，她还是没有睁开眼睛。

站在门口的坤尼还有其他几个人自觉地退到了走廊的拐角。菲莉亚由于运动细胞不怎么好，在这个时候才刚“爬”上四楼，刚想要往厕所那边跑去，坤尼就拦住了她。

菲莉亚狐疑地看了坤尼一眼，不解地问：“怎么了？人找到没有？”

坤尼先是点了下头，随即快速地说：“你还是别打扰我们家准少夫人跟七录少爷了……”咦，这话说着怎么这么奇怪？是有哪里不对吗？

安初夏正在做一个梦，一个很恍惚的梦。

她正处于一片黑暗中，说是看不清东西，可是却能清楚地看见自己脚下的路。但是一抬起头，周围的一切又模糊了，像海市蜃楼一般。

她大叫着，可是没有人回答她，周围没有半个人影，连一点声音都没有。她开始着急了，不断地往前走，可是脚下的路却像是怎么走也走不完一般，周围的景物也渐渐消失。

感觉到周围的空气突然变得温暖，像是有什么人紧紧地抱住了她。

一刹那，安初夏睁开了眼睛。

没错，她确信刚才那是梦，可现在是怎么一个情况——一个男生抱着她？难道说，这就是传说中的梦中梦？！

不过……这似乎不是梦，抱着自己的人身上有体温！难道是……

“是凌寒羽吗？”安初夏不知道情况地问出了声，因为这个人是紧紧地蹲下身抱着她的，所以她完全看不到他的脸，连发型都看不到！

但是按照她的推理，凌寒羽一定会在校门口等着她的，久等不到，凌寒羽就会到学校里来找她，然后就找到她了！

另外，厕所门口的地上还扔着一顶帽子，这帽子她认得，是凌寒羽的手下戴的！

可是话刚说出口周围的空气又开始变冷，她感觉到抱着自己的人背部有些僵硬。难道……她猜错了？

这没理由啊！

“安初夏，你满脑子里想的都是凌寒羽吗？”自她的耳畔突然传来韩七录愠怒的声音。她的嘴角不自觉抽了抽。

居然又是韩七录！等等，为什么她要用“又”这个字？好吧她承认，每一次她需要帮助的时候，出现的人总是韩七录，这真是一个可耻的认知啊……

“不说话了？”韩七录推开安初夏，不爽地站起身来。

“你怎么了？要我……说什么啊？”安初夏不解，这家伙刚才不知道为什么在她睡醒的时候就抱着她，可是在自己睡醒后就对她凶，这是什么情况嘛！

韩七录紧紧地抿着双唇，双唇紧抿成了一条线。安初夏突然感到有一种不可忽视的压抑感在逼向她，然后她就听见韩七录的声音。

“难道，你喜欢的人是……凌寒羽？”

心里咯吱一声，安初夏立刻破口大骂：“你才喜欢凌寒羽呢！你全家都喜欢凌寒羽！不对，你全小区都喜欢凌寒羽！”

开什么玩笑？莫名其妙的，这货哪只眼睛看到她喜欢凌寒羽了？

出于自然反应，韩七录幽幽地回了一句：“整个小区，只有我家。”

“你这是在炫耀你家家境吗？那你就炫耀去吧！我没时间跟你在这里吵架。”真是搞不清楚，干吗在她一睡醒就要吵架。她现在又冷又饿，头也好晕，最重要的一点是……在地上坐了太久，脚已经完全没有知觉了，麻得要死。

韩七录没有注意到安初夏痛苦无比的表情，自顾自对着她将自己的手紧紧握成拳状，骨节处可以看到骨节泛白。

“喂——”安初夏叫出声来，她想让韩七录扶她一把，否则自己真心是站不起来啊！一是没力气，二是脚确实麻得不行。她都感觉自己的脚步有很多颗星星在弹来弹去，这种感觉别提有多难受了！

“我不叫‘喂’。”谁知道这位大哥丢给她这么一句，抬腿就往前走，很快身影就消失在厕所门口。

一时间安初夏愣在了原地，韩七录这是又在救了她之后又把她扔了吗？等等！这里……为什么又要用“又“字？

肚子“咕咕咕”的，不给面子也不合时宜地叫了起来。安初夏舔了舔嘴唇，发现嘴唇也干得厉害。她心中骂了韩七录无数遍，门口依然没有出现这人的影子，于是她也就不再把韩七录当成希望，默默念了一句混蛋之后，自己努力地用双手撑着地面，身体慢慢地往前……

“嘭——”一声响后，安初夏重新摔倒在地。

脚实在太麻了啊，感觉这双脚都不是自己的。眼前的视线越来越模糊，肚子又叫了一声之后……安初夏华丽丽地昏倒过去。

临死前，不！是临昏前，她还不忘记骂了一句：“王八羔子……”

“七录少爷。”看到韩七录走过来，坤尼低头恭敬地叫了一声，他并非看到谁都会这么恭敬，依人而叫而已。

听到坤尼说话，坐在地上几乎快要睡着的菲莉亚立刻清醒了过来。站起身的时候就看见韩七录一脸的冰霜。再往韩七录后面看了看，别说安初夏了，连安初夏的影子也没有一个。

随即不再顾忌韩七录的脸色，慌忙问出口：“七录少爷，初夏姐呢？你没有找到她？”这可怎么办呀？！

不是说七录少爷知道初夏姐在哪里吗？怎么会没有找到人呢？

在菲莉亚快要急哭了的时候，韩七录淡淡地说了句：“在厕所里。”说实话，他还以为安初夏会跟着出来，谁想他故意放慢了脚步安初夏还是没有跟出来，干脆就加快脚步走到了这里。

如果说，他之前是确定安初夏也是喜欢自己的，那么现在，他也开始不确定了。有时候安初夏真让人看不透也猜不透。她到底是怎么样的一个人？那一刻，他突然发现安初夏很不真实。

就在抬脚刚走出一步，准备走下楼梯回家的时候，他听到厕所那边传来菲莉亚的一声尖叫：“初夏姐！你怎么了？”

这声音着实很响，响到韩七录在听到之后立即转身往厕所跑，刚才的心情也统统被抛在了脑后，心里只想着不要出什么事。紧接着他在心里骂自己，刚才其实注意到安初夏的脸色很苍白了，可是却因为生气忽略掉了。

果然……在跑到女厕所门口的时候，韩七录看见菲莉亚蹲在昏倒在地的安初夏身边痛哭，一边哭还一边试着把她扶起来。

“我来！”韩七录几步走过去，蹲下身以优雅的姿势把安初夏横抱了起来。

安初夏的嘴唇紧抿，眉头微皱，似乎很痛苦的样子。当下韩七录便抱着安初夏快速地跑出厕所，在经过坤尼的身边时，他停住脚步问了句：“你们凌家有专门的医生吗？”

坤尼一时间没明白过来，总算理解了韩七录的话刚要回答的时候，韩七录已经不耐烦地抱着安初夏消失在他们面前。坤尼从包里拿出绳索，其他的保镖也都效仿，把绳索的一头勾在走廊的栏杆上后，纵身从四楼跳了下去。

当菲莉亚从厕所里出来的时候，就看见这么一幅诡异的画面——几个黑衣人面无表情，一纵身，居然直接从高高的四楼跳了下去。

菲莉亚吓了个半死。他们想……自杀？她稳定了一下自己的情绪，再走到刚才他们起跳的位置往楼下看去。几个人没有像她想象的那样摔成了肉泥，反而稳稳地站在凌寒羽的身边。

“居然……”她没有再说下去。谁都知道凌寒羽的保镖都是神一样的存在，只是她没有想到会如此神奇！一转身，她往楼梯口跑去，不管怎么说，一个人站在连个人影都没有的四楼实在是很诡异。

“她怎么了？”原本还坐在花坛边上的凌寒羽在看到安初夏被韩七录横抱着的时候立刻起身跑过来。

听到凌寒羽的问话，韩七录的脚步顿住了，偏过头很高深莫测地看了凌寒羽一眼道：“如果安初夏喜欢的人是你，你会跟她在一起，永远保护她吗？”

那一瞬，凌寒羽的面部表情很复杂，偏头看了一下，坤尼他们早就已经自动消失。再回过头来，他已经是嬉皮笑脸的样子，半认真半玩笑地说：“七录啊，先不说你这话说得毫无逻辑可循。单说安初夏这种货色……还不如我对一本漫画的感情深，你开什么玩笑？”

或许是凌寒羽的错觉，不然他怎么会看到韩七录在听完自己的话之后像是重重地松了口气，他从来没有见过韩七录这种表情。

收回落在凌寒羽脸上的目光，韩七录淡淡地说了句：“今晚我带她回我家。”

“不！”凌寒羽几乎是在韩七录说完的下一秒就出声。见韩七录面露疑惑，他扯了扯嘴角解释说：“安初夏现在是在昏迷着的。那么你想想，如果她醒来发现自己所处的位置是韩家，她会高兴吗？而且谁知道那个‘外国货’会怎么气她？这段时间，你还是先把她放心地放在我家吧。”

韩七录虽然很想要把安初夏带到韩家自己好好照顾着，然后向她道歉，可是……凌寒羽分析的确实也不无道理。一咬牙，他迈动了步子，不过凌寒羽并不担心，知道韩七录肯定听进了自己的话。

果然，在凌寒羽跟着他走出校门之后，韩七录抱着安初夏没有走向他那辆炫酷到极致的跑车，而是走向凌寒羽家一直在等着的商务车。

把安初夏小心翼翼地放到车里之后，韩七录再没有往安初夏身上看一眼，转身就走向自己的车，发动车子消失在所有人的视线中。

十几分钟后……

“这是怎么了？”凌老太爷惊讶地看着凌寒羽抱着安初夏走进给她准备的房间，还叫了很多医生往她的房间里赶。

站在凌老太爷身边的女佣恭敬地回答说：“老太爷，是寒羽少爷带着初夏小姐回来了。不过……我听说初夏小姐昏倒了，所以这才……”

看着来来往往的人，凌老太爷扔下手中用来锻炼身体的剑就往安初夏的房间跑。只见到一片粉色中，安初夏静静地躺在床上，双眸紧闭着。她的右手正挂着生理盐水。

“这是怎么回事？”凌老太爷的声音有些微颤，心想着，他好不容易有个了准孙媳妇，别刚有就没了啊！

跟几个凌家的私人医生说完话，凌寒羽走到凌老太爷身边回答说：“医生说是因为疲劳过度，再加上贫血所以才导致昏迷的，不会有什么大的问题，应该很快就醒了。”

凌老太爷听完凌寒羽的话后，疑惑地问道：“怎么会突然疲劳过度？”安初夏绝对不会是那种娇弱到不行的女生，这一点他清楚得很。

凌寒羽顿了顿，面不改色地回答：“因为今天市里统考测试，大概是因为太认真了，不会有什么事的，您先回去休息吧。”

就在这个时候……床上一直昏睡着的人动了动手，然后抬起她的手揉了揉眼睛。

“初夏，你醒了？没事了吧？还感觉哪里不舒服？”凌老太爷比凌寒羽速度还快，一侧身就来到安初夏的床边关切地问。

听到凌老太爷熟悉的声音，再睁大眼睛看了看周围的环境，安初夏顿时明白过来——这里应该是凌家，不过上次她来的时候房间还是那种很内敛的风格，怎么一下子就变成了粉色底色的公主房？好夸张……

收回目光，她看到凌寒羽似有若无地往这边看了几眼，于是便摇了摇头，稍带尴尬地说：“不舒服是没有……不过，我……”

安初夏吞吞吐吐半天也没有说出个所以然来。凌寒羽皱了下眉，忍不住说道：“有屁快放，别说句话跟挤牙膏似的。”

这话说得虽然说是粗鄙了点，但也在理，安初夏一咬牙，干笑着说：“我快饿死了……”

空气一下子凝固，安初夏的肚子发出“咕咕咕”的奇怪声响，片刻之后，传来凌老太爷低沉的笑声。

“还愣着干什么？还不快去准备吃的？”凌寒羽摇摇头对一旁的女佣说，亏他还以为她是有什么地方不舒服，没想到……还真是太高估她了！

安初夏呼呼地吃了好几碗面条，这才感觉满足。凌老太爷说让她早点休息之后就带着凌寒羽还有一些闲杂人等离开了，粉色的公主房里只留有一个看着她盐水瓶的女看护。

女看护很吝啬语言，只是坐在离她不远的地方，半个多小时过去了竟然一动不动也没说半句话。安初夏打了一个哈欠之后，挑挑眉对着女看护的方向问道：“那个……请问……”

这时那女看护才有了点反应，疑惑地站起身问道：“初夏小姐，有什么需要我做的？”

尴尬地咬了咬下唇，安初夏低头问道：“是谁把我送到凌家来的？”话说出口，她有一种一掌劈死自己的冲动——竟然很想知道是不是韩七录把她送过来的，好“坑爹”。

“当然是寒羽少爷。”女看护有些莫名其妙，“盐水挂完了，我现在就帮您拔掉。”

安初夏仰起头看了下挂瓶，确实已经差不多了，女看护把针拔掉之后把她房间的灯也给一并关了才走出去。

房间一下子陷入无边的黑暗和寂静中，安初夏翻了个身换了个睡姿，由于下午睡得太多，现在虽然感到全身酸痛，却久久不能入睡。

最后她干脆把床头灯给开了，找到被放在床头柜上的手机，但也不知道是着了什么魔，她竟然拨通了韩七录的手机……

有时候，电影或者电视剧上的某些台词也不完全是瞎掰的。比如说，某部记不清名字的剧就说过：有些东西，你真的无法用科学来解释。

韩七录那种有钱人居然没有彩铃。在响了几个嘟声之后电话被接通。

“喂？”韩七录刚睡着就被手机铃声吵醒，看都没看来电显示就直接按下了接听键，“谁啊？”

一时间，安初夏突然语塞，不知道该说什么。

那边的韩七录此时睡意也去了一大半，见电话那边半天没有回音，他微皱起眉把手机拿离耳边放到自己眼前，见屏幕上显示着“安初夏，通话中”几个字。

韩七录的心不自觉地开始不规律地跳动起来。

“我说……”安初夏动了动唇，翻了个身说，“韩七录，我打电话给你是有事要跟你说。”

莫名其妙的，原本被手机铃声吵醒时的烦躁完全消散，韩七录的心情莫名其妙地大好起来，他最近老是这样，心情就像坐云霄飞车一样，一下子这样，在下一秒又变那样……

“什么事？”他翻了个身，伸手打开了床头灯，黑暗一下子散去，让他的心中有了一丝暖意。

“还记得我让你做我的男仆吗？我决定……这句话我就当没说过。”她的语气清冷，不自觉的，眼角流下了一滴泪，顺着脸颊往下滑落，轻轻地落到粉色的枕头上消失不见。

不想再跟韩七录有任何的关系了，一点都不想。

“什么意思？”韩七录感到有些迷茫，“不准备报复我了？如果我没猜错，你当初让我当你的男仆就是想整我吧？”

深吸了一口气，她努力使自己的气息听起来平稳一些，接着才回答道：“随你怎么想。总之，在你丢下我的那刻，我发现自己……恨你！”

“恨我？”韩七录不怒反笑。今天的安初夏确实很反常，但是他听说过一句话，如果一个女人恨你，要么就是跟你有血海深仇，要么就是……爱你。

“没错！”安初夏猛地坐起来，“你居然把我直接丢在厕所，如果凌寒羽没有来救我，指不定我就死在那里了！”

拿着手机的手一僵，韩七录的目光变得凛冽：“是寒羽告诉你，我把你扔下之后就走了，然后是他把你抱上车送到凌家的吗？”凌寒羽说过的，他并不喜欢安初夏，所以他当时很放心地把安初夏交给了他。但如果凌寒羽真的对安初夏那么说的话，是不是说明他确实也对安初夏……

“是女看护这么跟我说的。谁说的并不要紧，重要的是，韩七录，我才发现，你的心比铁还硬，比冰还冷！”她紧咬着下唇，没有拿着手机的那只手不断地绕着被单。

手机那边沉默良久，就在安初夏怀疑他已经挂掉电话的时候，韩七录那富有磁性的声音突然响起：“我的心确实比铁还硬，比冰还冷。”

夜，如此的寂静，寂静到可以听到她自己的心跳，她无比确信自己还是活着的，因为那如此有力的心跳。

安初夏躺在床上，辗转反侧，久久不能入睡。她想自己肯定完蛋了……自己这辈子，估计都忘不掉韩七录最后说的那一句……“因为这颗心只为你软，为你跳动。”

“啊！”她大叫了一声。住在隔壁的看护立刻跑过来敲门：“初夏小姐，您怎么了？您没事吧？”

不自觉地嘴角抽了抽，安初夏刚准备说没事让她回去睡觉，突然眼睛一亮，扬声说：“麻烦你进来一下。”

女看护这才打开门走进来，走到离安初夏的床还有一米的时候垂首问道：“请问您有什么吩咐？”

“你是护士吧？”安初夏的眼睛眨啊眨，别提有多无辜多纯洁了。

女看护恭敬地回答道：“是的，初夏小姐，我有高级护士执照，您要看吗？”

“不用不用！”安初夏摆摆手笑着说，“既然你是护士，那就应该为病人排解一切问题是吧？”

见女看护疑惑地点头，她再次继续说：“那么我问你……你有没有那种，可以让人失忆的药啊？我不是指失去所有的记忆，就是可以选择忘记某一个人或者……某一句话。”

面对安初夏如此期待的眼神，连很少有面部表情的女看护的嘴角都不自觉地抽动了一下，紧接着眼角也不自觉抽了一下。最后，她调整好自己的表情，波澜不惊地回答道：“初夏小姐，您在开玩笑吗？”

“我没有开玩笑，我很认真的！”安初夏坚定地回答，但在看到女看护看白痴一样的眼神后，她撇了撇嘴角道，“好吧，那你给我一颗安眠药。我失眠了。”

几分钟后，女看护泡了一杯据说能辅助人安神的安神茶给她，至于安眠药……女看护说这个不能随便吃，就没有给。

好在这个安神茶的效果看起来不错，在折腾了这么一会儿后，安初夏很快就睡着了，而且一夜无梦。

第十五章 联合才是王道

第二天到学校的时候，她顶着巨大的压力走下凌寒羽家的车。昨天没有考试，她不知道后果会怎么样，虽然信心满满这次班里的平均分肯定能拿全市第一，但是其实这都是表面，她自己心里也很忐忑，再加上她自己一共只考了三门学科，怕是要拉下平均分了。

凌寒羽说他要去新买一本漫画，在下车的时候就跟她分开了。时间还很早，她没有直接回教室，而是来到学校里的一家学生咖啡厅里坐下。

这里的咖啡都是免费的。当然这个消息，是菲莉亚告诉她的。据说菲莉亚每天早上都会来这里喝一杯咖啡再去上学。

咖啡厅里的人还不多，三三两两地坐着几个。其中还有两个女生是她的同班同学，她们并不知道安初夏失踪的事，跟她打了个招呼之后就继续讨论她们的话题了，话题也无非是哪里哪里新开了一家服装店。

“初夏！”菲莉亚一进门就看见安初夏满脸惆怅地坐在咖啡厅靠窗的一个角落里发呆。连忙地跑到安初夏对面的位置坐下后，关切地问道:“昨天晚上……”

“嘘！”安初夏将右手食指放到唇前，做了个噤声的动作，继而压低声音说，“听着，昨天晚上的事不要说出去，免得引来更多的麻烦。”

虽然不明白为什么，但是菲莉亚很爽快地就答应了，尽管她有着一万个为什么要问安初夏，但还是硬生生地憋了回去。

就在她们两个都陷入沉默的时候，咖啡厅走进来两个人——莫昕薇和丸子。在点了一杯咖啡后，眼尖的丸子发现了安初夏，拉了下莫昕薇的袖子之后两个人很有默契地朝她这边走来。

“好久不见。”出乎莫昕薇的意料之外，安初夏偏过头看到她的时候，竟然是一副很友好的表情。两个人对视一眼，不明所以地坐到安初夏这张桌子边。

四个座位一下子坐满了，有好奇的同学往她们这里看了一眼，但出于一种没事别找事的心理，他们很快收回目光又各自说起来。

相比起安初夏这次的热情，莫昕薇倒显得淡定多了。在学生咖啡厅的服务员上了两杯拿铁之后，莫昕薇轻轻转动了下杯子，这才缓缓地开口：“这是……太阳打西边出来了？”

嘴角一勾，安初夏淡笑着说：“这太阳，当然还是从东边升起。不过……人，总是会变的。上次你说我们两个联手，我突然……想要答应你这个提议了。”

莫昕薇眼睛一亮，喜上眉梢：“你确定你没有在整我？之前我提起这个提议的时候，你可是立刻就回绝了。”

“那是之前。”安初夏嘴角的笑意依然挂在脸上，可是那目光却开始变得阴冷，和韩七录倒是有那么几分相似，看得莫昕薇眼皮一跳……

一直没有说话的丸子放下手中的杯子插嘴问道：“我能问你，为什么突然接受我这个提议吗？毕竟……这件事如果完成了，那对我们双方都有利。但是那个叫巴萨丽的如果没有被赶走反而反咬我们一口，那我们几个都得完蛋。”

菲莉亚坐在旁边完全听不懂她们几个在说什么，干脆从自己的包里拿出面包开始啃。

“我要的可不是利益，要的……就是让她没有好下场！”安初夏一咬牙挤出一个微笑说，“我也就不瞒你们了，昨天晚上，我被她算计了，差一点就丢掉小命，我安初夏向来是有仇必报的好姑娘，你们懂的。”

啃面包的菲莉亚突然停止咀嚼，口齿不清地说：“昨天晚上那个把你锁在厕所里的人就是巴萨丽吗？”

莫昕薇和丸子对视一眼，她们这下完全信任安初夏，相信她是真的想要合作了。

“你想要怎么做？”莫昕薇低下下巴，轻啜了一口咖啡，淡淡道，“今天的咖啡，倒是有点甜呢。”

“当然是……”安初夏的目光放远，落到不知名的远处，“以牙还牙。”

咖啡厅位于去教学楼的路上。顺着安初夏的目光看去，正好可以看见巴萨丽跟在韩七录身后。韩七录虽然是一副很不耐烦的模样，但究竟没有把她轰走，只是自顾自走自己的路。

收回目光，安初夏的脸上有一丝不易察觉的阴冷。

“老大，好家伙，总算是找到你了！”洪亮的声音吸引了咖啡厅全部人的注意，而一直自顾自往前走的韩七录仿佛也听到了声音般，偏过头往咖啡厅看去……

透过反光的玻璃，韩七录依然能清晰地看到安初夏正坐在学生咖啡厅靠窗的位置，同时坐在那里的还有莫昕薇。

“怎么了？”见韩七录的脚步停下来，巴萨丽疑惑地开口问道。从昨晚之后，她就一直没敢太黏着韩七录。韩家少爷确实说到做到，没有追究她对安初夏做的事，也对那件事闭口不提，只是她能察觉到，他不经意间落到自己身上的目光愈发冰冷了，这可不是什么好兆头。

快速地收回目光，韩七录偏头看了巴萨丽一眼：“回你的教室去，别再跟着我。”

虽然感觉很憋屈，但是怕韩七录旧事重提，巴萨丽一咬牙，低下头依依不舍地往教学楼走去，反正他们也是在同一个班里，到上课的时间自然又会见到！

“咦？”萌小男这才发现安初夏身边坐了个莫昕薇。这女人她认识，那天到教室里找过安初夏，而且安初夏跟她的关系并不友好。不过现在这是怎么回事？两个人坐在一起看起来很好很和谐啊。

注意到萌小男疑惑的表情，安初夏招手召唤她过来之后淡淡地指了指莫昕薇和丸子：“从今天开始，她们两个也是我的部下了，跟你同一等级的，赶紧的，打个招呼。”

要说默契度，安初夏和萌小男简直可以说是登峰造极。安初夏简单的一句，萌小男立即就明白过来，不怕生地随便拉了张椅子过来在安初夏身边坐下，自来熟地拉过莫昕薇的手剧烈地摇了几下道：“好同志，幸会幸会！”

要说莫昕薇当时的脸色，真跟像是吃了十坨大便一样臭！只见她嘴角抽了抽，然后狠狠地甩开萌小男的手，不爽地瞪着安初夏说：“你这是什么意思？什么部下？你该不会是故意整我的吧？”

无所谓地摆摆手，安初夏拍了拍莫昕薇的肩微笑道：“别生气嘛，我这不是怕这丫头的脑袋理解不过来嘛，别在意！”

莫昕薇压下怒火，再瞥了眼萌小男冷冷道：“以后别见到个人都叫同志，我跟你，可不是一个等级的！”

话毕，莫昕薇和丸子很有默契地站起身大跨步走出咖啡厅。当然，丸子还留下了安初夏的手机号码，以备不时之需。毕竟几个人既然有了共同的敌人，那么这些个私人恩怨还是要统统都先放在一边的。

“我看她就是跟我一个等级的，说不定智商方面还比我低一级呢！什么态度嘛！真是的！”见莫昕薇她们离开了，萌小男跟安初夏“吐槽”道。

对此，安初夏不置可否。喝了一口咖啡后，她发现这些咖啡比以前喝过的速溶咖啡要好喝多了，至少口感就完全不一样。

“对了。”安初夏放下杯子，一本正经地问萌小男，“我一直没来得及问你呢，昨天考完试之后，你跟巴萨丽……没发生什么事吧？”

萌小男挪了下屁股，坐到安初夏对面的位置，一脸的得意：“能发生什么事？告诉你吧，我跟她已经混熟了。”

“很好！”安初夏眼前一亮，“那你能不能等晚上放学的时候把她约到图书馆？”

萌小男歪着头想了会儿，若有所思地点点头：“如果用点小计策的话，应该是绝对没有问题！”虽然说她的智商比不了安初夏，但是在小聪明方面，脑子可要比安初夏好用多了！当然，安初夏只是懒得用，她要是想算计谁了……那么那人绝对吃不了，兜着走！

“那就好！记得一定要把她约到图书馆，我非让她滚回她老家不可！欺负什么人不好，偏偏欺负老娘我！”

“老大！淑女，淑女！”萌小男一边拍着安初夏的肩让她淡定，一边表情又变得疑惑起来。突然她手上的动作一重，惊讶地问道：“天呐！老大，你这急着要把巴萨丽这货赶回去不会是因为……你想要独吞七录少爷吧？”

“噗——”一时间没忍住，安初夏把嘴里含着的那口咖啡全都喷在了萌小男那张八婆到了极点的脸上。

刚好路过的服务员惊讶地瞪大了眼睛，直直地盯着萌小男的脸看了有三秒。直到安初夏淡定地干咳了两声淡淡道：“小姐，麻烦拿点餐巾纸来可以吗？”

“好……好的！”服务员这才回过神，抬脚快速跑向柜台。

“老大，这就是你今天早上送给我的见面礼？”萌小男的脸色相当不好，伸手胡乱抹了几下脸，狠狠地瞪着安初夏，“还好老娘今天没化妆，否则非得变成鬼不可！”

安初夏一耸肩，无可奈何地说：“谁让你突然提什么独吞，独吞财产还好说，独吞韩七录……笑死我吧你就！”

正在这个时候服务员拿着一包餐巾纸走过来，两个人对视一眼，没有继续吵下去。

整理好了脸之后，萌小男正准备索要精神损失费的时候，安初夏一拍桌子，差点没把已经趴在桌子上睡着的菲莉亚吵醒。

“说到鬼……你提醒我了！”安初夏得意地说，“中午我请你吃饭！走，上课去！”

萌小男与生俱来的所有市侩和恶俗在这一刻发挥得淋漓尽致：“这一个星期你都要请我吃午饭，还有，这一个星期的作业你都要帮我搞定，还有！这一个星期你每天都要请我吃一根哈根达斯！”

听完她这番话，安初夏上上下下打量了萌小男足足一分多钟，最后她艰难地点了下头，眼中的鄙夷之意明显得不能再明显：“行啊江南同志，一日不见如隔三秋，志向见长啊！”

无视掉安初夏的鄙视，萌小男嘿嘿嘿地傻笑：“这不是咱们也算苦尽甘来，小布丁也总得换成哈根达斯啊！”

以前碰到这种情况，萌小男最多敲诈几根小布丁或者白糖棒冰，现在一开口就是哈根达斯，这种级别升得虽然有点猛，但以安初夏现在的存款，应该请得起！

“算我倒霉！”安初夏翻了个白眼，“把菲莉亚叫醒，快上课了。”

“今天天气好晴朗，处处好风光……”几个人优哉游哉走出学生咖啡厅，走在后面的萌小男突然拉了下安初夏的袖子，意思让她偏过头去……

其实自从安初夏走出咖啡厅那一刻起，她就有种不祥的预感，只是没有想到这预感居然可以如此灵验。

韩七录背靠着咖啡厅，一只脚微弯着，右手食指和中指间夹着一支修长的，全白色的香烟，看样子在这里站的时间也不短。

那一刻，他就像是个孤寂的受伤的野兽一般，让一直自认为是天使的安初夏都想要过去安抚，可是莫名其妙的，在对上他的双眸后，她从心底产生了一种想要临阵脱逃的冲动。

一偏头，萌小男这个王八羔子已经拉着菲莉亚跑远了，一边跑一边还不忘记给她一个加油的手势。加油？加你妹的油啊！

“你怎么会在这里？”思考良久，她上前几步，问出了一个最傻的问题，她知道韩七录肯定是在等她，可是除此之外也没有什么好说的了。

掐灭手中的烟，韩七录毫不怜惜地把才刚抽了两口的烟丢在地上，抬起下巴，他的声音显得有些沙哑：“安初夏，我们应该静静地谈一谈。”

早自修的铃声在这个时候响起，安初夏望了一眼教学楼的方向，又收回目光看着韩七录道：“好。”反正已经迟到了，迟到一分钟也是迟到，迟到一个小时也是迟到。

两个人并肩走进咖啡厅的时候，里面已经没人了，只有两个服务员在擦桌子。见到韩七录进来，两个人竟朝他恭敬地一点头，给他们倒了两杯咖啡后走进了咖啡厅服务员的休息室。一时间，整个人接待厅就只有他们两个人了。

“说吧，谈什么？”安初夏深吸一口气，知道逃不掉的永远也逃不掉，干脆就勇敢地迎上了韩七录的目光。从昨天晚上开始，她发现自己……好像是真的喜欢上了韩七录。

虽然很不想承认，但是喜欢上了就是喜欢上了，她自己再怎么否认都没有用。

“我问你。”韩七录把咖啡推到一边，将双手放在桌上，认认真真地看着安初夏问道，“你讨厌我吗？”

讨厌吗？安初夏在心里问了自己一遍，轻轻摇头：“以前讨厌，现在不了。”

“好了，那么你就是喜欢我。”韩七录嘴角轻弯，不等安初夏开口继续说，“既然这样，我韩七录在这里再一次正式请求你做我女朋友，你可愿意？”

安初夏握紧手中的杯子，一咬牙摇头道：“不愿意。”

在感情这一方面，她相对来说还是比较理智的。她深刻地知道，韩七录跟自己是同一类人，同一类人虽然容易相互吸引，但是他们之间的共同点也像两只刺猬，抱得越紧，两个人就越痛。

“理由。”韩七录这次倒是出乎意料的平静，仿佛早就料到她会拒绝一样。

“高攀不上。”简短的四个字，安初夏将目光移向别处，“说实话，你这个人，虽然看起来很讨人厌，但是……确实没有办法让人真的讨厌你。怎么办呢，我的梦想，我的坚持，居然开始动摇了，所以，请你不要再靠近我了，好吗？”

“这就是你经常排斥我的原因？”韩七录眸中带笑，从安初夏的这几句话中，聪明的他完全可以猜到话里的意思，那就是……安初夏，已经喜欢上他了。

安初夏扯扯嘴角，勾勒出一个狡黠的笑：“不仅仅因为这个，还因为有时候你实在太让人……受不了。比如说，昨天晚上，一句话不合就把我丢在厕所，知不知道那样做是会出人命的？”

这一点，韩七录自己也承认。他的性格是多变了点，他也完全相信自己在短时间内是改变不了的，但是昨天晚上……他并没有把安初夏丢在那里不管不顾。

这是一个很明显的误会，但他不想解释。对他来说，以前的就是以前的，没有什么好解释，也没有什么好放不下的。就像向蔓葵，他曾经觉得自己永远也放不下，后来才发觉，之所以对向蔓葵念念不忘，大抵也只是因为不甘心而已。

见韩七录沉默，安初夏没有继续说下去，将视线看向窗外，她决定等早自修的铃声响起后直接去办公室，找个理由解释一下昨天自己为什么没有考完，还有……打听一下分数。

“昨天晚上的事，就不能忘记吗？”韩七录眉头微皱，“巴萨丽……希望你能原谅她。”

“原谅？”好不容易心平气和地跟韩七录谈一次话，现在看来，又要泡汤了，安初夏火气噌地一下就窜了上来。她站起身，重重拍了一下桌子：“知道吗，在以前，在福星高中的时候，我什么时候被欺负过？你随便去打听一下，那时候都是谁欺负谁？！还把我锁在女厕所……开玩笑，如果是以前，我非打爆她的头！”

对于安初夏的过去，韩七录不是没有了解过。“暴君狼姐”这个外号就可以说明一切。至于现在安初夏看起来这么文静，大概是因为觉得自己寄人篱下，还有母亲的离开，对她也造成了很大的打击。而一旦有什么东西惹怒她了，那么她被埋藏很深的野性就会立刻跳出来。

“合作案下个星期差不多就可以完全落实，现在是最关键的时候。”韩七录先是漠然地说明他为什么突然替巴萨丽说话，紧接着一挑眉道，“安初夏，你突然发这么大火，不会是在吃醋吧？”

“噗——”上帝保佑，安初夏此刻没在喝咖啡，否则萌小男就是韩七录的下场……

“你不用否认，都写在脸上了。”韩七录继续一挑眉，安初夏都快要怀疑他的眉毛是不是抽筋了。

今天天气好晴朗，处处好风光……安初夏在心里默默地唱着这首歌自我调整心情。

“既然不答应做我女朋友，那就做我篮球社的经理。”韩七录继续挑眉，“如何？二选一，我个人还是建议你选第一个。”

女朋友、篮球社经理？谁能告诉她两者之间有什么联系吗？

“What？”安初夏装傻，“篮球社经理是什么？能吃吗？”

“不管能不能吃，现在我要你做的是一个选择，而不是……装傻充愣。”韩七录一脸的云淡风轻，但那似笑非笑的眼睛看得安初夏直起鸡皮疙瘩。

她有在装傻吗？有吗？有吗？有吗？没有嘛……好吧，有！

“我个人觉得篮球社经理这个职务，多多少少也算是个职务，能锻炼人的……领导和组织能力，我选篮球社经理！”安初夏微微一笑，一仰头把整杯咖啡都吞了下去，立马就苦得那叫翻江倒海。

韩七录上上下下地打量了一下她，嘴角一勾：“很好。”

后来安初夏才知道，那天韩七录找她谈话就是因为篮球社经理的位置空缺，至于做他女朋友的这个提议，他只是随便说说的。

安初夏一边庆幸着当时自己没有一时冲动答应，一边又暗自揣摩韩七录会不会因为她的拒绝而生气。

结果很明显，韩七录从头到尾都是波澜不惊的样子，直到他说……

“什么？你要去美国几天？”安初夏眨眨眼睛，“所以你担心篮球社这几天没有人管怕队员人心涣散才让我去？”

韩七录依旧是一副波澜不惊的样子，用一种“你还不是特别蠢”的眼神看着安初夏点了下头。

安初夏刚恍然大悟要点头，突然就犯起了迷糊，伸出右手点了点下巴，疑惑地问：“我说，你老爸就这么希望你这么早就接手他的事业？怎么去美国开会也要你去？一般这种事情不都是正牌的总裁大人亲自去的吗？”

听完安初夏的话，韩七录先是一愣，随即勾起嘴角：“你怎么知道我去美国是去开会？”

对于韩七录的问题，安初夏很不耐烦地翻了个白眼：“不是去开会难道还是去美国上厕所吗？”

当时韩七录正在喝咖啡，听到安初夏幽幽的话差点没把咖啡喷出来，再次酿成一次“萌小男事件”。不过好在人家大少爷就是大少爷，反应速度比安初夏快得多，把脸一偏，咖啡全喷到地上。

安初夏处事不惊地吐出一句：“不爱喝咖啡你就别喝嘛，这简直是赤裸裸的浪费！”丝毫没有她自己才是始作俑者的自觉。

好在人家大少爷宰相肚里能撑船，一个深呼吸，韩七录把怒气全都咽回了肚子里，深深地看了安初夏一眼后淡淡道：“不是韩氏集团的会议，我自己跟寒羽还有明洛他们两个用零花钱开了个小公司，最近接了个美国的项目。他们两个英文不好，所以由我去。”

“英文不好……”安初夏仰天大笑了几声，“韩大少爷，如果我没有记错的话，你可是位各科成绩都考零蛋的大仙啊！英语……能好到哪里去？”

韩七录不说话，他之所以每次考试都是零分只因不想太过显眼。更何况，每次考试都很巧地缺考，所以分数自然是零分。而这些事情，他可不想跟安初夏这种一根筋解释。

见韩七录没有说话，安初夏的鄙夷之意愈加浓烈，眼皮一抬，高深莫测地说：“韩七录，what is your name？”

“安初夏！”韩七录狠狠地丢了个卫生球给她。

安初夏闭口不再说话，心里默念：阿弥陀佛，上帝啊，原谅我刚才鄙视了一个经常考零分的差生，我错了，我忏悔……

看她收敛很多，韩七录也没有再摆出一张臭脸，在结束对话前补了一句：“如果下个星期我回来的时候发现他们变懒了或者怎么样的话……你就等着给自己收尸吧！”

收尸？开什么玩笑？

“喂，韩七录，你把我当什么了？别站着茅坑不拉屎……呸！我说错了……别给你点阳光就灿烂好吗？我凭什么就得二选一，你以为你是总统啊谁都可以命令？”她安初夏可向来都不是吃素的，做人啊，要懂得见好就收，像韩七录这么得寸进尺，最后的结果只能是自寻死路！

重重地拍了下桌子表示自己的不满之后，安初夏站起身就要走。韩七录倒也没有拦着她，只是幽幽地说："你当然可以不选。但是，透露点小道消息给你，下个星期的野外探险活动举行的地点是蛇山。而每个大一新生都会分配一个大二学长或者学姐作为搭档一起进行活动。"

"你什么意思？"安初夏一眯眼，停下了脚步。

轻勾了一下嘴角，某男得意喝了口咖啡淡淡地说："你不知道吗？我妈一直是斯蒂兰学院的幕后副理事，这个活动是由她最先发起的，学生的搭配当然也是由她管，你觉得她会分谁跟你一组呢？"

"蛇山……"安初夏默念了一下这个词，脑海中立刻就浮现出一条条蠕动的蛇的画面，任何摸上去软软的东西都是她最怕的，而要是漫山遍野都是蛇的话……救命！

她略带恐惧的小脸暴露了她所有的心事。韩七录一看就知道这绝对是安初夏的软肋。一边得意自己找到了极好的威胁点，一边又故作平淡地站起身，走到安初夏身边凑到她耳边不阴不阳地说："你应该不怕蛇的吧，我的好搭档？"

"篮球社在哪里，我现在就可以去监督他们练习！对了……篮球社经理的工作是什么？我保证完成任务！"做人啊，还是要学会见好就收。

问清楚篮球社的位置之后，早自修的下课铃正好响起，韩七录明天才出发去美国，所以今天还可以带着她熟悉一下工作，时间就约在了中午放学之后。

安初夏离开咖啡厅后她没有回到教室，先是去政教楼找班主任。此时班主任正坐在位子上看早报，见到安初夏进来，高兴得眉开眼笑："哎哟，初夏啊，我正准备好好谢谢你，结果到教室之后江南同学说你拉肚子。怎么样？是不是吃坏东西了？还难受不难受？"

听着班主任的关切的话，安初夏一边感动着，一边又狠狠地鄙视了萌小男一番。拉肚子？你全家都拉肚子！就不能换个高雅点的理由？

"不难受了……"安初夏尴尬地摇了下头问道，"对了老师，您刚才说什么？为什么要谢我？"

听到这里，班主任立即又喜上眉梢，从抽屉里快速拿出了一张表格，安初夏一眼就看到大一 A 班总分和平均分都排名全市第二，全市第一的是位于郊区的一所学校。

看得出来，班主任对这个成绩很是满意。而安初夏却是很不满意，心想着如果她能参加那场考试，说不定平均分就能追上排名第一的那个班了。这么想着，她就把没有拿第一的罪名都加在了巴萨丽的身上。

"如果不是初夏你的帮忙，老师知道班里进步绝对不会这么快的。所以我决定！今天晚上八点，我出钱请全班的同学都去'白夜'KTV 唱歌！这个消息我已经告诉其他同学了，到时候初夏你一定要来哦。”

安初夏原本是想要拒绝的，可是盛情难却，虽然没有拿第一，但这个成绩也已经是非常不错的了，最后也就答应了。考虑到还要去整巴萨丽，看看时间也不冲突，于是她点着头说：“老师，关于我有两门课缺考的事……”

“喔！这件事啊，七录少爷已经跟我说过了，因为你闹肚子，所以就没有参加。所以你的分数没有算进平均分里面去，不过听说你考过的那几门课拿的都是满分，真是太可惜了……对了，初夏同学，你这经常拉肚子，应该不是吃坏东西了，是肠胃不好吧？有时间应该去医院做个全面检查，我在市中心的医院有个熟人，要不要我帮你联系一下？”

“不不不！不用了！”安初夏连连摆手拒绝了班主任的好意，走出办公室后，她无奈地翻了个白眼。

怎么每个人找的理由都是拉肚子？真是没创意！俗！但韩七录居然会帮她打电话跟班主任解释，这倒是让她挺意外的。转念一想，这是巴萨丽闯出来的祸，韩七录怕是因为怕自己把巴萨丽做的坏事说出来才这么做的。这么一想，她对韩七录的感激之意也就消失殆尽。

呸，这个王八蛋！另一边正在第四音乐教室打盹的韩七录突然打了个喷嚏，这是有谁在骂他吗？

由于考试刚考完，整个上午都是变相的“庆功课”。每个任课老师一进来就先夸大家的进步，这么一夸就花了半节来课，接着分析了一下试卷。这么一来二去的，上午时间就过去了。萌小男没有参加考试，自然课也没有听，一个上午坐在座位上就要睡死过去。

不过好在她对放学铃声很是敏感，铃声刚响她就醒了过来。

“那试卷就先分析到这里，我们下午继续，放学吧。”讲台上的历史老师整理了一下讲台上的东西后就走出了教室。其他同学也一窝蜂涌了出去。

“老大，中午去哪吃？”萌小男刚问完就看见某位大少爷正优哉游哉地走进前门。

“安初夏，你慢吞吞像只兔子似的是要磨蹭到什么时候？”韩七录满脸都是不耐烦。

看来这位大小姐早就有美男相约了，虽然这只美男的脾气似乎有点……不大好，轻叹了口气，萌小男故作失落地说：“看样子我注定就要孤家寡人地自己一个人吃饭了。”

话音刚落，安初夏就毫不吝啬地赏给萌小男一个爆栗外加一个白眼：“亲，你活腻了吧？”

“我没有活腻，亲……”这一爆栗打得可不轻，萌小男捂着眼睛干笑着说，

“生命诚可贵，我先闪了，后会有期，再见不难！”

正要开溜，七录一把拽住萌小男的后衣领把她拽了回来，在她发问前开口道：“你跟巴萨丽很熟？”上次他就看到她们两个走在一起来着。

左右思量着该怎么开口，萌小男最后干脆一拍手：“我跟老大更熟！出生都是在同一家医院。还有，她穿什么型号的内衣我都清楚，因为……”

“因为什么？”韩七录的脸色骤然变差。虽然萌小男是个女人，但是听她这么说的话，他突然就很不爽。

被七录大少爷这么一瞪，聪明如老狐狸般的萌小男怎么可能再说出“因为我们是从小给对方搓背搓大的”之类的话。话锋一转，她嘿嘿地笑道：“因为我们从出生就认识了呗，嘿嘿嘿……当然，我也是绝对不会告诉您，我跟巴萨丽看起来那么好的原因是为了整她，对了。你知道她在哪里不？我找她当然没有什么事，我也是绝对不会告诉您是老大让我把她骗到图书馆，然后再整死她的。”

这世界疯了么？安初夏一咬牙：“萌小男，我觉得你确实是活腻了！”

“我还没活腻呢，何况你今天还没有请我吃哈根达斯，更何况……”萌小男纵身一跃躲在了韩七录的背后，“你未来的老公在这里，你敢放肆？”

萌小男吗？这个名字很有个性，他记住了！未来的老公……这个称呼，很合他意。这么想着，韩七录一挑眉：“还要磨蹭到什么时候？”

看他们的样子……安初夏疑惑了，韩七录什么时候居然会帮萌小男说话了？他们两个人……很熟吗？当下她没有再说话，低下头就走出教室往篮球社走去。

“对了，中午我们会跟巴萨丽一起吃饭，你可以一起跟着去篮球社，然后再一起去吃饭。”韩七录瞟了萌小男一眼，紧接着也走出了教室。

这算是……成功地找到了韩七录这尊大靠山了吗？好吔，于是萌小男屁颠屁颠地跟在安初夏身后，朝篮球社走去。

说是介绍篮球社经理的工作，其实就是带她去跟篮球社的队员们见个面，认识一下。出乎安初夏的意料之外的是，韩七录是这里的队长，而凌寒羽跟萧明洛居然也是里面的副队长。

这三个倒霉蛋凑到一块，她的头都快大了。而篮球社经理也没有什么事情要做，就是帮队员们买需要用到的东西，比如擦汗的毛巾、纯净水之类的。

一切说完后，时间差不多已经过去了二十分钟。面对突然消失的人群，安初夏有些反应不过来，怎么她刚去上了个厕所所有的篮球队队员都消失了？连萌小男都不见了，就剩韩七录一个人站在那里。

她突然有种不祥的预感！

“他们人呢？”慢步走过去，她在离韩七录还有三米远的地方站定。

“哦，说是让我跟你赶快创造一个小七录，就都走了。”说出这句话的时候，韩七录一脸的云淡风轻，而安初夏的脸却是一下子就红了起来，红得跟红富士苹果似的。

心里有一种慌慌的感觉，怪难受的。安初夏心里不由骂道：该死的，安初夏，你脸红，心跳加速个什么劲啊，看看他，那什么样子，那么淡定，自己怎么能慌神呢？

安初夏脸上这一系列的细微表情都没有逃过韩七录的双眼，看着她这个样子，韩七录的嘴角忍不住勾起一抹坏坏的笑意。

初夏这个样子……很可爱……让人忍不住……

跟随心中的一个感觉，韩七录慢慢地俯下身，一手揽住安初夏的腰肢，一手扣住她的后脑勺，如花瓣般的唇，就这样毫无预兆地覆盖安初夏那娇柔的唇瓣……

“唔……”安初夏略微挣扎着，心里怒喊：强吻，强吻，又是强吻！

她越是挣扎，就越是刺激韩七录征服的欲望，搂住她腰肢和后脑勺的手不断加大力道，仿佛要把她融入自己的身体里一般。

“韩……唔唔……”安初夏挣扎着，想要喊疼，可是韩七录根本不给她这个机会，越吻越带劲……

被他这样强制抱着，实在是疼！安初夏条件反射地身体向后倾斜，想要躲避开韩七录这突如其来……异常凶猛的吻。可是令她没有想到的是，她身子往后倾斜，这个韩七录就弯腰跟上来，就是不肯放开她以及她的唇……

韩七录，我诅咒你祖宗……哦不，不能这样。原本安初夏要把韩七录的祖宗给慰问一下，可是想到姜圆圆和韩六海，就果断地把这个想法给掐断，不然她就罪孽深重了。

“专心一点！”韩七录冷冷的声音响起。

安初夏心喜，以为他要放过自己了，没有想到……

“你……唔……”她刚开口说话，韩七录的唇瓣就又欺了上来。

安初夏直翻白眼，欲哭无泪，大少爷，能不能别这么凶猛了，我的腰肢快要断了……然而她刚在心里呐喊了这么一句，意外就发生了。

一声闷响，韩七录和安初夏两人华丽丽地摔倒在地面上！

安初夏顿时感觉眼冒金星，什么想法也没有了，而她的唇，因为这么一摔，终于得到了解放。

“一个礼拜的吻，好像还不够。”韩七录压在安初夏的身上，双手贴在她的耳边，盯着安初夏有点发肿的唇瓣，喃喃地说。

安初夏翻了个白眼，这什么都什么？

“少爷，您能别这么凶猛么？”

“还不够。”韩七录冷冷地丢下这三个字，然后又吻上了安初夏的唇瓣……

他要把一个礼拜的吻全都补上。

这张唇，越吻越是让人无法自拔。

傍晚，放学时分。

班里只剩下安初夏和萌小男两个人。

“如何了？”安初夏问萌小男。

“一切搞定，只等着我们了。”萌小男眨巴了一下眼睛，双眼里都是透露出无比兴奋的模样。

“我说老大……啧啧啧，这次你忒狠了，这个巴萨丽，一定会哭爹喊娘的。”萌小男显得异常兴奋，仿佛已经看到巴萨丽一抹眼泪一抹鼻涕滚出她视线的模样了。

“我不是好惹的！”安初夏只是淡定地丢下这几个字，站起来朝门口走去。

“老大，你要去哪里？”萌小男问道。

“去校门口一下。”安初夏回答，就头也不回地走了。走到校门口，她一眼就看到了等待在不远处的韩家专车，咬了咬唇，就走了过去。

坐在车里的韩七录看着安初夏向他的方向走了过来，有些狐疑，但还是打开了车门下了车。

安初夏的脚步，止步在韩七录面前一米的距离，但突然之间，她竟然不知道该怎么说。于是乎，安初夏果断地怨恨起自己来，她什么时候变得这么矫情了。

“有事？”韩七录狐疑地看着她，心里大概想到初夏来找他的目的了。

“嗯，那个巴萨丽和我……有些事情要谈，所以让你先回去。”安初夏抬起头来说。

她这么一说，韩七录就彻底明白了，也并没有说什么，就钻进了车里。

在关上车门的时候，韩七录犹豫了一下，看着安初夏，想要说什么，张了张嘴，最后还是什么都没有说。

车慢慢地从安初夏的身边开走，她轻轻地吐出一口气，还以为……转念一想，他都走了，没有什么好以为的。

巴萨丽，是你先惹我的，别以为我安初夏好欺负！

天渐渐地黑了下来，那么属于安初夏的反攻，正式开始！

巴萨丽走在走廊里，静悄悄的走廊，都是她高跟鞋的声音在回响，她现在要去图书馆，萌小男告诉过她，想要知道，关于七录初恋的事情，就要到图书馆来。

韩七录的过去她没有参与，但是她是绝对不允许自己，不知道他的过去，所以，她……来了！

只是，为什么此时走在走廊里，会有一种毛骨悚然的感觉？巴萨丽忽然有一种逃跑的冲动，但是她怎么可以逃跑呢？

为了她的七录，拼了！

走到图书馆的时候，门是关闭着的，巴萨丽看着这紧紧关闭的门，顿时有一种阴冷的感觉，仿佛这门内有什么……可怕的东西。

但这阻挡不了她，深吸了一口气，巴萨丽打开了图书馆的门……

门开那一刻，一股阴冷的风扑面而来，吹在巴萨丽的脸上，凉飕飕的，让人背脊发凉……

而就在巴萨丽没有任何准备的情况下，她突然感觉腰间一沉，整个人被背后一股无形的力量给推了进去，随即就听见“砰”的一声，背后的门被关闭了！

因为没有任何准备，巴萨丽直接摔倒在地上，而且姿势十分不雅观，就像一只狗看到大便扑上去，真是要多狼狈有多狼狈。

当然，巴萨丽看不到自己这么狼狈，因为此时整间图书馆全都陷入了黑暗之中！黑得不见五指，没有任何的光源，让人心慌慌的。她连忙站起来，心里更是慌张得要命，这周围的气氛太诡异了，总觉得阴风阵阵的，好冷好冷。

赶紧离开！现在巴萨丽的脑海里只有这个念头，她想要回头去，却没有想到因为太过慌张而导致站起来想要迈出脚步的时候，左脚绊右脚，给绊倒在地。

“呜呜……好疼。”巴萨丽低声哭了出来，现在她是又害怕，身上被摔得又疼……

然而，等待她的，可不是这些！

巴萨丽再度站起来，这次她不慌张，努力让自己冷静下来，伸出手，想要触碰周围的墙壁。

手似乎碰到什么东西，软软的，黏乎乎的？

巴萨丽顿时心中有一股不好的预感，左眼的余角看到了左方向有一点点的余光，她一点点把头转了过去，当她看到那余光的时候……

“啊……鬼啊！”巴萨丽撕心裂肺一般的声音传遍了整个图书馆。

“救命啊，救命啊，七录，救命啊，谁来救救我，呜呜呜，七录，救命啊！”巴萨丽几乎是哭喊着，那声音，绝对是她有生之年的最高分贝。

然而，在这斯蒂兰皇家学院的图书馆，这隔音效果绝对是杠杠的！所以……

孩子，你叫吧，就算叫破了喉咙，也不会有人来救你！

即便如此，我们的巴萨丽同学还是依旧不断地努力叫着，不求啥，只求突破自己的声贝。她不断喊着，身体也不断向后倒退，以远离那可怕的东西！

直到背后狠狠地贴上了墙壁上，她终于退无可退。

“别过来，别过来，救命啊，救命啊！”她狂吼着，这个时候多么希望有一个英雄一般的人物出现，解救她于水火之中……

然而，英雄还没有来，前面的东西却一点点地靠近了她……

巴萨丽瞳孔逐渐放大，身体更是无休止地颤抖起来。

那是一个可怕的东西——一个血淋淋的骷髅头！

骷髅头漂浮在空中，头顶不断地滴着鲜红的血液，刚才的光亮就是这些血液，而整个图书馆大厅，都充满了这个骷髅头上散发出的昏红的灯光，情景十分诡异！

“救命啊，谁来救救我，救命啊！爹地，快来，快来救救我啊！”巴萨丽哭喊起来，全身都因为害怕而剧烈地颤抖，她不要待在这里，不要，不要！

然而，就在这个时候，她突然感觉背后的墙壁有异样，出于本能，她一扭头，在背后昏红的灯光下，她看到了墙壁上那白色的粉末正一点点地脱落，露出了血红的大字——死！

“啊……”巴萨丽再度尖叫，即使声音喊破了，喊哑了，她也不停，仿佛这样叫着，能减轻她心里的一点点恐惧！而与此同时，她的身体也好似弹簧一般，不断地往后跳动，想远离这可怕的墙壁！

躲在暗处的萌小男，看到巴萨丽这滑稽的样子，死命忍住笑，当然，她得要死死地捂住耳朵——这声音叫得比鬼还可怕呢。

不过即便如此，萌小男心里还是很爽的：真是白痴，就这么一点吓成这个样子。我第一次看鬼片的时候，也没你这么丢人啊！还想和老大争她未来老公，就这么一点的破胆还争什么。

而在萌小男旁边的安初夏看着巴萨丽这个样子，说实在的，心里还是有点……好吧，她必须承认，她有点……有点同情这个娇小姐了。

是巴萨丽先惹她的，是她先得罪她的，那么抱歉了，她安初夏从来不是好惹的！

“喂，是不是该下一步了？”旁边的莫昕薇小声地说。

不错，今晚的这一切，全都是他们策划好的，当然总策划是我们的安初夏小姐，这还多亏了萌小男给她的灵感呢。

“嗯！”萌小男十分用力地点了点头，和安初夏对视了一眼，就闪到另一边去了……

而此时，巴萨丽依旧不断地往后蹦跳，可是不管她怎么跳，眼前这个大大的“死”字还是跟随着她，如同噩梦一般，缠绕着她，她也没有脑子去想，后面的骷髅头什么时候消失了，只知道，这里唯一的光线，就是照亮那个字，好可怕，真的好可怕！

当然，巴萨丽永远也不会知道，这一切都是道具而已。而那刻着“死”字的墙壁，其实并非墙壁，只是一个大大板块，后面的丸子同学，正努力的举着配合着巴萨丽的跳动，而靠近她……

砰的一声闷响，结束了巴萨丽那滑稽的向后蹦跳。此时的巴萨丽已经吓得神经紧绷了，只是傻乎乎地愣在原地，而眼前的“死”字，也诡异一般的消失了，周围又陷入了黑暗之中！

巴萨丽一点也不敢动，就站在原地，傻乎乎的，她不敢往后看，害怕看到什么让她接受不了的东西。

“巴萨丽，你没事吧？”

一个男声响起，对于巴萨丽来说，这简直就是全世界最好听的声音了！

“七录！”巴萨丽激动地叫了起来，马上回头，然而，因为这里太过黑暗，她根本看不清眼前这个人，只是凭借着感觉，死死地抓住了他的手腕。

“嗯，是我，你没事吧？”那人虽然声音清冷，但是对于巴萨丽来说，确实全世界最好听，最温暖的声音了！

“七录……呜呜呜，我好怕，真的好怕，你来了，你来了。”巴萨丽哭着扑进了那人的怀里，她就知道，七录是在乎她的，七录是她的英雄！

此时的巴萨丽哪里还有平日嚣张的样子，此时的她就好像是惊弓之鸟一般，再也受不了任何刺激了！

“嗯。”那人回答，想要把巴萨丽从他的怀抱中拉出来，可巴萨丽害怕得跟什么一样，她害怕一松手，七录就不见了，然后面对她的又是那些恐怖的东西，她不要！

“巴萨丽，放手！”

“不要，我不要！”巴萨丽摇头，死也不放手。

那人无奈了，直翻白眼，这个死女人，你可以再缠人一点么，这力气这么大，一点也不像是吼了那么久的样子……

最后在强硬的拉扯下，终于把巴萨丽从他的怀抱中拉了出来。

“七录……”巴萨丽撒娇地叫着，正要在冲到他怀抱中的时候……

“啊！”撕心裂肺的声音再度响彻整个图书馆。

巴萨丽怎么也想不到，原本以为她以为的救世主，原本抱着的那个人原来就是刚才的骷髅头。

那一刻，巴萨丽的神经彻底崩溃了！当一个人的神经紧绷到极致，当以为得救了，就开始慢慢地放松，而在这个时候……你却告诉她，原来一直都在危险当中……那神经不断裂才怪呢！

嗖嗖嗖……巴萨丽的耳边不断有冷风吹过，而在一瞬之间，图书馆亮了起来，在巴萨丽的周围，亮了一圈白色的灯光，很暗淡，但是却足以让巴萨丽看到，不断向她靠近的……

“鬼啊！”巴萨丽撕心裂肺地喊叫着，此时她的声音已经完全哑了，喊出来就跟公鸡一样，这让假扮贞子的萌小男实在忍不住要笑场。莫昕薇在她的旁边，狠狠踢了她一下，让萌小男忍住。

萌小男狠狠地看了一眼莫昕薇，表示对那一脚很不满。

莫昕薇根本不想去理会她，现在她最看不爽的是巴萨丽，有什么怨念，有什么仇恨，统统都要报了。

她一身古代白衣的装束，假发套在她身上，遮住了她的脸蛋，伸出手靠近巴萨丽……

“巴萨丽，拿命来，拿命来……”她喉咙上带着变声器，声音变得十分沙哑和刺耳。“啊……”巴萨丽看着她靠近过来，吼出了最后一声尖叫，最后彻底地昏死过去。

萌小男大叫不妙，从原地跳出来大喊道：“老大，我们把人整死了，要进监狱了，完蛋了，我们快跑路吧！”

听到她的吼声，所有人嘴角都抽搐了起来。

安初夏懒得去理会萌小男，走到不远处把整个图书馆的灯光都打开了。霎时，整个图书馆都明亮起来，而一些东西也曝光了。

几个人靠近了巴萨丽，只见她此时正昏倒在地上，那张娃娃脸因为被吓，惨白得可怖，如果不是她那微弱的呼吸声，别人还真以为她那啥了。

“成功！”莫昕薇十分兴奋地比了作了一个“V”的手势，她早就想收拾这个该死的女人了。

而得知了巴萨丽没死，萌小男第一个欢呼了起来，然后她就去折腾那些道具，其实她最爱的还是这个骷髅头，做得忒有型了，喜欢！

骷髅头嘛，其实根本就是一个道具，滴血嘛，根本就是番茄酱！萌小男十分恶趣味地舔了舔骷髅头上的番茄酱，十分无奈地说：“便宜没好货，瞧瞧，这番茄酱酸的，一定过期了。”

面对萌小男的抽风，安初夏早就很淡定，只是苦了莫昕薇和丸子童鞋，嘴角都抽得要扭曲了。

“安初夏，没有想到你这么狠，竟然让她在绝望中得到希望，又从希望中破灭，你真狠。”莫昕薇拿着手里的录音器说。

这个录音器里录的就是刚才韩七录的几乎话，而刚才巴萨丽抱着人……当然就是安初夏了！

“我不是好惹的。”安初夏淡淡地说。别人不惹她，她自然也不会去对付别人，但是别人要是惹到她头上了，那么抱歉了，她一定会让那个人知道——安初夏不是软脚虾。

听到安初夏和莫昕薇的对话，萌小男在心里偷笑，她的老大本来就很聪明，整人的手段比她还要高很多的。

“把东西收拾收拾，我们就走。”安初夏站起来说，收拾完了巴萨丽，果然心情就舒坦了。

后来，她们几个花了好久的工夫，才把图书馆恢复了原样，然后离开了这个地方，分道扬镳了，而巴萨丽……依旧在原地昏迷着。

安初夏是这样想着，打电话给韩七录，让他来接人，可是当她走到校门口，正要打电话给韩七录的时候……

“老大老大老大……”萌小男好像受了啥刺激一般，一直捅着安初夏的胳膊。

此时的安初夏正在拿手机，翻找通讯录要打电话给韩七录，让他来抬人，哪里有时间去理会萌小男，她觉得，萌小男铁定不知道又抽了什么风了，索性就不去理会她。

然而……

“哈喽，初夏的未来老公！”萌小男十分殷勤地挥手，向已经走近她们的韩七录打招呼。

在中午的时候，她深刻知道了，这“初夏的未来老公”几个字的杀伤力！

听到萌小男的话，安初夏的手僵硬了一下，抬起头来，就对上了韩七录那张绝世的容颜，她脸色僵硬了一下，随即淡淡地说：“巴萨丽在图书馆。”

韩七录根本就知道了，她要修理巴萨丽的事情，所以她并没有什么隐瞒，只是会想：他会生气吗？好吧，自从承认了自己喜欢上他以后，安初夏就矫情了许多，很多东西，以前洒脱得起来，现在……很难！

“嗯，我知道了。”韩七录回答依旧是云淡风轻的态度。然而，他却没有进一步的动作，依旧站在原地。

安初夏不明白，他这是要干吗——他不是来接巴萨丽的么？

旁边的萌小男同志看到这样的一幕，深深知道了，现在她该离场的时候了，于是乎……

“嘿嘿，那个，那个今晚咱们班有庆功宴会，所以，我就先走了哈，不然班主任该找人了。至于……老大，你放心，我会帮你请假的！”话一说完，人马上就溜了。

安初夏转头想要叫住萌小男，可是人都闪没影了，她讪讪地抓抓头发——算了，不管了。随后，她看向韩七录问道：“你不进去找她吗？”

他是来兴师问罪的，说她把巴萨丽给耍了，把她吓得昏迷了么？

“有人会处理。”但韩七录只是淡淡地丢下了这几个字。

安初夏一头雾水，如果不是来找巴萨丽的，那他来干吗——吃饱撑着了？

“走，陪我逛街去。”韩七录拉起安初夏的手朝校门口走。

“……”谁来告诉她，韩大少爷又是抽的哪门子的风？

安初夏一直被韩七录拉着走，一直走到了繁华的商业街。也许是刚考完试，此时商业街里大多都是像他们这样的学生，其中不缺乏和安初夏一样，穿着校服就出来晃悠的。

“你没发烧吧？”忍了很久，安初夏终于大着胆子问出了心中的疑惑。好好的，抓她来逛街做什么，而且男生不是都讨厌逛街的么？

韩七录低头冷冷地看着安初夏，她浑身一抖，马上就闭嘴了。

“给我选几套。”韩七录把安初夏拉进了一个专卖店里。

“为什么？”安初夏显然很不满——你买衣服干吗要我来挑啊？

而且……你大少爷买衣服，需要这样大费周章地来专卖店么？他一定是疯了。

“我喜欢。”韩七录坏坏地笑起来，丢下这三个字，就坐到了沙发上，跷起二郎腿，拿起旁边的杂志就看了起来，一副悠闲的模样。

“正装，我去美国穿。”他继续悠闲地甩出几个字。

你去死！安初夏站在原地，多么想直接一个飞踢过去，把这个人给踢飞。

你去美国买衣服，拉我来做什么，把我拉来选了，结果自己却坐在那里，那悠哉的模样，实在让人想一把把他给掐死，祸害啊！

见安初夏一直站在原地，并没有要选衣服的举动，韩七录放下杂志，目光瞬间变得柔和，他看着安初夏，花瓣般的唇瓣温和地张开：“我想穿你选的衣服。”

安初夏瞬间愣住，抬起头来，琉璃般的眸子带着星光，和那双温柔的双眸对视上。那一瞬间，安初夏感觉，她的周围有无数鲜艳美丽的花朵开始绽放，释放出美丽、让人清晰的香味……

有那么一瞬间，她想就这么永远的停止下去。

韩七录扯着嘴角笑起来，他很喜欢这样看着初夏，接着他站起来，走到安初夏的面前，抚摸着她柔软的头发。

“这样看着我，是准备和我表白么？先声明，不是哪个女人的表白本少爷都会接受，当然除了某人。”

韩七录这一戏趣的声音，打破了此刻两人之间那种微妙的氛围。

安初夏回过神，脸都黑了，在心里，她为自己刚才的晃神感到不耻！当然，最无耻的，还是韩七录！

“选衣服啦。”把他推开，安初夏走到展示柜前。其实，她还是很喜欢那句话的：我想穿你选的衣服。

不得不说，他有时候，莫名的温柔，真心会让自己心跳加速，而且心中的某一个地方，会因为他的一句话，而变得很软、很软。

想着，安初夏嘴角不自觉地浮现出一抹笑容来，她当然不知道，自己这抹笑容是有多柔和，多幸福；当然她更不知道，她的笑容，她的细微表情，全都被一旁的韩七录收在眼底，于是不自觉的，他的嘴角也跟着浮现出一丝笑容。

这样的感觉……很好。

最终，安初夏给韩七录选了好几套正装，原本让他试，结果他却耍流氓，一把扣住安初夏的腰，把她拉到怀里说："我的身材，你懂的。"

安初夏："……"大少爷你可以再无耻一点么？

最终，在服务员暧昧的眼神下，两人付了账，提着袋子离开了这家专卖店。而出来之后，安初夏以为，就到此为止应该要回去了，可是……

"走，我们去中心广场。"韩七录把衣服丢到车厢里，对着安初夏说。

"嗯？"安初夏回不过神来。

"走了。"韩七录显然不想多说什么，拉过安初夏的手就要朝中心广场走去。

"我们去广场做什么？很晚了，该回去了。"安初夏看了看手表，已经九点多，凌家的人会担心的。

虽然她有和凌寒羽说，今天会晚回，可是晚到这个时候……

"去跳舞。"韩七录回头，坏坏地眨巴了一下眼睛。

好吧，安初夏必须承认，那一刻，她还真是被电到了。

想想，老天真不公平，给了他一副好皮囊，又给了他一个好家世，可是这脾气啊……死老天，你既然这么偏袒他了，为什么不多偏袒一点，给他一个好脾气呢？

哎，真是怨念啊。

就在安初夏想东想西之间，韩七录已经带着安初夏来到了中心广场。这里是非常热闹的，聚集了许多青少年，他们穿着时尚，张扬着那张年轻的脸蛋，有玩滑板的、有穿着轮滑鞋一群人刷街的、有跳街舞的……显得很闹腾。

"走！"韩七录叫道，就拉着安初夏冲进了跳街舞的人群里。

"跟着跳，你会很开心的。"韩七录放开了安初夏，跟着节拍，和那些跳街舞的少男少女一起舞动着节拍。

帅气熟练的姿势，张扬的笑容……看他的样子，肯定是高手了，可怜的初夏，就跟个"二百五"一样，傻乎乎地站在那边……

不行，她要离开这里，不当白痴。心里这么想，安初夏就想逃出去，可是刚迈开脚步，手腕就被韩七录抓住了。

"我教你。"看出了初夏的顾虑，韩七录认真地对她说。

那天晚上，安初夏就被韩七录拐着在中央广场里疯了好久，才把她送回了

凌家。而

第二天一早，韩七录就飞到了美国……

来到班上，安初夏就被班主任叫到办公室里去了。她心想：难道昨天没有去庆功宴，所以老师生气了？萌小男不是有帮她请假的么？

“过来，初夏。”班主任招呼安初夏走到她的身边，打开抽屉，从里面拿出了一盒全都是英语商标的盒子，递给她。

“老师这是……”安初夏很迷惑，并没有接过这个盒子。

接下来班主任的一句话，却让安初夏几乎有当场表演胸口碎大石的冲动了。

“这个是美国的肠胃药，效果很好的。昨天江南已经和我说了，你又拉肚子，所以不能来庆功宴。你看你，最近老拉肚子，这肠胃一定不好，试试这个来。”

安初夏：“……”

又是拉肚子，又是拉肚子，到底有完没完啊！但她最后还是硬着头皮接过了班主任手里的美国牌肠胃药。

走出办公室的那一刻，安初夏的整张脸蛋都黑了起来。该死的，每次都是拉肚子，能不能换一个！

回到了班上，萌小男童鞋特别有爱心地冲了过来，紧张地问道：“老大，班主任找你做什么？不会为难你吧？”

安初夏看着萌小男，直接将手里那盒美国牌肠胃药丢给萌小男。

“又是拉肚子，能不能别这么俗！”她无力地翻白眼。

“嘿嘿，这不是找不到理由嘛，而且这个理由最好了，你看看，你前几天就拉肚子了，今天再拉，可以充分体现出一个道理来！”萌小男童鞋双手抱拳，说得那叫一个激动。

“什么道理？”安初夏好奇。

“说明你的肠胃，确实不好。”

“滚！”安初夏一脚踹向了某人的屁股。

“老大，不要这样嘛。”萌小男童鞋摸着受伤的屁股，一副委屈的模样。

一整天，就这样相安无事地过去了，当老师宣布，巴萨丽因为身体原因已经转学，两人那时候，不得不说，确实很爽！

没有想到，这个巴萨丽是这么不经吓，还真离开了。而也在这个时候，安初夏的手机响了起来——姜圆圆打来的。

“小初夏，想不想妈咪？”一接通电话，姜圆圆那略带撒娇的声音就传了起来。

每次听到她的声音，安初夏的心里就很温暖。

“嗯，想。”回答得很干脆。

“小初夏宝贝，那就赶快回来吧，家里已经没有什么恶心的东西了，快回家吧，今晚我们放烟花庆祝，恶心的东西终于远离啦。”姜圆圆在电话那头显得无比激动。

天知道，在她看着巴斯把巴萨丽带走的那一瞬间，她是那么想放声尖叫——不该来的东西，终于走了，能不开心么？

“呃……”安初夏一时不知道该说什么。

“怎么了？小初夏，你不是这么狠心吧，妈咪可是想死你了。盼月亮盼星星地终于把恶心的东西送走了，你可以回来了，你不是不愿意吧？你难道要丢下妈咪么？小初夏，宝贝，你不要这么狠心……”

安初夏这边还什么都没有说，那边姜圆圆就激动了起来，一副委屈的口气还带着哭腔。

说实在的，这次装鬼吓巴萨丽只是为了报复她，只是让她知道，自己不是好惹的，安初夏是完全没有想到，巴萨丽吓得都离开了韩家……

她离开了韩家，那么自己就要回去了么？这个问题，貌似很纠结啊。

“妈咪，我不是，那个……”

“小初夏，不管，你一定要回来，一定！我今天放学就要去凌家把你接回来，你可是我的宝贝儿媳妇，该回来了，韩家才是你的家！”姜圆圆说得异常的坚定！

家……听到这个词，安初夏愣住了。自从妈妈离开以后，哪里还是她的家？

在韩家，姜圆圆是对她很好，很好，好到她打心底里喜欢她，敬爱她，可那里终究不是自己的家啊。

安初夏忽然很想自己的妈妈。鼻子怎么有些酸酸的呢？抬起头，她倔强地不让悲伤把自己掩盖，随后对着电话肯定地说：“好，妈咪，我明天收拾东西回去。”其实……在内心，她也想回去的，不是吗？她也很想姜圆圆，很想很想。

“明天？为什么要明天？”那边的姜圆圆直接叫了起来，“今晚就要回来，不能等到明天，一会儿也等不了。”

“可是……妈咪，我今天放学要很晚才能回去。”安初夏十分无奈地说。

这多亏了姜圆圆的宝贝儿子，韩七录！去美国，还要奴役她，让她当什么篮球队经理，结果今天他们找她，说当她当一个经理该做的事情……打扫篮球社专用的休息室！天杀的，一群禽兽！

“为什么？没事，我去凌家等你，接你回来，就这样决定了啊，拜拜……”姜圆圆说完，马上就把电话挂断完全不给安初夏申辩的机会。

安初夏无奈地看着电话，然后想到某件事，她就怒了！

该死的韩七录，我诅咒你！一想到，等下放学要面对的那休息室，她就很头疼！一个人怎么收拾得了那么大的一间休息室，摆明虐待人啊！

第十六章 高管上任

“萌小男同志，现在一个艰巨的任务需要交给你！”安初夏拍着萌小男的肩膀，口气十分的严肃。

萌小男瞪大了那双眼睛，她现在只有一个念头，那就是……跑啊！

“你给我回来，你要敢跑，我就踹死你！”安初夏一把把要逃跑的萌小男给抓了回来。

“老大……”萌小男表示她好委屈，一看安初夏这样子，这神情，一定不会有什么好差事的。

“我记得你当初一个人，打扫了整间图书馆，没错吧？”安初夏挑眉问道，那模样简直就是在拐卖纯洁的良家妇女！

萌小男眨巴着眼睛，一脸的迷茫。

“那就……下午放学，帮我一起去打扫篮球队的休息室吧。”

于是乎，可怜的萌小男同志，就这样被拖下水了……下午放学，安初夏和萌小男两人就风尘仆仆地来到了学校篮球队的休息室。

“拜托你了，小初夏。”萧明洛眨巴了下眼睛，放出了千瓦的热度。

然而，安初夏根本不领情，她心里可是把韩七录这个混蛋给骂了千百遍。

“哟，卖花的小姑娘，我们又见面了。”萧明洛展现着他的魅力笑容，和萌小男打招呼。

萌小男看着萧明洛，心里抑郁——天杀的，这个白眼狼，上次平白无故被他黑了那么多钱，到现在还肉疼得很！

而且……卖花的小姑娘这称呼，比大便还难听，呸！

你才卖花的，你全家都是卖花的。不过心里虽然这么想的，萌小男也是非常识大体的，她知道，眼前这个公子哥，有钱得很，有机会，她要让他把卖花的钱给吐出来的。

所以，萌小男努力地挤出了一把皮笑肉不笑的笑容，十分傻乎乎地说："嘿嘿，你好你好。"

萧明洛嘴角抽了抽，他感觉……这丫头怎么这么好玩？

"练球了，难道你想留下来帮忙？"凌寒羽在一旁玩味地对着萧明洛说。

帮忙？开玩笑！

"走走走，走吧，练球练球。"说完，萧明洛赶紧抱着篮球闪出了休息室，凌寒羽紧跟其后。

于是乎……安初夏悲惨的篮球经理生活，就此开始了。她先是和萌小男干掉了休息室，结果等她俩出来，队员们一个个竟然把篮球服丢给安初夏。

盯着眼前这一推臭得要命的球衣，安初夏彻底怒了！

"我只是篮球经理，没有到帮你们洗球衣的地步吧？"

这一定是韩七录交代来的，要拼命地奴役她！安初夏在心里想。

"球衣是公家的，所以，这也是篮球经理的责任。'干巴爹'，小初夏！"萧明洛双手握拳，一副给安初夏加油的样子，十分的欠扁。

"老大，我同情你。"萌小男暗自拍了拍安初夏的肩膀。

"我……在外面等你。"凌寒羽走到安初夏的面前，看着她这个样子，想笑，又憋住，反正样子是十分的滑稽。

两副队一走，其他人也挨个儿地离开了……不过一眨眼之间，休息室又只剩下安初夏和萌小男了。

"韩七录，你混蛋！"安初夏实在忍无可忍地爆了一句粗口。

收拾完休息室，又洗球衣，这简直就是清洁大妈嘛！直到晚上六点半了，安初夏和萌小男才拉着疲惫不堪的身子，走出了斯蒂兰贵族学院。

"老大，你保重，我先回去了！"萌小男对安初夏拱了拱手，就拖着那已经直不起腰的身子，像个幽灵一样地离开了。

韩七录，诅咒你，混蛋！

在心里狠狠地诅咒了一遍韩七录，安初夏才拖着自己那软绵绵的身子，走向了一直停靠在不远处的凌家专车。

今天一整天，安初夏都不知道诅咒多少遍韩七录了。这个混蛋，去美国也不肯让人安分，简直太恶劣，太过了。亏她，还因为他离开前的那句话而失眠了一个晚上。

恶魔终究是恶魔啊。

车里的凌寒羽看到安初夏走来，走出车子，为她打开了车门，轻声说："上车吧。"

"嗯，谢谢。"道了声谢，安初夏钻进车里，整个人都软在了车座上。

"爷爷刚才打电话来。"凌寒羽也坐到车里，淡淡地说。

"呃？"安初夏呢喃了一声，现在的她，实在没什么力气说话。

"韩家的人……来接你了。"凌寒羽犹豫地说出了口。知道她要离开了……心里真的很不是滋味，他看向了安初夏。此时安初夏正微眯着双眼，根本察觉不到，那一双眼眸，深深地看着她。

"嗯，刚才妈咪有打电话给我。"安初夏回答。

"那你……是准备回去了？"

真的要回去么？莫名的，凌寒羽想到了在考试时候，安初夏被巴萨丽关在厕所里，而他找遍了整间斯蒂兰学院也找不到安初夏，最后还是告诉了韩七录……

心里很不爽，真的不舒服到极点。

"嗯，回去了，这些天打扰了。"安初夏淡淡地笑，"也……谢谢你。"

这句话是真诚的。

"谢啊？那就以身相许吧，反正我爷爷很喜欢你，当他的孙媳妇也不错。"凌寒羽带着玩味的口气对着安初夏说。

"去死。"安初夏白了他一眼。

两个人就这样有一搭没一搭地说着，就到了凌家了。

"不行，小初夏是我的，你不准阻止！"

"她是我凌家的媳妇！"

"什么你凌家的，搞清楚，我们小初夏只是暂时住在你这边几天，现在她该回家了。还有，记住，宝贝小初夏可是我的儿媳妇！"

安初夏和凌寒羽还没有踏入凌家客厅，就听到了两个人争吵的声音。

安初夏和凌寒羽对视一眼。

"妈咪？"安初夏听出来了，这是姜圆圆的声音，她和……凌老太爷在吵架呢！

安初夏和凌寒羽十分有默契，赶紧走进了凌家的客厅，就看到了这样的场面——姜圆圆和凌老爷子相对而立，一副剑拔弓弩的样子，两个人的脸色都铁青铁青的，想必是争吵了许久。

安初夏不禁头疼了起来。

"爷爷、姨……"凌寒羽有礼貌地了一声。

"妈咪，你这是……"安初夏欲言又止。

"啊，小初夏你终于回来了，妈咪等你好久了呢！"姜圆圆看到安初夏，欢喜得叫起来，更是飞奔过去，给了安初夏一个大大的拥抱。

安初夏被她突如其来的拥抱弄得一个踉跄差点没站稳，幸好凌寒羽在旁边，扶了她一把，不然真的要和大地来一个亲密接触。

那样子，会丢死人的。

而作为始作俑者，姜圆圆童鞋是完全没有想到这个的，自顾自在那边兴奋着。

但是呢……现在却有一个难题来临了！

“小初夏，我的宝贝，妈咪是来接你回家的。”姜圆圆放开安初夏，在她粉嫩的脸上印了一个大大的香吻。

说这句话的时候，她的眼睛还挑衅地斜睨了一眼在旁边的凌老爷子，仿佛在说：哼，老头子，看到没有，初夏是我家的媳妇儿，想抢人？想都别想！

“初夏，留在这里吧，这是很舒适，放心。寒羽绝对不会出现什么正牌未婚妻，让你陷入尴尬的局面的。”凌老爷子在旁边非常不服气，意有所指地说。

他就是在揭韩家的伤疤，巴萨丽的事件历历在目呢！

不过，巴萨丽搬离韩家，凌老爷子是有听说的，也知道，貌似是精神问题，被带回国修养了。

但，这只是暂时的！

想到这里，凌老爷子嘴角又勾起一抹意味深长的笑容来。

“初夏，好好住在这里吧。回到韩家了，过段时间那个正牌回来了，你又要搬过来了，很麻烦的。”凌老爷子看着初夏说。

巴萨丽还会回来？

这件事还真是戳痛了初夏，原本要回韩家的心意，也在凌老爷子的这句话开始动摇。

终究……在韩家，她也不过是一个可笑的存在。

“喂喂喂，凌老爷子，这说话要厚道的。我们韩家，就一个小初夏是正牌的媳妇儿，没有其他人，其他人全都是浮云！”姜圆圆非常气愤。

巴萨丽的那件事，完全是意外！

“是吗？浮云？那初夏怎么会来凌家的呢？”凌老爷子一点也不让，总之，这安初夏就是他凌家的媳妇儿了，谁也别想把她带走。

他老头子，要誓死捍卫凌家的媳妇！

凌寒羽在旁边看着两个，加起来都过百岁的两位长辈在那边争锋相对，实在头疼。

心想：好你一个安初夏啊，原来你是如此的抢手。

“那……总之，小初夏是我的，不是你的！”姜圆圆被堵得没话讲了，就干脆死死地抓着安初夏的手，宣誓主权。

小初夏就是她的，谁敢夺走她，她就跟谁拼命，没得商量！

“呵呵，丫头啊，初夏就住在这里吧，老朽我就和你明说了，我不放人。”凌老爷子态度也很强硬。

他认定的凌家媳妇，是随随便便就可以带走的么？

起先心里还纠结的安初夏，看着他们两个的样子，什么纠结都飞没了，只剩下了头疼……

她从来没有想过，自己有一天竟然会这么抢手，真是厚爱啊厚爱。

“那个……”安初夏刚开口，想要劝解他们，却没有想到，她刚说了另个字，姜圆圆和凌老爷子的目光就齐刷刷地看向了她……

安初夏：“……”这么看着我，我心灵很幼小的，会怕怕。

“小初夏，告诉他，你要跟我回家！”姜圆圆沉下脸来看着安初夏，态度异常的坚定！

“初夏，留在凌家，那个正牌未婚妻谁知道会什么时候回来呢，留在凌家，绝对不会让你发生那样的事情，不会让你受伤的。”凌老爷子斩钉截铁地对安初夏说。

两个人双目放光，等着她作决定。

安初夏沉默了，不知道该怎么说，怎么下决定。

这要说，跟姜圆圆回去，一定会让凌老爷子失望，想想在这住的日子，凌老爷子也是对她疼爱有加，咱不能忘恩负义是吧？

再看看姜圆圆，如果说继续留下来，那么她一定会难过的，她不想让姜圆圆难过，一点也不想。

但巴萨丽的事情，确实还属于一个不定时炸弹，谁知道她会不会随时的回来？

于是乎，安初夏犹豫不定，不知道该何去何从。

就在这个时候，凌寒羽却突然怪叫了一声，吸引了三个人同时把目光放在他的身上。

“嘿嘿，不好意思，我要带初夏……私奔去咯！”话一说完，凌寒羽赶紧拉过安初夏的手，然后在姜圆圆和凌老爷子诧异的目光下，拉着她跑出了凌家。

“我……喂，我的小初夏，那不是你的，那是七录的老婆，朋友妻不可欺啊！”反应过来的姜圆圆急忙的对着门外大喊道。

可是已经跑远的凌寒羽和安初夏哪里能听到她的话。

而在旁边的凌老爷子就乐了，心里甭提有多开心，没有想到这个孙子还有这么主动的一次。

看着凌老爷子这样子，姜圆圆只能气地在原地跺脚了。

出师不利，出师不利啊！

而另一边……

凌寒羽就这样带着一头雾水的安初夏，狂奔在路上，嘴角带着一抹意味深长的笑容。

如果可以，真希望就这样牵着她的手奔跑到永远。

安初夏当然是明白凌寒羽拉她走，完全是为她解决那样的尴尬境地的。就是不明白……为什么他要说，要和自己私奔这样的话……

真是让人头疼啊。

两个人跑了很久，直到跑到了一个没有人的草地上，凌寒羽才停了下来。

一停下来，安初夏第一件事就是……喘气！

跑了那么久，简直要人命，祸害啊祸害。

“简直，要人命！”喘了很久，安初夏才把心中的不满给说了出来。

要是再跑下去，她不断腿，也会没气的。

看着安初夏，凌寒羽没有说什么，只是一个劲儿地傻笑起来。

他觉得，现在这样，非常的好。

“笑什么笑啊你？是不是脑袋短路了？”安初夏十分无语，直接就给了凌寒羽一脚。

当然，那一脚是非常没有杀伤力的。

“喂，我说，你把我带出来，干吗啊你？”安初夏问道，她当然知道！其实更想问的是，干吗要说……跟她私奔，这样引人误会的话，真是雷死人不偿命。

“哈哈，你不觉得这样，很帅很 MAN 的么？”凌寒羽笑了起来，随即还摆了一个自以为是的姿势。

安初夏直翻白眼，直接又给了凌寒羽一脚去了。

“真暴力。”凌寒羽撇撇嘴说。

安初夏只是白了他一眼，并没有说什么。

两个人在草原上休息了一会儿，凌寒羽才对安初夏说：“我送你去韩家吧，你的行李，我晚点给你送过你。现在如果你回到凌家，爷爷一定不会放你走的。”

其实，凌寒羽说要带安初夏私奔的目的，就是这个。

如果直接把安初夏给拉出来，爷爷一定会让人把他们抓回去的。

说带安初夏私奔，爷爷一定会开心，当然不会管他把安初夏带到哪里去了。

等初夏回到了韩家，爷爷也无法去阻止什么了。

“呵呵，原来如此。”安初夏突然笑了起来。

“喂，谁跟你说我要回韩家了，我改变注意了，不行么？”安初夏眨巴了下眼睛，略带开玩笑地说。

凌寒羽一愣，但随即有自嘲了起来。

“你得了吧，说实在的，被你打扰的，还真是不爽啊，随意，赶快回去吧，回到你家七录老公的怀抱中去吧。”凌寒羽带着十足玩味的调侃安初夏。

安初夏瞪了他一眼，直接抡起拳头来……

“诶诶诶，怎么说我也收留了你好几天，你不能这样……啊……”

一声惨叫回荡在这个草原上。

韩家别墅门口。

“进去吧，我就送你到这里。”车内，凌寒羽坐在驾驶位对着副驾上的安初夏说。

安初夏坐在驾驶位上，突然犹豫了，不知道该不该进去。

毕竟，巴萨丽的事情……其实……她还是耿耿于怀的。

她不想，再一次面对，巴萨丽再度杀来，一副女主人模样，要让她离开，那滋味，真心的不好受。

当初不想承认喜欢上韩七录，现在无法欺骗自己，喜欢上了他。

如果再一次面对那样的境况，她还能那么冷漠的对待吗？

“看得出来，你和阿姨感情很好，她现在应该在家里等着你，回去吧。”凌寒羽摸了摸安初夏的头。

月光柔和，照在他那美得不可思议的脸蛋上，透射着一股说不出的温柔。

看着这样的凌寒羽，安初夏突然像是得到了无限勇气一般，点头，说声“谢谢”就下了车。

“你的行李，我会尽快给你送来的。”在安初夏下车之前，凌寒羽说。

“谢谢，没事。”安初夏笑了笑，正要准备下车，却在手指触及门把手的时候动作突然停住。

凌寒羽正准备问她怎么了，只见安初夏转过头来，神情有些许尴尬地看着自己，欲言又止，原本是想识相地乖乖下车的，但她……

“那个……我……哎！”她叹口气，正准备深吸一口气把话说完的时候，听见凌寒羽的态度突然又变得冷漠：“有屁快放，我还赶着回家看漫画呢。”

“嘿嘿嘿。”安初夏一边干笑着，一边拿手挠着自己的头道：“我是想说……”

“钱我会照付给你，下车吧。”他的脸色变都没变一下，只是安初夏清楚地看到他的嘴角不自觉地抽搐了一下。

在凌寒羽面前，她似乎厚颜无耻过很多回了。那也就不在乎再厚颜无耻一次。一抿唇：“boss 大人……”

“不要再让我听到这个称呼。”凌寒羽柳眉一挑，借着淡淡的月光，那一瞬间他姣好的面容宛如天使。安初夏瞬间看得愣住了……人世界的美男子，怎么都让她撞见了？

“看够了吗？”眉头再次一挑，安初夏发觉这世界上的美男子还都喜欢挑眉。这是美男子的特质么？

轻咳一声，掩饰住自己的尴尬：“其实，你的脸上有灰。”

“嗯？”凌寒羽抿眉，正要朝车内的后视镜里看去，安初夏的手就伸了过来，作势在他脸上擦了几下。

一抬眼，正对上安初夏狡黠的目光。“没事了，我已经帮你擦干净了！谢就不必了，我想说的是。你……为什么不问我愿意？为什么这么爱钱之类的……你知道的，我不是那种爱财的人。”

凌寒羽似笑非笑，但在他微眯起的眼眸里，安初夏看不出任何嘲讽。不过她还是深深地觉得自己被嘲笑了。

凭什么人家凌寒羽就觉得你不是那种爱财的人？你当真就不爱财？难道有人爱财是天生的，而不是生活或者是情势所迫？

没有任何人会因为爱财所以爱财。但凡爱财的，也总有个理由。有的是为了香车，有的是为了美女……而她，是为了自由。

见安初夏的表情复杂，凌寒羽收起脸上的笑，目光望向前方。透过玻璃将视线落在不远处的一棵小树上。

“安初夏，你其实是喜欢七录的吧？”他唐突的一句，安初夏被惊到了，身子一顿，竟不知要说些什么。

最终，她听见凌寒羽轻叹一声：“有时候不要太倔强了。不管你为了什么需要钱，我都不想要知道。你也不需要知道我为什么不想知道，你只需要知道……不管你要什么，我都会给你。”

“啊？”她霍然瞪大眼睛，“为什么？”

动了动唇，凌寒羽的表情有些许僵硬：“因为我奶奶画的漫画里，女主角就叫初夏。”

“就因为这样？”她的表情有些纠结。

果然有钱人的世界观跟她这种凡人不一样么？只因为一个名字什么的，就只要那人想要什么，就给什么……

“下车。”他抬眉，“你的妈咪来了。”

顺着凌寒羽的视线看去，姜圆圆正穿着她的粉色小兔子睡衣疑惑地往这边走来。想来应该是有佣人注意到大门口对面停了一辆车，然后去叫了姜圆圆吧？

当下她转头用最快的语速对凌寒羽说了句：“谢谢晚安再见不送！”

转而打开车了跳了下去。凌寒羽听到姜圆圆惊讶地大叫一声，然后就拖着拖鞋飞一般地朝安初夏扑去，那一瞬间，他有那么一点失神。但没有做过多的停留，他启动引擎，车子如离弦的箭一般飞了出去。

“小初夏，你知不知道我就快叫人跟凌家那死老头打起来了？你连个电话也不接，担心死我了！韩管家跟我说外面停了一辆车，我这就把亲亲读者们丢下跑出来了！”姜圆圆颇像个做了好事却得不到糖的孩子，一脸委屈地在跟大人讨糖吃一样。

安初夏忍俊不禁，朝凌寒羽离开的方向望了一眼，她收回目光淡淡地笑着：“我知道妈咪对我最好了！至于手机……我没有听到啊，可能是没有电了。”

她正要掏出手机看，突然传来一个声音。

“少夫人，房间天天都有在给您打扫，现在床也铺好了，这么晚了，洗个澡睡了吧？”韩管家一脸柔和地站在姜圆圆身后。

刚才安初夏没有注意，不知道韩管家就站在姜圆圆身后，被吓了一跳后停住找手机的动作，微笑着点头：“谢谢您。”

她今天确实也累了。在跟一边走一边安抚姜圆圆的中间还不断地打哈欠。姜圆圆看她这样，也就没有再缠着她，跟她说了几句关于书架网的事情后，就把她送上楼离开了。

房间的灯早就被韩管家打开。而韩管家说是热水已经放好了让她洗个澡好好休息之后，便出去了。大大的房间，让她突然觉得心里被装的很满很满。潜意识里，居然把这里当成了家。如果哪一天永远地离开了，会非常不舍吧？

甩甩头甩开这些复杂的情绪后，她走进了浴室洗了个热水澡。疲惫少了不少，只是这肚子却开始饿了……这才想起她还没吃晚饭呢！

随便从衣柜里选了一套纯白的睡衣，安初夏刚准备出去找吃的，一偏头就看见她洗澡前随手扔在了床上的手机。手机发出了亮光，一闪一闪的。快步走过去，屏幕显示：安辰川。

惊讶于安辰川居然会打电话给她，难道是……那个男人出什么事了？现在，她一点也不想承认“那个人”是她的亲生父亲。

手机微顿了下，她还是按下了接听键：“喂？”

再说手机那边的安辰川，他原本以为没人接，突然就传来安初夏清晰的声音，不自觉一愣：“怎么现在才接？”

彩铃都响了第三遍了，再不接的话，就会自动断开。

“刚才在洗澡呢，找我有事吗？”安初夏淡淡的声音让安辰川听不出任何的情绪。

“也没有什么事……只不过，听说你最近经常拉肚子，我爸妈也就是你干爸干妈啦，听说后，就买了很多美国进口的肠胃药，正让人送到韩家呢，你记得叫人去拿一下。”

这番话听得安初夏满头黑线。拉肚子……又是拉肚子。

她能说她现在不想拉肚子，只想填饱肚子吗？

可既然这是一个因她而起的谎言，那她就得硬着头皮编下去："嗯，谢谢啊。已经好得差不多了，替我跟干爸干妈道一声谢。"

"好的。早点休息，先挂了。"

"嗯。"她微微一抿唇，最后又道了句谢之后挂断了电话。长叹一声，肚子发出不满的咕咕声。少吃一顿会死吗？她打心眼里鄙视自己，抓着手机走出房间。注意到手机还显示了几个未接电话，均是姜圆圆打来的。

悠长的走廊上原本大亮着的灯已经全部被关掉，只有在每隔一米远的地方开着一盏淡黄色光芒很微弱却也足够看清地面的小灯。

轻车熟路地走下楼梯，看到大厅的灯也被关了，只有从姜圆圆写作室的门缝里还透出一丝白光。为了不影响别人，她没有开灯，接着手机屏幕的光照着路走进厨房。

就在这时候手机屏幕突然闪烁起来，拿起一看居然是韩七录打过来的。这应该是越洋电话吧？据说这种电话的电话费很贵……

考虑到这一点，她慌忙按下了接听键。

"在干吗？"他似乎很疲惫，声音里夹杂着一丝虽然不明显，却让她一下就听出来的鼻音。开会……也确实会很累吧？

"我在……"说自己回了韩家，并且在厨房里翻箱倒柜找吃的？这未免也太丢人了！一撇嘴，她决定避而不谈，"你还管我在干吗。"

随手打开上方的一个柜子，里面空空如也。正准备关回去，就在这时她听到韩七录淡淡地说了句："我想你了，怎么办？"

这些明明暧昧到极点的话不知道怎么的，从韩七录的嘴里说出来就成了理所当然，就像在说一个陈述句，讨论今天天气如何一般。

但即使是这样，她的心还是忍不住很不要脸地狠狠颤了颤。关柜子的手也不自觉僵了一下。

"怎么不说话？"身在美国的韩七录此刻正拿着一杯红酒左右摇晃了一下，枚红色的红酒在酒店房间璀璨的水晶吊灯的照耀下反射出淡淡的光晕，摄人心魂。

韩七录正站在落地窗前，看着下面美国繁华的街道，拿着一支手机，一杯红酒。下面的灯光璀璨，灯红酒绿，似乎都与他无关。

安初夏关了柜子，又蹲下了身找下面的柜子。跟韩七录说话久了，她的抵抗力明显越来越好。再怎么颠簸的情绪也能一下子就恢复平淡。

"说什么？"她皱眉，怎么还是没有吃的东西，"我说，韩七录先生，通知您件事。"

“说。”

关上了这个柜子又往右边的柜子里看了一眼，里面都是锅碗瓢盆之类的东西，根本找不到可以填肚子的。

“巴萨丽离开韩家了。”她深吸一口气，站起身四下环顾。借着厨房窗户透进来的月光，她依稀可以看清整个厨房的摆设。

“我知道。”他淡淡地回答，毫无波澜。似乎巴萨丽这三个字，一点也不能激起他的半点兴趣。

转头看见了冰箱，安初夏几步走过去：“所以我搬回来了。”

“我知道。”依旧是淡淡的声音，就在韩七录以为安初夏会因为他的态度而生气的时候，突然就传来安初夏愤恨的声音。

“居然连冰箱里都是空的，这不是赶尽杀绝么这？！”她猛地关上了空空的冰箱，转而对着手机大吼：“韩七录，你家佣人都怎么办事的？！这也太抠门了吧？！”

就在这时她听到大厅里传来声响，慌忙压低了声音：“先等会儿啊。”

说完她并没有关掉手机，而是偷偷地走到厨房门口往外看。只见姜圆圆来到大厅拿了一个苹果后又回了她的工作室，并且关上了门。

这才松口气走出厨房。干脆她也去客厅的水果盘里拿了两个苹果快速跑回了房间。这种感觉，还别说，跟做贼还真有那么一点像！

坐到了自己房间的软皮沙发上，她长吁了一口气。转而啃起了水果。

“晚饭没吃？”手机突然传出声音，她这才想起手机还没关。

“嗯……”她打了一个哈欠，想着这厮到底要什么时候才肯挂电话。早知道刚才就应该把手机给关机了。

那边沉默了片刻：“先挂了。”

“诶？”不等她有所反应，手机已经传来忙音，紧接着屏幕显示通话结束的字样。

这个人……疯了吧？莫名其妙打电话给她，又莫名其妙地一直不挂电话。她不相信以韩七录的耐心，可以等到她轻手轻脚地溜出厨房，又轻手轻脚地跑上楼回房间，还啃了几口苹果。

他的耐心她懂的。而唯一的解释就是……这位恶魔大人又发神经了。

将手机丢在一边她又啃了几口苹果，然而脑海却一直想起韩七录说的那句“我想你了，怎么办？”

到最后当她终于啃完一个苹果准备把第二个苹果也啃掉的时候，胃口全失。干脆也就坐到笔记本前。先前她的笔记本带去了凌家，这台新笔记本应该是韩管家给她准备的。顿时感慨有钱真好。

开了电脑，做的第一件事不是登陆 QQ，而是打开了书架网的首页。她看了一下榜单，原本排在第一位的自己的书下滑到了第四。但是再一看别的榜单，自己这本《恶魔少爷别吻我》居然都排在了第一。特别是评论榜，评论数跟第二名相差四百多条！

她看到榜单上显示的评论数，当即眼皮一跳。这些数据……统统都是可以转换成金钱的呀！评论的人越多，说明看的人越多！她赚了，大发了！一下子鼠标点进自己小说的页面，下面的评论要么就是催她赶紧更新，要么就是骂这个女主角蠢。

一阵天雷滚滚之后，她静下心来，决心要写一章发上去。也许是心血来潮，也许是金钱的诱惑，她打字的速度比平时快了好多，一个小时没到的时间竟然写了三千字。

一点发表，她把这三千字都发了上去。

百无聊赖中，她把评论一条条看下去，又登录了 QQ。这段时间没什么人 Q 她，只有书架网的编辑发了消息来。她点开了来看，是让她快点更新的。说是合约已经收到了，回邮大概会在明后天到之类的。

看了下时间，晚上九点三十三分，拿了手机给韩管家打了个电话。韩管家似乎没有在睡觉，因为那边的声音很嘈杂："少奶奶，有什么吩咐？"

"韩管家啊，是这样的，安辰川你知道吧？他说叫人给我带了几盒肠胃药来，您还没睡吧？麻烦帮我叫人在门口等一下好吗？他的人很快就送到。"好险，她差点就忘了还有安辰川这茬。

那边略微迟疑了下说好，还问她是不是肠胃不舒服。她干笑几声掩饰说没有，是给别的同学带的，韩管家也就没有多言，挂了电话。

再刷新了下页面，发现留言又多了好几十条。这速度有点快，评论内容是骂书里她设定的一个叫丽丽的女配角。丽丽的原型，是以巴萨丽为原型。看着读者们的评论，她心里一阵欢乐。

同时又开始怀疑自己，这篇文真的有这么好么？在书架网这种文学网站中数一数二的网站，应该不缺好文。但这种疑惑又立刻被兴奋取代了。

原因就是当她点进作家中心"稿费"一栏的时候，发现单单就红包和礼物的收入，竟然就达到了一千多元钱。

——叮咚叮咚

门铃突然响起，她放下鼠标，由于心情好，连走路都是屁颠屁颠的跟个女疯子似的。一打开门，她立即傻了眼。

门前站着韩管家，和一个劲朝她丢暧昧目光的姜圆圆。视线再往后调……走廊站满了韩家的佣人。一个个手里都端着一两盘色香味俱全的菜肴。

这……她完全傻眼。难道姜圆圆发现了她在厨房里找吃的结果什么都没找到，之后拿了两个苹果上楼吗？这应该是不可能的……

那么就是……

“这？”她不敢多言，只得把疑惑的目光投向姜圆圆。

而对方暧昧一笑：“初夏啊，饿了就跟我这个当妈的说嘛！跟身在美国的老公告什么状？害得我被七录臭骂一顿，于是被迫去了附近的酒店把所有的厨师都叫来做了宵夜给你。这笔账，怎么算？”

当时安初夏被雷得七荤八素，虽然姜圆圆的话里满是不悦，但是她的表情并没有半分不爽反而笑得那叫一个灿烂。

不用说，这一切都是韩七录让干的。

不过为什么……看着这么多好吃的，她非但没有一点想去扫荡的意思反而想起了一句电视里的广告词呢？

——雪碧，透心凉，心飞扬。

“把东西都拿进去。”姜圆圆嬉笑着命令：“小初夏啊，要好好养胖自己，给我生个大胖孙子喔！”

她满头黑线。

果然是……透心凉啊……

在姜圆圆火热的目光下，她随便选了一样菜夹了一点放嘴里。顿时目光闪过千万道光芒，好好吃！

人生自古谁无死，恶魔先死她后死！眼下还是先解决温饱问题，杀人的事，等那厮回来再说吧！

安初夏并不知道，也许她永远也不会知道。在韩七录给她打电话之前发生了什么，这小子为何又突然发神经，变得有耐性了起来。

“韩少爷年纪轻轻就有如此作为，实在让人敬佩。希望下次还有机会跟您合作。”

“那是自然。”韩七录不骄不馁地深深一笑，和对方公司的总裁握手之后拿着合同离开。商场上的韩七录，如同一只所向披靡的野兽，就算是再凶狠的对手，也要敬它三分，更何况这次是来谈合作的。

上了一辆黑色的商务车，坐在驾驶座上的韩家司机踌躇了会，扭头问坐在后座拿着平板电脑在看电子版合约的韩七录道：“少爷，我们是直接回酒店，还是到处逛逛？”

韩七录停住了手中的动作，从平板电脑里抬起头往车窗外看去……

高大的写字楼，拥挤却不喧哗的人行道，人行道旁种植着的大树……这一切都是陌生的，却也是熟悉的。每一个地方都有人，都有人行道，都有树。至于那个她，现在应该在这个城市的某个角落，跟她的男人如胶似漆地生活着的吧？

眼眸闪过千万道颜色，最后幻化为黑夜般的黑色，令人看了不免心生寒意。

“回酒店。”他淡淡启唇道，重新垂下头，找了个舒服的坐姿重新开始工作。他来到这里的原因不是为了她，而是为了工作。到处逛逛之类的……纯粹是无稽之谈！

由于韩氏集团的产业遍布全球，自然在美国也有产业。这司机就是韩氏在美国的一家高端酒店“炫目酒店”的总经理。每次韩七录来美国，接应人都是他。

车子在十几分钟后在炫目酒店前面的广场停下。二十几层楼高的酒店显得人愈加渺小。下了车，在一群保镖和酒店保安的簇拥下，他坐进了专属电梯。电梯缓缓上行，直到升至最高层——二十七楼。

电梯的门缓缓打开，他抬脚刚跨出一步，却遇见了一个人。

一头微卷淡紫色的长发映入他的眼帘。女人穿着淡蓝色的低胸晚礼服，手里拿着一个黑色的镶钻限量版包包，一只手正很不耐烦地拿着手机打电话：“我跟你说了多少次了，今天不要打来，我要见一个很重要的人。”

那边不知道说了什么，女人干脆挂掉手机，一扭头，却正好撞进韩七录的眼眸。

一瞬间，惊讶、惊喜，再是慢慢的喜悦，统统布上向蔓葵的脸。

知道韩七录来美国开会会住在这里，她中午就在这里等着了，还把原本排得满满、毫无空隙的行程全都给退掉，只为了等他。

那一时间，向蔓葵动了动嘴唇，不知道该说什么。右眼却缓缓地划下一滴透明的液体，那是眼泪。

“七录……”几年的想念，统统都汇聚在了这一声呼唤中。她很想他，就算是在接受采访时，满满的人群里也还是会感到寂寞。

终于，她终于等到他了……

韩七录显然显得很是意外，拿着平板电脑的手微颤了下，面容并未有过任何变化。除了一开始的那一丝惊讶之外，再无其他。

也很显然，向蔓葵并没有注意到韩七录的眼眸没有半点的变化，只注意到了他的手一颤。

这说明，他也还是爱着自己的吧？毕竟是初恋啊……女人最难忘记的是自己的身体上的第一个男人，而男人最难忘记的，不就是初恋么？

心下一喜，向蔓葵上前几步扑进韩七录的怀中。他身上熟悉的气味尤在，还是那么好闻，那么让她……情不自禁。当初离开他，奔向了另一个男人的怀抱，她确实是有难言之隐。而且是永远也无法说出的难言之隐……

而现在……一切都不一样了。那个男人在车祸中成了植物人，永远地、不会再出现在她的生活了。所以，她现在可以回来了，回到韩七录的怀抱。这个怀抱，只属于她。

“七录……”她再次轻唤。闭上眼睛，等待着韩七录的回应，还有温柔的抚摸。

然而，生活总是会变的。就算那每天都会升起的太阳，每天的日出也都是有那么一点不同的。更何况是多变的人呢？

韩七录并没有推开她，但是，也没有接下来的动作。良久，他轻叹一声，视线落在不远处的地面，地面上乱七八糟扔有很多烟蒂。不用想，这肯定是向蔓葵的杰作。

“好久不见。”这样的话，就像不怎么熟悉的、却认识了好久的老朋友见面一般。不疏远，也不过分熟悉。

这情形与向蔓葵脑海中想的可不一样。她抬起头，纤细的双手绕过韩七录的腰，紧紧地抱着他：“七录，对不起，以前都是我不对，我……”

“说说吧，过得还好吗？”韩七录淡淡地扯开话题，然后视线落在了她的手上，眉头一屏，似是不悦。

向蔓葵完全愣住，他的目光是那么的陌生……跟昔日温柔的他完全不一样。

“要一直保持这样的姿势下去吗？”韩七录又收回目光，这次把视线直直都落在向蔓葵的脸上。好久不见，曾经她脸上的清纯和善良也早已经消失。在她脸上，他只看到了涂的厚厚的粉底，在她的眼里，他只能看到美瞳。

她变了。亦或者，是他变了。谁知道呢？也无所谓了。

向蔓葵尴尬地收回手，手空落落的，一时间竟然不知道应该放在哪里。虽然大了他一岁，可大多数时候，韩七录给她一种不可轻视的成熟感。这是在他这个年龄的男生里很少见到的。

他们大多过于稚气、不稳重，所以她不屑。

韩七录绕过她，拿出一张卡打开了他的专属套房。向蔓葵也不多言，她有的是机会。韩七录现在也不过是跟她呕气罢了，没有人会不喜欢她。

跟着韩七录进了房间，她正欲开口，韩七录却先出声问：“他呢，听说车祸挺严重，醒过来了么？”

这样平淡的语气，向蔓葵的胸口开始不安起来。

“不要提他，好不好？”向蔓葵再次上前几步，抱住韩七录，“七录，我想你了……”

“是么？”韩七录只是淡淡的一句，听不出任何情绪，只听得人心发慌，冰冷冰冷的。

听到他的疑问，向蔓葵满抬起她化妆过后精致到无可挑剔的小脸，楚楚可怜地看着他：“不管是吃饭、睡觉、做节目还是接受采访，我无时无刻没有在想着你。七录，原谅我，好吗？”

韩七录低垂下头，深深地看了向蔓葵一眼。她的假睫毛一颤一颤，似蝴蝶的羽翼一般。嘴角微微翘起，俯身将她紧紧地圈在怀里，如同散着香味的罂粟的气息瞬间更加浓烈地包围了他。

“真的……无时无刻没有在想我吗？”他的眼眸冰冷，然嘴角却依然勾起。这样的韩七录令向蔓葵无法控制，这几年来，他似乎真的变了很多。

变得更危险了……

“嗯！”几乎是毫不犹豫地就点了头，她虔诚地回望着韩七录。一双手如同蛇身一般自他的背后绕到他的胸前，然后解开了他胸前的扣子……

一颗、两颗、三颗……

韩七录健壮的肌肤渐渐完全暴露在空气中。向蔓葵脸上一热，凑上前，将自己的唇瓣落在他的胸前，那里已经滚烫一片。

他的胸膛立即多了一个鲜红的吻痕。这个时候，他是不是也该反被动而主动了呢？之前，韩七录一直想着等他们真正地成为了夫妻再要她，到最后，两个人那么久了，却没有发生过一次关系。

无数个夜里，向蔓葵在懊悔当初这么就不主动一点。想来当初也是为了韩七录不觉得她是那种放荡的女人，所以才一再矜持……

右手微抬，韩七录拉开她背后拉链。瞬间，被淡蓝色抹胸包裹着的柔弱几乎呼之欲出……一直以来，她都以自己的身材为傲。

两个人脚步轻移，来到大到不可思议的床前。

“七录，我爱你。”她深情地凑上韩七录的唇，可是却被韩七录毫无痕迹地避开了。不，这不算是避开，应该是……

她还来不及触及到韩七录的唇，恍惚间天地一转，她被压倒在床上，嘴角不经意一勾，面色绯红：“七录……”

正等着意料之中的吻落下，然而耳畔却传来他清冷又故意压低的声音：“一个足够聪明机智的女明星，怎么能随随便便出入一个男人的房间。更何况，是酒店……”

没有听懂韩七录话里的意思，向蔓葵双手一伸勾住韩七录的脖颈：“无所谓，因为这个男人是你……”

“是么？”韩七录微眯起眼，淡淡一笑。

不知怎么的，眼前的这个妆容精致的女人突然就变成了安初夏那未着半点脂粉的脸。清纯、青春、干净、美好，令人向往。

不自觉的，他的唇凑上前，向蔓葵则缓缓闭上眼，等待着那吻落下。

彼此即将碰触的一刹那，安初夏的脸忽而就变回了向蔓葵的脸。韩七录一皱眉，收不住力道，将头一偏，冰冰凉凉的吻落在了向蔓葵的颈间。

“七录，怎么了？”向蔓葵眨眨眼，疑惑不已。

而韩七录却已经在她话音落下之时站起身，目光一片清冷：“你走吧。”

就在刚才，他差一点就把向蔓葵当成了安初夏，差一点就把她……差一点就背叛了安初夏。想到这里，他的手心竟然起了一层薄汗。

“为什么？”向蔓葵紧皱起眉，满目都是不甘。一咬牙，她坐起身，解开了淡蓝色的抹胸，美好的柔软全部都暴露在空气中。

没有男人会看见美色而淡定如山，从来没有！然而，这个世界上没有一切绝对的东西。更何况是韩七录这种多变、永远不会被看穿的人。

一偏头，他没有看向蔓葵一眼。就在向蔓葵做出刚才的动作之后，她留在他心底的最后一分美好也完全消逝。现在的向蔓葵，跟那些电视里为了搏出位而出卖自己身体的女人没有任何的区别。只不过，大概就是她曾经是他心目中最美好的人，所以他不想翻脸，时过境迁，人终究会变。

“如果还不走，我会叫人进来。”韩七录面色决然，没有一点开玩笑的样子。而他的性格向蔓葵是再清楚不过的了。说出口的话，他从来不会收回。

没有再过多纠缠，向蔓葵咬着牙，穿回了抹胸、晚礼服……一切整理好后，她走到韩七录的面前，面色平静。聪明的女人，从来不会玩一哭二闹三上吊的游戏。这种游戏不但俗气，而且常常是事与愿违，这一点她清楚得很。

“七录，我可以最后问你一个问题吗？”

向蔓葵目光凄楚，韩七录也软下心来，虽没有说话，却也表示默认了。

直视片刻，一字一句地问道：“你是不是已经有了喜欢的人了？所以才不愿意碰我，还是因为你恨我……”

话未说完，韩七录就出声打断她：“没有喜欢的人。”

这话让向蔓葵心中一喜，同时也感到一阵惆怅。如果是以前，她如果这么问的话韩七录的回答一定会是“我喜欢的不就是你吗？”

可是现在，他却说没有……

在向蔓葵再次开口前，某男淡淡一挑眉，将视线看向远方：“没有喜欢的人。”

“哦……”她正疑惑着他为何又重复一遍。

“但是……”他的眉目中绽放出点点亮光来，晃得人乱了心神：“好像有了爱的人呢。”

如同受到了重重一击，向蔓葵身体猛地一怔，身体一时间竟站立不稳，往后倾去。若不是韩七录适时地拉了她一下，恐怕她就要摔倒在地了。

尽管这样，她还是感到一阵头痛。

“是真的……”

最后一个未问出口，韩七录已经点头：“是真的，她跟你很像——跟以前的你很像。”

向蔓葵动了动唇，脸上的表情一下复杂起来。

“但是虽然跟以前的你很像，我却知道，她就是她，不是你。一开始，我以为我只是需要一个你的替身。”他的喉结上下滚动了一下：“可是到后来，我渐渐发现不是那样的。她就是她，她跟谁都不一样，比谁都要活得真实。”

向蔓葵站稳了身子，而韩七录也适时地放手。两个人站得很近，可是心的距离，却是越来越远，直到看不见彼此。

她极力让自己保持冷静：“只因为她真实？”

转头，韩七录对上向蔓葵的眼眸，他不准备回答，只说：“你该走了，已经待在这里很久了。”

毫不留情地下了逐客令，他转身走到衣柜前，自顾自换上了一件干净的新衬衫。

“我不信她会比我好。”向蔓葵微微一笑，“很快，我会回到中国发展，到时候，我会再问你，要她，还是要我。”

韩七录扣扣子的手顿了一顿，表情没有丝毫的变化。

“回中国？”

向蔓葵依旧是笑，对上韩七录的眼眸：“放心，这次回去，我绝对会……再次得到你的心。更何况，你的心，原本就属于我。”

信誓旦旦之后，她转身，如同一只孔雀，高傲地踩着高跟鞋离去。

站在原地片刻，韩七录忽而又脱掉身上的衬衫，随意地把衬衫扔在地上进了浴室。在这期间，他还打了个电话，让人把房间整理一下，还让人把床上的被单也给换掉。

什么都没有发生，韩七录走出浴室看着焕然一新的房间，松了口气，拿起经理为他准备的红酒轻抿了一口，味道不错。看了一眼扔在沙发上的手机，他慢步走过去，拿起手机拨通了安初夏的电话，那边的她似乎有些不耐烦，还传来柜子被打开的声音。

“……在干吗”

一切，发生得如此符合逻辑。

第十七章 迟来的误会

第二天一早，安初夏来到学校，一路接受了各种关于她肠胃的慰问。她满头黑线，却又不得不硬着头皮接受他们的慰问，然后一个个解释说自己的肠胃已经好得差不多了。

走进教室的时候，萌小男正趴在书桌上睡地跟一头猪似的。

在早自修结束之后，外面竟然淅淅沥沥地下起一阵雨来，不大，但打在玻璃窗上正好发出叮叮咚咚悦耳的声音。

“安初夏，出来！”

安初夏顺着声音看去，正是凌寒羽。难怪教室里突然就变安静了，连小雨点打在玻璃窗上的声音都能听见，原来是这只妖孽 boss 来了。

走出教室，凌寒羽劈头盖脸地一句：“你是不是把我的漫画书都给扔了？”

迷茫地眨眨眼，正欲想问个清楚，安初夏就看见站在凌寒羽身后三四米的地方，萧明洛正一个劲地摆手，满脸纠结。

凌寒羽、漫画书、扔了、萧明洛……

这一系列的事情发生的虽然有点突然，但安初夏不笨，很快就明白过了是怎么回事。一抬眼，她满面淡定地说：“是。”心里却在盘算着如果替萧明洛挡下这罪名会有什么好处。

“……你！”凌寒羽气结，脸青得跟个被抛弃的怨妇似的。

而站在不远处的凌寒羽现在着实为安初夏捏了一把汗，要知道，破坏了那本有凌寒羽奶奶的亲笔签名的漫画书，那就等于是给自己判死刑啊！

看凌寒羽这副气急败坏的样子，安初夏无奈地一瞥嘴角：“不就是一本漫画书么？大不了我赔你一本！”

“赔？”凌寒羽紧紧地皱着眉头，眉宇间满是怒火，转而目光冷冷地看着安初夏，“你以为你赔得起吗？你知不知道那是……”

就快要说完的话硬生生地停住，凌寒羽一咬牙，右手握成拳状。就在萧明洛以为他要揍人时，凌寒羽却松开了手，转身就走。

“喂——”安初夏喊了一声，正欲要追上去却被走上前的萧明洛拽住，不解地扭头看向凌寒羽，“为什么拦住我？他好像有什么不对劲。”

某始作俑者无耻地一挑眉：“没有不对劲。”

“哦？”她不解他的意思。

“是很不对劲才对！”萧明洛撇撇嘴说，“你知道我弄丢的那本书对他来说有多重要么？”

安初夏不得不再次感慨，有钱人的世界观还真是歪到了底，不就一本漫画么，至于当命根子一样藏着掖着，拿在手里怕皱了，藏在银行怕丢了么？再去买一本就是了呗！像那种漫画书，最多二十元钱就够了吧？

看出安初夏对此很不屑，萧明洛语重心长道：“我弄坏的那本并不是他平时看的，而是……他奶奶亲笔签过名的一本漫画，世界上，仅此一本。”

心里咯哒一声，完蛋了，她这黑锅背得大了点。

“说起来我也有听说过……凌寒羽这小子最敬重的人就是他已经去世的奶奶，而且他居然会因为一个名字而给我钱！天呐！”她捂住嘴，“这么说，我刚才差点就小命不保？”

萧明洛轻笑一声：“恭喜你，答对了。”

安初夏只觉一阵天昏地暗。

“得，那我就更得追上去了，我根本什么都没做……”她作势要往前走，萧明洛慌忙拉住她，一脸讨好样。

“好姐姐，好初夏，古人曰，好人做到底，送佛送上西，你可不能就这么扔下我不管啊！你看啊，寒羽那小子虽然很生气，可是他没打你啊！如果他知道了我为了泡妞把他的漫画不小心丢在图书馆里，我绝对会吃不了横着走的！”

“是吃不了，兜着走。”安初夏伸出右手食指和中指，做了一个走路的动作，一脸鄙视地提醒他。

萧明洛几乎快要哭出来：“天下最美的美女啊，您美人有美量，就帮了小的这回吧。”

看时机已经成熟，安初夏一挑眉，一副老谋深算的样子：“帮你……也不难！不过，你也得帮我办件事……”

“……什么事？”

几分钟后，安初夏只身一人来到图书馆。凭借着萧明洛的面子，她在上课时间大摇大摆在图书馆里晃来晃去，而图书馆管理员则是满面的谄媚：“您要找什么？萧少爷开口过了，您有什么吩咐，我都会全心全意为您服务！”

说到萧明洛，原本是说好两个人一起来图书馆找书的，结果那小子中途一个电话，说是校长找他，结果她只好一个人来图书馆找。

这就好比海底捞针。

“全心全意为我服务就不必了……您帮我找一本漫画就成。它封面是淡蓝色的，上面有一个签名，是凌老夫人的签名。”考虑到斯蒂兰学院的图书馆里的书都是崭新的，她又补充道，“书比较旧了，应该不难认。”

管理员二话不说便开始从巨大的图书馆最左侧找起，而安初夏挽了下袖子，开始从最里面向外找。

另一边借故溜之大吉的萧明洛跑到了第四音乐教室门口，居然没有凌寒羽的身影。他疑惑地挠了挠头，一转头却撞上一个人，当即被吓了一跳，差一点就尖叫出声。

待看清来人之后，他才松了口气：“坤尼，你下次出现能不能带点声音？本少爷这心脏可禁不起折腾！”

坤尼面无表情地点头道：“请问，您是要找我们少爷么？”

左右看了坤尼一眼，萧明洛斟酌再三才开口：“没错，他在哪？”其实他就是想偷偷看着那小子，别因为一本漫画受到什么刺激做傻事。

“作为一个下人，我本不应该多嘴的。”坤尼一字一句地说，每一个字都是生硬生硬的，“我们家少爷不抽烟的，可是今天，却坐在林荫道的座椅上抽烟。请问，是否跟您有关？”

某个厚颜无耻的家伙耸耸肩：“跟我……没什么关系！不过，这件事你就别管了，如果不想你家老爷子兴师动众的话。他在林荫道是吧？我知道了，你下去吧，这件事我会解决的。”

坤尼是训练有素的人，没有再说什么，一点头，消失在萧明洛面前。

某男刚才对坤尼表现出来的淡定立刻消失不见，脸上出现一副要哭出来的表情。如果当时不是正好在图书馆里找书，听到图书馆有美女想要看治愈系的漫画的话，他也就不会把凌寒羽的漫画偷来带去图书馆，结果跟美女搭讪的过程把书给落在了图书馆。

等凌寒羽问他的时候，为了活命，他随口说了句“你问安初夏去”事情也就不会发展成这样……

真是一失足成千古恨呐！

终究心里感到对安初夏很愧疚，萧明洛打了个电话给安初夏问了问情况，又跟她说了凌寒羽所在的位置，便挂了电话往图书馆里走去。

从第一节课开始，安初夏和萧明洛一直找到了中午放学铃声响起。

“初夏，要不咱别找了，这样找下去根本不是办法。”萧明洛皱眉，“干脆我和他明说吧。”

“说你个鬼啦！”安初夏给了他一个爆栗，“你去买午餐到这里来，我继续找。还有十几排书架就找完了，总能找到的。”

萧明洛看着她倔强的样子，不知怎么，心里莫名地一阵难过。沉默过来，他淡淡开口：“你还确实……招人喜欢。”

“什么？”过于专心的安初夏没有听清楚，扭头去看萧明洛。

“没什么，你休息会儿，我去买午餐。”萧明洛转身就走，眼眸意味不明地闪烁着一丝光亮。

安初夏感到一阵莫名其妙，摇了摇头正准备继续找书呢，口袋里的手机突然振动起来。掏出手机，屏幕显示是韩七录打过来的。

这个时间……那边应该是深夜，大半夜的不睡觉打个什么电话！

翻了个白眼，安初夏大为不满：“干吗？”一开口就满是火药味。

那边翻来覆去睡不着觉的韩七录嗤笑一声，这家伙还真是对他几乎就没有好脸相向过。除了……那段时间。不过现在想想，那段时间也都是她装出来的，目的就是为了去打保龄球，他就不明白了，保龄球有什么好玩的。

“我问你干吗呢，接个电话有你脾气这么差的吗？”他是算准了时间打过来的，这个时间正好她差不多是吃午饭的时间。

安初夏把身子一蹲，一本一本地仔细找过去，一边还不忘记对着手机大骂几声：“姐姐我忙了半天了，有点脾气难道不正常？”

韩七录的语气阴沉下来：“你到底在忙些什么？”

考试都考完了，按理来说，刚考完试这段时间应该是最闲才对，听她的口气，好像明天就高考了现在正在奋斗一样。

见恶魔大人的语气变差，她没敢再骂过去，只是没好气地说了一句：“找书，你如果在美国吃饱了撑的闲着没事干的话，欢迎回来跟我一起找。”

“找书？你找什么书？”韩七录一头雾水。

正好她手指翻到一本书，封面上写着一句话：哥抽的不是烟，是寂寞。于是顺口就回了一句：“姐找的不是书，是寂寞……”

“寂寞？”那边似乎轻笑了一下，安初夏的脑海里立即蹦出这只恶魔轻笑时倾国倾城的模样，一时间咽了一口口水。

如果她长得有韩七录漂亮就好了。

“你的意思是，让为夫抛下这边的事业，回来伺候娘子你么？”

安初夏拿着手机的手一抖，手机径直往地上掉。幸好她眼疾手快，手一推，掉倒是没有掉到地上，直接往右边飞去，掉到了对面书架的倒数第二格上。

"妈呀！"她一惊，跑过去拿起手机，左摸摸右看看，居然毫发无损。谁说苹果手机抗摔功能不好的？那都是造谣！

"怎么了？"手机里传来韩七录略带担忧的声音。

安初夏刚要回答，目光一斜，一本淡蓝色的动漫映入她的眼帘——书皮很旧，都有一块开始脱皮。她翻开书，第一页空白的地方有一个潇洒的签名。

"居然！"安初夏心花怒放，随口对着手机说，"七录啊！第一次发现你这么可爱！简直是爱死你了！就先这样了，拜拜！"不再多说，她挂掉电话，拿着那本漫画书屁颠屁颠地跑出了图书馆。

凌寒羽应该还在林荫道的吧？抱着漫画书，她跑得很欢乐。

而另一边，身在美国的韩七录嘴角轻扬。虽然不知道她刚才为什么突然那么兴奋，但是她那句"简直是爱死你了"确实让他的心跳速度快了不少。

这死丫头！韩七录再次闭上眼睛，内心已经变得无比安定，渐渐的鼻息变得平稳。

"咦？人呢？"拎着大大小小的袋子回到图书馆的萧明洛四下环顾了下，竟没有看到那个小小的身影，难道是偷懒去休息了？

"啊，萧少爷！"图书管理员捧着一个员工盒饭快步跑过来，"那位初夏小姐似乎找到书了，然后我喊她也没理我，估计是去还书了吧。"

"哦。"萧明洛面无表情地点了下头，将袋子里的食物一样一样拿出来。图书馆管理员立刻帮着把盒饭放好，突然……

"什么！你说她找到了？"神经慢了三百拍的某生物失声叫起来，差点没把那位管理员大叔吓得神经衰弱。

原本以为在这么大的图书馆里找一本旧漫画相当于海底捞针，现在看来，海底捞针有时候也不是不可能。算了，既然她找到了，那么肯定就是去找寒羽了。也罢，填饱肚子再说。

刚发过神经的某生物突然又变得无比淡定，拿出一个一次性筷子开始旁若无人地吃起午饭来。人是铁饭是钢，一顿不吃死光光……

再说安初夏，抱着本漫画兴奋地往林荫道跑去。突然有人拦住了她，一看正好是班主任，当下一阵心虚，她这应该算是翘课吧？虽然目的是好的。

"……老师。"这声老师叫得底气都不足。

谁知道世界之大无奇不有，班主任扶了下老花眼镜，语重心长地说："初夏同学，我不是让江南同学转告你了吗？"

“啊？”安初夏满头雾水。“难道她没有跟你说吗？我让她告诉你，肠胃真的不好就应该去医院做个全面检查。学生的学习并不是第一，身体第一才是最重要的啊。”

“……”不用说，萌小男那货看到她没有回来，肯定又跟班主任请假说她闹肚子！这王八蛋就不能换个理由吗？成千上万的请假理由难道她只知道有“拉肚子”这一条么？

见她不说话，班主任立即又语重心长地说：“下午你不用来了，好好给我去医院看一下。”

“老师，我……”

“就这么说定了，我先去吃饭。”班主任不再给她说话的机会，抱着公文包转身就走。

风萧萧兮易水寒……一阵凉风吹过，为何身在初夏的季节，却感到这么冷呢？老师，我真的没有闹肚子。

不过现在看来，下午是真的不用去上课了，先把这本要命的漫画还给凌寒羽那蠢货再说。她的目光不断变幻着，最终幻化为坚定的色彩。

好不容易跑到林荫道，她又被人拦了下来。

“对不起，初夏小姐，我们少爷说了，任何人都不准打扰他。”拦住她的人很眼熟，如果没记错的话，他叫坤尼。

面对这样的一个人，安初夏自然不敢怎么放肆，眼睛眨了眨，可怜兮兮地说：“坤尼帅哥哥，你就让我去见他一面吧。”

望着这双无比清澈的眼睛，坤尼不自觉颤了颤，这双眼睛，难道就是让少爷如此失落的原因吗？

抿紧了唇，坤尼恢复平淡：“对不起，初夏小姐，这是少爷的命令。”

安初夏反复看了坤尼几眼，她知道对这种脑子不会拐弯的手下是绝对不会有后门走的，当下无可奈何地叹了口气：“那好吧……”

她转身作势要走，却在坤尼放松警惕的一刹那快速转身，一个箭步……她就被坤尼给拎小鸡一样拎了回来。

安初夏欲哭无泪，这家伙反应速度咋这么快？

“初夏小姐，请不要让我们为难。”坤尼一垂首，恭恭敬敬地说，虽然这话说得却是一点也不给她面子。

“哎呀！”安初夏忍不住了，狠狠一跺脚，“你让我进去会死啊？我进去又不是对他怎么样，我是去还……”

“会死。”坤尼淡淡地说了一句，目光变了变，面部依旧没有任何表情。

“啊？”安初夏不解，这话是什么意思？

抬起眼睛看了安初夏一眼，坤尼再次开口面无表情且毫无声调地说：“我们作为凌家的保镖，第一原则就是对主人的命令绝对服从。如果不服从，下场只有一个，那就是死。”

安初夏的身子狠狠一颤。这也太可怕了吧？这么说，如果刚才她真的闯进去了，那这坤尼还有这周围站着的“雕塑”都得死？

狠狠地咽下了一口唾沫，她没有底气地垂下头：“那我还是……”

“少爷好！”一阵响亮的声音响起，原本作雕像状的保镖们一个个都活了，但在叫过之后又成了雕像。

踮起脚尖透过坤尼的肩，她正好能看到凌寒羽正往外走来。

“寒羽！”她跳起来挥挥手，“凌寒羽！我在这里，这里！”

听到声音，原本面无表情的凌寒羽往这边看来，动了动唇，再次撇开头，往外走来，却没有走向她，而是往偏右的地方走去。

“凌寒羽！”她欲追上去，可坤尼又拦在了她面前。

“初夏小姐，不要让我们为难。”

安初夏立即站在原地没有再动，这可关乎人家坤尼的命，这不是好玩的。见她安分了，坤尼朝她微微一点头，转身跑向凌寒羽，跟在了他的身后。

再看了看周围，那些雕塑全都消失不见，只有坤尼面无表情地跟在凌寒羽的身后。

低头看了下自己的手里拿着的漫画，不知为什么，她突然感到一阵憋屈和无力。明明是做好事，怎么就成了现在这样？

凌寒羽这么生气的原因也就是因为这本漫画，明明只要把这本漫画交给他……没错！无论如何，要交给他！

安初夏往凌寒羽的方向跑去，目光坚定。

一直往前走的凌寒羽其实内心是波涛汹涌的，他多想往安初夏那边走去，可是……那本漫画，是他一直以来认为最珍贵的东西，也是他心灵唯一的寄托。

身后传来一声惨叫，凌寒羽忍不住往后看了一眼。安初夏在离他身后六七米的地方以某种滑稽的姿势摔倒在地上，面色痛苦。

心猛地一惊，他转身就往安初夏那边跑去。而一直面无表情的坤尼，此刻虽然还是面无表情，但眸中却露出了一丝柔和的笑，不易察觉，但却是实实在在地存在着的微笑。

终于有了比老夫人的漫画还重要的东西了吗？终于，有了实在的存在意义的东西了吗？这个好消息，是不是要告诉老太爷？还是先不要了，眼前的情况，太过于复杂。

一转身，尘土飞扬过后，坤尼的身影消失在原地。这个时间，这个地点，是属于少爷和初夏小姐的。

摔得七荤八素的安初夏在心里自叹一声倒霉，刚想从地上爬起来眼前突然出现了一双大大的手。微风吹过她的长发，扎着头发的皮筋不知什么时候断裂了，长风散开来。凌乱，却多了一分绝美。

微抬起头，是凌寒羽那张面无表情的正太脸，她当下脱口而出："凌寒羽，你还是笑起来的时候可爱。"

凌寒羽的脸色变了变，很是复杂，最终无可奈何地长叹一声："你就这么喜欢……趴在地上？"

啊哦！她忘记了自己还趴在地上，见凌寒羽的手还放在那里，也就毫不顾忌地拉住了他的手。恰好他微微一用力，将她拥入自己的怀中。

他温热的鼻息扑到她的脸上，不自觉的，脸变得滚烫滚烫。

注意到他的视线自上而下，最后停留在自己的……她脸更红了，刚要破口大骂流氓，对方却从她的胸口的纽扣处摘下了半根因刚才摔倒而粘在衣服上的草。

原来……是她想太多了。

"找我什么事。"是陈述句。

身子微往后一倾，她被凌寒羽扔开。但好在频度不大，她只往后退了一步便站稳了。这个男人真是傲娇啊！

"没事的话我就先走了。"凌寒羽见安初夏没有反应，挑了下眼皮子，作势要走。

安初夏忙拉住他的衣服下摆，像变戏法似的变出了一本淡蓝色封面的漫画。那一刻，她分明看到了凌寒羽眼中的惊喜。

"怎么样？很感激我吧？"安初夏挑了挑眉，"道谢呢，就不必了，请我吃午饭吧！我都快要饿死了！"

某傲娇男白了她一眼，冷冷道："boss没有道理请手下的员工吃饭，莫非……"

话锋一转，他直直地看着安初夏的眼睛道，"莫非你想要被我潜规则？"

这样说话才像凌寒羽嘛！安初夏心里感慨一声，脸上的表情却变差："潜规则你妹啦！快请我吃饭，没得商量！"况且，之前是谁威胁她不准叫他boss的！

在某家高级餐厅饱餐了一顿后，安初夏美美地打了一个饱嗝："凌寒羽啊，什么时候姐姐我帮你介绍一只……不对，介绍个相公啊。"

由于这家餐馆生意好像很差，偌大个餐厅居然只有他们这一桌在吃饭，而且服务员都离他们很远，所以她很大胆地说出了口。

原本吃得还算有胃口的凌寒羽似乎被那碗鸡茸玉米汤给呛到了，一个劲地咳嗽个不停。安初夏见状忙好心地凑上前去轻抚他的背："你看看，这里这么空，又没有人跟你抢，你喝这么急做什么？”

偏偏就在这时，原本是想来学校就野外大探险活动开个会议的姜圆圆正好路过这里。眼尖的她一眼就看出那个正在替别的男生抚背的女生是安初夏。

姜圆圆顿时踩着高跟鞋就想要冲上去把她的小初夏带回家，可一旁的韩管家拉住了她，忧心忡忡道：“夫人，这样过去不好，有失大体。”

“大体？”姜圆圆一咬牙，狠狠地说，“我儿媳妇都快要真的被凌老头当孙媳妇了，这时候我还管什么大体不大体！”

韩管家又拉住了她：“夫人，您真不能这样做，现在的狗仔队可是到处都有。”

“有你个屁！哪家报社登我们韩家的事不得和我们打招呼，放开！”

“夫人，您想想，现在进去，不但不能让事情变好转，反而会让事情更糟糕。不如这样……”韩管家伏在姜圆圆耳边一阵耳语，只见姜圆圆立即弯起了嘴角，颇为欣赏地看了韩管家一眼，从包包里掏出手机将餐厅里的一幕拍了下来。

由于他们正好坐在玻璃窗边，所以手机照出来的效果非常不错。可以清晰地看见安初夏脸上的担忧和手轻抚男生背的动作。

紧接着姜圆圆翻出韩七录的手机号码，把图片以彩信的方式传给了韩七录，既然她这当妈的没理由出面，那就让他自己回来！

而另一边的韩七录，好不容易睡着，听到有短信的声音，不耐烦地皱皱眉，翻了个身继续睡觉，没动手机。

姜圆圆兴高采烈地踩着她的小高跟去了学校，而安初夏还什么都不知道，嘴里不断念叨着：“以后要慢点吃啊，等你呛死了，那就没有人给我发工资了。”

“安初夏，我对你来说，是不是只等于一棵摇钱树？”凌寒羽紧皱着眉，甩开了安初夏轻抚他背的手，满脸的不悦。

安初夏点了点下巴认真地想了想，然后摇摇头道：“当然不是啊！你还是我的……路！”

“路？”凌寒羽不解。

“对啊！”安初夏打了个响指，“多个朋友多条路嘛！从小我就受这种教育长大，所以路很多！”

凌寒羽的脸色铁青：“那么我再问你。”

“问吧！”她满脸泰然。

“为什么会觉得我是……”老爷子以前觉得他性取向不正常也就算了，偏偏连她也这么觉得，真是让人不爽！

“当然是……女生的第六感啦！”

凌寒羽把手中的勺子扔在桌上，站起身：“那你就第六感个够吧！”

这是什么意思？

“喂喂！你去哪里？！等等我啊！”安初夏慌忙追上去。几分钟后，她望着那辆绝尘而去的车欲哭无泪，这是第几次被人丢下了，这心情……

雪碧，透心凉，心飞扬！路边的一家店突然贴心地响起这样的广告声。

于是一个下午，安初夏在A市到处晃。学校是不能去了，韩家……现在如果回去指不定会发生什么事呢。所以只能到处乱逛。

不知不觉走进了一个不知名的小公园，她挑了一张长凳坐下，刚要叹口气，肩膀就被人拍了一下。

“小姐，能借给我二十块钱么？”一个冰冰凉凉的声音自身后传来。

这声音完全可以跟韩七录生气时相媲美，甚至更加冰冷蚀骨，慢慢地转过头，安初夏看到了一张满脸是血的脸和一头墨绿色的头发……

安初夏的第一反应就是……大叫一声“鬼啊！”然后拔腿就跑。可事实上，她脚一软，竟然吓得站都站不起来。再仔细打量了一下眼前的人，虽然满脸都是血，那鲜血之后有一双无比清澈透明但却似乎饱经沧桑的眼眸，让人看了忍不住心狠狠一揪。

“你……”一时间安初夏忘记了害怕，“你没事吧？”

那男人明显显得很是惊讶——这是他今天找的第九十九个人，当他们看到自己的脸时，都是惊讶得说不出话，然后转身就跑。害得他为了借二十块钱坐出租车整整借了有一个上午。

“请你借二十块钱给我，改日一定千倍奉还。”

听他这么说，安初夏又重新打量了一下他，身材高大……可以看得出肯定有肌肉，而且这身上的衣服虽然破破烂烂，到处是血迹和破口，但是不难辨认都是限量版的名牌。

富二代被仇家追杀？安初夏的脑子里跳出这样一个词。

“二十块……”她站起了身子，从口袋里摸来摸去，只摸出一张卡，“喏，我身上没有现金，只有这种卡。”

“这……我只需要二十块钱坐出租车。”男人犹豫了下，深深地看了安初夏一眼，“而且……你不怕我是坏人？”

坏人？这年头坏人太多了，好人明显不够用。那么她这个半好半坏的人在关键时刻也得在好人那边凑凑数。

“看你身上血淋淋的，是好人也难吧？”她似笑非笑，“要不这样，你在这里先等等，我去附近给你买套衣服，正好可以拿点零钱回来。”

话毕，她转身跑开，而看着女生离去的身影，男人的目光竟变得迷离起来。

几分钟后……

“衣服和钱，你拿好。”安初夏满脸微笑，“而且，我抄了我的银行卡号和名字，千倍奉还，不要忘记喔！”

男人接过一个装着衣服的袋子和二十块钱，还有一张写着银行卡号的纸。上面还清清楚楚地写着“安初夏”三个字。

“这件衣服呢，也不贵，打折之后是两千八。”

“谢谢。”男人将衣服放到一边，自顾自开始脱衣服。

“喂喂喂！你在干吗？”安初夏后退几步，惊悚地看着男人。谁知道男人连看都没看她一眼，将衣服脱掉之后随意扔在了地上，然后拿过放在一边的衣服穿了上去。

不大不小，尺寸居然出乎意料的合适。淡蓝色的衣服，白色的衣领，衬得男人的形象立即高大了，跟刚才邋遢的样子完全不一样。安初夏一下子看呆了，还在想，如果把脸上的血迹洗掉的话，应该是个超级大帅哥吧？

此想法一出，安初夏想要咬舌自尽，什么时候她也变得这么花痴了？

“谢谢。”男人看了她一眼，“安初夏。”

安初夏一愣，为什么这个男人叫她的名字时，会有一种想要跪在他脚边的冲动？狠狠地咽了下口水，她掩饰了一下情绪道：“那个……你脸上的伤，没事吧？”

谁知道男人抬起眼冷冷地说了句：“不是我的血。”

北风那个吹啊……

“不是你的血最好……那么，后会有……期。”

“期”字未说出口，对方已经转身离开，徒留她一个人尴尬地站在原地。这什么臭脾气嘛！道谢的话不是应该千恩万谢地朝她鞠躬然后再离开吗？怎么还好像是她欠了他钱一样？真是不爽！

抬起头看看天色已经不早了，她也就走出了公园，在公园门口的垃圾桶上发现了一张纸条。

纸条很眼熟……这不就是写了她银行卡和名字的那张纸条吗？竟然被丢掉了！原来那还真是个骗子！亏她还幻想着大赚一笔！

不过无所谓了……什么两千八，明明是两百八，起来也就损失了那么三百块钱，虽然不多，但也足够痛心疾首的了。

这件事，也就这么告一段落了。

第二天清晨，安初夏伸了个懒腰，一转身，摸到一个硬硬的东西，再往上摸……软软的，一撮一撮的、毛茸茸的……

“别再摸我头了。”是一个男人的声音！安初夏一个激灵，瞪大了眼睛。韩七录那张似笑非笑的脸映入她的眼帘。

安初夏重重地松了口气，又在下一秒大叫了一声……某男被踹下了床。

“你发什么神经！”韩七录揉揉屁股站起来，一脸的不爽。一头凌乱的栗色头发乱糟糟的，却显得他分外无辜。

“你活该！”安初夏坐起来，上下看了一下自己，还好，睡衣睡裤都还在，“谁让你突然就出现在……等等……你不是在美国吗？”

韩七录坐回了床边，像看白痴一样看了安初夏一眼：“我不能回来吗？还是说……你不希望我回来。”

“我当然希望……呸呸呸！”她装作吐口水，“我的意思是，怎么这么快就回来了？不是说要去一个星期的吗？”

听安初夏这么说，韩七录的脸色更加不爽：“你的意思是……希望我一个星期后再回来，免得打扰你勾引别的男人吗？”

勾引……男人？某人后知后觉开始回忆起这两天发生的事。搬回韩家、上学放学……哪里有勾引男人了？这不是血口喷人么？

“喂！”安初夏不爽地撩起袖子，才发觉这睡衣是短袖！

尴尬地轻瞥了下嘴角，她咬咬牙道：“你这话什么意思？谁知道你在美国有没有勾引女人了？你管我做什么？而且，我这几天，安、分、得、很！”

韩七录的眼皮跳了跳，脑海间浮现出向蔓葵那张妖艳的脸，下巴紧了紧，扭过头没有再说话，只是从床头的床头柜上拿起手机，摆弄了下放到她面前。

手机屏幕上赫然是安初夏那张无比纯洁的笑颜，还有……暧昧地给一个男生抚背，眼中满是笑意。

嗯，这照片拍得不错！不过……好像有眼袋！也不知道PS一下再……等等！这照片……不就是凌寒羽请她吃饭时拍下的吗？这是谁拍的？又为什么……会在韩七录的手机里？

眼睛一眯，她怒火中烧：“你派人监视我！”

这语气是笃定的。韩七录的眼眸翻涌出层层的黑浪……最终，他撇开脸：“安初夏，不要以为你可以是个例外，我的世界里，从来不容许背叛。”

安初夏一愣，在要开口的瞬间，韩七录已经起身。他的衣服都没换，看得出是一回家就直接倒在她的床上睡着了。

我的世界里，从来不容许背叛。

安初夏的嘴角勾起一抹自嘲的笑。韩七录，你也未免太把自己当回事了！她把被子一掀，起床换衣服洗脸刷牙，此时离上学时间还有半个小时。

餐桌前没有韩七录的人影，安初夏没有说话。这个早上，姜圆圆的话似乎也特别少，只是问她还要不要牛奶，除此之外竟难得地没有再说一句话。

“我吃完了。”她放下还剩下半杯牛奶的杯子，拿过女佣递过来的纸巾擦了下嘴角，欲要起身。

“初夏……”终究还是没忍得住，姜圆圆神色复杂地站起身，“那个照片，是我拍的，传给了七录，所以他才丢下美国一大堆的工作，回来找你……可是我没想到……你们会突然吵起来。对了，你们是怎么吵起来的？我刚起床，就看到七录还穿着昨天的衣服拿着行李箱走下楼梯。”

“您是说……”安初夏眨眨眼，“那照片不是他叫人监视我时拍的？”

“当然！”姜圆圆举起右手，“我对着天空对着大地对着蓝天对着彩虹发誓，那绝对是我拍的！”

这么说，她完全冤枉韩七录了？说实话，她的心……此刻很不是滋味，一抬眼，她的目光忽而亮起来：“他现在去了哪里？”

姜圆圆憋屈地嘟嘟嘴：“说是让韩管家准备私人飞机，现在应该是在去机场的路上了吧。毕竟工作还丢在那里……唉！小初夏，你去哪里？”

“我去负荆请罪！”留下这么一句，安初夏背着她的天蓝色小背包噔噔噔地跑出了大厅，一路跑上石子路直到大门口。

早就有车在门口等着接安初夏上学了，她一脚跨进去对着司机就说：“快去机场。”说完怕自己说得不够完整，又补充了一句，“韩七录起飞的那个机场！”

司机大叔满头黑线……韩七录起飞？少爷什么时候都会有“起飞”这一技能了？虽然很想笑，但是看未来的少奶奶这么着急的样子，硬是憋住了笑，点了下头道：“是，小姐！”转而专注地发动了引擎……

韩七录，你可千万别那么早就飞走啊！安初夏紧张得双手交错，眉头紧皱，第一次有了这种想要解释，想要说抱歉的冲动。

美国那边的工作一定很重要才会亲自去谈合作案的吧？可是为了一张照片，他丢下合作案跑了回来……可是她还质疑他派人监视自己。

除了浓浓的歉意之外，说不感动那肯定是假的。

虽然只有十几分钟的时间，可是对她来说却像是过了十几个世纪那么漫长。就在司机刚说完：“小姐，到了。”的时候，司机大叔就听到快速的车门开合声，然后就是安初夏清脆的声音：“大叔辛苦了！”

司机大叔无可奈何地耸耸肩，他还没有告诉安初夏私人飞机在哪里呢……

抬手，按下了手机的快捷键，接电话的人是韩管家：“老陈，什么事？”

被叫作老陈的司机一边走下车，一边四处张望着：“韩管家啊，初夏小姐让我把她带到了飞机场，估计是来送少爷的。可是我还没说私人飞机不在这里，而是在右边的小机场的时候，初夏小姐就跑出去了。我现在这开着车呢，走不开啊！您看该怎么办？”

“什么？”韩管家的声音有些微颤，显然是很激动。

“是的……怎么了？要不然我还是把车先放在这里，去找初夏小姐？”司机老陈的声音略有迟疑。

这边的韩管家慌忙接口说：“不用不用！你要是敢离开车一步，你就被解雇了！就先这样，站在原地别动！”

韩管家的话还是相当有威慑力的，司机老陈在挂了电话之后虽然满肚子疑惑，但却是真的没有动一下，生怕被解雇了。

“韩管家，你刚才在跟谁打电话？”韩七录的下巴露出了点青色的胡渣，足以证明他的疲劳程度。然而整个人看上去却是更加的成熟稳重，惹得在小机场路过的少女们连连驻步凝望。在韩七录的目光扫过她们的时候，一个个脸上都泛起了层层淡粉色的红晕，如同那落日时的晚霞般。

“少爷！我看……您不用走了！”韩管家得意地摆摆手机，“少奶奶……她啊！找到机场来了！”

听这话，韩七录先是一愣，随即视线在周围扫了一圈。在确信没有看到安初夏的身影之后，目光微眯，如同生气的豹子般可怕。

“韩管家，什么时候，你也变得如此爱开玩笑了。嗯——”

韩管家深吸了口气，平复了下那颗可怜的老心脏，再偷瞄了一下韩七录的眼神……嗯，少爷虽然脸上冷冰冰的，可是心里应该是很希望少奶奶来机场，说不定会立刻放弃美国的重要会议。

“少爷，您是不是很希望少奶奶来机场？”韩管家收敛下了眼中的那抹戏谑，摆出一副一本正经的样子。

紧接着他就感觉如沐春风……哦不，如沐冬风！

“韩管家，如果您觉得自己年迈想退休了，我自然也不会拦着您。”韩七录鼻息间轻轻冷哼了下。

韩管家立即闭上了嘴，额角也挂上了一滴冷汗，如若不是看着自家少爷长大的，如果是别人，估计会被韩七录当时的语气也吓得……瘫痪吧？

“少爷，飞机已经准备好可以登机了。”韩家的保镖恭恭敬敬上前，看到韩七录要吃人的表情后立即低垂下头试探着小声说，“少爷，您看——”

抬起眼看了一眼不远处的豪华私人飞机，韩七录的眼神有意无意地再次在小机场看了几眼，引起小机场的女生们一阵骚动，纷纷红脸作娇羞状。

但韩七录并没有在她们中的任何一个人身上停留时间超过一秒，只是目光匆匆掠过，似乎是在寻找什么……

韩管家眸中带笑，心里默默地想着：如果待会儿在飞机上自己跟少爷说少奶奶找错机场了，少爷会不会一冲动先杀了自己，然后纵身从飞机上跳下飞奔向少奶奶，然后……不对！在跳下之后，应该是先粉身碎骨吧？有一句诗不是这么念么：粉身碎骨浑不怕，要留美人在人间……

想到这里，韩管家浑身抖了一抖，再看了一眼韩七录，他已经面色平常，淡漠地在一群下人的垂头目送之下往私人飞机走去，身后还跟着刚才那个保镖，替他拉着一个旅行箱跟在后头。

脑中闪过一丝慌乱，韩管家一拍他的脑袋，快速跟了上去:“少爷！等等我！”

韩七录耳畔突然听到韩管家急切的声音，似乎预示着什么似的，跨入机舱的那只脚不由得就僵在那里，并且收了回来。

“什么事？”

望着站在舷梯最高处的韩七录，因为是背对着光，韩管家并不能把韩七录的脸看得很清楚，但总能感觉到这个男人无论是站在何处，从来都是那么盛气凌人，天生有种让人不能轻易忽视的气质和气场。

韩管家把原本要说出口的话吞了回去，换了下措辞说：“刚刚接送少奶奶去斯蒂兰学院的司机老陈您记得吗？”

“说重点。”韩七录剑眉一扬，目光直直地看向韩管家，看得他手心出了一层薄汗。

“老陈说，少奶奶并未直接去学院，而是让老陈把车开到了机场……”

“你说什么？”韩七录眸子一紧，再次环顾四周，并没有看到什么司机老陈，更没有看到安初夏。他脸色快速变幻，最终阴沉下来，一步一步从舷梯的最高处走下来。

待韩七录走到他面前，韩管家这才迎上去干笑着说：“老陈说，少奶奶因为太着急，跑错地方，去了离我们这里不远的那个大机场……”

“怎么不早说？”韩七录皱紧眉头，不等韩管家解释，人已经远离了韩管家，快速走到离自己最近的一辆车，打开车门后直接把那司机拽了出来，弯身坐进驾驶座内。三秒钟后，车子消失在众人的视线中。

那因为被韩七录吓到了，反应慢了 N 加一拍的车主望着疾驰而去的车子，半晌才反应过来：“那是我的车！我的车！抢车！抢车啊这是！”

“您好，这位先生。”韩管家挂着一抹公式化的微笑说，“那辆车就当卖给我们了，如何？”

再说那车主，一开始是一副茫然，紧接着看了下韩管家的衣着，明眼人都看得出来家境肯定不错！立即心里打起了小算盘。

“那辆车可是好车！虽然时间久了点，但是性能好……”车主一开口就说了一连串夸自己的车是如何如何好的话，这明显就是想要以最小的损失拿到最大的利益。

韩管家自然不是傻子，但是与生俱来的教养告诉他，替少爷善后是应该的，不能生气。

于是就站在原地满脸微笑地听那车主唠叨。在近乎半个小时后，他终于不耐烦起来。

“那么……这位先生。”韩管家依旧带着他那标志性的礼貌笑容，“您可以跟我直说，价格由您来开便是。”

那辆小破汽车，一眼看去最多最多就值个五六万，而他一个月的工资就可以买几十辆这种二手车，比起五六万块钱，他更想要去大机场。

看韩管家这副半笑不笑，说不笑他又是恭恭敬敬对着你笑的表情，那车主一下子就怒了。

“你什么意思？你以为你有钱就了不起了？我告诉你！我刚才的意思还真不是想要钱，我只是……”

“您好，这是我们老爷的名片，请收下。”不知道什么时候出现的小霞突然变戏法似的拿出一张 24K 金制的名片来。看到韩管家疑惑的目光后，小霞无邪地一笑：“夫人说，让我来看看少奶奶是不是到了机场。”

那司机原本是不想接名片的，可是这金光闪闪的名片立即吸引了他所有的注意力，接过名片后，他左右看了几眼：“这是……纯金的？”

相比之下，小霞的态度就比韩管家直接多了，轻蔑地看了那车主一眼，冷笑着说：“您……化学怕是学得不好吧？这世界上没有纯度能达到百分之百的纯金存在，纯度最高，也只能达到百分之九十九点九九吧？我建议您呢，还是先别研究这名片是不是纯金的，看看上面的字再说吧。”

果然是一山更比一山高，那男人非但没有生气地大骂小霞轻蔑的态度，反而低下头仔细看了看上面的字——韩式集团董事长韩六海。

身子一抖，那车主猛地看向韩管家：“您……您是韩董事长？”

韩管家依旧是摆出那副礼貌的微笑：“你误会了，我是韩家的管家，大家都叫我韩管家。”

那男人脚一软，眼前一黑晕了过去……

“这就吓晕了？”小霞正想要上前去踢几脚看看，被韩管家的目光制止住。

韩管家叫人把车主送往医院，小霞问道：“少爷和少奶奶呢？”

“你看我这老骨头的记性！”韩管家拍了一下自己的脑袋，“他们在大机场，我们快去看看……”

望着人潮涌动的机场大厅，安初夏此生第一次感觉如此糟糕。就连妈妈去世的时候，她也没有感到这么无力和孤独过……那个时候在想，就算妈妈离开了，妈妈对她的爱也还是在的，所以也还是会感到妈妈时时刻刻都在自己的身边，从未离开。

可是现在……她咬了咬下唇，鼻尖酸酸的，抬起下巴深吸了一口气，眼眶却湿了。

韩七录你在哪里呀？你不会走了吧？

我不是故意的，真的不是故意要误会你。

拜托你不要走好不好？不要离开我好不好？

眼泪无声无息地落下，无论她怎么努力吸气，怎么努力睁大眼睛也还是止不住硬要往下落眼泪。她一直觉得自己很强大，强大到可以不需要眼泪，现在才发现，一直以来，自己都是在假装坚强。

装得浑身是刺，只是因为害怕自己被伤害。

妈妈离开时她以为世界都黑了，后来来到韩家，遇见如此恶劣的韩七录。但他虽然恶劣，但在每次她最需要人帮助的时候、每次她最落魄最丢人的时候，出现的总是他。

恶魔，你不要离开好不好？如果我告诉你，遗失了翅膀的天使有时也会爱上恶魔，你会不会相信，会不会觉得开心呢？

安初夏失魂落魄地在机场大厅里胡乱走着，看到一个背影或者侧脸相似的人就跑过去拉住他。转过来的脸或迷茫、或愤怒、或鄙夷、或惊艳……然而那些人都不是她要找的韩七录。

没过一会儿，她竟感到自己身疲力竭，偌大个大厅，众人的人影，来来往往表情不一的人，她的头开始昏昏沉沉的，无力地蹲下了身，双手抱紧自己，她将自己的头埋进膝盖，正欲放声大哭……

“你是笨蛋吗？”

安初夏浑身一震，这个声音……这个语气……微抬起脑袋，泪眼婆娑地看向声音发出的方向——韩七录的面孔朦胧地倒映在她的瞳孔里，抬起手腕擦去丢人的泪水，他的脸立即清晰成像。

那一瞬间，她愣住了，不知如何反应。那一张比女生还要精致得多的脸，真真实实地出现在她的面前，她确实不知该如何反应。

“你是笨蛋吗？”

这句话，果然只有他才会说出来啊……一如那天烈日炎炎下，就在她以为自己会累死在操场上的时候，他突然出现了。淡淡一句你是笨蛋吗瓦解了她的所有坚强……然后他抱着她在操场上跑完了还未跑完的圈数。

感动吗？不感动那是假的。

见安初夏呆呆地蹲在原地没有要站起身的意思，韩七录不耐烦了，注意到周围越来越多往这边看过来的人，他不悦地皱起好看的眉头道：“安初夏，你知不知道自己哭起来的样子简直是丑极了！”

“哇——”安初夏再也抑制不住，大声地哭了起来，眼泪大颗大颗地往外涌，像在释放和宣泄着什么。

一看这情形，韩七录急了，眉头也由轻皱变为紧皱。他上前几步，在安初夏面前蹲下：“喂，你难道想要让我丢死人吗？”

这确实很丢人，一个男人和一个女人在机场候机厅里，女人蹲在地上大哭，男人面无表情……这容易让人联想到女人腹中怀里男人的骨肉，却被西门庆一样的男人无情抛弃……

果然，周围的人开始窃窃私语，在这里指指点点。

“……”不理他，继续哭！

“算我怕了你了！要怎么样才能不哭？嗯？”韩七录的眸中有了几丝妥协之意，“我不去美国了好不好？再也不离开你了好不好？”

这招……似乎有点作用！

安初夏从大哭变为小声啜泣，然后再由小声啜泣变为……面无表情！

“谁让你别去美国了？谁稀罕你留不留下来？”安初夏翻了个白眼，明显已经缓过来，“搭把手，蹲太久，脚麻了站不起来！”

韩七录满头黑线，脸色跟吃了十坨大便一样臭！

“早知道，我就应该上飞机！”留下这么一句，韩七录冷冷地站起身，转身就走。

“喂——”安初夏忙出声叫住他，语气中已经带了一些恳求，“不要丢下我一个人，好不好？”

韩七录的脊背明显僵硬了，走路的动作也随之停止。呆呆地转过身，不可置信地看着安初夏：“你刚才说什么？”

“啊？”安初夏装傻，“我有说什么吗？”一会儿又突然恍然大悟，“哦！我是在说，我脚实在麻得不行，好多星星在脚底跳来跳去，好难受……”

无可奈何地挑了挑眉，韩七录朝她走回来，在她面前背着她蹲下：“算我服了你，上来！”

安初夏立即喜上眉梢：“早该这样了嘛！”起身骑上他的背，感受到大家羡慕的目光，满意地勾起嘴角，“喂！不去美国开你的会了？”

韩七录微偏过头，视线紧紧地锁住安初夏……

“你干吗这么看我？”被韩七录的目光看得心里发慌，安初夏微偏过头，故意将目光转向别处。

“为什么突然来找我。”他没有用疑问的语气，大概是还在赌气，“不是说我找人监视你很不开心吗？”

他不提这件事还好，一提起这件事，安初夏心里原本对他的愧疚又一点一点地浮现上心头。重新看向韩七录时，发现他还在认真地看着自己，着急寻求一个答案，她一撇嘴：“这不是跟你道歉来了吗？”

韩七录不冷不热，一挑眉看不出他现在心里想的是什么：“喔？这么说，你真的在我不在的时候勾引别的男人了？”

“……不是，其实那个男的是……”

“韩管家。”韩七录转回头没有再听她说，只是看向离他们三米外的一个地方。韩管家不知什么时候和女佣小霞已经站在那里，嘴角和眼角都含着笑。而小霞正拿着一个电话指手画脚地在说些什么，看起来相当兴奋。

安初夏蹙眉，眼中闪过错愕。他们是什么时候出现的？她压根没有发现……那么韩七录又是怎么知道韩管家在附近的？

莫非他的洞察能力已经到了如此登峰造极的程度了？还是说……韩管家和小霞他们一直躲在暗处？那刚才她哭起来的样子，不是被他们看到了？啊！如果真是这样，那真是丢死人了！

“少爷，您有什么吩咐？”听到韩七录喊自己，韩管家一脸恭敬地上前，脸上已经没有了刚才的笑意，只剩下恭敬。

“准备准备，去小机场。”说完话，韩七录背着安初夏在众人的视线中走出机场。

韩管家愣了几下，难道少爷还要去美国？按照他的想法，少爷应该立刻带少奶奶回韩家或者斯蒂兰学院才对啊……脑袋一转，他看向身后的小霞，她还在兴高采烈地描述韩七录是怎么背着安初夏怎么温柔怎么安抚她的，虽然添油加醋有点过了头，但能让夫人高兴就好。

收回目光，他正欲拿起手机通知小机场的人，眼皮跳了三跳！抬起手重重地拍了下自己的脑袋瓜，他这脑袋真是老了！连那个都没有想到……

“小霞，你回去吧，看样子，这次我也得跟着去美国喽！”

小霞一愣，没弄明白……

半个小时后，安初夏站在宽阔的小机场上，校服的裙摆因为风的原因左右轻摇，脸上则是满满的惊喜，手上这个小本本……就是传说中的……

“你是怎么办到的？！”安初夏拍了下正在跟韩管家交谈的韩七录。

他微侧过脸：“什么？”

“我人都没去，你这护照哪里来的？这也太神奇了，才半个小时就……我听说办护照很麻烦的。”

韩七录，面色慵懒地挑了挑眉，转而右手自然而又亲昵地搭上安初夏的肩，唇瓣凑近她的耳畔说：“你是不是经常忘记……我是谁？你的护照我早就帮你办过了。”

初夏略带迷茫，但很快反应过来。韩七录是能够在这个世界呼风唤雨的天之骄子啊，虽然每次考试都只考零分，但是刚才却能在跟那美国某家公司的boss视频的时候像说母语一样流利地说出一连串英文，那是她都达不到的境界。甚至，她都听不大懂他们在说什么。

韩七录就真的是她想象中的那种玩世不恭，考试考零蛋，不求上进的富二代吗？

那一瞬间，安初夏有些失神。站在这个光芒四射的男人身边，她极其不争气地开始觉得自卑，从来没有有过那样复杂的心情啊……自己，是怎么了呢？

"怎么突然不说话了？"意识到安初夏的沉默，韩七录扬扬手，韩管家立即转身忙别的事去了。

小机场比起之前的杂乱现在已经清静多了，明显是被清场过了。机场上除了韩家的佣人和保镖之类的人之外，不再有其他人，就连小霞也不见了踪影。

安初夏看向韩七录："没什么，只是突然觉得……你离我好远。"

"觉得什么？"见她突然顿住不说，韩七录的脸色开始变得严峻起来，"说话吞吞吐吐的，这可不像你安初夏啊。"

"有什么不像我的？"安初夏翻了个白眼，"我这个乡下人还没坐过飞机，突然觉得很神奇罢了。"

韩七录的脸色一变。看样子她并不想说啊……

一个炙热的吻霸道地落在安初夏的唇上，安初夏本能地想要推开。无奈女生的力气跟男生的根本就无法比，反而她这么一推，韩七录抱她抱得更紧了，吻也更加深入……

强烈的属于韩七录的气息拥进唇齿间，她无奈，不再反抗，反抗只会招来更多别人半笑半忍的表情罢了。

殊不知，自韩七录吻上安初夏的那一秒，几乎所有人都别开了视线，没有人敢偷窥恶魔少爷强吻初夏少奶奶……

仿佛过了有几千万年那么久，韩七录终于放开了她，还满足地舔了舔自己的唇："现在……你可以说你刚才想说什么了。"

这话颇有威胁的意思，也就是说她如果不说，那么，铺天盖地的吻又会席卷而来……

她到底招谁惹谁了啊！

安初夏若有所思，末了看了下周围，大家都在各忙各的，但是表情……明显都是在忍笑嘛！韩七录这货绝对是说到做到，深吸一口气，她抬眸对上韩七录那深邃的眼眸："只是刚才突然就觉得……站在你身边的我，好渺小。"

韩七录一愣，陷入长久的沉默中。

“少爷，可以登机了吗？”有佣人跑过来通报。

微点了下头，韩七录走在前面，安初夏也只得小跑着跟上，两个人各怀心思地上了飞机。几分钟后，飞机从地面上飞离。

第一次坐飞机的安初夏显得很是兴奋。一扫上飞机之前的沉默和安静，一直在整个机舱里跑前跑后，后面还跟着个一直喊着“少奶奶您小心点”的韩管家。

两个人在机舱里跑来跑去显得分外唐突，但多了一分热闹。

目光从手中厚厚的文件上移开，落在那个对什么都好奇的女生身上，韩七录嘴角若有似无地带了一抹浅笑。

“少奶奶，您别跑了，休息会儿吧！”韩管家毕竟是老了，不一会儿就被安初夏折腾地气喘吁吁，说汗流浃背可能是过了点，但满头大汗倒是真的。

安初夏无奈地一耸肩：“好吧……”

让韩管家不要理她自己去休息他又不听，安初夏耷拉着脑袋坐到韩七录身边的位置上。这什么破头等舱，桌子倒是很多很多，但是居然只有两个座位！所以她才会假装对什么都很好奇，一直走来走去，不肯坐到位置上。

但是眼下如果她再不安分点坐下，那么韩管家绝对会因为精疲力竭而死……

“玩够了就好好闭上眼睛休息，到了那边要自己乖乖待在酒店里，有什么事就跟韩管家说，他会一直跟在你身边。”韩七录一边低头看文件，一边对她说。

可安初夏连看都不看他一眼，自顾自趴在机窗上往下面看去。坐飞机跟她以前想象的不一样，少了那种好玩、刺激感，也没有那种身在远端的感觉，更看不到周围白云朵朵。地面上的场景也是一成不变的。

总之……坐飞机真的好无聊！于是，连打了三个哈欠之后，她不辱使命地睡着了。

韩七录放下文件，看了下周围，韩管家到另一个机舱去了，而安初夏……半靠着飞机的窗户，半靠着座位的靠垫，就那么闭上眼睛。

这一觉她似乎睡得不怎么香，眉心是皱着的。韩七录也跟着不悦地皱起眉，这丫头，虽然醒着的时候总是嘻嘻哈哈的，但是为什么睡着的时候表情总这么让人可怜呢。

安初夏在上飞机之前说的话又浮现在他的脑海中。

觉得站在我身边的自己很渺小吗？韩七录伸出手轻抚了下安初夏的眉心，她的眉头这才变得平缓，可她竟不自觉地动了下，然后把他的手……紧抱着，放在脸上蹭了蹭。

“妈咪……”无名指触到她柔软的唇瓣上，有些微烫。

“你知不知道。”韩七录的唇动了动，“站在你身边的我，也总是觉得自己很自卑呢。总是开始怀疑自己，是否真的有那个能力和资格跟你在一起，给你幸福和我所有的爱。”

另一只没有被安初夏抓着的手轻抚上她的另一侧脸颊，韩七录突然就笑了。在睡着的时候也会喊妈妈，她到底是有多奶气……还总是装成那么坚强和老成的样子。他不由轻刮了一下她的鼻子，在她的额头上印上轻轻一个吻。

“安初夏，你是我的！也只能是我的！”

一瞬间，机舱内的气温骤升，仿佛漫天的桃花散落，到处是春暖花开……正准备问韩七录需不需要饮料的韩管家自觉地悄无声息地退后。

等安初夏睁开眼睛的时候，看到的不是什么大大的，却没有多少个座位的机舱，而是一间相当奢华的房间。

翻了个身子，她想要坐起身来，可是发现现在浑身没有力气，大概是睡了太久的原因吧。

床很大，足以容纳五六个人一起睡，整个房间的格调是金黄色的，她有些怀疑这里的东西都是黄金做的。

脑袋瓜一想起这个词，整个人立即就原地满血复活，倒数了三二一后从床上蹦起来跳到地上。整个房间都铺着软软的、厚厚的，金黄色的地毯，所以就算光着脚也没有什么不舒服，反而觉得这种感觉……好软！

左右走了几步，她又开始打量这个房间，超大的电视、超大的床、超大的水晶吊灯，还有……超大的……窗帘！

水晶吊灯可以调灯光的明暗，她找到开关，将光线调到最亮，然而才走到巨大的金黄色窗帘前。

一把拉开窗帘，她愣了一眼，眼中满满的都是惊喜——下面灯红酒绿，灯光闪烁。不怎么拥挤却也不怎么空的大大小小的街道映入她的眼帘。这里至少也有二十层的吧？还好她不恐高。

“少奶奶，您醒啦？”门被打开，安初夏转过身去，正好看到韩管家恭恭敬敬地站在门口。

原来……刚才她所见到的巨大的东西全都是浮云！因为走出卧室之后，客厅里的东西更大了！更大的水晶吊灯、更大的电视、更大的落地窗……

她张大了嘴巴，在韩管家含笑的目光中跑向窗边，伸手小心翼翼地去摸了下，才确定这确实是落地窗，而不是造这个楼房的建筑师忘记了在这里砌一道墙。

就在她惊讶的时候，她发现自己脚下站的地一点一点地往后移，可是她却依旧站在原地没有移动，而下面，就是人行道和各条马路。

在一声尖叫即将冲破喉咙的时候，韩管家拿着一个遥控器面色泰然地走到她面前说：“少奶奶，这是可以控制的，您不要怕，您脚下站着的透明玻璃不是普通的玻璃，怎么跳都不会碎。”

原来她不是突然会了浮空术，而是站在了玻璃上！

虽然韩管家这么说，但她还是没敢在那个诡异的地方站很久，退回了“正常”的地方，在沙发上坐下后随手打开了电视机。

“少奶奶，您肚子饿吗？”这个时间是华盛顿区时间的晚上十点，安初夏在飞机上睡了那么久，现在可以说是相当有活力。

安初夏摆摆手说：“我不饿，韩管家你去忙吧，我看会儿电视……诶？这电视怎么都讲的是英语？咦？这个单词是什么意思，怎么读来着……ser……ser什么？”

韩管家笑而不语，良久才幽幽地说了一句：“少奶奶，这里是美国。”

无声地笑了一下，安初夏正准备关掉电视的时候，手指一动，却按了调频道的键，电视上的字幕，她依旧看不懂，只是电视里的人，她再熟悉不过——竟然是韩七录和……

那是一个看上去很高端的酒会，韩七录端着一杯蓝色的龙舌兰酒，而他的身旁，一个长得精致而又妖娆却又不缺乏清纯的女人站在他的身边，礼貌地朝周围的人点头、微笑，相互问好。

重点是……女人的手一直亲昵地挽着韩七录的手臂。再看韩七录的脸上，早已经没有了之前在机场时的颓废。胡渣完全消失，不管是眼角还是嘴角，到处都是盛气凌人的微笑，那微笑中竟有一丝满足。

那是满足吗？安初夏眨了眨眼睛，不知道为什么，突然就感觉胃好痛、好痛，一种钻心的痛……那个女人她怎么会不认识？当红明星向蔓葵，在美国娱乐圈里要风得风要雨得雨，还听说，她还是美国新一届 beautiful girl 钢琴大赛的冠军，再加上之前她知道的关于向蔓葵和韩七录的点点滴滴……

伸手捂住胸口，安初夏偏过头强笑道：“韩管家，那个女的，好漂亮呀，如果我也跟她一样漂亮就好了，是不是？”

一直沉默着不知道该说什么的韩管家突然摇头：“不是的，少奶奶，您是我见过的，最漂亮的女孩子！”

面对韩管家笃定的回答，安初夏笑得更欢了：“是吗？既然这样，那为什么韩七录会带她出席这个酒会，而不带我去呢？”

韩管家一愣，随即走上前拿过遥控器关掉了电视：“少奶奶，少爷只是不想吵醒你，所以在安顿好您后才去找这位小姐的……这位小姐，也不过是一个名不见经传的小明星而已，您不需要这样。”

安初夏收敛好脸上的笑容，淡淡地说了句：“我不过是跟你开个玩笑，至于因为一个不认识的女伴而生气吗？好了，韩管家，快去帮我准备吃的吧，折腾了一会儿，我饿死了。”

“这……”韩管家点了点头，“好的，您想要吃些什么？”

“我想想……”安初夏伸出食指点了点下巴，“既然来了美国，那当然要吃西餐！肯德基儿童套餐怎么样？”

韩管家失笑，却也没反驳：“好的，那就西餐，您稍等。”

待韩管家将酒店套房的门关上离开后，安初夏脸上的笑容也在门关上那一刻消失殆尽。她拿起韩管家随手放在一边的遥控器，再次打开了电视。

仔细一看，那不是什么商业酒会，而是向蔓葵的生日派对。一个综艺节目专门转播她的生日派对，可见她在美国娱乐圈有着多大的影响力。

“名不见经传。”安初夏鼻尖哼出一声冷笑。看样子，韩管家还想瞒着她呢。殊不知她早就知道了一切。

盯着屏幕上那一对男女，安初夏的脸色变幻无常，最后闭上眼睛做了几个深呼吸。等眼眸再睁开的时候，已经是心平气和，眼中毫无波澜。

安初夏，记住，你要学着好好掩饰自己。她站起身，拿起玻璃圆桌上的一杯水，手腕一抬，悉数全都倒在了电视上。

“生日嘛？那就祝你……长命百岁、寿比南山、早生贵子、半路呛死！”

看着一点都没受任何影响的电视机，安初夏鄙夷地翻了个白眼：“什么破酒店嘛！电视机防水干什么？”

再盯着电视屏幕看了几眼，她灰溜溜地去卫生间找了个干净的毛巾，在经过卫生间巨大的镜子前面，看到镜子里的自己，手一松，毛巾掉到了地上。

镜子里那个头发凌乱、眼睛红肿、衣服也凌乱不堪的女人……就是安初夏吗？摇了摇头，做了几个动作，镜子里的人也摇了摇头，跟她做一样的动作。

没错……这个张牙舞爪的女疯子确实是自己。

脑海里回想起电视里看到的，光鲜亮丽的向蔓葵，她顿时又开始自卑了。不过这种心情只保留了三秒。三秒后……安初夏拿着干净的牙刷刷了牙，然后洗了脸，还破天荒地好好梳洗了一下发型，拿卫生间里原本就有的小剪刀剪了一下。

很快，一个清纯无比的安初夏又出现在了镜子上。一偏头，她看到旁边柜子上还放了大量化妆品，小爪子伸了过去……又缩了回来。

化妆什么的还是不要了，她一个学生，犯得着么？

翻了翻眼皮，她微微笑，弯腰捡起地上的毛巾，蹦蹦跳跳地出了卫生间，然后……不情不愿地擦掉了她刚才泼到电视机上的水。

才不要为一个恶魔吃醋呢！吃醋……擦电视机的手僵了僵，我刚才是有提到吃醋这两个字吗？没有嘛！

就在安初夏自我催眠的时候，口袋里的手机突然响了起来。她原本是准备挂掉然后打回去怕萌小男浪费话费的，可是转念一想，今时不同往日，这货也是个富婆了，立即按下了接听键。

“你丫居然敢接电话！给我挂掉再拨回来！”那边传来萌小男撕心裂肺的狼嚎。未等安初夏反应过来，她已经挂掉了电话。

安初夏撇了撇嘴角坐到沙发上，将抹布随手一扔，拨通了萌小男的手机：“我说，你能不能有点出息啊萌小男同志？”

“你这种有钱的富婆妞就不要教训我了，这叫饱汉子不知饿汉子饥。像我这种懂得勤俭持家的人已经不多了，就算丢了一分钱，我也会沉痛默哀一个月的。”某个体育课假装请病假蹲在马桶上的女人作痛心疾首状。

“闭嘴！”安初夏深吸了一口气，“我问你，如果一个女人因为一个男人跟另一个女人很亲昵，那个女人就疯疯癫癫不知道自己干了什么，那么，能说明什么？”

说完这句话她差点把自己给绕晕了，但是好歹她说完了。

电话里沉默了一会儿，突然骚动起来：“哇！老大，你不会是吃醋了吧？因为七录大少爷在外面拈花惹草？难怪我问班主任你怎么没来他说你跟那位大少爷去美国了。”

满头黑线……她都故意说得这么绕了，这丫还能猜出“一个女人”指的就是自己。果然找一个太了解自己的人吐露心声就是个坑。

“……你可以这么理解吧。”安初夏叹了口气，反正从小到大她什么事都瞒不过萌小男。

那边再次沉默了几秒，然后才传来萌小男慢悠悠的声音：“其实吧……我最近跟丸子走得很近，那丫告诉我……七录大少爷啊，曾经有个很喜欢的初恋。你……知道这件事吗？”

“知道，并且……”安初夏顿了顿，无聊地关掉了电视，“我说的‘另一个女人’指的就是她，向蔓葵。”

“啊！”萌小男不爽地“吐槽”道，“老牛还不吃嫩草呢！不对不对，好马都还不吃回头草呢！向蔓葵一女明星怎么连匹马都不如？”

安初夏翻了翻白眼：“那韩七录他也不是草啊……”

“……也对。”萌小男在马桶盖上颠覆来颠覆去，“把事情的经过给我说出来，说说那匹贱马是怎么勾引七录大少爷的。”

“也没有怎么样……”

好不容易说完，萌小男却突然冷笑了起来：“我知道了，这一招，叫作三十六计中的……生日宴会计！”

“三十六计中有这一计吗？”安初夏歪了下脖子。

“你管他有没有呢！重点不是这个，重点是，你要如何应对！”

接下来的几分钟，萌小男给她讲了古代十大酷刑的各种用法，听的她是心生寒意，另一边又在想，这个和向蔓葵……有什么关系吗？

“少奶奶，您要的儿童套餐已经准备好了。”韩管家推着一辆推车进来。

安初夏忙对着电话说了句：“行了！就到这里先，我要先解决温饱问题，你这个十大酷刑，还是跟有需要的人讲去吧！”话毕不等萌小男什么反应，自己按掉了挂机键。另一边的萌小男因为被安初夏挂掉了电话那叫一个气急败坏，站起身脚猛地一踩……马桶盖宣布牺牲。

就在安初夏即将解决最后一口原味鸡块的时候，套房的门铃突然被人按响。韩管家正要去开门，安初夏拦住了。

韩管家疑惑地对上安初夏的眼睛，只见她脸上挂着一个阴森森的笑容：“韩管家，您坐，我去开门。”

安初夏跑到玄关处伸手开了门，就在她打开门的瞬间，呆住了。

“你……醒了？”韩七录明显是狠狠地瞪了她一下，眼眸中竟带了一丝明显的慌张。

“嗯，醒了！”安初夏勾起嘴角微笑道。嘴角弯起的弧度恰到好处，不过分，也不淡漠。视线从韩七录的脸上落到他旁边的向蔓葵身上，她明显是在打量着自己，而且是光明正大地打量。好像她才是那个正室，而她安初夏是小三一样。

韩七录一只手扶着向蔓葵的右肩，另一只手拉着向蔓葵的左手，立于向蔓葵的左侧。这一瞬间，安初夏觉得他们实在是郎才女貌，般配极了！

她眼眸并没有任何的变化，只是那声调很是欣喜：“这是……”

“她是……”韩七录迫切地想要解释。原本他今天想要办完事就快点回来的，可是恰好接到了向蔓葵的电话，说是务必让他参加她的生日宴会，说是……最后的请求。他当时原本是不想答应的，只是他听说这次与自己谈项目的boss也会到场，于是就去了。

他没有想到，在离场的时候，向蔓葵居然丢下她的经纪人往他这边跑来。那些想要借炒作来打响自己节目的招牌的记者们也纷纷涌上来。向蔓葵的脚，被一个突然落下的单反照相机给砸到了，而她与自己只相隔了一米远。

于是他不能够就这么放任向蔓葵被一群记者围着，就拉了她上车，来到了这里。原本是想送她去医院的，可是向蔓葵说她不方便去医院，医院也是公众场合，权衡之下，带到这里来处理伤口再等她的经纪人来是最好的解决方法了。

他唯一没有料到的就是安初夏居然醒了，以为她会一直睡到第二天太阳升起，所以他才会放心地带向蔓葵来。

“我当然知道她是谁啊！”安初夏嘻嘻哈哈地拉过向蔓葵的手，“你是当红明星向蔓葵啊！能给我签个名吗？我的一个朋友超级喜欢你，还经常把你比喻成……牛呢！”

向蔓葵皱眉，眼睛直直地盯着安初夏拉着自己手腕的那只手。她手上油油的，居然还有一些零零碎碎的薯条粉末。

注意到向蔓葵厌恶的眼神，安初夏慌忙收回手，抱歉地说：“不好意思，刚才吃肯德基忘记洗手了。”

“没关系。你刚才说……把我比喻成……牛？是什么意思？”向蔓葵礼貌地笑笑，笑容疏远，连语气也是生硬的。

从第一眼，她就知道这个女孩就是韩七录所说的那个“我爱她”中的“她”。原本还以为她有多倾国倾城，现在看来……呵，是她太高估对方了，一个没有教养的黄毛丫头而已！

“啊！”安初夏惊讶了一下，然后笑着解释说，“是我说错了，她说你很牛。Beautiful girl 钢琴比赛的冠军呢！”

“呵呵。”向蔓葵低低地笑了一下，笑得安初夏鸡皮疙瘩满地掉。

“进去再说吧。”韩七录适时地开口，将向蔓葵扶进去。安初夏依然站在玄关处，朝着门外的空气微笑，只是那笑容，似乎空洞了点。

“向小姐。”屋内传来韩管家的说话声，再就是韩七录让韩管家去拿药箱的一系列声响。

安初夏的脑袋嗡嗡作响。那女人，刚才与她擦肩而过的时候，竟冷冷地看了她一眼，目光似要把她分尸一般。

她嘴角勾起，那要看看你有没有那个本事了……

安初夏转身进了客厅，客厅明亮的灯光下，向蔓葵蹙眉坐在她之前坐的沙发上，韩管家正屈膝替她擦药。

“嘶——”向蔓葵狠狠地倒吸了一口气，“韩管家，您轻点行不行？以前我跟七录去骑自行车磨破膝盖的时候，你的擦药技术可比现在好多了。”

安初夏就算再笨也知道向蔓葵这话明显是故意说给她听的。她并不想和向明星一般见识，可还是忍不住咬紧了牙关，虽然脸上依旧是挂着那副灿烂的笑，眼眸却透出一股激愤。

这一细微的变化，尽收向蔓葵的眼底，她得意地弯起小巧的嘴角：“你叫什么名字？”

注意到韩七录不在客厅，安初夏微笑着走到向蔓葵对面的沙发上坐下，浓烈的跌倒损伤药膏的气味传到她的鼻尖，惹得她一阵反胃。

“我啊，我叫初夏，初夏的初，初夏的夏。”安初夏轻挑了一下眉，“你跟韩七录以前很熟吗？可是我怎么没有听他提起过你啊？”

向蔓葵的嘴角愈发扬起：“我跟七录……啊！”她轻呼了一声，填了腮红的脸竟变得有那么一点苍白。

“不好意思，向小姐，刚才眼睛一花，手就重了点。”韩管家抱歉地站起身，“药已经上好了，只是伤到了筋，需要好好休养几天。”

安初夏知道韩管家这是故意的，故意不想让向蔓葵说下去。

“打电话给你的助理吧，问她快到没。”韩七录不知什么时候从卧室里出来，换了一身淡蓝色的家居服，正好和安初夏换的这身淡蓝色的连衣裙配得上。

虽然安初夏没有注意到这一点，可是向蔓葵确实看到了。她在安初夏和韩七录两人之间扫了一眼之后，神色泰然地道：“七录啊，我觉得，还是黑色的衣服适合你。”

“老是黑色太闷了，不是吗？打电话吧。”韩七录并不想跟她多说，只是走到安初夏身边坐下，“看看你，一点都不注意卫生，快去把手洗干净，油油的，跟个猪蹄似的。”

说这话的时候，韩七录是皱着眉的，可是他的眉宇间并没有任何的厌恶，反而带着一股宠溺。

安初夏有点不悦地瞪了他一眼，正好起身，余光看到向蔓葵，便打消了乖乖去洗手的念头，转而伸出“猪蹄”拽住了韩七录的衣领：“你说谁猪蹄呢？”

韩七录刚换下的衣服染上了两个油油的手印。深深地看了安初夏一眼后，他的眉毛抽了抽，最后连嘴角也抽起来：“外人在，你好歹听为夫的话一点，去洗手，乖。”

这话说得安初夏心里那个舒服，余光瞄到向蔓葵拿手机的手有些微颤，嘟了嘟嘴，她笑嘻嘻地站起身去洗手，一边还唱着歌：“苍茫的天涯是我的爱……”

韩管家刚好收拾好药箱，见韩七录这番明显的态度，眼中多了一分满意。少爷终于能够做到真正忘记向蔓葵了。

见韩管家离开客厅去放药箱，向蔓葵的神色一变，受伤地看着韩七录：“七录，你非要故意这样吗？”

“故意？”韩七录俊眉微蹙，“似乎，我之前就有告诉过你，我们之间……”

“你不要说了！”向蔓葵打断韩七录的话，“我不相信，七录，难道我们曾经的点点滴滴你都已经忘记了？我知道，你一定是故意的，故意让我也尝尝你当时受的痛苦。”

她站起身，一瘸一拐地走到韩七录面前，不顾形象地在韩七录面前跪下：“我错了，你原谅我好吗？”

韩七录的目光划过一道凄楚的光，如果当时，她就知道自己的选择是错的，那么事情就不会演变成这样。

然而，一切都太晚了。

“你……”

“啊！”韩七录正要说话，旁边突然传来安初夏的惊呼：“不好意思！你们继续，嘿嘿，继续！”

安初夏的脸上一副抱歉的表情，见向蔓葵盯着自己的眼眸中闪着诧异，大概是惊讶她怎么会这么大方。

她快速地闪进了卧室，还很快速地把门给关上了。有句歌词怎么唱来着？有一种爱叫作放手。

那么她这种爱应该也就放手啊？嗯，这么说，自己还蛮伟大的。自嘲地笑笑，她整个人摆成八字趴在床上，躺了一会儿，外面似乎没有什么动静了。

难道那个女人已经离开了？应该没这么快吧。她从床上爬起来，望着巨大的落地窗，有那么一瞬间的失神，一转头，正好看到房间里有一台笔记本电脑，于是就走过去打开电脑。

桌面上全部都是什么合约、统计、方案A方案B的各式各样的文档，她撇撇嘴角，一个个都无视过去了。除了这些东西，她意外地发现上面居然有一个大型的游戏下载在这里。于是就点开了这个游戏。

游戏的账号页面就是记住密码，她干脆也就没再申请，用这个账号登录了游戏。游戏界面很漂亮，这是一个夜晚的场景，天上繁星点点，她发现自己这个名叫“韩少爷”的角色正站在一条宽阔的河边。河面上居然开放着一朵朵漆黑的花。没错，那花确实是漆黑的，只是花却会发亮，绽放出点点白光。

不用说，会取这么恶心的游戏名的，除了韩七录这死变态，不会再有第二人！她又看了看角色的级别。

“200级！”安初夏百度了一下这个叫“幻夜魔境“的游戏的最高级别，200级是游戏角色满级的级别。

这不就是说韩七录是满级战神？她晃晃脑袋想了想，韩七录的人生要钱有钱，要美女有美女，要车有那么帅的兰博基尼Reventon，就连游戏都是满级的……

“我还不如死了算了！”

刚走至门口的韩七录突然听到里面传来这样的声音，心里吓了一大跳，慌忙敲门：“安初夏，你在干什么？你快开门，别做傻事！”

安初夏也被吓了一大跳，从电脑屏幕前微微抬起头，他没有带钥匙吗？想起来了，刚才她除了快速地关门，还快速地把门锁上了……

见里面没有动静，韩七录吓坏了，更加用力地捶门：“安初夏，你快给我开门！要是敢做傻事，你就死定了！”

韩七录的语气透着从未有过的焦急，安初夏觉得有点诧异的同时也在想：难道是因为人家向蔓葵又第二次不要他了？

可是不对啊，刚才她看到的，明明是向蔓葵泪眼婆娑地跪在韩七录面前啊！难道她一直引以为豪的视力退化了？

那她就更不能开门了，谁知道这个恶魔会不会迁怒于她这个弱女子。

就在安初夏悠哉乐哉地控制住游戏人物到处走的时候，一声巨响传来。她惊呆了——韩七录一脸紧张地撞开了门，看到完好无损的安初夏的同时重重松了口气，同时表情也很诧异……

跟在韩七录身后一脸复杂的向蔓葵和另一个头发卷卷的外国妹子也伸长了脖子往里看。安初夏摇了摇鼠标礼貌地问道：“你们都想要玩游戏吗？我告诉你们喔，这个游戏好变态的，居然都是黑夜的地图。”

看着安初夏一脸诚恳的样子，韩七录额头上的青筋足足跳了好几下。周围的气温也骤降，她终于感觉到似乎有什么不对。嗯，刚才韩七录一直在门外让她开门，然后她犹豫着要不要开门，然后他就撞门进来了。没有什么不对啊！

“到底……怎么了？”安初夏一脸憋屈，“干吗都这样看着我？”

就在这个时候，外面传来韩管家响亮的声音：“少爷，房间钥匙找到了！”

看到门已经被打开，韩管家一愣，几步上前走到安初夏面前关切地问道：“少奶奶,您没事吧？您可不要做傻事啊,您要是出点什么事,让我这老骨头怎么办？”

对于韩管家那副快要哭出来的样子，安初夏很是不解：“傻事？”对哦！她想起来了，刚才韩七录在门外叫着让她开门的时候，就喊过让她不要做傻事。不过……傻事……是什么事？

“初夏小姐。”向蔓葵不冷不热地说，“你刚才是不是说过‘还不如死了算了’这句话？”

安初夏歪着头想了想，好像……还真有！刚才她看到韩七录的游戏角色居然是满级的战神，顿时觉得上天对人不公，于是随意地喊了一句，没想到竟然会导致现在这个局面。

安初夏偷偷地抬起眼睛看了一眼韩七录，发现他也在看自己。而那脸色，跟吃了一百坨大便一样臭。

“你该回去了。”韩七录的眼睛盯着安初夏。

安初夏还以为他是在跟自己说，正准备骂人，却见向蔓葵点了下头。

“那么，我先走了。今天，谢谢你。”转身，向蔓葵的背影美丽而凄凉，竟让安初夏看得有那么一点想哭，这是被她自己曾经抛弃过的男人抛弃了吗？真可怜啊……

“韩管家，你好像还有事情没做吧？”韩七录抬起眼，冷冷地瞟了一眼韩管家。

韩管家忙低下头："我先去忙了……"

望着韩管家同情的眼神，安初夏顿时凌乱了，那什么表情啊！

房间的门被韩管家关上，那门也真顽强，被撞开之后居然还可以关上，果然高级酒店连门也很高级啊……

唏嘘了一声，发现房间好安静，她扯了扯嘴角，指着电脑屏幕说："满级……你是怎么练的？光玩游戏，不上课吗？"

"……"韩七录不说话，只是漆黑如黑夜般的双眸紧紧地盯着她，似要把她看出一个洞来。

安初夏一下子僵住了，不知道作何反应。

干吗要这样看着她啦？怪害怕的！不就是玩了一下他的电脑么，他还真有够小气的！狠狠地咽了一口唾沫，她移开目光，正欲说点什么好缓解这糟糕的气氛，突然就感觉韩七录在往她这边走。

重新转过头的时候，韩七录已经走到了她的面前，伸出右手在她肩上一推，她始料不及地往后倒去……好在后面就是大床，她才没有摔死，否则非得摔死不可。

"你干……"灼热的唇已经附上了她的唇。所有要说出口的话，都被韩七录悉数吞进肚子里。韩七录霸道地按住她欲想要挣扎的双手。

这一刻。韩七录恨不得把这个老是爱作孽，害他整日担惊受怕、整日被她的情绪所影响的小女人给活生生吞下去。她还想要挣扎，因为太过激动，小脸蛋染上了一抹浓重的潮红，看起来诱人极了。

"你……"韩七录放开安初夏，"如果以后再敢这么任性，再这么吓我，我就吃了你！"

"……吃？"安初夏打了个寒战，在脑海中幻想着自己的身体被韩七录切成几十块，然后韩七录坐在一堆鲜血中啃着她的肉……

见她双眼惧怕地看着自己，韩七录恨铁不成钢地说："我不是指那个吃，是指……"他将目光从安初夏的小脸上往下移，移过脖子、锁骨，落到那因为刚才的挣扎而半露的……雪峰。

"你流氓！"安初夏正欲一个耳光甩过去，这才发觉自己两只手都被韩七录的大手扣住，一点也动弹不动，转而破口大骂，"我不就玩了你的电脑吗？你至于这么报复我吗？士可杀不可亲！"

韩七录的嘴角不自觉抽了抽，刚才的欲望被她这么一骂，全都退散了。

突然感觉好累，韩七录一俯身，趴在了安初夏的胸前。

"喂！老兄，你要睡觉换个地方好吧？这里……不平！"她是咬着牙才说出那两个字，原本就很红的脸蛋更红了。

很难得的，韩七录没有跟她计较称谓问题，只是趴在那里，重重叹了口气："安初夏，你要什么时候才能懂得我的心？"

安初夏一愣，但一瞬间又恢复了那吊儿郎当的表情："你的心？老兄，你有心吗？有心的话就换个地方躺，另外，麻烦你松开我的手好吗？"

越是韩七录矫情的时候，安初夏就越是装出一副什么都不懂什么都不知道的样子。大概……是她怕了，但她到底在怕什么呢？就连她自己也不知道。

韩七录无视她装傻和岔开话题，继续像自言自语跟自己说话一样说："知道吗，听到那句话的时候，我从来都没有这么害怕过，害怕你离开我。"

说到这里，韩七录紧紧地抱紧了安初夏的腰，而他抓着安初夏的手也放开，转而紧紧地、紧紧地像是要把她抱进自己的身体一般用力。

这一次，安初夏陷入了沉默，她没有再装傻，只是静静地看着金色的天花板。良久，就在韩七录以为安初夏根本没有听他说话，以为她睡着了的时候，耳畔突然响起安初夏的声音。

"韩七录，我们结婚以后也把房子装修成这样吧？"

"哦？"韩七录一愣，猛然睁开眼睛，眼眸闪过一丝欣喜。

"这样看起来多爽啊！就好像……睡在金屋子里一样，我肯定做梦也会笑醒！"说着说着，安初夏居然真的笑出了声。

原本紧搂着安初夏的腰的手终于松开，放到安初夏脑袋两侧，韩七录支撑起身子，做俯卧撑状。那双深邃的眼眸一眯："你真的确定你要嫁给我？"

安初夏晃了晃脑袋："这要看你娶不娶得起我啦！好好工作吧兄弟，有钱了，我就会心甘情愿地跟着你嘛，不然谁会跟着你受苦？你以为谁都是向蔓葵啊？"

韩七录凑近她的脸，高傲地说："如果我娶不起你，那么这个世界上就没有人能娶得起你了，小财迷！"

"我去，比你有钱的人多的是！"

"不许说脏话。"韩七录皱起眉，"既然决定嫁给我了，那么，以后就得以韩家未来少奶奶的要求来要求自己。"

安初夏炯炯有神地看了韩七录一眼："既然这样，那我不嫁了！"

"你敢！"

床上的两个人相互打闹在一起，很快……安初夏没那个心思再跟韩七录吵了，一闭眼，进入了梦乡。望着怀中像一只猫一样弓起身的安初夏，韩七录的嘴角勾起。不管怎么样，还是感谢向蔓葵，如果没有她，他不会遇到安初夏。

第十八章 异国绮梦

第二天一大早，安初夏还在做梦，梦到自己内急走到了厕所，刚坐上抽水马桶的时候……人就被摇醒了。

“白痴，快给我起来！”

安初夏猛地惊醒。从小到大，都最怕这种梦了。一旦坐到马桶上，那么……后果只有一个，那便是——尿床！

“总算醒了。”韩七录翻了个白眼，“赶紧给我起来换好衣服，我给你十分钟的时间。”

话毕，他自顾自转身走了。安初夏动也不敢动，眼看着他走出这才伸手摸了摸屁股，还好，是干的……

她走到卫生间上了个厕所，发现尿床是没有，但是……该死的例假早不来晚不来，偏偏在这个时候来了！

正在客厅悠闲吃早餐的韩七录的手机突然响了，看到屏幕上显示的是安初夏的名字后，立即疑惑地皱起眉，侧脸看向卧室。卧室的门半开着，他朝里面吼了一声：“安初夏，换好了衣服就赶紧给我滚出来！”

这么喊了一声之后，手机铃声果然没有再响，他刚喝了一口牛奶，手机又发出：您有一条新信息，请查收的声音。

点开了消息，上面赫然写着几个字：韩七录，你丫如果想要我嫁给你，那就给我赶紧送片卫生巾进来！立刻，马上！

“咳咳咳……”韩七录被牛奶呛到，剧烈地咳嗽了几声。一旁站着的韩管家连忙上前递上纸巾，却被韩七录摆手回绝了。

“你去买……咳咳。”韩七录尴尬地干咳了一声，“去买女生来例假时用的卫生棉来。”

“啊？”韩管家愣了一下，朝卧室的方向看了看，转身走向玄关处，笑而不语。

十来分钟后，安初夏面对一大袋被送进来的卫生棉彻底凌乱了。不过是要一包，他居然给她丢进来一大袋，袋子里面各种牌子各种长度各种规格日用夜用应有尽有……

这是……要卖卫生巾吗？良久，她默默选了其中一种看起来比较靠谱的垫上。

解决早餐的时候，她没好意思在餐桌上提起这事，虽然很想大声质问他是不是有钱没地花都买卫生巾了……但毕竟他也是出于一片好心。

当然，她不知道当韩管家吩咐人去买卫生巾的时候，因为不知道要买什么牌子的，便打了个电话给韩七录。韩七录淡淡地对手机说了声“那就每种都买一包来吧”……这才酿成了刚才的局面。

相比于她的沉默，韩七录话倒是很多，都是些叮嘱她待会儿去参加合作方董事长儿子婚宴的时候要如何如何做，她听得耳朵都起茧子了。

喝下最后一口鲜奶后，她百无聊赖万分不耐烦地拿右手食指扣了扣耳朵："还没有说累吗你？"

立即，韩七录的眼眸幻化出一片凛冽："我这是在教你规矩，待会儿在婚宴上如果出什么差错，是会被人笑掉大牙的！"

话虽然说得没错，可是这态度也忒差了！安初夏眼皮一抬："那么，你去吧，我不去了！我一乡下人，上不了大台面。"

她原本只是说一些赌气话，想着韩七录会因为她的变脸而改变态度对她好些。可韩七录沉默了几秒，抬眼看她："那你乖乖待在家，别给我惹事。"说罢起身，看了下手机屏幕上显示的时间，然后套上黑色的西装外套，动作利索而优雅地走向玄关处。

安初夏眨眨眼睛，不敢相信韩七录居然真的就让她待在家里。

“喂——”她一个“喂”字刚出口，套房的门已经被合上，发出轻微的声响。

“少奶奶，需要我带您到处逛逛吗？”韩管家看她这副样子，忍不住有些动容，上前一低头问道。

偏头看了一眼韩管家，她突然连话都不想说，自作孽不可活这句话的意思，她算是无比深刻地体会到了。

在痛心疾首了接近十分钟后，安初夏从沙发上站起身拉过韩管家的手问道："我问你喔，如果韩七录不带我这个女伴去参加婚宴的话……会一个人去吗？"

韩管家看她的眼神那叫一个不怀好意，摆明就是在说“少夫人如果你想去的话就跟我直说啊”。搞得安初夏说句话都结结巴巴的，最后干脆一跺脚："我直说好了，韩七录总该不会带那个向蔓葵去参加婚宴吧？”

她总算问出口了。韩管家在心里默默叹了口气，开口道：“少爷在这里熟识的，能上得了台面的女伴，也只有向小姐了。”

潜台词是：不带向蔓葵去还带谁去？

安初夏胸口突然升起一股无名之火，难怪丫的半句话没说就同意她不去了，原来早就约好美人相伴！

“韩管家。”她微眯起眼，那目光愤恨得跟贞子似的。

听到召唤，韩管家不等她吩咐就说：“我这就准备去参加婚宴需要用到的礼服还有车，您稍等，最多五分钟。”

望着韩管家风一样的速度，安初夏心里一阵感慨，真是人老动作不老。但愿她以后老了能有韩管家这样的身体，也算是小时候没有白吃那么多“成长快乐”了。

十分钟后，安初夏穿着一身淡紫色的露肩小礼服走出总统套房，从电梯口走出来的时候，酒店大厅的男士们纷纷向她行注目礼。偏了下头，她略微感到有些不好意思，减慢脚步等韩管家走到她身边的时候压低声音说：“韩管家，你这化妆师哪里请的？在镜子里看自己的时候，我压根就不相信那沉鱼落雁的美人居然会是我，还以为那不是镜子是相框呢！”

韩管家失笑道：“少奶奶，是您太谦虚了，您原本就天生丽质，那化妆师只不过是锦上添花罢了。”

他这话说得不假，安初夏平时素颜的样子就是个标准的美女，现在再换上跟紫色小礼服相配的紫色淡妆就更是衬托出了她超然的气质。这种气质，向蔓葵绝对没有，也绝对是向蔓葵所装不出来的。

对于韩管家的话，她不置可否，只当韩管家是在恭维她，耸耸肩走出酒店的转动门后，一辆黑色的宾利停在前面。

车门被打开的一刹那，她惊讶地张大嘴巴——面无表情端坐在宾利里看杂志的人不正是韩七录么？

心里一阵排山倒海，她正了正神色，并未坐进去，只是学着他的样子面无表情地说：“你——要——我！”

一直低头看杂志的韩七录这才抬起头望着安初夏，目光交汇的一刹那，韩七录的眼底闪过一丝惊讶，随即消逝。

“紫色，很适合你。”

赞美的话从韩七录嘴里说出来也算是罕见了。安初夏一愣，心中的怒气竟消去了一大半，有些愉快地嘟起嘴，坐了进去。

车内，韩七录不发一言，偶尔把书翻过去一页的时候会抬起手腕看表，然后又低下头看他的杂志。

安初夏凑过去看，是一本关于金融的杂志，她完全看不懂。末了，她忍无可忍，伸手抽走韩七录手里的杂志，而他似乎早就料到她会这么做，眼中丝毫没有生气的意思，只是侧过头，半挑眉看向她。

被他这种不温不火的表情弄得安初夏火气又涌了上来，一咬贝齿，愤愤地说："不管怎么样，耍了人总得给人一个解释吧！"

韩七录并没有急于回答，而是歪了歪脖子舒活了一下筋骨后，又伸出右手扯了下系好的领带，这才幽游地开口："解释什么？"

"你……"安初夏气急，侧过头不想再说话，如果再说下去，只会气得她想要立刻飞回中国。

不过什么时候，她对韩七录的脾性居然已经摸得这么清楚了。

见安初夏偏头看窗外沉默着，韩七录无奈地瞥了下嘴角，女人还真是麻烦……

"因为知道你是在乎我的，所以你一定会下来跟我一起参加婚宴。"末了，他补上一句，"这就是解释。"

安初夏的脸已经微有些发烫，但仍然装作恼怒的样子。

"谁在乎你了？少自作多情，哼！"鼻尖的冷哼刚哼出口，身子已经被韩七录拥过去。鼻腔里满是属于韩七录身上的味道，那么浓烈、那么真实。

"敢说不在乎我？嗯？"韩七录凑近安初夏的耳边说，不知是不是故意的，说话间双唇时不时触及到她的耳朵，弄得她浑身不舒服，耳朵变得通红。

"我……"

"少爷，挪威尔先生的家到了。"不知道情况的司机突然开口说了这么一句，车子也跟着缓慢停下。坐在副驾驶座上的韩管家恨铁不成钢地瞪了那年轻司机一眼，转头向后看去。

两个人的身子已经分开，只有安初夏的脸蛋还是粉粉的，看起来甚是可爱。

"少奶奶，一会儿进去的时候可以挽着少爷的手，不需要紧张的。"说了这么一句后，韩管家转回身子，打开了车门。而她这边还有韩七录那边的车门也都被挪威尔让在外面接待的佣人打开了。

迈出脚步，她这才知道韩管家为什么刚才让她不要紧张了。

面前是一栋尖顶的，超级豪华的房子，再然后就是一大排站在两边穿戴整齐的佣人，比凌老太爷家门口的佣人还多，还……面无表情。

周围停满了各种各样的豪车，看得出来这挪威尔确实是个有地位有身份的人。

韩七录刚一下车，就吸引了大群人的目光，不过几秒后，那些人就纷纷把目光投向安初夏。她的手心很快就起了一层薄汗，这些人……都看着她干吗？

其实也不难猜，像韩七录这样出身的人原本就是众人所关注的，再加上他这一表人才，还有之前跟当红女星向蔓葵之间的某种理不清的关系，已经让美国的媒体大肆报道，别人自然就好奇这个和韩七录一起下车的女生是谁。

“韩少爷能赏脸来参见小儿的婚宴，实在是太给我面子了。”

安初夏顺着声音看过去，那个一边往这边走来，一边笑着说话的五十岁出头点的男人大概就是这次韩七录的合作方 boss 挪威尔了。

下意识的，安初夏往韩七录身边靠了靠，而韩七录也恰好在这时拉住她的手，目光坦率地看向在他们面前站定一脸疑惑的挪威尔。

“您客气了，昨天没能够来参加挪威少爷在大教堂的婚礼已经感到很抱歉了，今天如果再不来，岂不是我太没礼貌了？”

两个人相视一笑，但安初夏看得出来两个人的眼底却并没有笑意。有句话是这么说来着，商场上没有真正的朋友，只有真正的利益。当有这两个字作为前提时，什么事都好说，就连笑容，也可以装得很完美。

“咦，这位是？”挪威尔偏了下目光，看向安初夏，那目光里都是探究，还有——疑惑。

媒体不是传韩少爷跟那位当红女星向蔓葵有暧昧吗？怎么这一下子又蹦出个新女伴来。他满以为韩七录会带向蔓葵来这里，没想到……

注意到挪威尔打量的目光，韩七录握紧了安初夏的手，顺势挽过她光洁雪白的肩：“她是我未来的妻子。”

安初夏听到了自己心跳的声音。

“啊……原来是这样！”挪威尔也不好意思再提向蔓葵，只是跟安初夏寒暄了几句，然后就把他们带入了婚宴举行的地点——花园。

说是花园，可是这花园大得也太过吓人，举目望去，如果在地上凿个坑，再在坑旁边弄个小红旗，就可以打高尔夫球啊！

仪式完毕，就是自由派对时间了，不过这派对真心无聊，不是因为不好玩，而是因为……即使英语考试很好，但安初夏的口语还没有到可以娴熟地跟人打招呼的地步。跟韩七录比起来，她简直是无地自容了。

于是韩七录在跟来参加婚宴的其他有名望的人交谈的时候，安初夏就借口说上厕所。问了一个侍者洗手间的方向后，她转身离开了。再由于脸上化了妆，她没敢为了让自己保持清醒而洗脸，万一这能化腐朽为神奇的妆容毁了，她就真的是无地自容了。

但困意一来，什么也挡不住，大概是时差还没有调好，坐在马桶上她居然浑浑噩噩地——睡着了！直到半个多小时后，手机铃声突然响起。

安初夏猛地被惊醒，看了看时间，居然已经过了半个小时，来电显示的是一个陌生的号码，好像……还不是中国的号码。

迟疑了一会儿，她先是冲了一下马桶，这才按下接听键：“hello？”

听到她的话，那边的人迟疑了一下，然后竟然把电话给挂了。等手机传来嘟嘟嘟的忙音后，安初夏这才意识过来这大概只是个无聊的骚扰电话。手刚触及厕所隔间的门把手，外面突然传来这样的对话。

“向蔓葵跟七录少爷到底是什么关系啊？”

“对啊对啊！如果说是情侣的话，那为什么又带一个女伴来？那女伴好像中途离开了，不知道去哪里了。”

“大概是知道向蔓葵要来所以离开了吧，虽然这女伴长得也蛮漂亮的，但怎么能比得上大明星向蔓葵呢？”

“哎……男人啊，真是一个都不可靠。”

这样的对话并没有维持多久，随着水龙头流水声的消失，紧接着传来高跟鞋踩地远去的声音。

安初夏的脸色变幻了一下，自嘲的笑印上她的脸。是啊，男人从来都是最不可靠的，就像那个现在是她义父的亲生父亲一样，一点都……不可靠！虽然是这么想，但她还是打开了门走出卫生间，脚步快速地走向人潮涌动的后花园。透过层层人海，她一眼就看到韩七录正满面笑意地跟向蔓葵在说些什么，旁边还有一个大腹便便的男人附和着说话。虽然听不到他们在说什么，但从那表情就看出，他们一定谈得很开心。

她上个洗手间上了这么久，韩七录也一点没有着急，是她太天真了。

手机铃声又在这个时候响起，她看都没看就按下接听键。

“是安初夏小姐吗？”一个很熟悉的声音，但她又实在想不起是在哪里听到过这样的声音。

她收回落在韩七录那边的目光，走到不惹人注意的角落回答道：“我是，请问您是？”

那边停顿几秒才继续说：“还记得一个下午，有一个满脸是血的人跟您借了二十块钱吗？”

听到钱，她的目光闪烁了下，陷入回忆。

那个下午，她因为说错话被凌寒羽扔下，于是乱走走到一个公园，后来莫名其妙出现了一个满脸都是血的人……

她想起来了，那人欠她很多钱呢！至于多少钱忘记了，反正就是很多！而且，那人后来还把她写了手机号等等联系方式的纸条给扔在了垃圾桶上。

“难道你就是……你在美国？”她看了眼手机屏幕，略有些惊讶地问。二十块钱能让他来美国？真是非一般的强大啊……

“嗯。”那边应了一声：“查到您现在在美国，所以就找来了，请问您现在有时间吗？”

"我……"安初夏刚想要说现在没有时间，目光好死不死地正好看到了向蔓葵跟韩七录碰了一下酒杯，相视一笑喝下。一咬牙，她转身离开现场："我有时间，你现在在哪里？"

"挪威尔先生家的大门口。"

愤怒是魔鬼，安初夏的理智完全被愤怒冲昏了，她压根儿没有想那人怎么会在挪威尔家门口就挂掉电话跑出了挪威尔家。好在一路上虽然有不少人疑惑地看着她但没有人拦住她。她很顺利地到了挪威尔家门口。

刚一走出大门，便有人上前搭讪："初夏小姐，这边请。"

安初夏抬头看了一眼这个高大粗犷的男人，心里突然就起了惧意，暗骂自己也太大意了，怎么能随随便便一个电话就冲出来跟人家见面，如果对方是个坏人要绑架她可怎么办？

见安初夏站在原地没有要跟他走的意思，男人上前一步道："初夏小姐，我们家主人说，如果您不想见她，那么钱也可以直接汇到您的卡上。"

这话说得就像料定了她不敢见他一样。安初夏一咬牙，挑了挑眉道："我可没有说不去，前面带路吧。"

那人便带了她去一处相对僻静的地方，正当她感到头皮发麻跟着男人拐过一个弯的时候，六辆黑色奥迪突然出现在她的面前。

"初夏小姐，好久不见。"从第二辆奥迪 A6 上下来的男人用他那充满魅惑却又冰冷的低沉嗓音跟她打招呼。

男人一头绿色的头发，日光下显得分外耀眼夺目，一般染绿色头发的人都会给人一种特别痞子气的感觉，可这男人非但没有一丝的痞气和玩世不恭，反而给人一种沉稳内敛的感觉。

收起打量的眼神，安初夏嘴角勾起："古人云士别三日当刮目相看，前几天还跟我借钱坐出租车，这一下子就可以借这么多辆奥迪来开了，不错不错！"她这句赞美是出自真心的。再说既然都借得起那么多辆奥迪了，那他干吗不把衣服换掉？淡蓝色的衣服、白色的衣领，搭上这件深色的长裤，很帅是没错啦，但重点是，那衣服不正是她买的那件吗？连件衣服都买不起还借什么车呀……

"这……"男人嘴角抽了抽，"还没有自我介绍，在下南宫子非，还有这车，这车不是借的……总之，很感激你那天帮了我，不知你要的是现金还是要我汇到您的账号上？"

说到账号，安初夏突然想起来，上前几步走到南宫子非面前问道："我记得那天你把纸条丢掉了，那么你是怎么找到我的？"

南宫子非道："我天生记性比较好，不需要留下纸条。"

安初夏这才恍然大悟。其实南宫子非就算记性不好，找她也不需要凭借一张纸条，只要他手一挥，一大帮人能给他提供关于安初夏的所有资料。

手机又响起来，安初夏抱歉地笑笑，掏出手机一看，屏幕显示是韩七录拨过来的，当即脸色不停变换，最后一闭眼，按下了关机键，抬头却对南宫子非笑得一脸灿烂："我们去你家取现金吧！"

南宫子非一脸错愕，最后处事不惊地点了下头："上车吧。"

坐进黑色奥迪之后，经过一番询问和南宫子非耐心的回答，她这才明白那天原来是有很多人要追杀他。而他打了人之后逃出来，由于联系不上自己的手下，于是就借钱准备坐出租车，可是万万没有想到别人看到他满脸是血的样子吓得都掉头就跑，唯独她没有跑，还好心买了衣服给他。

为了表示自己对她的感谢，他今天特地又穿上了这件衣服。

"我那时候还以为碰上骗子了呢。"安初夏嘿嘿地笑着，南宫子非却没有附和着笑，而是正了正脸色，一脸严肃地说："初夏小姐，我不是那样的人。"

南宫子非当然不是这样的人，这一点安初夏了解得很深刻，哪里有骗子可以长得这么帅气，说话可以这么……文绉绉的，她还真有点不习惯呢。

"呵呵，对，你不是那样的人。你……可以叫我初夏，我以后就叫你子非了，怎么样？"

话音刚落，安初夏明明白白地看到了刚才带着她来到这里，后来又坐在了他们这辆车副驾驶座上的高大男人的身子狠狠地颤抖了一下。奇怪，她说这话……有什么不对吗？

再看看南宫子非，他却淡淡地笑了笑："好，初夏。"

于是安初夏的余光又看到副驾驶座上的那位身子抖得更加厉害了，疑惑间，她还是没有问出口，只是拉着南宫子非说这个说那个，扯有的没的。

她自然是不会知道南宫子非是怎么样的人。身为美国第一社团的掌门人，他冰冷、狠毒，不曾对任何一个人露出平和的表情，更何况是笑。虽然只是淡淡的笑，但对清楚南宫子非的性子的人来说，已经是破天荒了。

下了车后，放眼看去就是一片铺了长长的红地毯的草坪。

"这就是你家吗？"安初夏偏头看向南宫子非，目光中满是惊喜，刚才在车上的时候南宫子非跟她说他是从商的，可是现在看来，还是个很有钱的商人啊。

果然还是要做好人，随便借二十块钱就能傍到一枚帅哥大款。

"是……我朋友的家。"南宫子非并不想让安初夏知道他是一个什么人，潜意识里，他希望在她的认知里，他只是一个普通的商人。

"老大！"震天的喊声，安初夏顺着声音看去，一个略微有些发福的男人在往这边跑来。虽然有些胖，但是大概是因为年纪小，并没有给人一种恶心感，反而觉得胖乎乎的很是可爱。

“嗯。”南宫子非淡淡地应了声，面色并无任何变化，反而是那胖子一脸惊悚地看着安初夏。

“你好。”人家这么直白地看着她，她也不能直站着，“我叫安初夏，很高兴认识你。”

胖子尖叫了一声，接着拉住安初夏的手腕兴奋地问道：“你跟我们老大是什么关系？你是我嫂子吗？我叫大虎，嫂子！”

安初夏微蹙起眉，刚想让那胖子放开她的手，只感觉手腕一松，南宫子非已经扣住大虎的手：“你弄疼她了。”

“啊啊啊，抱歉。”大虎笑笑，随即坏坏地看向南宫子非，“老大，你都学会怜香惜玉啦？”

这都是什么跟什么嘛……

安初夏慌忙解释：“不是这样的，你们老大只是欠了我钱而已。”话毕，她在大虎怀疑的目光中伸出手道，“好了，还钱吧。”

南宫子非愣了愣，从口袋里掏出一叠美元：“想拿多少就拿多少。”

大虎左看看右看看，没有找到插嘴的机会，只好站在一旁作看戏状。而旁边整整齐齐站着的保镖们也都往这边看来。这可是第一个老大会带回山庄来的女的啊……每个人的眼中都闪烁着兴奋的光芒。

呆呆地接过支票后，她只觉得自己的眼前一片光明。但这样做好像不大对吧？不过……管他对不对呢！钱才是王道！虽然这么说，但是她还是只抽出了一张，其余的塞还给了南宫子非。

“不想要？”

安初夏摇摇头：“太多了，这是我做人的原则！”说完，她拿出手机想要看屏幕，这才想起自己刚才因为不想接电话而把手机直接关机了，脸上一阵复杂。

“不多，你救了我的命。既然你救了我，我就要报恩，这也是我的原则。”南宫子非说这话的时候，目光直视着她的脸，看得她怪不好意思的。

“那么，你就好人做到底。”她握紧了手中的手机笑逐颜开，“送我回中国吧，怎么样？”

“……好。”他是一个很有绅士风度的人，连问都没问为什么突然又要回中国就一口答应。

看着他漆黑的瞳孔，为什么她会感觉这个男人的心里装了很多很多事呢，总感觉让人很……很心疼呢。

伸手踮起脚抚上南宫子非的眼，她轻声问：“子非啊，你是不是很孤独啊？”

南宫子非的心一紧，伸手握住安初夏的手腕：“初夏……”

“啊……不好意思！”安初夏抱歉地撇撇嘴角，“只是突然就这么觉得。”

她也不知道自己为什么突然做出那个动作，现在想想，真是好丢人。

果然，侧眼看去，一大群人都在看她，而大虎更是瞪大了眼睛。

“没关系。”南宫子非松开她的手，面色恢复正常，“现在就走吗？”

最后看了一眼几辆黑色奥迪停着的方向，安初夏眼眸合上又睁开：“我想我还是……还是回去吧。”她指的是回挪威尔的家。

南宫子非点头，立即有手下去备车。

“这就走了吗嫂子？”大虎这才找到适当的插嘴机会，献殷勤似的拿手作扇子状帮她扇风，颇有古代太监给娘娘扇扇子的味道。

“我不是你嫂子。”安初夏窘了，“都说是误会了啦。”

“可是……”

“退下。”南宫子非冷冷地打断大虎的话。

大虎虽然很是不甘心，但也没有那胆子再继续说话，老大的翻脸不认人他可不是没有见到过。

退到一旁痛心疾首地看着嫂子跟老大坐着黑色奥迪离开后，旁边站着的保镖纷纷走到大虎的身边：“大虎哥，那个女人到底是谁啊？跟我们老大是什么关系？”

“去去去！”大虎一脸嫌弃地说：“一个个都学长舌妇了吗？给我该干吗干吗去！”

送安初夏回到那个上车的拐角后，南宫子非并没有立刻走，而是坐在车里，看着后视镜里的安初夏越走越远。

子非，你是不是很孤独啊？

安初夏清脆的声音还在耳畔，她的身影却渐渐地消失在了后视镜上。合上眼睛，南宫子非的嘴角勾起一个不知所谓的弧度。

以前没有感到孤独，可是这一刻，确实感到很孤独呢，我们会再见面的，安初夏。

“走吧。”话音一落，车子飞驰了出去，消失在下一个拐角。

安初夏回到挪威尔家时，韩七录还在跟一个中年男人说些什么，只是向蔓葵不知何时已经没了踪影。那双变得锐利的眸子在看到安初夏之后，闪过了些什么，抬眼对上中年男人的脸，抱歉地说：“抱歉罗布特先生，我先去处理点事。”

“好的，您去忙。”微点了一下头，中年男人转身跟另一个人交谈了起来。

韩七录提脚大步走向安初夏，他连句话都没说，直接拉着安初夏离开了人多的地方，来到了一处靠墙的没有人的地方。

“去哪里了？”他一开口就是问她去了哪里，眸子里带了浓重的怒意。

“洗手间。”她的语气也不怎么好，推开了韩七录要离开，手腕却又被韩七录紧紧抓住。

“去洗手间要这么久？”他发出一声冷哼，“去个洗手间要挂我电话？”

安初夏的火气一下子又上来了：“知道我去洗手间那么久，你还能跟美女眉来眼去的？我看就是因为美女走了你心里空虚寂寞故意在我这里找茬！”

韩七录的眸子暗了暗，随即又亮起来：“你看到了？”

“呵！”她冷笑一声，狠狠地推了他一下，谁知道这贱人纹丝不动，似笑非笑地看着她。眼中的怒意已经全消。她怒气更大，又使劲推了几下，韩七录依旧纹丝不动。到最后，她推得累了，后背靠着喘气，样子甚是可爱。

这时候韩七录上前一步，一只手置于她的肩上，另一只手托住她的后脑勺对准她的唇瓣狠狠地吻了下去。这吻带着一丝小报复，带着一丝霸道，带着一丝迷离。

原本是想要推开他的，可是被他强大的吻技给震撼到了。是在什么时候他的接吻技术已经到了如此登峰造极的程度了？安初夏的脸颊粉红粉红的，让人看了忍不住想要狠狠地咬上一口。

末了，他终于松开，安初夏无力地趴在他的肩上大喘气。

“下次再敢挂我电话，你给我小心点。”这话多了一点威胁的意味，他手紧紧地搂住她的腰继续说，“我只是在跟向蔓葵的男伴谈以后合作的事情，如果你觉得我跟她眉来眼去那你大概是看错了。大不了我答应你，如非必要，以后我不再对她和她的男伴笑，这样可以了吗？消气了吗？醋罐子。”

消气？消气你妹啊！她现在是被吻得没气了！

几秒钟后，她提起一口气，一抬起膝盖……

“唔……”

韩七录发出一声闷哼，神色痛苦地蹲在了地上。

“活该！”安初夏翻了个白眼蹲在他面前狠狠地说，“谁让你又强吻我的？还有！我管你跟那向狐狸是不是有染，我跟你直说了吧，我就是讨厌她，还什么如非必要以后不对她笑……以后如非必要你不许再见她！最后我郑重声明，我这不叫吃醋，我这叫占有欲，懂吗你？”

韩七录没有任何的回应，只是捂住他的裤裆，神色一片痛苦。安初夏呆了一下，心说，这小子不会是在耍她的吧？他耍人也不是一次两次的事了……

“喂，你的不会这么没用吧？不就是拿膝盖顶了一下吗？总不至于会……残废吧？”她小心翼翼地问。

韩七录依旧没有任何回应，只是脸色惨白。

心脏嘭嘭嘭地剧烈跳动了几下，安初夏终于没忍住，上前扯了下韩七录的手：

“喂……你没事吧？要不然……要不然我给你吹吹？”

话说出口她才发现自己这句话实在是太邪恶了，那不是顶到别的什么地方了，而是顶到某些难以启齿的地方。脸部自由地扭曲了一下，她连忙改口：“我的意思是……我帮你去叫救护车？美国的救护车号码是几来着？”

正当她低头找手机的时候，某男的脸色竟在一瞬间变得和缓，那眼眸中甚至还带着一点狡黠。伸手将安初夏的小手拉过来，附在他刚才自己捂着的地方，眼睛亮晶晶地问道：“那你帮我吹啊。”

北方那个吹啊……

这年头男人都这么不要脸了吗？安初夏的脸骤然变红，小手甩开他的手站起身后退了几步：“你流氓！”

“哪有你流氓？”韩七录风淡云轻地挑了下眉继续说，“男人那里是最脆弱的。你差点就毁了你老公我，那你自己就得守活寡了！亲爱的，记得下次换个地方蹂躏。”

安初夏的脸瞬间更红了，跟那红透了的苹果似的。

韩七录很满意自己的杰作，上前几步将她拥入怀中：“我们再过一会就回去，下午我带你去玩，明天我们就回去，怎么样？”

“哼！”安初夏冷哼一声，甩开他的手走在前面。

韩七录的眼眸从安初夏甩开她之后变幻了一下。他到底该不该问她跟那南宫子非是怎么认识的？当韩管家用对讲机告诉他安初夏被闻名整个美国的社团老大南宫子非带走时，当时差点调动他在中国和美国的所有势力都过来把南宫子非家给端了。结果韩管家告诉他，南宫子非对安初夏似乎没有什么恶意，反而态度很好。

由于怕被他的人发现，韩管家没敢再继续跟踪下去。只告诉他，让他按捺住，安初夏绝对不会出事。他这才继续在挪威尔家到处跟人说话。虽然没有一刻空下来过，但他的心里却无时无刻没有在牵挂着安初夏。

他轻叹了口气，罢了，这件事还是就当没有发生过。

宴会结束已经是华盛顿区时间的下午一点。坐上宾利车，没等韩七录跟挪威尔告完别安初夏就已经睡着了。韩七录坐进来的时候看到睡得跟只猪似的安初夏顿时低声笑出声。

“少爷，去哪？”开车的是韩管家，司机被韩管家轰到副驾驶座上去了。

“去最近的机场，然后去迈阿密。”韩七录说完后看了一眼睡得正香的安初夏，伸手拿过车内放着的柔软靠垫给她垫在了头下，动作之轻柔看韩管家看了都心生鸡皮疙瘩，连忙让司机回归到驾驶座的位置上，他好借机观察，然后……

拍照！夫人在知道他们都来了美国之后在电话里对韩管家千叮咛万嘱咐，让他务必要拍一张安初夏跟韩七录亲密的照片，她好洗出来放大然后挂到二楼的走廊上！

替安初夏调整好了一个舒服的位置后，韩七录的余光正好瞄到韩管家在拿手机偷偷地在对准他们，当即嘴角一弯，目光笔直地看向韩管家。

可怜的韩管家被他这突然一瞧吓得手一抖，手机从手中滑了下去。

“韩管家。”韩七录挑了下眉说，“要拍，就光明正大点。”

话毕，在韩管家错愕的目光中，俯身吻上了安初夏的唇，右手恰好在那时对准他们自己，按下了拍照键。然后他摇了摇手机伸手递还给韩管家：“喏，拿着赶紧发给我妈吧。”

“您……”韩管家又是一阵错愕，“您怎么知道的？”

“我怎么会不知道？全世界有让人偷拍自己的儿子跟儿媳妇的怪癖的人，也只有她姜圆圆了。”说完他也闭上了眼睛，准备休息休息。

两个小时后，当安初夏睁开眼睛看到的是一片蔚蓝色之后，吓得当即闭上了眼睛。怎么回事？刚才她睁开眼睛的时候为什么看到一片蓝色。难道眼睛出什么问题了？又或者……是在做梦？这么想着，她闭着眼睛伸手掐了自己一下，眉头蹙起——痛……

再睁开眼睛，她看到的还是一片蓝色。这次她学聪明了，往周围看了下，发现自己居然只身一人躺在一片无人的沙滩上。最最重要的一点是，她身上穿着的紫色露肩晚礼服不知道什么时候不见了。取而代之的是一套暴露的豹纹比基尼！她慌忙站起身，鞋子也不见了，是赤着脚站在沙滩上的，好在太阳把沙滩的沙子照得暖暖的，并没有感觉有什么不舒服。再打量了一下周围，周围确实是一个人都没有，只有两张放在一起的躺椅，还有躺椅旁巨大的太阳伞，还有就是太阳伞下面的一条白色的布上放着许多水果和别的吃的。

拿过一旁显然被喝了一半的橙汁，她皱起眉开始陷入回忆。之前她是离开了挪威尔家上了韩管家的车，然后她就睡着了，然后……醒来居然就在这里，该不会是……那辆车不是韩管家的，而是想要绑架她的绑匪吧？

甩甩头，甩开这些乱七八糟的思绪后，安初夏抬脚往几百米处的精致小房子走去。

“有人吗？”她小心翼翼地朝半开不开的屋子里轻声喊了几句。没有人答应。壮了壮胆子，她伸手准备走进去。就在她修长的手指指尖即将触碰到不锈钢制作的门把时，一双大手突然捂住了她的眼睛。

“啊——”她失声尖叫起来，用力往后一推。

“嘶——”韩七录因为没有防备，被她推倒后手心正好压在一些小碎石上，因为手被磨出了血而倒抽了一口冷气，安初夏看清楚刚才捂住她眼睛的人是韩七录之后，大大地松了口气，有些不好意思地走过去扶起韩七录。

“不好意思！”她吐了吐舌头，“谁让你突然从后面出现，吓我一大跳！”

韩七录恨铁不成钢地瞪了她一眼：“安初夏啊安初夏，你老公我这条命早晚被你折腾死。”

安初夏也没敢再说什么，一看他被磨得惨不忍睹的手心，她的气势就低了一大半。只好进屋帮他简单地处理了下伤口。

“你当我这手是残了吗？”韩七录看了看安初夏，又看了眼被包得跟个粽子似的手，哑然失笑。

“不然会被感染的嘛！我这可是为你好！”安初夏相当满意自己的杰作，最后给纱布打了一个漂亮的蝴蝶结后满意地做了个 OK 的手势。

韩七录无可奈何地摇摇头。

这一场坑爹狗血的小闹剧过后，两个人一前一后重新来到刚才她躺过的地方。安初夏正专心致志地踩着韩七录的影子呢，韩七录却突然停下脚步，害得她可怜的鼻子差点就要宣告牺牲。

“喂！”她不爽地伸出食指戳了戳韩七录铁一般坚硬的手臂：“干吗突然停下，我鼻子撞得老痛了！”

抬起眼睛看向韩七录，正好对上他那灼热的目光，平时说话流利的她顿时变成了一个结巴：“你……你干吗这样看着我？”

看到她瞬间变红的脸蛋，某男玩味地勾起嘴角，痞子气地说：“你看着附近是不会有什么人了，你说如果我在这里想要霸王硬上弓，那么……会不会很容易得逞啊？”

“你……”安初夏气急，连连后退几步，“韩七录，你淡定点！”

“本少爷淡定得很，看不出来，你还……挺有料的嘛！以前抱着你睡的时候怎么就没感觉出来呢？”

安初夏的脸红得跟番茄似的，更加手足无措起来，言语也变得笨拙：“你你你……你简直就是流氓！我不理你了！”

话毕，她转身要走，却从后面被人环住，拥进一个火热的身躯。

“我不是那样的人，小傻瓜。”韩七录的上身没有穿衣服，下身穿了一条蓝色的花裤子，看起来更显阳光。

安初夏狠狠地瞪他一眼：“谅你也不敢！”

对此韩七录不置可否，他笑了起来。身为一个男人不会连这点胆量也没有，只是因为……不舍得，想要在最好的时机和最好的地方要她，而不是在这里。

第十九章 情浓时分

这一个下午过得可谓是此起彼伏……

安初夏是天生的旱鸭子，所以根本不敢下水。可该死的韩七录却故意拖着她下水，还一个劲地往大海深处拖……吓得她那叫一个大惊失色。

要知道就算是初三的时候体育中考游泳和跑步二选一，她选的都是跑步。明白人都知道，只要学会游泳了，那体育中考拿满分可比跑步容易多了。尽管这样她还是选了跑步，只因为她怕水。

害怕之际，她死死地抱着韩七录的腰，双腿也紧紧地夹着他。这下韩七录只好再次一点一点把她往岸上拖。

一阵恐惧之中，大概是因为死死地缠着韩七录的身体，那种恐惧感随着快要到岸而渐渐淡去。紧闭着的双眸渐渐睁开时，感觉到自己身处于一片温和的海域中。荡漾着的海水轻轻地冲击着皮肤，小小的鱼儿轻啄着脚底和手心的感觉给人以异样的温暖。

见安初夏的眼眸露出欣喜的神奇，韩七录的眼底划过一抹狡黠，趁着她出神地看着自己的手心的几秒，他突然松开了抱着她的手。

“啊——”安初夏尖叫一声，使劲扑腾着身子，一口气喝下了好几口海水。

“啧啧啧，做我的女人不会游泳怎么行？”某男撇嘴摇摇头，伸手将她揽入怀中。

剧烈地咳嗽几声，等鼻子里的水差不多都咳出来没有那种辣辣的感觉之后，安初夏伸手就使劲掐了韩七录一下：“你杀人啊？”

“杀人？”韩七录不屑地冷哼了一下，“这位小姐，麻烦你站直你的腿试试？”

虽然很生气，但是安初夏还是照做了，脚正好可以踩到底而不会呛水。

“哼！”安初夏哼了一声远离了韩七录几步，再紧接着冲上前几步将他推倒。韩七录一下子跌进水中。

“活该！”她捧腹大笑，一片波澜的海面慢慢恢复平静，可是却没有了韩七录的人，连影子都没有。

“韩七录……”试探性地喊了一声，可是耳畔传来的只有远处海水打到暗礁的声音，并没有任何一个人回应她。

怎么回事？难道他……不可能啊！他明明会游泳，而且这水也不深，才刚到他的胸膛而已。一定是在耍自己！

“喂——韩七录！如果你再不出来，那么你就死定了！”安初夏在原地走了几步，水的阻力让她在水中走不快。她又不敢用游的，如此折腾了一下，神经终于还是又紧了一下。

“韩七录！你在哪？你不要吓我啊！再不出来我就不理你了，真的不理你了！”像个疯子一般地朝着平静的海面大喊着，可是依然没有人回应她。

远处的海几乎与天连成一线，偶尔飞过几只海鸟，传来海鸟的叫声。海风吹起，海面上凌波微荡。

“韩七录！”安初夏急了，抬脚往海里走去，没走一步，她的嘴离水面的距离就近一点，到最后鼻子即将吸进水的时候……小腹突然被人用一只手搂住，紧接着是韩七录的右手勾上她的脖颈将她勾住，一个华丽的转身，她被抱到了一块石头上。脚正好落在石头上，水位又降在了她的锁骨处。

一滴滴透明的海水顺着锁骨往下落，是恰到好处的诱惑。

“你混蛋！”呆愣、惊讶、惊喜，一连串表情在她的脸上不停地变幻着，待看清韩七录那张脸时，一下子愤怒就涌上了心口，幻化为一声谩骂。

然而这声谩骂是带着哭腔的。

“对不起！”韩七录的眼眸满是感动和喜悦，他没想到安初夏居然真的那么在乎他。一直以来总觉得她对自己的爱很少很渺茫，可是现在看来，也并不是这样的……

长臂一捞，他将她拥入怀中，可她又喝了好几口海水。

“咳咳咳咳！”鼻子进了海水，她难受地剧烈咳嗽着。可始作俑者却无良地嘻嘻哈哈地笑起来，一弯腰，将她拦腰抱起。

这一天，居然就这么神奇地度过了……

几天后，当安初夏终于调整好中美时差后，她又生龙活虎回来了。早上还没有五点就起床写稿子，写了一个小时按了发表键后就风风火火地跑去韩七录的房间。

“死猪，你丫快点给我起床啦！”用尽了吃奶的力气跟半睡半醒中的韩七录进行被子拉锯战，可这家伙真的跟一只猪一样睡得死死的。可是说他睡得死死的，他却能用一只手紧紧地抓着被子不放手。

你说他到底是睡着还是醒着的呢？

这个不是证明题，我们无法证明。重点是，某女一大早就被某严重缺少睡眠的死猪给……强吻了。

红着脸推开韩七录之后，她撇过头，故作平静地问道：“霸天多久没洗过澡了？”

“嗯……”韩七录做思考状，甩了甩额前的刘海，痞气十足地说：“再给我亲一下我就告诉你。”

“死去吧你！”随手拿过身边的枕头就往韩七录身上丢，可惜被他牢牢地给接住了，还送了安初夏一个鬼脸。

安初夏气得转身就要离开房间。韩七录慌忙拉住她的手继续说：“不过就是开个玩笑嘛！何必认真……好啦！霸天几乎两天有专人洗一次澡。不过……你突然问这个做什么？”

安初夏翻了个白眼回答道：“你忘记啦？后天就是野外大探险活动了。明天全校放假，给我们时间来准备去大探险活动的东西，我决定……”

韩七录禁不住打了一个寒战：“你不会是……”

打了个响指，安初夏露出了天使般的笑容：“你猜得没错！我要带霸天去！听说要找一个小红旗，霸天应该能派得上用场吧？哈哈哈……”

“随便你。”韩七录淡淡地瞥了她一眼毫不给她面子，“那个小红旗……”

“行了行了！”安初夏摆摆手有些不耐烦:“我们现在就下去给霸天洗澡吧！”

说起来，她以前特别怕狗，可是经过这几天时差没调整过来都待在韩家，渐渐地，她不再害怕霸天了，而且能跟霸天玩得很好。

不久之后，如果安初夏知道自己这几秒钟的不耐烦造就了后来的各种作孽，她绝对打死也会听完韩七录说话的。可惜没有如果，当然这都是后话了。

就在韩七录进卫生间洗漱的时候，安初夏忍不住先跑下了楼。在询问过韩管家后，她被允许给霸天洗澡。

“我还没有给狗狗洗过澡，是直接用水冲然后擦肥皂是吗？”见韩管家闲着没事干，安初夏干脆拉过了韩管家询问他怎么给霸天洗澡。

听到安初夏的话后，韩管家忍俊不禁地一鞠躬动了动嘴唇恭恭敬敬地说：“少奶奶，您稍等。”说着他就转身离开了原地，安初夏也就乖乖地蹲下身跟霸天“聊天”。

对于“少奶奶”这个称呼，一开始她还真的是很介意。但是现在……虽然还是很介意没错，但竟然也没有一开始那么排斥。反而觉得心里有一种怪怪的感觉，而且并不觉得难受。

神游间，韩管家已经带了佣人过来，拿了一大箱子的东西。

“这是什么？”安初夏最后拍了下霸天软软的脑袋，起身迎上前。霸天兴奋地跟在安初夏的身后摇摆着尾巴。

“这是霸天小少爷喜欢用的沐浴露。还有这个，是能给狗狗除异味的，还有这个，能够使狗狗的皮毛变得更加光滑，有护理皮毛的功能。还有这个……”那拿着一箱子狗狗洗浴用品的佣人滔滔不绝地给安初夏讲述着这些东西是什么，有什么作用。

令安初夏惊讶的并不是狗狗也有专用的洗浴用品，而是那佣人居然叫霸天为“霸天小少爷”。真是够让人恶寒的。

看到安初夏的表情变化，韩管家一摆手，那佣人便放下了箱子站在一边不再多言。

“少奶奶。”韩管家笑着上前一步说，“您给霸天选一种沐浴露吧，至于怎么洗……随您喜欢。”

“好呀！”

安初夏欢欢喜喜地给霸天涂上其中一种小雏菊香的沐浴露，顿时，色彩斑斓的泡泡出现在霸天柔软的皮毛上。霸天兄大概是因为被人洗惯了，洗澡的时候很安静，这儿瞅瞅那儿看看，还时不时地用它那湿漉漉的鼻子在安初夏的脸上嗅几下，那场景像极了霸天在偷吻安初夏。

这一幕正好被刚换好衣服下楼走出大厅的韩七录看到了，气得他上前就拉过安初夏：“喂，你忘记了今天请假时间到了，该上学去了。给狗洗什么澡？你不是好学生么？怎么？现在好学生也喜欢迟到了？”

他到底怎么了？安初夏莫名其妙地看了眼霸天，后又看了眼手腕上的手表，这才抬头对上韩七录的双眸说：“这不是时间还多着吗？我算过时间的。”

“算你个头，快去洗手吃早餐！”韩七录紧皱着眉偏头对韩管家说，“把它给我带下去，我有空再找它算账！”

“是，少爷。”韩管家面色没有一点变化，然而那眼眸中明显染上了一层笑意。

“走吧，霸天小少爷。”韩管家拉着还满身都是泡沫没冲洗过的霸天走出房间。

可怜的霸天一看韩七录的脸色就知道主人心情不好，为了留着这条小狗命，乖乖地没有吵闹而跟着韩管家走，还时不时地回头看了韩七录几眼，那眼神可怜兮兮的。

安初夏的表情同样是一副哀怨的样子，给狗狗洗澡还蛮好玩的，这可是她人生中的第一次。可悲的是，这第一次才刚玩到一半就被恶魔扼杀了。

“你到底怎么啦？”见韩管家走远，安初夏很是不耐烦地翻了个白眼，“我好不容易跟霸天混熟的，你知不知道我以前很怕狗的？”

然而韩七录才不想听这些，只是定定地看着安初夏问道：“你知道霸天是母狗还是公狗吗？”

她当然知道！不过……韩七录问这个做什么？

犹豫间，她终于红着脸回答道：“我知道霸天是公狗啊，我昨天跟它玩的时候，一不小心……碰到它的……小弟弟了吔。”

安初夏一边说着，还一边红着脸对着手指。

恶魔的脸色终于变得跟吃了三百坨大便一样臭了，阴沉着一张脸伸手勾起安初夏的下巴，力道有点大，弄得安初夏微皱起眉。

“你就这么……”说到一半，韩七录终于卡住说不下去，这种话从他尊贵的嘴里说出来是很损形象的。最后他松开手，无奈地叹息一声：“算了，算我败给你。”

“到底怎么了嘛你？”安初夏还是一副疑惑不解的样子，因为他确实很莫名其妙啊，明明她给霸天洗澡洗得好好的，突然就过来搞破坏。

偏过头，韩七录转身往大厅走去，只是步伐很慢。末了，在安初夏疑惑的目光中，他微侧过脸看向天边，安初夏正好可以看到他那帅得让人喷鼻血的侧脸。

只听见他轻声说了句：“嗯……听说，狗肉很好吃。”

安初夏脑袋一歪，没能够理解过来他那话是什么意思。等她终于理解过来的时候，她已经吃完了早餐。而坐在她对面的韩七录正在喝牛奶，原本他应该早就吃好了，应该是在故意等她吧？“韩七录啊。”安初夏微勾起嘴角：“你刚才的表情，我可不可以理解为……”

“不可以。”韩七录虽然语气淡淡，但却是透出一股斩钉截铁，不动声色地看了眼满脸莫名其妙的姜圆圆，又淡淡地补充了一句，“如果敢那样想的话，午餐我们就吃狗肉。”

“韩七录！”安初夏很是不爽地提高音量叫了韩七录的名字一下。心说，这家伙也太过分了，而且不仅过分，还非常小气！

以优雅的姿态喝下了最后一口牛奶，他接过女佣递上的餐巾擦了擦嘴角道：“我从来说到做到。”

算你狠！

安初夏识相地闭上了嘴，转身快步走出大厅，都没有和姜圆圆打招呼。

“我说韩七录同志，你怎么又惹我家小初夏生气了？到时候婚礼如果没有新娘你可别怪我这个当老妈的没有提醒你。”姜圆圆掰了一小块三明治塞进嘴里。

将餐巾扔到一边，韩七录推开椅子站起身毫无波澜地看了姜圆圆一眼："好歹一大把年纪了，你懂不懂'调情'是什么意思啊？"

姜圆圆一愣，满脸新鲜："哟，原来我们的七录大少爷也会这么搞啦？"

韩七录微勾了下嘴角，眼中伸出一丝笑意来，恰好这时一抹金黄色的日光照进来，落到他的发梢上，缭绕成了一个绝美的弧度，连姜圆圆也看得痴了。他动了动下唇，非常损形象地幽幽吐出一句："为了女人，不择手段，这可是老妈你教我的。"

这话……怎么这么耳熟？在韩七录走出大厅的玻璃门的一刹那，姜圆圆猛然想起这是她某篇小说里男主角经常说的一句话，不由神色一变。她还一直以为这孩子因为太过优秀，而从来都不会关注于她这些小事情，没想到……摇了摇头，她甩开思绪继续吃她的早餐。她的儿子嘛！从不在别人面前露出锋芒，但其实他本身就是个发光体。这个早餐，吃得还真是有味道！

另一边，安初夏自韩七录坐进车内的那一刹那就没有再说过话，只是赌气地侧过头看向窗外。韩七录轻叹一声，拿起放在车内的今日股市报纸看了起来，没多久他烦躁地将报纸丢到一边，伸手搂过安初夏的肩："这就生气了？"

推开他，安初夏依旧一言不发。

"别生气了，不吃狗肉还不成吗？"韩七录伸手捧起安初夏的脸，眼眸中满满的都是宠溺，"要么我告诉你一个好消息。"

"……"还是沉默，但眼眸闪了闪，却依旧是一言不发，凭什么他就可以无端地对自己发脾气，而她就不可以？哼！不理他！

见她这副样子，韩七录只得无奈地撇了撇嘴角，无视司机老陈那痛苦憋笑的表情，换了个坐姿坐正了身子，装作沉痛地叹了口气道："既然你不想知道这个天大的好消息是什么。那么……算了！当我没说。"

有句歌词怎么唱来着——好奇傻死猫。

安初夏收回落在车窗外的目光，抬眼看韩七录："什么……什么好消息？"

"终于说话了！"韩七录笑了起来，低沉着声音说，"学校决定，今天晚上举办一个 Party，预祝野外大探险活动圆满完成。"

"所以呢？"安初夏表情僵硬地正了正脑袋，语气里还是有赌气的意味，"这关我什么事！"

"这当然关你的事。"韩七录的目光自始至终都停留在安初夏的脸上，"因为……因为你现在理我了啊！"

在意识到自己又被耍了之后，安初夏抓起刚才韩七录看过的报纸就往他脸上砸去。而韩七录丝毫没有避开，只是毫无波澜地挑了下眉道："如果你再打下去我还是不会躲，但是……你就要成寡妇了。"

“你才成寡妇呢！”安初夏忍不住笑起来，正好此时车子在校门口停下了，不等韩七录再做出什么动作或者说出什么话，她快速地打开车门跑了出去。

到教室之后，安初夏从同桌菲莉亚那张嘴里知道了晚上确实有一个为了预祝野外大探险活动圆满结束的 party。而且，她还意外地知道了跟这个 Party 的举办有一个很大关系的事……

“这不是浪费钱么？”安初夏翻了个白眼，打开书本开始预习今天要上的课。虽然这几天没有来上学，但是她在韩家的时候也一直有看书，再加上请假的时间不长，所以功课并没有落下多少。

对于安初夏的反应，菲莉亚连连摇头，夺过她手里的课本郑重其事地说：“你不知道啊！以前是没有举办这个什么预祝 party 的习惯，但是，我从学生会的人那听说，是因为有一个神秘的转校生出了很多钱赞助学校，这不，学校准备把东面的风景山改造成一个巨大的人工湖。所以这个 party 说是预祝野外大探险活动，其实事实上是给这个神秘的转校生接风。”

“嘁！”冷不丁地从安初夏背后传来不屑的声音，等她转过头去看的时候，正好看到萌小男一边把书包塞到抽屉里，一边从上衣口袋里拿出一个小型的游戏机来。

见安初夏正在看自己，萌小男便把游戏机放到一边，由于这几天两人都有用手机聊天，所以对于请假多日的安初夏突然又来上课了的事她表现很自然是一点也不惊奇。

“老大，你可别听这小胖妞胡说！什么神秘的转校生？你以为生活是童话呐？还神秘……顶多是个长得很丑的超级富二代罢了，我是不抱任何希望。”说完，她淡定地打开游戏机开始玩了。

“你这话可不对了！学生会的人说话从来都是十分之十是真的！”菲莉亚不高兴了。

见菲莉亚要跟自己争，萌小男眼皮一抬：“好啊！那么我们就来赌吧，赌今天晚上这个转校生到底是丑二代还是高富帅！”

菲莉亚当然也不甘示弱，肥嘟嘟的手捏紧了说：“赌就赌！”

“好，那就赌一百万怎么样？人民币。”

“成交！”

“你就准备好一百万吧！”

“你才给我准备好一百万！你——输——定——了！”

等她们两个进行到这个对话的时候，安初夏早就没有那个好耐心继续听下去了。拿出铅笔袋里的笔在课本上划出重点。虽然是这样，只是隐约的，总觉得这个夜晚会发生点什么。

是错觉吗？她摇摇头，继续划重点。

上午的课在安初夏流利地用英文回答完英语老师的问题为结尾，自从美国回来，她就发奋图强，决心一定要更加努力地学习英语。

“喂——”

刚收拾好桌子上的课本和笔之类的东西，门口就传来这样的声音。

萌小男跟菲莉亚因为打赌的事走得格外的近，下课铃一响两个人就跟她道了别，一起冲出教室打听关于“神秘转校生”的消息去了。

教室里只剩下几个怨念的值日生和安初夏。顺着声音看过去，凌寒羽和萧明洛那张脸映入了她的眼帘。见她看过来，萧明洛还夸张地做了个抛媚眼的动作，看得安初夏一个劲地想翻白眼。

几步走过去，她无奈地问道：“两位大仙，你们两位找我什么事？”她只想好好地吃顿午餐有没有？一有他们两个出现，就绝对没有什么好事！

“你这是什么表情？”凌寒羽不爽地瞥了下嘴角，“你就是这样对待你的boss大人？”

一听这话，安初夏的语气立马软了下来，并且很没有形象地狗腿了起来：“嘿嘿嘿，boss大人，你找小的有什么事啊？”

“别叫我boss！”凌寒羽的脸色一变，转身走了出去。

“喂——”明明他刚才自己的自称是boss了好吧？安初夏想要上前，却被萧明洛一把拉住胳膊。不明所以地看向萧明洛，只见他诡异地笑了笑说：“我们带你去一个……别致的地方吃午餐怎么样？”

不怎么样……安初夏刚想要这么回答，人就已经被萧明洛拉着往外走，她急得大叫：“喂喂喂！你到底要带我去什么地方？”

人家萧明洛根本没有搭理她的打算，拉着她快速下了楼又快速拉到校门口上了一辆银白色的奔驰。凌寒羽早就坐在了驾驶座的位置上，感觉到车门刚关上，车就飞驰了出去。

凌寒羽开车那叫一个快，几乎是一眨眼工夫，就到了商业区一栋很高的写字楼前面。在车上的时候萧明洛和凌寒羽两个人根本不跟她说要去哪里，直到下了车，萧明洛才松口跟她说：“这就是你未来老公的公司，进去看看不？”

虽感觉很惊喜，但安初夏更多的还是感觉很奇怪，她歪着头看向凌寒羽问道：“可是……为什么是现在？还有，你们之前不是跟我说是带我去一个‘别致’的地方吃饭吗？难道，这里就是别致的地方？”

凌寒羽的脸色却不太好，冷不丁地轻哼了一下，转身坐进车内。

“他这是怎么了？”对于凌寒羽的态度，安初夏更是感到迷惑不解。

相反，萧明洛一副无比淡定的样子：“男人嘛，每个月总有那么几天心情不好……”

这是什么逻辑？只有女生才会在特殊的那几天心情会不好吧？紧接着他继续说：“这几天公司很忙，他完全脱不开身。你请假这几天他虽然跟你说是去上学，其实是来公司。今天早上又是陪你到了学校之后才来公司的。所以啊，你这个做老婆的，当然要来给他送爱心便当喽！”

“……”安初夏一头雾水，“可是，我压根没有做什么爱心便当。而且，这么大的公司，应该会有专门的快餐送过来吧？”

“No！”萧明洛摆了摆手，“快餐哪里比得上爱心便当？并且……”

“并且什么？”安初夏很自然地就问出口了。

萧明洛先是摇了摇头，这才叹口气说：“你是不知道，这家伙虽然平时看起来一副吊儿郎当什么都无所谓的样子，但其实他工作起来根本就不要命！特别是刚跟向蔓葵分……”

话说到一半，萧明洛突然意识到自己刚才说了些什么，慌忙停住伸手捂住自己的嘴巴，一脸无辜，他不是故意要这么说给安初夏听的，真的是不小心说出来的。

安初夏倒也没跟他计较，无所谓地耸了下肩说：“可是难道你要我现在去做爱心午餐吗？来不及了吧？”

“这个，你完全不用担心！”萧明洛说着，一抬手打了一个响指，立刻就有人拎着一个暗红色的食盒走上前，递到安初夏面前。

她的表情有那么一瞬间是错愕着的，这食盒的存在是不是说明……萧明洛是算准了她会愿意去送这“爱心午餐”？原本她是要立刻就拒绝的，可是脑海中又回想起了刚才萧明洛说的那句话——这家伙虽然平时看起来一副吊儿郎当什么都无所谓的样子，但其实他工作起来根本就不要命！

胸口突然泛起一阵淡淡的酸意，大概那酸意就叫作心疼吧？就像看到妈妈为了自己那么努力地一边教书一边还到处找兼职工作时候的心情一样。万分纠结之下，她还是颤抖着手接过了路人甲手中的暗红色食盒。

她抬头刚要对萧明洛说些什么，那小子早已经不见人影，反倒是那给她递食盒的路人甲恭敬地说了句：“初夏小姐，七录少爷的办公室在二十一楼，前台我帮你通报一声，请跟我来。”

最后看了眼那银白色奔驰消失的方向，她叹气，心里暗道了声：罢了……来都来了，难不成现在拿了食盒自己开溜然后自己把这心午餐解决了？如果真要这么做的话，那就是脑子进水！

“好，麻烦你了。”

走过旋转门后，她这才来到前台。那人在跟前台的小姐说话的时候，安初夏就在打量这个公司，之前从外面看就觉得很宏伟了，走进来那种感觉就更强烈。大厅里走来走去的人穿得都很正式，脸上大都一副严谨的样子，给人的感觉就是这个公司绝对不会出什么纰漏。

“好了，既然有预约那我就不通报到总裁秘书那了，你自己上去吧。”前台小姐瞥了安初夏一眼。不难发现，那前台小姐在看到她手里的食盒之后，眼神暗了下，紧接着就是一种轻蔑的表情闪过，但立刻又恢复了扑克脸。

服务态度真不好！安初夏在心里暗暗不爽，但心情很快又恢复平和。她穿一身学校的制服，手里还拿着个土鳖到极点的食盒，人家看她的眼神不轻蔑才叫奇怪呢。

“那么，小姐，我就送你到这里，您自己上去吧。”

“好，麻烦你。”安初夏依旧是淡淡地弯起一个弧度，目送带自己来这里的那个人离开，她转身拿着食盒走向电梯口，见右边的电梯上显示是停着没有人使用的，于是便准备进这个电梯。就在食指即将按下那个金晃晃的开门键时，身后突然传来一阵高跟鞋快速撞击地面的声音，紧接着她就看见那个前台小姐跑到自己面前。

“有……有事？”她不解地微皱起眉，那双水汪汪的眼睛对上前台小姐的眼睛时，发现那前台小姐的脸上写满了惊悚和……愤怒，再看了下周围，周围的人也是同样惊悚地盯着自己。

“你到底有没有长眼睛啊？”前台小姐好听的声音说出这样的话来，竟微有些刺耳，“看清楚这几个字。”

顺着她修长且涂着黑色指甲油的食指看过去，那个空电梯右侧的墙上挂着一个金晃晃的牌子。上面端端正正地用楷体印着：“总裁专用”四个字。

正准备解释自己是没有注意看的时候，那前台小姐的声音又传来：“你如果坐进去了，那我是要负全责的！那么我就会被解雇，这个损失，你承担得起么？”

坐了总裁专用的电梯她就会被解雇啊……安初夏明白后随即露出一副真心抱歉的样子：“不好意思哦，我不是故意的。我这不是第一次来，没有看见这四个字吗？下次不会了，真是抱歉。”

看她认错态度良好，那前台小姐的脸色这才稍微缓和了一点，但语气还是很生气：“下次你可给我看清楚了再进！”

“好的。”安初夏窘迫地一点头。正好总裁专用电梯旁边的普通电梯门开了，那前台小姐正好这时转身踩着高跟鞋离开，她这才缓口气，跟一层的五六个人一起进了电梯。

电梯内很是安静，偶尔传来纸张翻动的声音，很快跟她一起上来的几个人都各自走出电梯，在自己相应的楼层前停下走出。到最后，整个原来还算热闹的电梯竟然只剩下她一个人。

随着电梯内传来一声好听的叮咚声，二十一层到了。

电梯门被缓缓地打开。走出电梯，她发现这层楼的场景有些不一样，相对于别的楼层来说色调显得更暗一些，但也更加大气了些。

往里面走了几步，就到总裁办公室门口，金晃晃的“总裁办公室”五个字刺得她眼睛生疼。不由得思想开始迷离起来，如果妈妈没有阴差阳错救了韩六海，那么她也不会去韩家，那么怕是她这辈子也不会跟这个地方扯上什么关系。

“您好，请问您有什么需要帮助的？”坐在总裁办公室门口的这个人应该就是韩七录的秘书了，安初夏打量了一下她，漂亮、大气、礼貌、大方、得体，怎么看怎么比那个前台接待要顺眼！

“我要见你们总裁。”安初夏刚说完话，那女秘书身后的总裁办公室门突然开了……走出一个女人。

女人眉眼中带着一丝不易察觉的疲惫，精致的妆容再加上原本就很精致的脸，好一个沉鱼落雁的大美人。但这大人长得好生眼熟。安初夏眯了眯眼，方才认出这大美人竟是向蔓葵。

视线再往下，大美人向蔓葵身穿一件枚红色的衬衣，下面是一件黑色的超短裙和黑色的丝袜。然而那衬衣的领口却是半开着，眼尖的她还看见第二颗扣子掉了。这才发现她的头发也是凌乱的。

“是初夏小姐啊。”向蔓葵理了理衣服，涂着鲜红色指甲油的手似有若无地遮了下掉了纽扣的地方，却是更惹人注意的。安初夏知道，向蔓葵这是故意想让她生气。

“真巧。”她甜甜一笑，笑容里不带有一点恼怒或是伤心。在有些人面前，她向来能够很好地掩饰住自己的情绪。

见安初夏不动声色，向蔓葵似有不悦，但也是笑得温文尔雅:“来看七录的？”

这一声七录叫得安初夏胸口喘不过气来，好容易稳住了情绪，她抿嘴僵硬地微笑却并不回答向蔓葵的话，只是说了句：“你什么时候到中国的呀？”

“一个小时前。”向蔓葵抚了抚额前的散发，“七录在洗澡，你可以进去等他。”

紧接着，是向蔓葵踩着那双挂着一大串银色流苏的高跟鞋离去的声音。

“原来是总裁的朋友。”秘书见向蔓葵离开了，这才微笑着说，“失礼了，您请进。需要我帮您倒杯什么喝的吗？”

美女秘书的声音适时地唤回了她的神游，安初夏礼貌地摇摇头:“不麻烦了。”话毕，脚步僵硬地走进去。

总裁办公室很大很宽敞，最里面的地方还有一扇门，门上面挂着一个牌子，上面写着金灿灿的几个字：“总裁休息室。”

神差鬼使的，她偷偷摸摸地走到那总裁休息室门口，附在门上听。里面传来很小的水声，这房间的隔音效果真不好。她皱眉，余光却看到了韩七录巨大的办公桌上放着的豪华午餐。

低头看了眼手里拿着的所谓“爱心午餐”的东西，脑海中又浮现出向蔓葵衣衫凌乱的样子，她禁不住冷笑一声。

她转身正要走，却在刚走出三步之后，手腕突然被一个巨大的力道拉住。紧接着，整个人都被拉入了一个熟悉的怀抱。

那怀抱滚烫滚烫，而且还是潮湿着的。

“什么时候来的？”韩七录将下巴搭在她的头顶上，温润的声音听着很是舒服。

安初夏却是皱紧了眉，一咬牙，将他推开：“刚来。”

见韩七录的视线落在自己手上，她干脆把那暗红色的食盒随意地放在了地上。力道有些重，食盒撞击地面发出了不小的声音。

“别误会，是萧明洛那家伙让我把这东西送过来的，说是你快饿死了。我就善心大发。”顿了顿，她转身欲要走，却还是轻易地被韩七录拽了回去。正好对上他微笑的眉眼。

“看看，我家的老婆吃醋了。”

细看之下，韩七录那含笑的眉眼中还带着一丝得意。当即胸口那股无名大火又窜了上来：“婆你妹啊，吃个狗屁醋啊吃！我为什么要吃醋？我凭什么要吃醋？少自以为是了！”

被她这么一吼，韩七录倒是也没生气，只是“嘿嘿嘿”地赔着笑，看安初夏这副样子他就猜到刚才肯定是碰见向蔓葵了。

“她这次回来是因为跟韩氏集团签约了，成了韩氏旗下一部新网游的代言人。刚才只是因为她在机场被人群困住，所以我就带她来了这里，等风头过去再让她回她住的酒店。”这番解释说得很是诚恳。

安初夏颦眉，却也没有再多说些什么。再争吵下去，反倒是她无理取闹了，更何况，她根本就没有能无理取闹的资本。

身子被韩七录紧紧围住，鼻尖是他身上独特的男性气息。

“别离开我，我什么都可以没有，但好像……就是不能没有你了。好吗？”韩七录一向高傲，此刻却说出这样卑微的话。

安初夏一愣，只是沉默，没有回答，两个人彼此陷入长时间的沉默，直到秘书敲门进来，看到他们相拥的一幕后，“呀”的一声惊呼出声，手中叠得高高的文件悉数掉到了地上，发出一系列响声。

安初夏慌忙推开韩七录，整理了一下额前的刘海，面色已红成一片。而韩七录倒是很自然，勾起唇拉过安初夏的手腕在办公桌后的转椅上坐下，安初夏被迫坐在了他的腿上，后背抵着他已经干了却还是滚烫的前胸。

“对不起，总裁！”香秘书窘迫地蹲下捡掉落了一地的文件。

“帮我拿件衬衫进来。”他低头看着安初夏微红的脸：“不得已去机场接机的时候因为意外，衬衫都被弄得湿透了。”

他这是在跟她解释为什么他会洗澡，让她安心。安初夏侧过脸，不理他。

“是，总裁。”香秘书把那叠文件放到韩七录的办公桌上：“这都是加急的文件，希望您能赶快签署，内容我都已经校对过了，您只要签个字就行了。”

韩七录点头，还不忘对那香秘书说一声：“这是公司未来的总裁夫人，以后她如果要来找我，直接让她进来就好。”

安初夏脸色变得更红了，手肘暗暗抵了一下韩七录，可他毫不为之动容，伸手就拿过文件开始签。而一旁站着的香秘书张大了嘴巴，好在她也是见过世面当了好多年秘书的人了，很快恢复镇定，暗暗瞥了书生气的安初夏一眼，鞠躬转身离开，并且体贴地关上了门。

如果这个消息被公司里所有的单身女生们知道了，不知道要伤心死多少人。香秘书拔了个电话让人买一套总裁的衣服送过来后，坐在座位上一阵惆怅。帅气总裁居然已经有心上人了，虽然挺可惜的，但看那个小姐，长得眉清目秀的，比刚才那花枝招展的大明星不知道看起来舒服多少倍。

这样的总裁夫人，也还是不错的。

“喂——”安初夏从他的怀里挣扎开来，“你老师有没有告诉过你，说话要严谨？”

韩七录签完最后一个文件，随手把钢笔丢到一边站起身来。

安初夏吓得慌忙后退了好几步，以为他要做什么。谁知道，他居然只是淡淡地看了她一眼，然后抬脚走向一旁的乳白色饮水机，弯腰倒了一杯水。往办公桌走回来的时候，正好瞥到地上放着的暗红色食盒。视线再瞥了眼办公桌放着没动过的秘书给他准备的午餐，他的眼神变换了一下，最终还是勾起嘴角：“饿了没有？”

意识到韩七录是在跟自己说话，安初夏的手不自觉抚了下肚子，好像……还真是饿了。不，是很饿！

见她没有说话，韩七录把手中的杯子随手放在右侧的茶几上，转而弯下腰拿起了被放在地上的暗红色食盒，脸上是满脸的柔和：“老婆，我们一起吃爱心午餐吧！”

安初夏的面色红了红，狠狠地瞪了韩七录一眼：“好歹是个男人，怎么就一点也不知道害臊。”

她虽然是这么说了，但脚步还是往他那边走去，脸上不情不愿地坐在了茶几后的沙发上。虽然说是一起吃，可是韩七录只是匆忙吃了几口就继续批他的文件去了，还顺便把他的豪华午餐让给了她吃。可以说，她这一餐吃掉了三人份的东西……

那种吃饱了撑着的感觉，不是普通人能够体会的。所以当韩七录终于做完所有的事后，她早已经趴在韩七录办公室里的另一张桌子上睡着了。稍微活动了下有些略微发酸的双臂，韩七录轻手轻脚地站起身，偷偷走到安初夏面前，俯下身认真地看着她的睡颜。

睡着了的安初夏看起来总是那么缺少安全感，眉头也总是微皱着的。女孩子家的，睡觉不应该像年过半百的老人那样心事重重的。

一种叫作心疼的情绪布满了韩七录的胸口，微凑上前，欲想在她的额上留下一个吻。

好死不死，偏偏这个时候手机铃声响了起来——考试什么的都去死吧，我要回家……

该死！韩七录在心里低咒了一声，也就在这个时候，安初夏猛然睁开了眼睛。眼眸中还布满了迷茫。但在看到面前放大了 N 倍的韩七录的脸，她的迷茫一下子就转变成了惊讶。

“你干吗？”她慌忙站起身，皱着眉看着韩七录。

没有偷袭成功的某男心里万分不爽。都怪这个该死的手机铃声！

韩七录动了动嘴唇，斜眼看了下她的口袋：“只是提醒下你，手机响了。”

安初夏轻瞥了他一眼，这才掏出手机按下了接听键。手机那边，萧明洛欠扁的声音清晰地通过手机传过来：“怎么样？初夏小同学？我为你安排的爱心午餐计划怎么样？七录那小子有没有高兴得手舞足蹈？感谢的话呢，也就不必多说了，你帮我个忙吧？怎么样？”

“帮你个肺，以后再做这种无聊的事，我就让你去见阎王！”安初夏没好气地回答。手舞足蹈？韩七录这混蛋压根就没什么太大的情绪波动，反倒是她无聊地趴在桌上睡着了，而且，还是在那种快要被撑死的情况下……

“女孩子不许说脏话啦！”萧明洛的声音依旧无耻，“好初夏，看在我一片真心的份上……”

安初夏还来不及继续听萧明洛说完呢，手机就被韩七录拿了过去。他拿了手机放在耳边，眉心蹙起，似是不悦：“萧明洛，你想干什么？”

听到电话那头居然传来韩七录冰凉凉的声音，萧明洛着实吓了一大跳，但厚脸皮如他，话音一转，嬉笑着说：“没有没有，我什么都不想干，只是提醒下你和小初夏，不要忘记晚上的晚会哦，就这样，拜拜……”

再就是手机传来的忙音。

韩七录这才把手机递还给安初夏，嘴唇动了动，刚刚扬起，办公室的门却突然被人敲响。他扬声说了句：“进来。”

秘书这才刚打开办公室的门，垂首恭恭敬敬地说：“总裁，我们这次的合作方顺峰公司的总裁刚才拨了个电话到前台，说是希望您能够现在去签合同。”

“现在？”韩七录似有若无地看了安初夏一眼。顺峰公司的订单来得也不容易，可这时间……如果现在去签约的话，最快也要在晚会开始后一个小时结束了。

正犹豫着，一旁的安初夏开了口：“人家让你去签合约呢，你愣着干什么？我自己坐车回韩家好了，礼服什么的，妈咪有跟我说过，说是都已经帮我准备好了，你抓紧时间签完再来就行了。”

不等韩七录再说什么，她抬脚就走，可脚步刚跨出三步，手腕就被握住，她转身，正好对上韩七录的眸子。

“我会尽快过去的，如果晚会开始的时候觉得紧张的话，可以跟寒羽他们待在一起。”叮嘱了几句之后，韩七录还不忘记俯身在安初夏的侧脸落下一个吻，看得一旁的香秘书满脸羡慕。

总裁从来都是一副冷冰冰的样子，就算是难得表扬别人，也是一副扑克牌的脸，现在居然对这位初夏小姐这么温柔，真是羡慕死她了。

“我知道了。”安初夏感到自己的脸一阵滚烫，转身就走了出去。

盯着自动关上的办公室的门片刻，韩七录抬脚往前走了几步：“准备带该带的东西去签合约，我马上回来。”

“是，总裁。”香秘书回过神来，慌慌张张地鞠躬，再次直起腰的时候，眼前已经没有了韩七录的影子，想来也是去送老婆了，真是贤惠的男人啊……

安初夏独自走到电梯口前，看了那贴着“总裁专用”标志的牌子，她瞥了下嘴角，可不敢再坐了，否则那位前台的小姐还不骂死她？

铃声响起，电梯门缓缓打开，前脚刚一跨进电梯门，后脚韩七录就跟了进来，看着他那张半笑不笑的脸，安初夏一阵错愕，他进来干什么？不是有专用的电梯么？

“我送你。”韩七录自然地挽住安初夏的右肩，顺手按下了一楼的键，电梯门缓缓关上，稳稳地下沉。

“看不出来，你还挺厉害的。”安初夏瞥了下嘴角，语气里带着些许讽刺，“居然还有专用电梯。”

韩七录沉默着，不明白她说的是什么意思，正要开口询问，只听到她一板一眼地说：“而且别人都不能坐，坐了就会倒大霉。”

“你是我老婆，我的东西就是你的东西，我专用的就是你专用的，你当然可以坐专用电梯啊。”他宠溺地捏了下她的鼻子，就在这超级暧昧的一幕发生的时候，电梯突然在某一层员工办公层停下了。

在等电梯的若干员工看到这样的一幕后，纷纷傻眼。安初夏慌忙偏过头，视线还偷偷往电梯口瞥了一眼。眼看着电梯门即将自动关上，她慌忙上前一步重新按下了开门键，另一边还万分友善地微笑着说：“你们快进来啊！里面很空。”

那些人一阵慌乱，但很快淡定下来。纷纷后退了一步，一脸惊悚地看着她。

安初夏觉得无法理解，为什么不进来？她摸了摸自己的脸，难道是脸上沾了什么可怕的东西？应该没有啊……

“关门。”韩七录可比安初夏淡定多了，心里暗笑安初夏是白痴，他这个大 boss 站在电梯里，哪个不怕死的员工敢闯进来啊？

电梯门再次自动关上，这一次安初夏没有再按开门键，心想着可能他们都是要往上走的。可是他们怎么都不搭理她一下？害得她站在里面好尴尬的。

电梯又停了好几次，都是外面站着的员工们惊悚地看着里面，没有一个人敢上前，甚至还有人尖叫出声，昏倒了过去。

“怎么回事？”安初夏看了眼韩七录，“你平时经常虐待你的员工吗？他们好像很怕你。”

韩七录没有说话，恰好在这个时候电梯门开了，一楼到了。

砰——有人手里拿了一叠文件夹，在看到安初夏跟韩七录并肩从“普通员工电梯”里走出来后，手里拿着的文件夹纷纷掉到了地上，发出一系列嘈杂的声响。

“总裁……”前台的那个小姐惊讶地叫了一声，视线是落在安初夏的身上的。

想到刚才自己被这前台小姐训得这么惨，安初夏心里泛起一丝笑意，转而含笑搂住了韩七录的肩：“不用再送我了，我自己可以回去的啦。”

韩七录一愣，注意到她的余光是看着那位前台小姐的，再看着那前台小姐惊悚的模样，他心里大概猜出了安初夏在到达他总裁办公室前应该是和这个前台小姐发生了点什么矛盾。伸手搂过安初夏纤细的肩，他的笑容染上脸颊：“那么小心点，我让公司的人送你回家。”

“好。”安初夏乖顺地点头：“乖乖回去工作吧你。”

某男趁机俯身在她的唇上落下一个轻柔的吻，用只有他们两个人能听见的声音柔声问道：“需要我把她炒掉吗？”

安初夏知道韩七录这是在指那个表情像是见到了贞子一样的前台小姐。一边佩服着韩七录的智商，她一边又摇摇头：“不用了。”抬脚，跟韩七录离了些距离，“我走了。”

一直看着安初夏走出大厅，韩七录的表情才恢复了一脸的漠然，让人看了不自觉就心生寒意。

脚步直直地走向满头冷汗的前台小姐，他淡淡瞥了她一眼：“以后叫她总裁夫人。”

前台小姐的脸色更加惊悚，但还是僵硬地点了下头：“是，总裁！”

原来自己刚才居然……把总裁夫人训了一顿？看着韩七录坐进了总裁专用电梯，她立即全身瘫软，重重呼了口气。

另一边，萧明洛拿着一只手机在自己家大厅里踱步。一边是大哥约他待会儿在家里见面，一边是校长让他去机场接晚上晚会的主角，这两边……一个是从来不会主动见他的哥哥，一个是学院的校长。虽然校长他得罪得起，可是答应都答应了，哪里还有毁约的道理？他可丢不起那个脸……

让别人去接他不太放心，可是凌寒羽那家伙联系不上，韩七录就更别指望了，唯一一个指望得上的安初夏他现在又不敢打电话，万一接的还是七录怎么办？

就在他左右为难的时候，手机铃声却突然响了起来，正奇怪是谁，却见手机屏幕上显示的居然是安初夏。

萧明洛慌忙按下了接听键，安初夏悦耳的声音传来：“萧明洛，说吧，想让我帮什么忙？”此时的安初夏坐在车里，一脸认真和狡黠。

“七录有没有在你身边？”萧明洛先是这么问了一句，等安初夏确定说不在后，这才继续说，“我的好初夏，帮我去机场接个人吧，你让我做什么我都答应你啊！”

这边的安初夏左手拿着手机，右手无聊地敲着自己的右腿：“你让我帮忙原来只是让我去接个人，是去接总统吗？”

“总统你个头啦！总统轮得到你丫去接吗？是去接学院的转校生啦，他是今晚宴会的神秘嘉宾，可是我现在要去见我哥，你知道我的情况的，脱不开身。”

萧明洛难得有这种语气，很失落，但是又假装很轻松，让安初夏的心里一震，她知道萧明洛的哥哥，因为萧明洛的父亲执意要把继承权交给萧明洛，所以兄弟俩感情一直不怎么好。

“好，我答应你！”不就接一个转校生而已，没什么大不了的。不过……转校生的话，是不是就是之前萌小男跟菲莉亚打赌的那个神秘转校生？

见安初夏回答得这么爽快，萧明洛反而不放心起来，踌躇着开口：“你居然同意了？没忽悠我？”

安初夏翻了个白眼：“谁忽悠你了？不过……世界上没有白吃的午餐这句

话你听说过吗？”

就知道安初夏这种“聪明小人”是不会做没有利益的事的，萧明洛无可奈何地叹了口气：“说吧，小姑奶奶，你让我以身相许我也答应你啊！”

安初夏差一点没被萧明洛这话给呛死：“谁稀罕你以身相许了？你只要记着，你欠我一件事，以后无论我让你干什么，你都不能拒绝，了解？”

“……了解。”虽然是有些迟疑，但萧明洛还是一口答应。

就在这时候，萧明洛哥哥的车开进了萧家大门，透过玻璃，萧明洛看到萧明渊面无表情地走下车，他的喉结上下动了动，对着安初夏说：“大东机场，现在出发的话，应该再等个几分钟正好下飞机，他穿的是我们学院的制服，应该很好认，先这样，我先挂了。”

听到传来的忙音，安初夏把手机放回了兜里对着司机说：“司机，去大东机场。”

司机说了声“好”，车子绕了一个弯，反方向行驶而去。安初夏还不忘记掏出手机给萌小男和菲莉亚各打了个电话，两个人的反应都是先尖叫了一声，随即就答应马上坐车到大东机场来。

安初夏叹了口气，这两个人还真是……好笑。车窗倒映出自己的脸，思绪飘到了好远好远。不知道萧明洛跟他哥哥会怎么样呢……

萧家，现代式的建筑，宽阔的网球场，上面是有些暗的天空。萧明洛与萧明渊面对面隔着一张网站着，前者精致的脸上勾起了一抹笑：“今天到底吹的是什么风，世界上最讨厌我的人居然会找我打网球。”

萧明渊的眉心紧皱，半晌才松开。他的脸跟弟弟很像，只是那双眼睛完全是不同的。弟弟的更加显得桃花一些，而哥哥给人的感觉除了严谨还是严谨。

“我想好了，萧氏，还是应该由你来继承。”这个弟弟，从小到大都竭尽所能地讨好自己，为了能让自己继承萧氏，还故意游戏人间，可是他的眼睛里一直以来只看到了父母对这个弟弟的疼爱。

萧明洛的脸紧绷着：“哥，你怎么了？”

“男子汉别总是一副可怜的样子！”萧明渊又重新皱起眉，“听说你最近在打网球，那么我们就来几局吧。”

握紧手中的网球拍，左手的网球被往上抛，两个模样相似的人在萧家网球场像是在拼命一样地打网球，彼此谁也不想相让。

车窗外的景物不停地往后倒退着，十几分钟后终于停下。安初夏弯腰走出车子，大东机场是个比较小型的机场，客流也比较少。

安初夏刚一下车，就看到两辆计程车也停了下来。

“初夏！”

“老大！”

两个声音同时响起，萌小男和菲莉亚互相狠狠瞪了对方一眼，昂首快步走到她身边。

“我说你们两个。”安初夏无力扶额，“拜托成熟点好不好？我让你们来只是为了……为了你们不为了个转校生争得面红耳赤，也不照照镜子看看你们自己现在这副样子有多傻！”

“……”两个人一阵无言。

“请问……”一个熟悉的声音自耳畔响起，安初夏的脊背僵了僵，转过去的时候果然看到了一头墨绿色头发的南宫子非。他穿一身制服，显得阳光热血多了，只是那双眼睛依旧是那么深邃，让人知道，此人绝对很危险。

萌小男和菲莉亚两个人早已经看得痴了，某个萌女更是一副快要流出口水的样子——怎么可以有男生生这么一副好皮相的。

菲莉亚也是快要忘记了呼吸，原来这就叫王子啊王子……

“你……”安初夏惊讶地指着南宫子非的衣服，如果她没看错的话，他身上穿的绝对是斯蒂兰学院的校服。

南宫子非的眼眸中倒是没有多少惊讶，反而好像看见她只是意料之中的事。

“又见面了，初夏。”

安初夏在惊讶了一小会儿后也恢复淡定，认真地点了一下头微笑道：“真巧啊……不过，请问你就是我们要接的转校生吗？”

“没错。”南宫子非深深地看了她一眼，回忆一下子触及某根神经，倾泻而出。

“你怎么也是学生？看起来……”安初夏的脸色又是一阵变化。

南宫子非似有若无地蹙眉道：“怎么？我看起来……很老吗？嗯？”

安初夏连忙赔笑：“当然不是了！你多帅啊！是我见过的人里面最帅的人！”拍马屁谁不会呀？更何况，她说的确实是实话。

南宫子非这人就是个典型的衣服架子，穿什么风格的衣服整个人就能呈现什么风格。之前穿她送给他的那件衬衫，活脱脱一个潇洒中略带冰冷而又霸气的顶级帅哥。而现在，穿着斯蒂兰学院的白色制服，看起来更有书生气，整个人也显得阳光多了。

“帅哥！你跟我家老大是什么关系？”萌小男虽然打赌输了，但是痛心疾首之余发现这钱是那狐狸精后妈给的，心里的阴云一下子都消散了，扬起一张笑脸打探八卦。

“她……”

“你给我闭嘴！”安初夏呵斥道，转而很自然地拉过南宫子非的手，“子非我们走吧，别理她。”她是担心萌小男一说话就太过了。

“别走啊！”萌小男连忙推开菲莉亚上前拦住南宫子非跟安初夏，满分不爽地说：“怎么着啊老大？你有了七录大少爷还想要霸占别的帅哥吗？小心七录大帅哥他掐死你！”

这下安初夏的脸色一下子就跟吃了一百坨大便一样，就知道这货嘴里吐不出象牙来！

看到安初夏的脸色变差，萌小男心里咯噔一声——老大不会真要脚踏两条船吧？少个可以勾搭的帅哥没有多大关系，要是两个帅哥因为老大而打起来，那就罪过了！

“我突然想起来我家里衣服还没有收，菲莉亚我们走吧！”萌小男深吸一口气，换了个表情二话不说拉住菲莉亚跳进旁边一辆出租车，绝尘而去。

安初夏撇撇嘴角，叹口气，正好看到一辆出租车在面前停下来，里面的乘客走了出来。

她下意识地赶紧拉了南宫子非的手想要上车，可准备去拉他的手一空，南宫子非居然甩开了她的手。

她诧异地看向南宫子非，他的神色复杂。再看出租车，已经被别人抢着上车。

“抱歉。”南宫子非的眼眸闪过一丝抱歉，同时也有一丝安初夏看不懂的情绪，“我只是……不习惯别人碰我。”

这句话的意思是……平时都不会有人去碰他的吗？他是……外星来的吧？安初夏尴尬地挠了挠后脑勺说了句没关系后，两个人一直沉默着等车。

期间，安初夏不停地用余光打量着南宫子非。总的来说，她真的觉得南宫子非这个人很神奇。第一次见到他，他满身是血，在她凌乱的前一秒说这血不是他的。不是他的那就是别人的……

可是第二次见面，他坐着豪车跟她见面，说那车不是借的，不是借的那就是他自己的。可是明明第一次见面的时候，他连坐出租车的钱都付不起。

第三次见面，他居然即将跟她就读同一所学校。

南宫子非……还真是一个谜啊。

安初夏正感叹着，一辆空的出租车开来，两个人这才拦了车。安初夏把他送到了斯蒂兰学院的门口后就坐车回了韩家。期间南宫子非不发一言，只是最后在他下车的时候说了一句谢谢。

第二十章 神秘转校生

此刻，网球场上。两个长相相似的人都大汗淋漓，他们已经打了几百个回合了，可是一点也分不出谁处于下风，谁处于上风。

被放在一旁的手机突然响起，萧明洛一个分心，网球正好打中他的额头，球被反弹到地上，滚落了几下后停止。

“我输了。”萧明洛扔掉手中的球拍，笑容中满是无奈。

“不，是你分心了。”萧明渊摇摇头，也扔掉手中的网球拍。

萧明洛走到椅子旁，拿起手机按下接听键，安初夏的声音清晰地从手机那头传来：“你的事情我帮你办好了。你答应过我的，要答应我一件事，现在我想起来要让你干什么了，准备兑现诺言吧。”

萧明洛看了眼萧明渊，他正在喝矿泉水。收回目光，他勾起嘴角道：“是要我现在过去满足你吗？嗯？”

“你去死！”安初夏气急败坏，“说真的，我要你帮我查一个人。他叫南宫子非，就是你让我去接的那个转校生，我觉得他……很神秘。”

“我说，小初夏，你不会是因为这个转校生长得太帅而变傻了吧？七录要是知道了你在外面要我调查别的男人，他可是会生气的。”萧明洛说着，接过萧明渊递过来的矿泉水，仰头喝了一大口。

“你到底帮不帮我？”安初夏显然是生气了。

萧明洛也就不再逗她，摆正神色道：“行，晚上见面的时候再说。”挂了电话，他看见哥哥若有所思地看着自己，刚要说点什么，却听见萧明渊继续说……

“我也就不瞒你了，我得了癌症晚期。”萧明渊重重叹了口气，无奈地朝萧明洛笑笑。

萧明洛的脸色变了变，转而一笑：“哥，你这是在逗我玩吗？”

脚步微移，萧明渊上前一步，伸手居然摘下了头发。没想到，他那头浓密的头发居然是假的，假发被拿掉之后，只剩下光秃秃的头顶。萧明洛的心一紧，嘴唇动了动，竟然吐不出一句话来。

萧明渊的脸上还挂着刚才那抹无奈的笑：“我这二十几年来，一直在嫉妒你。嫉妒你凭什么能什么都不干就能拿到继承权。到现在，我才明白，其实你的心……比什么都要明净。这大概就是长辈都这么宠你的关系了。”

“哥……”萧明洛摇头，一滴泪划过他完美的脸庞。

“医生说我的时间不多了，我只是希望，能够对一直都故意让着我的你说一句‘对不起’。你会原谅我吗？明洛。”萧明渊的脸上还挂着笑，却也流下了眼泪。曾经的自己被权势完全蒙蔽了双眼，到现在他终于能够放开一切。如果这是命运，那么他谁也不能怪，更不能怪这个弟弟，只能怪自己。

“哥！”萧明洛几步上前，紧紧抱住了萧明渊，他从未与自己哥哥的心如此贴近过。

一辆黑色宾利内。

“果然我的初夏是最漂亮的！”姜圆圆满意地看着经过自己精心打扮过后的安初夏，本来就很大的眼睛现在画上了眼线，绿色的眼影正好衬着绿色的低胸晚礼服。脖子上一串亮晶晶的白金项链显得她更加高贵。

连姜圆圆都要忍不住看入迷了。

“妈咪，你就别说了，害我怪不好意思的。”安初夏倒是挺淡定，虽然照镜子的时候挺惊讶那个镜子里美得不能用言语来形容的人居然是自己。

“我说的是实话嘛！”姜圆圆的话音刚落，车子停了下来。

两个人下了车，一直到举办晚会的地点，路上都铺着红色的地毯。努力无视那些火热的目光，安初夏跟着姜圆圆一直到舞池的后面。

“夫人，您能来真是我们的荣幸。”校长伸出手跟姜圆圆握手，互相寒暄了几句后话题转到了安初夏身上。

“不知前几天的报纸是否是真的？报纸上说韩氏未来的少奶奶将是另一位，而不是……”

“那些都是谬论，我们韩家，只有初夏这一个未来的少奶奶。”姜圆圆快速地打断校长的话，“时间差不多了吧？我致辞后就要回去了，家里还有点事。”

“那么，您请……”校长自然不敢多说什么，带着姜圆圆走上舞池的中心。灯光被调到最亮，很快的，原本嘈杂的会场很快安静下来。

“各位同学，大家好，我是斯蒂兰学院的理事……”姜圆圆拿着话筒，从容地介绍着自己，跟在韩家的样子完全判若两人，安初夏在下面几乎看傻了眼。

“初夏。”南宫子非的声音自身后传来……

“是你啊，子非。”安初夏的眼神有些闪躲。她偷偷让萧明洛去调查了南宫子非，现在多少感觉有点对不起他，毕竟好端端去调查别人不是什么光明的事情。

南宫子非点头，眼神毫不避讳地看着安初夏：“初夏，你是不是不喜欢我？”

安初夏诧异地看着南宫子非，一时间竟然不知道应该说什么，只是瞪大了眼睛看着南宫子非。

“如果你讨厌我的话。”南宫子非依旧紧盯着安初夏的眼眸，一字一句地说，“我可以现在就回美国，保证让你看不见我。”

听他说这话，安初夏心里才算是松了口气，她居然猥琐地以为是那种喜欢，别人总是说纯洁的那种朋友间的喜欢而已。

略微尴尬地摇头，她大咧咧地笑笑：“怎么会不喜欢你呢？你这么帅，是吧？”

南宫子非不语，喉结上下动了下：“我们……换个地方说话？”

安初夏这才发现有好多女生和男生都往她这边看来，一边看还一边指指点点，大概是误会他们之间的关系了。她点了点头：“嗯，这里确实不是说话的地方。”而且，姜圆圆现在在讲的是斯蒂兰学院的历史，就跟开学典礼差不多，估计要说上好久。她也就带了南宫子非走出去。

夜晚的斯蒂兰显得格外孤寂。想当初，她还曾经被锁在女生厕所里过呢……总之，来了这里之后，她的人生，还真是发生了翻天覆地的变化。到现在，她也不知道是该笑还是该哭。

“子非啊，我……并不是讨厌你哦，是真的哦！”他们走到一处相对僻静的地方，安初夏的声音显得格外清晰。

南宫子非点头：“嗯。”脸上并无任何表情变化。他今晚穿的是一身黑色西装，就像来自黑夜的王者一样，给人以一种压迫感。其实在安初夏到之前，校长就已经在台上跟大家介绍了他——来自美国的海归生。

从踏入学院到见到安初夏为止，他已经收下了不少于一百封情书，统统都被他一个转身丢到了垃圾桶里。

对于南宫子非来说，他不想要的东西，统统都是垃圾，而他想要的，就算是毁灭世界也要得到。

“子非啊，我只是很奇怪，你怎么会突然来我们学校读书呢？”安初夏不解地问。

“因为……”南宫子非侧过脸，“我出生在美国，来过中国几次，就喜欢上了这里。听说这所学校不错，就来了。”

南宫子非的话分辨不出真假。安初夏点了点头：“那么，我们回去吧！”或许真的是她想太多了，她以为南宫子非是为了她而来到斯蒂兰的，那样就麻烦了……现在想来，是她太自恋，真该给自己一个耳光。

安初夏咬了下唇瓣，伸手欲想拉着南宫子非的手。可就在快要触及他的手时，安初夏的手停住了，转而不好意思地放在了自己身后：“不好意思，我忘记了你不喜欢别人碰你。”

“只要是你，就不介意。”

安初夏一愣，反射性地问回了一句：“啊？什么？”

南宫子非却在这个时候把视线移开，落到某个不知名的远处，只听见他文绉绉地说了句：“你是我的救命恩人，我再怎么不喜欢人碰我，也不能不喜欢你碰我。”

这话说得，好像也蛮有道理！但是不知道为什么，安初夏感觉自己的脸烫烫的，一个不小心正好对上南宫子非重新看过来的目光，顿时连耳朵都开始觉得发烫起来。

不行，不能跟这个帅得人神共愤的家伙站在一起了！

“我们回去吧，韩七录那小子……”注意到南宫子非狐疑的目光，安初夏连忙改口说：“韩七录是我……是我哥。”

“嗯。”南宫子非没有说什么，只是自顾自把外套脱了下来，然后在安初夏诧异的时候披在了她的身上，“起风了，回去吧。”说完率先抬脚就走。

安初夏若有所思地紧了紧身上的西装外套——南宫子非好像……喜欢她？这不符合科学啊！她安初夏何德何能啊！自己好像又自恋了！

“还不想走吗？”走在前面的南宫子非突然顿住脚步，安初夏慌忙跟上。

“初夏，你这是去哪里了？！”刚一进会场的门，眼尖的姜圆圆立刻就发现了她，快步往她这边走来。

安初夏迟疑着，最后还是指了指站在身旁比自己高出一个头多的南宫子非说：“我跟同学出去了一会儿，这里面太闷了。”

姜圆圆的眼珠快速转动着，转着圈打量着南宫子非，又把视线掉到安初夏的身上：“你这衣服……该不会是你同学帮你披的吧？”

姜圆圆说话的语气酸溜溜的，似乎是在吃醋。安初夏嗤笑一声，脱下身上的外套侧身对南宫子非说：“谢谢你的衣服。”

“不用谢。”南宫子非接过衣服，刚要说点什么，就被一个声音打断了。

“安初夏！”

这声音，这气势，这架子，还能有谁？

安初夏转身，正好对上韩七录似要燃起的双眸。她身子一颤，怎么了？这小子干吗一副要吞了她的样子？还有，自己听到这个声音的第一时间为什么要害怕？

“儿子啊，你可算是来了，好好陪着初夏，我要赶着回家有事。”姜圆圆说完话，已经迈开腿往外走去。

等姜圆圆离开后，韩七录的脚步一步一步，不急不缓地走向安初夏。

“你是谁？”离安初夏还有半米远的距离，韩七录停住了脚步，抬眼看向南宫子非，从他一向很准的直觉来判断，这个人，绝对不简单。

他以最快的速度不着痕迹跟人签了合同后，就立刻开车往学校。可是偏偏这个时间又是晚高峰时间，他只好叫了人，自己一路跑过来，就怕她一个人在晚会里会无聊。可是一进会场的门，看到的却是安初夏把一件男士的外套递给这个男人，还笑得一脸灿烂。

“哦，他是……”

“你闭嘴！”安初夏刚要说话，韩七录就狠狠地瞪了她一眼。

被瞪了一眼的安初夏当然是很不爽，正要呵斥回去，却被韩七录那像是要迸射出火花来的目光吓得不敢开口。记忆中，韩七录发火的次数也不算少，但她还是被吓到，一时间居然忘记了顶回去。

“你就是韩少爷吧？在下南宫子非，幸会。”再看南宫子非，一脸云淡风轻，没有被吓到，也没有任何的惊讶。从他的眼眸里，你永远也看不懂他在想些什么。

韩七录又打量了他几眼，目光没有一点友善。到最后，移开视线，伸手用力拉过安初夏的手，将她用力拥入怀中。

“你是新来的？”韩七录略一挑眉，“那么你大概还不知道吧？安初夏是我的女人，以后麻烦你尽量离她远一点。”

听到自头顶传来的韩七录霸道的宣誓，安初夏恨铁不成钢地翻了下白眼。

这个白痴到底是在干什么？她想要挣脱开韩七录的手，可无论如何用力，他的手都纹丝不动。最后，她只得尴尬地对着南宫子非干笑。

真是……丢人到家了！

“请问。”南宫子非也挑起眉毛，气势丝毫没有输给韩七录：“她嫁给你了吗？”

那话里的意味不用说韩七录也能明白，他的目光渐冷，而就在两人之间的气氛冷到极点的时候，萧明洛和凌寒羽适时出现。

两人明显是刚到，一见韩七录跟南宫子非站在一起就顿觉不妙。

“七录啊。”萧明洛脸上挂着灿烂的笑，“你还是带小初夏去吃点东西，小初夏一看就是饿了！”话毕，二话不说推了安初夏跟韩七录离开。

南宫子非的身后出现一个人，样貌并不出众，但那双眼睛一看就令人感到冷。他低声道了句："老大，现在还不是跟他起冲突的时候。"

南宫子非的眼眸动了动，那视线落到凌寒羽的身上。凌寒羽这时候也在打量南宫子非，见他看过来，适时收回目光，淡淡一笑："不好意思，七录他啊就是那样一个人，对谁说话都是这样。这位同学还请你不要生气。"

"我们老大自然不会生气。"站在南宫子非身后的那人淡淡一笑，眼眸中并无明显的笑意，反而涌动着一股血腥。

"这样最好，要是对学校有什么不适应的，大可来找我。"凌寒羽略微点了下头，转身离开。他自然是看到了那人眼中藏着的杀意。如果不是萧明洛突然开车冲到他家说出大事了，今晚的宴会他是不会来的。

走到韩七录他们所在的音乐室，一走进去，他就听到安初夏在痛骂韩七录。

"拜托你以后做事长点脑子好不好？也不嫌丢人！"安初夏紧皱着眉，显然是不悦。

韩七录只是不说话，将双手插在口袋里，半靠着墙看着窗外，似是没有听到安初夏的声音。

"小初夏啊，你也训够了吧？"萧明洛笑着打圆场，见凌寒羽面色不好地走进来，便让凌寒羽带了安初夏去喝水。

安初夏离开后，整个音乐室陷入了死寂。韩七录看了萧明洛一眼，伸手从口袋里掏出一支烟来叼在嘴里，另一只手轻轻一叩，用精致的打火机点燃了烟。

忽明忽暗的烟头在偏暗的光线中闪烁着。

"咳咳，我说……"萧明洛干咳了一声，调整了一个站姿，目光直视着韩七录，带着一点笑意。

韩七录悠悠地吐出一口烟，瞥了萧明洛一眼，语气不善："有屁快放。"

"我的意思是，你对小初夏是不是也管得太严了点？好歹她还没嫁你，就管成这个样子，可想而知以后她真嫁你了，没有男人可以勾搭了的生活该是多么黑暗。所以……"萧明洛无耻地笑笑，"在没嫁你之前，你还是能多闭一只眼就多闭一只眼吧。"

话音刚落，只见韩七录目光一冷，手指轻轻一扬，手中还燃着的烟头忽地飞了过来，即使萧明洛的反应速度还算快，可是右手的中指手指骨节上还是被烫到了。

"嘶——"萧明洛倒吸了一口气，紧接着快速地往手背上吹了几口气，"七录，你谋杀亲友啊！"

"还不说重点的话，烫到的，可就不止是手了。"韩七录淡淡一笑，笑容中蔓延着一股无形的杀气。

萧明洛不敢再说笑，收敛起了脸上的玩味一本正经地说：“你应该也察觉到了。你刚才差点跟他吵起来的那人不简单。的确……”见韩七录沉默着，他左右走了几步，这才继续说，“查他是个意外，今天初夏打过电话让我帮她查一下这个人。我从学校的档案室里查到的是他叫南宫子非，可是我的人却查到……”

空气一下子变得紧迫起来，韩七录的眼眸也微眯着，很是认真。谁知萧明洛话锋一转，嘿嘿地笑起来：“我说出来，你会给我什么好处呢？给我介绍一个美女吧？实在没有美女的话，把你家初夏借我玩一段时间也好啊……啊……！”

这次飞过来的不是烟头，而是一枚一块钱的硬币。这次当然不是被烫到手，而是侧脸被硬币划出了一道口子，伤口看起来不怎么深，但是很难保证不会留下疤痕。

“萧明洛，你如果再不正经点，我就废了你！”韩七录咬牙切齿，恨铁不成钢地瞪着萧明洛。

后者再也不敢造次，可怜兮兮地捂着脸说：“我的人查到，南宫子非的国籍是在美国，并且查到，他在美国的道上，叫……黑魔。”

“Shit！”韩七录低咒一声，上前几步拎着萧明洛的衣领吼道，“这么重要的事你拖拖拉拉到现在才跟我说！”

萧明洛半闭眼：“这不是重头戏要放在后头吗？再说，我这不也刚知道嘛！”

一时间，韩七录被气得脖子上的青筋都跳了起来。

音乐室门口一阵响动，原来是安初夏跟凌寒羽回来了。

“你们……”不知道情况的安初夏伸手惊悚地指着萧明洛的脸。

萧明洛刚才被韩七录飞过来的硬币划到的伤口已经渗出很多血来，看起来多少有点可怕。

韩七录这才放开拽着萧明洛领子的手，但还是不满地瞪了他一眼。

黑魔这个名字，真正在道上混过的人大都听说过。而黑魔这个名字的来历，传说是因为他为人十分残忍。

韩七录自然也是知道这个名号，只是在他的认知里，黑魔怎么也应该是一个四十多岁三十多岁的人，而不是……跟自己年纪相仿。

这让他很有危机感，也有一种从未有过的不安的感觉。

“你们两个人到底是怎么了？”安初夏甩甩头，从震惊中清醒过来。

“没什么！”萧明洛慌忙摇头，“我们只是随便切磋一下。嘿嘿，切磋一下。”

安初夏无奈地叹息一声：“两个人都不是三岁小孩子了，还跟小孩子似的，也不嫌丢人。快去处理一下脸上的伤口啦，免得破相。”

见安初夏没有再追问，萧明洛忙扯了站在一边发愣的凌寒羽：“那我们去一趟医院，待会儿就不回来了，你们今晚玩得开心点哈，到时候见！”他指的到时候是指野外大探险活动。

话音一落，两个人就跑得没影了。安初夏无奈，看了韩七录一眼，抬腿欲走，可是脚步才刚移开一步，韩七录就用力拉住了她的手肘：“我们也回去吧。”

他不想再去那里，也一点也不想见到南宫子非。他不是怕，长这么大他还没有什么真正害怕的东西，只是怕安初夏会受到伤害。

“不要！”安初夏翻了个白眼，“凭什么你说什么就是什么？”

“乖，我们回家睡觉，好不好？”韩七录的语气变软，眸底是无限的柔情，“我快要累死了。忙了一整天，还没有休息过一下。”

安初夏动了动唇，不言语，可是脚步却没有再移动。韩七录淡笑着将自己的一只手搂住安初夏的右肩，大步走出音乐室，一直搂着她走出斯蒂兰学院的大门。期间碰到过很多斯蒂兰的学生，对于他们各种震惊、羡慕、嫉妒的眼神，他一概无视。

倒是安初夏，一直想挣脱开他的手臂，可是一直没有挣脱开，到最后也只得任由他搂住自己的肩，心里奇怪他今天是怎么了，总觉得很是奇怪。

车子很快开进韩家大门，在安初夏准备下车开车门的时候，才发现车门已经被韩七录锁住了。

正欲开口，就听到韩七录的声音从驾驶座上传来：“离南宫子非远一点，好吗？”虽然是询问的话，但语气却是一点也没有给她有说“不”的权利。

“为什么？”安初夏不解，“你不会吃醋了吧？我跟他，只是普通的朋友关系啦。”

韩七录顺着右边看过去，淡黄色的车内灯光温和地笼罩着安初夏的侧脸，她的眼神很诚恳，容不得任何人怀疑。

他当然也信。

吧嗒一声，车门锁开了，虽然感到莫名其妙，但安初夏还是快速地下了车。

走进大厅的时候，姜圆圆正在跟人谈写作的事情，安初夏也不敢打扰，打了个招呼就上楼了。房间的门刚一关上就又被人打开，她就算是用脚趾头想也知道进来的人是韩七录。

也没怎么理韩七录，她拿起刚才从楼下带上的一瓶可乐想要打开来喝，无奈瓶盖太紧，她捏得右手通红也没能够把盖子拧开。重重地叹了一口气，她走到躺在自己床上半耷拉着眼睛的韩七录面前一伸手道：“帮我拧开盖子！”

韩七录从半闭着眼睛的状态变成了紧闭着眼睛，而且还惬意地翻了个身！

“喂——”安初夏拉长了声音，半跪到他身侧，“我快要渴死了！”

“自力更生懂吗？”韩七录慢悠悠地睁开了眼睛，语气虽然慵懒，却是毫不含糊地接过了安初夏手里的可乐。玩笑嘛，小开一下就好了，再玩下去，这丫头真生气了可不怎么好哄。

只见他起身在床上成佛祖状坐好，轻而易举地就把瓶盖给拧开了，一仰头，居然喝下了大半瓶。

“喂！我的可乐！”安初夏这才反应过来，夺过他喝掉了大半瓶的可乐，一脸的痛心疾首。恶狠狠地瞪了韩七录之后，看了看瓶口，一副想喝又不想喝的难以言喻的表情。

“不喝算了，给我！”见她迟迟没有动作，韩七录做出要夺回去的动作，安初夏慌忙护住自己的可乐，一仰头把半瓶可乐喝得一干二净。后者一边忍笑，一边换了姿势，在安初夏的口袋里掏出她的手机。

“你干什么？”疑惑地拿回手机，她点开通讯录，里面韩七录的备注居然被改成了“亲爱的老公”。她的脸噌地一下就红起来，但还是做出一副不满的样子道：“我说韩七录大少爷，你幼稚不幼稚啊？”

“要是让我发现你敢改掉就死定了！”说了这么一句，韩七录双手支撑起身子，下了床。

见他下床，安初夏下意识地问了一句：“你去哪？”问完之后立刻恨不得咬掉自己的舌头，一张小脸变得更红了。

果然，韩七录无耻地勾起嘴角，返回来凑近安初夏的脸，语气极其暧昧：“怎么？不想我走啊？那我就留下来跟你一起睡啊。”他可是巴不得不走。

“去你的，睡你的大头觉去吧！”安初夏伸手拿过一边的枕头用力砸了过去。

韩七录不痛不痒地耸肩：“不想我走就直说嘛，我又不会笑你……”

“还不走！”安初夏咬牙切齿，一边又在恨自己没事问什么，差点没把自己的脸给丢光！

“初夏。”韩七录收敛起脸上玩味的笑，一本正经地说，“你是我的，要是让我发现你再跟别的男人走太近，无论是谁，我都不会让他好过，明白了吗？”

不再等她回答，韩七录已经起身走了出去。

早上，安初夏肿着两只熊猫眼爬起来，托那臭小子的福，昨晚一整晚都没有睡好，翻来覆去的，不知怎么回事，脸一直红红的，莫名其妙地发烫，就连耳朵都感到很烫。不知道是谁曾经跟她说过，如果耳朵烫的话，那是因为有人在思念你。

那么，这个人是谁？是韩七录那小子吗？

早上七点，韩七录洗好脸穿着一件淡蓝色格子衬衫和暗红色的牛仔裤从楼上走下来，一边走一边打着哈欠，还差点没有被楼梯上放着的一盆君子兰给绊倒。

“这是哪个不懂事的把这东西放在这里的？”韩七录一脸愤怒，原本带着倦意的眼睛此刻冒着熊熊怒火。

“对不起少爷，我现在就抱走！”无辜的小女佣立即跑上前把君子兰处理掉。要知道，最下面一层的楼梯上一直都放着这两盆君子兰啊！只是它们今天运气不好，绊倒了韩七录而已！

“七录啊，别一大早起来就发脾气！”姜圆圆拿着一个小托盘从厨房里走出来，上面放着两杯牛奶。

韩七录冷哼一声，没有接话。环视了大厅一圈，迟疑地在餐桌前坐下来。趁着姜圆圆在认真地摆叉子的空当，他瞥了下嘴角道：“安初夏那家伙是在厨房里吗？”

“什么叫作‘安初夏那家伙’？她可是我最最亲爱的小初夏！”姜圆圆先是不满地这么吼了一句，这才眨眨眼睛回答道，“不在厨房，好像……还没有下来。以前她都很早的。”

“那头猪昨晚做贼去了还是玩游戏到通宵了？”韩七录的语气带着些嘲讽，但脸上却满是笑意，仔细看的话还会发现他的眼中带着些宠溺。

但是听他这么一说，姜圆圆可不乐意了。她的宝贝小初夏怎么能跟猪比？！不是不是，猪怎么能跟她的宝贝小初夏比？

双手一叉腰，姜圆圆十足一泼妇状：“小兔崽子你是在说我们家小初夏是猪吗？你是今天心情不好所以想要找死了吗？”

“好了好了，当我没说。”韩七录摆摆手站起了身子，“我去叫她起床。”

他可不想要一大早起来就跟一个更年期进行中的老妖婆吵架，会折寿的！五六步就跨上了十几节楼梯后，他气都不喘地来到了安初夏房间的门前。手触及门把扭了扭，居然没打开！

“这头猪居然锁门！”他皱着眉，一只手插在口袋里，另一只手不耐烦地敲了下门，“安初夏你这只死猪赶紧给我开门，否则我就踹门了！”

安初夏前面醒了一下，然后又倒下去了，这会儿正在梦中与周公下棋。

韩七录咬了咬牙，没有再多废话，后退了几步，突然一个箭步向前。

嘭！一声巨响之后，门被撞开了！

“什么声音怎么回事？”这下子安初夏是彻彻底底地输了棋，睁开眼一脸迷茫地四处张望。

“我说……初夏啊。”韩七录笑眯眯的，双手插兜走过来，脸色却突然在走到床沿的时候变得铁青，“你是耳聋了吗？叫你那么多声都不来开门？”

根本没有听到好不好啦！安初夏目光瞄向门口，可怜的门锁已经坏掉了，门上有一块地方凹陷了下来，好残暴的臭小子啊……

韩七录好歹发泄了胸口的闷气，再走近一步，突然露出一副可怕的表情：“呀，安初夏！”

安初夏眸中的睡意完全散去，眼睁睁地看着韩七录鞋子也不脱就跳上床，一点点凑近自己。她心跳不由得加速跳动，脸颊也不受控制地红了起来："你你你……你想干什么？"

"不要露出一副幽怨的表情，否则我会真的忍不住想要做点什么。"韩七录摆出一副正经的表情，"不过，你是画了很浓的眼影吗？你看看，都成熊猫了。"

说完韩七录还像模像样地伸手拿过放在床头柜上的镜子给安初夏，镜子里倒映出一张疲倦的脸。黑眼圈确实很重，但没有韩七录说的那么严重。

安初夏伸手夺过韩七录拿着的镜子放到一边："你才是熊猫呢，出去出去，我要换衣服了！"

某男这才从床上爬下来："你昨晚是不是偷偷溜出去泡男人了？难得会到这个点还没有下楼啊。"

安初夏胸口的怒火一下子就冒了出来，如果不是因为脑子里都是他的影子，那她也不会起不来床啊！心里这么想着，嘴上居然真的说出了口："你才出去泡男人了呢！要不是因为你……"

原本准备乖乖走出去的韩七录耳尖地听到她的声音，立马又折了回来，俊美微微一挑，嘴角勾起："因为我？我怎么了？你不会是因为想……"

"你别想太多了！"安初夏立马大声反驳，"要不是因为你们学校要弄什么野外大探险活动，我也不会因为紧张所以一夜没睡啊。"

韩七录耸耸肩："那快点换衣服吧，待会儿来不及了。"

见他没有再追问，安初夏这才松了一大口气，洗脸刷牙换了衣服下楼，韩七录早就吃完早餐。她看看时间，怕来不及，随便拿了个三明治和一瓶罐装的牛奶就出去了。

"小初夏！"刚一坐上车，姜圆圆就追了上来，敲了敲车窗大口喘着气。

安初夏只好把车窗摇下来："妈咪，还有什么事吗？"

"还有十一分钟。"一旁的韩七录看了下时间，悠悠说了句，"韩管家，看样子等会儿要闯红灯了。"

韩管家尴尬地笑笑，鬼都知道韩七录话里有话，就是想让姜圆圆少废话几句。

姜圆圆翻了个白眼不理韩七录，从一旁的佣人手里拿过一个漂亮的小箱子塞进来："小初夏啊，这里面全都是一些驱蚊水、补水霜、防晒霜之类的东西。虽然说要尽兴地玩，可是女孩子还是要好好保养皮肤哦。"

"是，妈咪，我一定会记得好好保养皮肤的。"盯着韩七录鄙视的眼神，安初夏接过姜圆圆塞进来的小箱子放在了右侧，正好跟韩七录隔开了。

车子开动后，韩七录一直不停地让她把箱子丢掉，可是安初夏怕姜圆圆会生气，所以就一直坚持着不扔。到最后，韩七录把脸上一摆："你到底扔不扔？"

“说多少遍了？我说不扔就是不扔！”她也是有脾气的，一开始只是因为担心姜圆圆会生气所以坚持不扔，可是一看到韩七录摆出一副老大的样子她就不爽！

“好啊你，翅膀长硬了是吧？老公的话都不听了？”韩七录正打算好好跟安初夏谈谈人生，突然话锋一转，眼眸划过一丝笑意，“我说，安初夏啊，你是不是怕自己被晒黑了皮肤不好了我会不要你啊？听话，把这东西扔掉吧，为夫不会抛弃你的。”

从车内的后视镜里看到韩管家艰难忍笑的表情，她一咬牙，狠狠瞪了韩七录一眼：“你不要太自恋了。反正不管怎么说我都不会扔掉妈咪的一片好意的。”

得不到想要的答案，韩七录收敛起眼眸中的笑意，转头认真地看着安初夏：“你真的不扔？”

“不扔！”她斩钉截铁地回答。

“好好好，你有种！”韩七录赌气地偏过头看自己这边窗外的风景。车子刚一停下他就走下了车，一直走到自己班级所在的队伍里。

“姐夫好！”萌小男今天心情不错，看到韩七录往自己这边走来连忙满脸堆笑地问好。

“哼！”韩七录轻瞥了她一眼，从鼻尖里发出一声冷哼，快速地走过去了。

这是……怎么了？萌小男依旧保持着那个灿烂的笑容，可是不难发现她的笑容有些僵硬，嘴角还不自觉地抽了两下。她刚才是……热脸贴了人家的冷屁股吗？

“哈哈哈哈！”萧明洛的笑声突然传来，“我们的卖花女这是热脸贴了人家的冷屁股了吗？”

一听这话她气就不打一处来：“去去去，哪凉快哪待着去！”

看到萌小男眼中的不悦，萧明洛的笑意更是明显：“有句话怎么说来着？对了！叫作朋友夫不可欺啊……”

“喂！你想哪里去了？我只是在跟我未来的姐夫打招呼，别整天想这些有的没的！”萌小男跳脚，“还有，不许叫我卖花女！”

萧明洛耸耸肩，不置可否：“七录呢，明显是又跟初夏闹别扭了，跟个baby似的。你也别生气，玩得开心点。”

见萧明洛没有再围绕着热脸贴冷屁股的话题，萌小男的脸色稍稍放缓了点：“你的意思是，你不参加这次的活动么？”

“你的意思是，你很希望我跟你一起参加这次的活动么？”萧明洛不答反问，笑得一脸无耻。

“……见鬼去吧你！”萌小男一脚踢过去，却踢了个空，萧明洛做了个鬼脸转身逃得没了踪影。

萧明洛因为哥哥的问题，所以就决定这几天陪在哥哥的身边不参加大探险活动了，可是发现昨天把手机不小心落在第四音乐室了，只好在学校锁门前赶过来拿手机。

拿了手机刚走出教学楼，正好碰上拿到一本点名册的校长。

“校长！”他快步上前拦住校长的路，“您这是要去点名吧？”

“原来是萧少爷啊，您哥哥的事我已经听说了，这几天就安心陪在哥哥身边吧。”校长笑得一脸歉意，却见萧明洛的脸色变差，立即就听了嘴，“您看我这张嘴！”

“没事！”萧明洛摆摆手，“如果觉得抱歉的话就帮我个忙吧，这坐车的位置是随机的是吧？”

“是的，都是用电脑甩了号，然后打印出来的，怎么了？”校长一脸迷茫。

“那您帮忙把安初夏跟韩七录安排在同一辆车吧，怎么样？”萧明洛一挑眉，威慑力十足。

“这还用您说？”校长笑得老奸巨猾，“韩夫人早就打了电话来吩咐过了，您就放心吧！”

手机铃声恰好在这时候响起，看到来电显示，萧明洛连忙按下接听键：“什么？病危通知书？你们这些医生都是吃什么的？要是我哥出半点差池，你们就等着好看！”

萧明洛平时一副吊儿郎当的样子，可真正生气起来的样子也是很可怕的，一旁的校长愣是大气都不敢出，弓着腰站在一旁，也不敢轻易离开。

“医院有点急事，那么，我就先走了。”萧明洛挂掉手机后跟校长道别，急匆匆地去了。

几分钟后……

“老大啊，你有没有觉得车内的气氛……很不正常啊？”萌小男压低了声音对正在假寐的安初夏说。

按道理说，出游的校车车内的气氛应该是高涨的，每个人的脸上带着灿烂的笑容，高声唱着出游的歌什么的……可是这辆车静得完全可以跟上公开课时比了，连一根针掉在地上的声音都能清清楚楚地听见。

这对爱热闹的萌小男来说，简直就是种生不如死的煎熬啊！

萌小男不知其原因，可安初夏怎么会不知道？弄出这种压抑气氛的始作俑者正是韩七录、韩大少爷。他一定是在自己跟萌小男上车前说了什么话，导致大家连喘气都不敢大声，一个个安安分分地坐着。

“大概是都在养精蓄锐吧。你也好好撑着这个时间睡一觉。”安初夏甜甜一笑，不准备对萌小男解释些什么，否则天知道她会闹出什么动静来。

“是这样吗？”萌小男狐疑地看了安初夏一眼，可是看不出任何端倪，只好学着安初夏的样子准备好好睡一觉。

就在这个时候，一个高高瘦瘦的男生扶着车座的靠背弓着腰走过来（因为他只要站直就会撞到车顶）。

“初夏小姐，您可以跟我换一个位置吗？”男生一副要哭出来的表情。

“喂——凭什么我们老大要跟你换……”话说到一半的萌小男突然顿住了，难怪大家都不敢发出声音，原来是某位大少爷在睡觉呢！

但是，韩七录韩大少爷真的在睡觉吗？如果真的在睡觉的话，这个男生怎么会突然想要跟老大换位置？

想到这里，萌小男狡黠一笑，话锋一转微笑道：“老大你快跟他换位置吧，我跟这位小男生有话要说呢！”

安初夏不知道这个男生是坐在韩七录身边的位置上的，听了萌小男前后矛盾的话满脸的诧异，她跟这个男生认识吗？应该不认识啊，那有什么话好说的？

“初夏姐姐，我叫你姐姐好吗？求求您跟我换位置吧！”男生看到安初夏迟疑的眼神，以为她不愿意换，眼眶开始泛红，“拜托您了！”

“好吧，我跟你换，你坐在哪里？”安初夏无奈地站起身来，由于车子现在开在平坦的公路上，路上也没有什么车，所以她连手都不用扶。

“谢谢您了初夏姐姐，您真是大好人！”男生说完朝着最后的一排说，“我就坐在……那里。”

顺着男生的手指看去，安初夏正好看到了紧闭着眼睛的韩七录。原来男生居然是坐在韩七录旁边的座位上的。这么一来……安初夏再看了眼男生一眼，他红着的眼眶还没有恢复。用脚趾头想想也知道肯定是韩七录逼他换位置的。

她顿时有一种不想换位置的感觉，可是话已经说出口，也没办法了。都答应了人家。

“嗯，我知道了。”她只好点点头，拿了嘻嘻哈哈地不知道在笑些什么的萌小男手里的一袋妙脆角往韩七录那里走去，最后一屁股在他旁边坐下。

“我说，男子汉大丈夫哭什么呀？也不怕别人笑话！”安初夏刚一坐下，就听到萌小男在跟刚才要跟她换位置的男生谈人生。

“哎——”无奈地摇摇头，她动手拆开了妙脆角，开始吧嗒吧嗒地吃起来。

“喂，你就不能吃小声一点吗？”韩七录皱皱眉，不悦地睁开眼睛。

安初夏在心里冷哼一声，看都不看韩七录一眼，反而吃得更加大声了。

“呀！安初夏，你想找死吗？”韩七录怒了，脖子上青筋暴起。

又来了又来了，暴怒版韩七录真可怕。

安初夏停止了咀嚼的动作，侧眼看过去，到最后，干脆一点点凑过脸去。

“你……你干什么？”韩七录居然开始吞吞吐吐起来，脸颊也不知道为什么有些泛红。这个样子虽然她不想承认，但实在是诱人极了！

“不要露出一副幽怨的表情，否则我会真的忍不住想要做点什么。”安初夏学着今天早上韩七录的调子，一字一句地说着，说完她自己都忍不住笑出了声。

“看样子你是真心想找死……”韩七录压低了声音，脸色也开始变青。

“你就真的那么讨厌那个小箱子？”安初夏皱眉，一副疑惑不解的样子，“我不扔掉那个小箱子你就真的这么生气，连理都不想理我？”

韩七录的唇瓣动了动，显然想要说些什么。但最终没有说出口，只是无比嫌弃地瞥了下嘴角，将头转向窗外不语。表情没有再像刚才那样僵硬，显然是没有再像刚才那样生气了。无谓地耸耸肩，见他没有说话，安初夏也没有再说话，自顾自地啃着那包妙脆角。

“给我吃小声点！”韩七录又把头转了回来，紧皱着眉，“你不要睡觉别人还要睡觉！”

这个别人指的是谁？安初夏环顾了下四周，车内一片安静，一个个都屏住呼吸不敢发出声音。他们……似乎不是想睡觉，而是不敢发出声音吧？

“七录……”安初夏一副戏谑的表情，一伸手就把一把妙脆角塞进了韩七录微张的嘴，“来来来，我们一起吃。”

“呸，别犯傻了！”韩七录一口把嘴里的妙脆角全都吐在地上。

这个……臭小子！安初夏咬牙，正准备教育韩七录不能胡乱浪费食物，一直在平稳地行驶着的汽车突然来了一个紧急刹车。

一时间，车里人仰马翻，如果不是韩七录眼疾手快，拉了安初夏到自己的怀里，她会因为惯性，直接扑倒在地上也说不定。

不过可怜了那包妙脆角了，安初夏惋惜地看了一眼撒了一地的零食。

“怎么回事？”

韩七录语气不善，那司机肯定也是认识韩七录的，慌忙解释说是前面突然横停了一辆车，挡住了路。司机刚一说完，前面横停着的那辆车的车门开了，从车上下来了几个人走到安初夏他们乘坐的专车前。

“居然敢拦我们的车，七录少爷，我们现在就下车狠狠地揍他们一顿！”有好事的男生挽了袖子，一副就要冲下去打架的样子。

韩七录沉默不语，眯起眼睛看着站在车前的那几个似乎在说些什么，但因为坐在车里的原因，完全听不见他们的声音。末了，他将目光移向那辆黑色的Q8的车窗上，眼眸一下子闪过一道杀气。

“把车门打开，让他们上来。”韩七录坐回了座位，面色似是有些不好。

“好的七录少爷，我现在就冲……”那个好事的男生说了半天才意识过来韩七录刚才说的是让他们上来，而不是让他下去打架，顿时愣了好一会，“啊？您说什么？”

“姐夫说，把车门打开，没看到那几个人的手势是让我们打开车门吗？”萌小男翻了个白眼。

好事的男生只好悻悻地坐回了自己的位置。

见车门被打开，那几个穿着黑色西装的男人立即走上了车：“很抱歉以这种方式打扰大家，请问，安初夏小姐坐在这辆车上吗？”

还在惋惜那袋妙脆角的安初夏终于醒了过来。

“啊？你是在说安初夏吗？”得到几个男人肯定的眼神后，她不自觉往韩七录身边缩了缩，“对，我是。”

某男好像很满意安初夏这个不经意往他那边缩的动作，嘴角微微勾起，目光直视着那几个男人，等着他们继续说。

“您……您真的是安初夏小姐？”走在最前面的男人眼眸闪过欣喜，也不等安初夏再回答，他转身就跑下车。

安初夏一头雾水，却见前面横停着的那辆车的车门开了，从车上下来一个熟悉的人。

虽然觉得很眼熟，但她怎么也想不起来这个人是谁，然后那人似乎上了这边的车，紧接着就是一声洪亮的——“嫂子！”

安初夏的神经一紧，似乎曾经也被人这么叫过。对上那双充满欣喜的眼睛，他的眼皮跳了跳，尴尬地扯了下嘴角道：“请问……你是在叫我吗？”

“当然，当然是叫嫂子你啊！”胖胖的男人上前几步，面容忽而变得沮丧，“嫂子！你不记得我了吗嫂子？！”

这都是……什么跟什么嘛！

见安初夏神奇地呆滞着，那胖子的表情因为激动而变得有些扭曲，让人看了不由得发笑。

“喂，胖子，我老大认识你吗？不认识的话就不要乱叫！听到没有？！”萌小男站起身，万分不爽。看情况这胖子肯定是不认识韩七录的，可是他却叫老大嫂子，只能说明……胖子的大哥是另有其人。

再看韩七录的脸，显然也跟萌小男一样，很是不爽。

“嫂子，你真的不记得我了吗？我是大虎啊，大虎！”

胖子这一番话提醒了安初夏，记忆像被打开的水闸一样奔了出来。

——你跟我们老大是什么关系？你是我嫂子吗？嫂子！我叫大虎，嫂子！

——老大，你都学会怜香惜玉啦？

——这就走了吗嫂子？

“啊！是你啊！”安初夏的眉眼一松，站起身来，“不好意思，刚才一时没想起来。不过，我真不是你大嫂，都是误会。”

“误会？”大虎歪了下头，“不存在误会这样的东西。好了，嫂子，你快跟我走吧！”

话音一落，大虎上前几步就拉过安初夏的手腕，下一秒，韩七录拉住了安初夏另一只手挽：“慢着。”

云淡风轻的两个字，却是拥有着让人不自觉颤抖的力量。大虎转头看向这个刚才因为坐着而一直没有看到脸的男生。不……不能称之为男生，因为他的眼眸有着浓重的、与他的年龄不符合的杀气。他的脸部轮廓紧绷着，漆黑的眼珠紧盯着自己。

这是一个跟自己家老大一样有着庞大气场的男人。

大虎也不是吃素的，自然也不会被韩七录这两个字就吓到。他正了脸色，一字一句地说：“喂，把你的手放开，否则就别怪我对你不客气了！”

大虎说话的声音本来就响，这一句话说得车内的人都禁不住要捂住耳朵。

“臭小子，居然敢对七录少爷不尊敬！”有沉不住气的男生已经站起了身，可是刚一站起身就被大虎的人给按回了座位上。

“都不要再吵了！大家都是朋友啊。”安初夏连忙充当和事佬，甩开了两个人各种拉着她的手道：“不好意思啊大虎，我的同学都比较容易冲动。你找我到底有什么事啊？”

说到这里，大虎的神色黯淡了下，声音也开始哽咽起来：“老大他昨天晚上一个人去酒吧，结果……结果被一群王八羔子给打了。老大本来可以轻易地揍死那帮人的，可是不知道为什么，他没有还手……”

大虎的肩膀随着说话声音渐低开始一起一伏起来。

“别哭了，后来呢？”一个大男人为了自己的老大而流眼泪，就冲着这一点，安初夏对大虎就很有好感。或者说，她对任何讲义气的人都没什么坏态度。

“后来等我赶到那里的时候，老大已经躺在了地上不省人事。有人把碎了的玻璃瓶插到老大身上，老大流了好多血，到现在还没有脱离危险期。我想，现在老大最想见到的人应该就是嫂子你了。我求你了嫂子，就去见见老大的最后一眼吧！”大虎说着说着，一边拉着安初夏的手，一边跪在了地上。

“死胖子！你们老大死不死关我老大什么事，还不放开你的猪手！”萌小男刚要冲上去跟大虎决一死战，立即就被大虎的人拽住动弹不得，只好乱骂道：“放开我！你们这些王八羔子！”

安初夏尽量忽视萌小男嘴里蹦出来的那些骂人的话，低头看着跪在地上痛苦的大虎犹豫了。南宫子非给她的感觉是一种很孤独的感觉，从内心地，觉得他很孤独。让她很有想要照顾他的冲动。怎么说，两个人也是朋友了，朋友受重伤在医院，她应该要去看看的。可是偏偏是现在……

偏头欲想看韩七录的表情时，就听见韩七录低沉着声音说了句："好，我们去看他。"

安初夏满是惊讶，从昨天的晚会上来看，韩七录应该是很讨厌南宫子非的，可是现在他怎么会答应？按照正常的情况，不应该是韩七录死也不肯让她去看望南宫子非的吗？

不等安初夏再想韩七录这是葫芦里卖的什么药，手已经被韩七录重新拉住，绕过大虎，走下了车。

一下车，安初夏才发觉自己乘坐的这辆校车后面排着长长的队伍，都是要开过去的。有交警正在跟后面的车辆沟通。几分钟后，韩七录和安初夏坐在大虎的车里，大虎则开着车，不断地透过车内的后视镜看着后面，看样子是很不高兴韩七录跟着一起去，但是不知道出于什么原因，居然忍住了，只是紧咬着牙关开车。

车子开得飞快，如果不是坐惯了韩七录的车，安初夏一定会尖叫出声的。很快他们来到了医院的急诊室门口，还没来得及喘上几口气，突然急诊室门上的红灯暗了，门被打开。

"怎么样，我老大已经没事了吗？"大虎一个箭步冲上去，紧紧地拽着医生的衣领。

那医生显示是被大虎吓了一大跳，但看在他没有恶意，扶了扶鼻梁上的眼镜，低垂了下头说："不好意思，我们已经尽力了。"

安初夏的脑子嗡的一声，瞪大了眼睛不敢置信地看着医生。而拽着医生衣领的大虎突然嚎叫了一声，一把将医生甩到了一旁。

倒霉医生一下子站立不稳摔倒在地，后来的小护士们尖叫的尖叫，报警的报警，一下子乱成一团。

当蒙着白色被单的人被推出来的时候，大虎又嚎叫了一声扑倒在床沿："老大！老大你怎么能就这么离开我们？老大！老大你不能死啊！"

"怎么……可能？"安初夏摇头，盯着那被白色被单蒙着整个身子的人张了张嘴还想要说什么，却是一个字都说不出口。

三人中看起来最淡定的韩七录此时眯起了眼睛，也是一副不相信的表情，叱咤美国的黑魔会这么轻易死去？

脚步微抬，他来到推床前，在众人还没反应过来的情况下一把扯开了白色被单。被单下，是一张苍老的、陌生的脸，脸色苍白，但是很安详。

“你……你怎么能把被单掀开？这是犯忌讳的呀！”有年长的医生慌忙上前捡起地上的被单重新帮死者盖上了被单。

“这……不是我老大呀！”大虎猛地站了起来。

“我们是保卫科的，发生了什么事？”就在这时，保卫科的人到了。也碰巧就在这时，急诊室的门又被打开。

“我在里面就听见你在鬼叫了，我还没死呢！”南宫子非躺在有轮子的病床上，被人推了出来，手里还拿着一只MP4，看起来很是悠闲，表情却在看到安初夏跟韩七录的那一瞬间凝固。

“你们怎么来了？”

大虎完全愣住，看看南宫子非又看了看被蒙着被单的人。

“娘！我们来晚了！”一大帮人哭丧着扑到刚才大虎以为是南宫子非的死者床边大哭。

“都是误会。”韩七录没理会南宫子非，从口袋里掏出一包烟递给刚才被大虎拽地死去活来的医生，俯身又在那个医生耳边说了什么。

那医生面色慌张地看了韩七录一眼，紧接着挥挥手，那些保卫科的人识相地都退下了。

“死者要送到太平间去了，你们让道。”

几分钟后，特护病房内……

“对不起，老大，是我把嫂子叫来的。”大虎一副我知道错了的表情，转而又小声地嘟囔，“但是那个家伙可不是我叫来的。”

韩七录的神色有些不自然，显然是在隐忍。

“既然没事了，我们就先走了。”安初夏尴尬地笑笑，她实在是应付不来这样的场面。

安初夏刚一站起来，南宫子非就伸手拉过安初夏的手腕：“再坐一会儿吧。”

“放开你的手！”韩七录几步上前，一把扯开南宫子非的手。

“你别这样！”安初夏一个劲地朝韩七录使脸色。

韩七录紧咬着牙关，深吸一口气转身走出去：“我在医院门口等你，快点。”

门自动关上，安初夏只好坐下来：“你让我留下来，有什么话要对我说吧？”

“没有。”南宫子非的眼睛往大虎那边瞥了眼，就算迟钝如大虎，他也明白南宫子非那一眼的意思。

嘴角勾起一抹坏坏的笑，大虎快速往门口挪动着他胖胖的身躯：“嫂子，我去感谢感谢那些医生，你们慢慢聊哈！”

病房的门被打开后又重新被关上，气氛一下子冷却下来。

安初夏顿了顿，再次准备起身："如果没有什么事的话，我就先走了……今天是学校野外大探险活动的日子，我……"

"初夏你很讨厌我吗？"就在安初夏将要完全站直身子的时候，南宫子非突然说，这导致她尴尬万分，不知道是该重新坐回去还是应该干脆走掉。

见她没说话，南宫子非的眼眸划过一道伤心的光："知道我为什么喜欢跟初夏你做朋友吗？因为你善良，对朋友很仗义，很真实。可是现在，我不知道我对初夏你的定位，到底是不是对的。"

"对不起……"安初夏懊恼地拍了下自己的头，转而伸出食指戳了下南宫子非的脑袋瓜，"我当然是善良仗义真实的啊！我不善良谁善良啊是吧？毕竟现在这个年代会放心借钱给一个满身是血的人已经不多了！哈哈哈哈……"笑到最后，她才发觉南宫子非一点也没有笑起来的意思，只好讪讪地收回手，尴尬地挠了挠后脑勺，"我的笑话好像不好笑，呵呵……"

"没有，很好笑。"南宫子非很认真地说着，脸上却依然没有任何的笑意。

很好笑你还不笑？无谓地耸耸肩，安初夏换了个话题道："你为什么会被打啊？听大虎说起来，你好像打架很厉害的样子。"

"我不会打架。"南宫子非摇头，"帮我按一下铃。"

安初夏抬头，这才发觉玻璃瓶里的药水快要滴完了，慌忙找了按铃按下。显然她没有注意到南宫子非这是在故意扯开话题，所以她被成功地忽悠了。

"初夏，我问你，你爱韩七录吗？"

安初夏的心跳加快，偏头看向南宫子非，只见他也正定定地看着自己，眼睛一眨也不眨地等着她的回答。

这一刻，连呼吸的声音都变得异常清晰。

"我……谈不上爱吧。"安初夏心里有点捣鼓，那只是喜欢，没错，只是喜欢。

"那么。"听到这里，南宫子非似乎是松了一口气，"既然你很善良，如果有一天没有女人愿意嫁给我，你愿意嫁给我吗？"

顿时，安初夏的脸上一阵错愕，复杂的各种脸色在脸上不停变幻着。

良久，她突然笑了起来："我说子非啊，如果像你这么帅这么温柔的男生都没有女人愿意嫁给你的话，那只有一种可能了——世界末日。"

"我说认真的。"南宫子非坐起来，还想要说些什么却被打断。

"不用说了，如果有那么一天，我绝对嫁给你啊！"安初夏调皮地吐了下舌头继续说，"不跟你说了，我真挺想去参加这个野外大探险活动的，看你现在这样，身体应该没有什么大碍了，我先闪，回来就给你看我到时候拍的照片哈！"

"嗯。"南宫子非点头，看不出什么情绪。

安初夏起身，伸手在南宫子非的肩上拍了一下，转身走出病房。她只觉得背后有一道目光一直紧盯着她，于是便加快了脚步，却不忘记轻轻带上病房的门。

大虎守在外面，见安初夏出来，讪笑道："咦？嫂子？你这么快就出来啦？"他眼睛闪过一丝掩饰不住的慌乱——其实他刚才一直偷偷躲在病房门口偷听来着，可是这医院的特护病房的门该死的隔音功能特别好，居然连一个字都没听到，反而还差点被安初夏抓个现行。

"嗯。"安初夏点头，也就懒得再跟大虎反驳称谓问题。

抬脚才刚刚迈开一步，准备打开门进病房的大虎突然又追了上来，拉住安初夏的胳膊肘急切地说："嫂子，我想来想去，能让我老大这么反常的人也只有你了。昨天，您是不是跟老大说了什么话？"

"什么意思？"安初夏不解，难道南宫子非被打伤的事情跟她有关？

"没什么。"见安初夏那副迷茫的样子，大虎也就没再说关于那个话题的事，"希望您能好好对待老大，我们一定不会亏待嫂子你的。但是……嫂子，如果老大再因为您而置身于危险之中，我大虎会亲手把一切了结。"

安初夏眨眨眼，分明从大虎的眼里看到了杀意，忍不住身体打了个寒战，她咬咬下唇道："大虎，你这话什么意思？"

"您是聪明人，当然知道我这个粗人说的是什么意思，不送了。"大虎转身就走。

望着悠长的医院走廊，安初夏懊恼地挠了挠头，这个大虎真是神经大条，还真以为南宫子非跟她之间有点什么……

摇摇头，她略感无力地走出医院。刚走出大门就看见韩七录正紧皱着眉背靠着一面墙抽烟。她撇撇嘴角，几步跑上前夺过韩七录指尖夹着的烟："喂——我有跟你说过的吧，不要抽烟。"

"有吗？"韩七录耸肩，不置可否，"走吧。"

韩七录率先往前走，高高的身子恰好挡住了她前面的阳光。她的鼻子突然酸酸的，觉得委屈。

"喂——"安初夏追上去，拽了下他的袖子，"你都不问他跟我说了什么吗？"

韩七录调整了一下站姿，望着比自己矮一个头的安初夏道："我需要问吗？他跟你说了什么，跟我有关系吗？"

"你……"

安初夏欲要发作，韩七录却笑着揉了揉她的脑袋。

"因为相信你，所以我不问，明白了吗？"他的表情变得很认真，不知怎么的，她的怒气很没骨气地就被他的笑容浇灭了。

也许是他们两个都是太耀眼的人，所以路过的人都纷纷用各种各样的眼神看着他们。有羡慕，有疑惑，有窃窃私语，有嫉妒……

“走吧，再不走就赶不上午餐了。”安初夏面色一窘，拍开韩七录搭在自己脑袋上的手，往路边那辆很眼熟的车走去。

“少奶奶。”韩管家从副驾驶座上下来，替安初夏打开车门，“听说是同学突然出了意外所以中途返回了，那位同学没事了吗？”

“嗯。”安初夏点头间，韩七录已经从车的另一边上了车。

见安初夏没有要多说什么的意思，韩管家也就跟着点头，轻关上车门，坐进了副驾驶座。

“少爷，所以现在是要回家还是……”司机老陈启动车子，绕过一个路口后停了下来问道。

韩七录看了安初夏一眼，闭上眼睛回答道：“去蛇山。”

“是，少爷。”老陈点头，转了一个弯朝前开去。

“我说，韩七录。”安初夏用手肘顶了一下在假寐的韩七录，“蛇山的话，只是因为地名叫蛇山吧？总不会……真的都是蛇吧？”

韩七录的眼皮动了动，睁开眼睛对上安初夏的眼眸：“怎么？怕了？要是怕的话，现在后悔还来得及。”

“谁说我怕了？”安初夏不爽地抬高音量，“我会怕那种小东西吗？别开玩笑了！”

虽然是这么说着，可是她说话的音量却越来越小。

坐在副驾驶座上的韩管家哑然失笑：“少奶奶，您不用担心。蛇山之所以叫蛇山，是因为以前那里的人把蛇当成一种神灵，直到现在那里的人也不会吃蛇肉。就是因为那里的人为了保护蛇，所以从来不上蛇山，也不让外来人上山。以至现在蛇山成了一个从未被开发过的自然保护区。”

“所以那里确实有蛇吗？”安初夏试探性地问道。

韩管家点头：“您不用担心，那里虽然有蛇，但是不多。而且到了之后，学校的老师会给你们每人发一支血清，就算真的被咬，也不会致命的。”

“是这样啊。”安初夏点头，她突然开始后悔刚才为了逞英雄说自己不怕蛇了。明明怕得要死……但是都已经出发了，那么也就没有什么好后悔的了。

因为老陈抄了近路，所以很快的，车子就到达了目的地——蛇山山脚。

同学们也才刚到没有一个小时，各自分工，在老师的指导下搭帐篷的搭帐篷，准备午餐的准备午餐，拍照的拍照，各得其乐。当然，也不乏有这样的……

“什么嘛，不睡旅店睡帐篷的吗？刚才不是看到有旅店的吗？”

“让你上课不听，这些老师都有讲啊。”

“啊！真是要疯了！我要回去，要回去！”

当然，大多数的人都是抱着激动的心情的。

韩七录还在跟韩管家说些什么，司机老陈停好车之后就帮他们去拿之前放在大巴上的行李。安初夏想要帮忙但是被果断地拒绝了，说是“您怎么能干这种粗活，夫人知道会骂死我的”，于是就把她赶走了。

闲来无事，她只好到处找萌小男。可是一连问了好几个同学都说没有见到她。大探险活动是不让带任何现代化工具的，除了手电筒，不能打电话所以她只好大声喊萌小男的名字。

“初夏姐！”有同班的同学路过，叫住了安初夏：“初夏姐，你是在找萌小男吗？”

“是啊！”安初夏猛地点头，“找她半天了，都说没有见过她。你有看到她在哪里吗？”

“我刚才跟同学一起去河边装水的时候看到她了，似乎是跟一个我不认识的男生在一起呢。你去河边找找吧，如果没走开的话，应该还在那里的。”

安初夏连忙道谢，她加快了脚步往河边走去。

再走过这个小土堆就是河边了，安初夏却意外地听到了有人在吵架的声音，好像吵得还蛮激烈，她原本快速迈动着的脚突然放缓了速度，侧耳认真听起来。

“你当真就这么贱？”那是一个很愤怒的男生的声音，这话几乎是用尽全力吼出来的，所以安初夏听得很清楚。

“呵！”冷冷的笑声响起，安初夏的身子猛地一怔，这不是那个一直神经大条着的萌小男的声音吗？她刚要迈开脚步看看到底是怎么回事，结果萌小男的声音再次响起，清晰地传到安初夏的耳膜。

“你口口声声说我犯贱，那么我问你，你跟我交往的最终目的也只是为了跟韩家套好关系吧？只因为韩氏未来的少奶奶是我最好的朋友，你以为这些事情我都不知道吗？”

一阵沉默后，萌小男再次冷笑：“知道我为什么要跟你交往吗？就是因为要让你真心爱上我，然后……狠狠地把你甩开。”

“为什么？”男生不解。

“没有为什么，只是因为……我讨厌男生，讨厌所有为了钱而背叛爱着自己的人。这个答案你满意了吗？我喜欢的人另有其人，想要我跟你和好是不可能了，因为我玩腻你了。再见！”

安初夏的脸色一下变得很差，萌小男的家世她很清楚，小男之所以会这样，不过是因为她的父亲背叛了她的亲生母亲罢了。

而她……也是有着相似的身世。

所以她很了解萌小男的心情，会产生这样心情的心情。可是她一直以为，萌小男是不会在乎这些的人，她只是把她的父亲当成一个有血缘关系的陌生人。

殊不知，原来萌小男也每天因为这些事情而难过。

可转念一想也就了然了。萌小男也是人，跟她安初夏一样有血有肉有心的人。小时候每次她因为被别人同学嘲笑没有爸爸而默默落泪的时候，都是萌小男安慰的她。而她，从来不曾安慰过她。因为萌小男从未在她面前表现出软弱的一面。她表现的，从来都是神经大条的一面。

一滴泪，没有征兆地落下。

“啊——”一声惊呼传来。安初夏慌忙爬过小土丘，却见萌小男摔倒在地，左脸颊上赫然一个明显的巴掌印。

“贱人！”男生留下这一句，转身往小土丘这边走来，却刚好看见安初夏爬上小土丘，心里顿时慌乱起来，语无伦次地说着，“不是我，我不是故意的……我只是……是她……”

“滚！”安初夏冷冷看他一眼，径直往萌小男那里走去。

男生慌忙跑开了，一下子就不见了人影，只有风吹过。

安初夏走到萌小男面前，向她伸出了手。萌小男的眼眸似乎是在挣扎，最后还是无奈地把手伸向了安初夏，两个人彼此一用力，萌小男站了起来。

“老大，我……我不想让你担心的。可是我总是让你担心……”萌小男自责地对着手指，一脸的可怜兮兮。

安初夏叹气：“没见过你这么笨的。就算要分手，也找个适当的理由啊。什么叫只是讨厌男生，真是智商低到无法估计了。”

见安初夏没有骂她，萌小男的神色亮了亮：“可是我本来就不喜欢他啊。只是想要尝尝恋爱是什么滋味，就像你跟七录少爷一样。”

“得了吧你，还七录少爷，他顶多算是个……”说到一半，见萌小男一脸坏笑着看着自己，连停下了骂韩七录的话，神色不自然地问道：“你笑什么？”

萌小男一耸肩：“我笑啊……老大你这次保证是栽了！你看看，一说到七录少爷，你这整个人的眼神都不一样了，会发光。”

“光你个大头鬼啦！”嘴里虽然是这么说着，但一看见萌小男脸上的巴掌印她就止不住地心疼，不自觉地问出了口：“痛吗？”

当事人却是一点也不在乎地摇摇头：“这点痛对我超级无敌萌小男来说还算不了什么，不过……”

她的脸上闪过一丝尴尬，说到一半的时候突然不说话了。似是在犹豫。

“你个死丫头也会不好意思？说啊，有什么想要拜托我的。”安初夏重重地拍了一下萌小男的肩，她这才死皮赖脸地笑起来。

“只是突然……不想参加这次的野外大探险活动了。心情不好。”萌小男说到这里突然厚颜无耻地补上了一句：“反正你跟万能的七录少爷说一声，那什么事不就都办妥了？”

“死丫头……”安初夏无奈，却又无力反驳。但是她心里突然觉得不舒服。按照萌小男这么说的话，她的以后就真的什么都要靠韩七录了吗？她不喜欢那种需要依靠别人去办成某种事的感觉。她不想要太过于依赖任何人啊。否则到最后，总是会受伤的。

十几分钟后，挨了一个耳光的萌小男完全跟个没事人似的，硬是要拉着安初夏找到韩七录。

“你的脸上……”韩七录惊讶地看着萌小男脸上的巴掌印：“怎么了这是？你跟谁打架了吗？”

“哎哟姐夫，我像是那种经常跟人打架的女生吗？是不小心摔倒弄成的啦！”萌小男嘻嘻哈哈地把这个敏感问题搪塞了过去：“不过姐夫啊，你应该会帮我一个小忙的吧？”

“是什么忙？”韩七录眼皮一抬，打心里觉得萌小男这丫头太狡猾，于是就没有先答应下来，而是问她什么事。

“就是……我突然有点不舒服，想要回家。这个小忙，你应该会帮的吧？”萌小男心里清楚，如果是她这类小角色跟老师说要现在打退堂鼓那么老师一定不会同意的。

因为有不少的女生都产生了一种对深山老林的恐惧心理想要回去，如果一旦开了她这个先河，那么要回家的人肯定不会在少数。所以只能让韩七录帮忙了。

本以为韩七录这种人不会随便答应帮别人的忙的，结果韩七录确实二话不说地就答应了，还动作利索地叫来了老师安排萌小男回去。

和萌小男告完别后，安初夏的心里略微有些小不爽。

“怎么我让你帮忙也没见你这么热心呀？”她飞起一脚，将脚边的小石子踢出了一小段距离。

“她不是你的好朋友么？”韩七录嘴角一勾，“你这是吃醋了？”

“开始什么玩笑！”她只是不爽韩七录只对她各种压榨各种吝啬罢了……

“七录少爷。”有老师带着一个女学生往这边走来。

“有什么事么？”打情骂俏被打扰，韩大少爷略微有些不悦，但还是耐着性子问出了口。

“是这样的。今年的探险活动跟往年一样，分成三人一组。原本您跟安初夏同学还有刚才走了的女生是一组的，还有几个同学也因为身体原因回去了，所以现在临时又分配了一下。这是新队友，互相认识一下吧。”那位老师说着，把跟着自己身后的女生拉到了前面，“你们认识一下，我还有事情，就先走了。”

看韩七录没有搭话，安初夏慌忙对着老师一鞠躬：“好的老师，麻烦您了。”

“嗯。”那位老师点头，转身离去。

收回落在那位老师身上的目光，安初夏开始打量起被老师介绍来的女生。女生长得很可爱，就跟那些橱窗里放着的布娃娃一样，头发是金黄色的，烫着大卷，把她的鹅蛋脸衬托得极致极了。

不过女生看起来似乎很怕她一样，目光闪闪躲躲，一直没敢跟她对视，也一直没敢看韩七录。

“他们也真是的，就两个人一组会死吗？还多找个拖油瓶来。”韩七录不悦，冷冷地瞥了那女生一眼。

那个女生浑身发颤，似乎要哭出来一般，可怜兮兮地说：“对不起……”

“你怎么说话的？”安初夏推了韩七录一下，上前一步拉过女生：“没关系的，你别听他乱说，他这人说话就是这样的，从来不经过大脑。”

“喂，安初夏！”韩七录不爽地歪了下脖子，“你怎么说话的呢？”

“好了，你玩你的去吧大少爷！”安初夏二话不说把韩七录推开。

韩七录无趣地耸肩，转身走了，自始至终没有正眼瞧过那个女生一眼。对他来说，那些他所不在乎的东西就是垃圾。

“你好，我叫安初夏。”安初夏重新走到女生面前，友好地向她伸出了手。

“啊，是吗？”女生眼睛一弯，竟然笑了起来，但那笑容让安初夏有种寒毛竖起的感觉。

奇怪了，刚才她不是一副要快要被吓哭出来的样子吗？

“你叫什么名字呢？”安初夏努力从脑海里忽略那种疑惑的感觉。

“我叫什么，与你有关系吗？”女生冷冷地问出口。

“这我……我只是……”一时间安初夏不知道要怎么回答，女生叫什么确实跟她无关，可她也是出于好心啊。

“开玩笑的。”女生突然又温和地笑起来，笑容甜得像蜜糖，说实话，如果安初夏是男人的话，说不定也会被她的笑容迷住。

“开……玩笑？”安初夏一时间没反应过来，只是机械地重复着女生的话。

女生点头回答道：“我可不是什么不好相处的人哦！你好啊初夏，我叫心语，夏心语。夏天的夏，心脏的心，语言的语。”

怎么会有表情和态度能够变化得这么快的人，安初夏深吸一口气，握住女生递过来的手，客套地说了句：“嗯，你好，你的名字很好听呢。”

“是啊。大家都这么说。我自己也觉得至少要比初夏你的名字来的好听。”夏心语朝安初夏调皮地眨眨眼睛，在安初夏反应过来之前再次说了句：“开玩笑的啦。初夏你的名字也很好听啊。”

“哦……”安初夏尴尬地笑笑，只觉得这个女生怎么每句话都不像玩笑。

第二十一章 旅行风波

夜幕很快就降了下来，天的那一边高高挂着月亮，这一边依稀闪烁着几颗星星。山脚大家活动区域的一圈都撒上了据说能防蚊虫的东西，但是效果显然不是非常好，不时还是有蚊子飞过来。

每个班都按照学号分配今晚和谁一起睡觉，当然，女生和男生是分开的。安初夏运气好，分到跟语文课代表同一个帐篷。语文课代表小雅是一个说话特别文绉绉的女孩，但是性格很好，两个人原本关系就挺好的，或者说，安初夏跟自己班的每个同学都相处得很好。

分配好帐篷后，由男生来帮忙把行李放到帐篷里，女生则帮男生们整理帐篷。安初夏正忙着在帐篷里面跟语文课代表一起整理自己的帐篷呢，突然被一个人拽住了衣领。转头一看，却是韩七录。

“出来一下。”韩七录说完就松开手站直身子离开了。

“我……”安初夏不好意思地看了眼小雅。

小雅无所谓地耸耸肩：“有事就快去吧，免得七录少爷等急了哦。不过要记得快点回来，还要一起去整理别的男生的帐篷呢，被老师抓到偷懒就麻烦了哦。”

安初夏点头，快速地钻出了帐篷，晚风迎面吹来，不远处不知是谁点起了一堆火，而近处，是颜色样式各异的、相互挨着的点着灯的帐篷，消去了她心中的那股空空荡荡的感觉。

“怎么也不知道穿件衣服出来。”话音刚落，一件黑色的外套就被披在了安初夏的肩上。偏头，她正好对上韩七录亮晶晶的眼睛。那不温不火的笑容不知怎的就让安初夏红了脸。还好是夜里，韩七录并没有发现她的异常，只是拉了她的手往远离帐篷的地方走去。

“突然找我有什么事吗？”走了许久，望着离自己越来越远的帐篷，安初夏终于忍不住问出了口。

韩七录这才停住脚步偏头看着安初夏，语气中带着点愠怒：“怎么？没事就不能叫你出来？”

“当然不是。”安初夏挠头，这个家伙怎么这么爱生气？真是大少爷脾气。不远处的篝火还在不安分地跳动着，带着别样的心悸感。肩上突然感觉一重，原来是韩七录把手搭在了她的肩上。不知不觉，这个动作连她都已经习惯了，一时间没有挣扎。

“韩七录……”安初夏盯着韩七录近在咫尺的俊脸，脸上突然一阵发烫，她知道自己完了，这次是真的完了。

真的喜欢上他了，喜欢上他的这颗心其实早就在了，只是她一直都不敢承认，不想承认罢了。

“嗯？”看向远处天空的韩七录闻声收回目光，跟安初夏对视几秒，扑哧一声笑了，“怎么样？是不是觉得其实你老公我挺帅的？”

“无赖！”安初夏用力推开了韩七录，还补上了一脚。

“好痛……”韩七录一脸痛苦地弯腰搓着自己被踢的左腿，表情夸张。

安初夏撇撇嘴角，一脸鄙视地双手抱胸看着韩七录：“别装了，我踢多重自己还不清楚吗？你这样子装得不像是被踢了一脚，反倒像是脚断了。拜托你，你要装就装像一点好吗我的七录大少爷？”

委屈的某男闻言站正了身子，满脸的不高兴：“你这样我可以告你谋杀亲夫啊。再说了，你就不能给我留点面子，假装很担心我？”

安初夏抬脚走近韩七录，面带着诡异的微笑，在月光的照射下显得更加诡异。

“干什么？”韩七录不自觉咽了一口口水，心里盘算着这丫头又在打什么鬼主意，怎么笑得这样恐怖。

“没干什么啊。”安初夏无害地耸耸肩，还眨了眨她那双水灵灵的大眼睛。

“你到底要……”

韩七录的话还没有说完，安初夏那双带着点小冰冷的手已经捧住了他的脸。因为她比他矮一个头多点的缘故，安初夏只要踮起了脚尖做出这个动作。

“我的大少爷，还疼不疼啊？要不然我把裤子脱了给您揉揉？”说这话的时候安初夏自己都快被自己恶心到了，但她强忍着恶心，继续把话说下去，“要不要啊？嗯？”

韩七录的表情惊悚得像见了贞子似的，快速地后退几步，还险些被地上的石头绊倒在地上。如果不是他反应速度快，还真是要摔个底朝天了。

“哈哈哈哈哈……”安初夏笑痛了肚子，一边笑还一边上气不接下气地说着，“不是你自己说要让我装一下担心你么？你现在……现在是闹哪样？被……被吓到了？哈哈哈……怎么样？还……还要不要我继续担心你啊？”

韩七录得知自己被耍了，俊脸一冷，偏过头不说话。

气氛顿时冷了下来。安初夏心知韩七录如果真生气起来就难哄了，只好坐过去陪着笑：“对不起嘛，这就生气了？”

“……”韩七录还是一副别人欠了他钱的样子，冷着脸不说话。

“七录哥哥，你就原谅小的我了？大人不记小人过嘛……”安初夏耐着性子继续说道。她在心里发誓如果韩七录再不说话她就走。嘿！他不领情她还不道歉了！

“安初夏。”就在安初夏准备转身就走的时候，韩七录终于开口了。

既然他开口了，她就先不走了。安初夏略带迷茫地看着表情突然认真起来的韩七录：“我在呢，怎么了？”

总觉得从之前开始他的表情就一直有点奇怪，似乎是在担心什么。而他的眉头，自始至终都没有松开过，只是她一直没有注意到这一点罢了。

她的表情也不由得开始认真起来：“你倒是说啊，什么事？”

“不然，我们还是回去吧。”韩七录说出这句话似乎很艰难，但不管怎么样他还是说出口了。从医院看完南宫子非之后，他的心里就一直有一种不安的感觉，应该说是在斯蒂兰见过那家伙之后，他就一种有那种不安的感觉，只是这次野外大探险活动的到来让他这种不安感又加深了一点。

他以为自己想多了，极力想要甩开这种不安的感觉时，却发现这种感觉越来越强烈，强烈到他都有点受不了了。

“为什么？”安初夏不解地瞪大了眼睛，“我会很乖的，不会给你惹麻烦。”

见韩七录不说话，安初夏急了，上前拉住韩七录的袖子：“我很想参加，很喜欢这个活动，不要别让我参加好不好？不然，如果你不喜欢的话，你可以走，我不会拦着你不让你走的。”

一开始她对这个活动抱着随便的态度，一直到现在，她已经对这个活动充满了期待。毕竟是第一次参加这样的聚会，多少有点激动和期待。

“初夏，我不是不想让你参加。”韩七录把两只手分别搭在安初夏的肩上，一字一句地说：“我只是，觉得很不安。总觉得会发生什么事，我怕你受伤，知道吗？”

原来是这样……安初夏松了一口气，她还以为是他很讨厌这个活动，所以也不想让她参加呢。

原来是担心她。

心口突然被填得满满的。

她想，自己应该要感恩的。在母亲去世，以为整个世界都要崩塌的时候，韩家把她接去了，送到了斯蒂兰贵族学院接受最好的教育。在她以为自己不会再被人爱的时候，眼前的男生一次又一次地告诉她，他爱她。

“没关系的，不会有事的。”安初夏嘻嘻地笑着。她决定，这次的野外大探险活动结束之后，就对韩七录说……说出她自己心里真实的想法。

望着安初夏那双即使在黑夜里还是亮亮的眼睛，韩七录无可奈何地摇头说道：“可能是我多心了。”

“绝对是你多心了！”安初夏笃定地说着。

这时候，身后突然传来一阵脚步声，很轻，但是在寂静的野外可以听得很清楚。

“什么人？”韩七录警惕地转身，习惯性地把安初夏护在自己的身后，紧紧地拉着她的手。

“是我，心语。”是一个柔柔的女声，带着点惧意地回答。

心语……安初夏默念着这个名字，她瞬间想起来心语不就是之前老师新分的自己这一队的队友吗？

“是心语，我们的队友。”安初夏小声地提醒着，免得韩七录把对方当成什么有威胁的对象，然后做出什么冲动的事情来。

“队友？”韩七录回头看着安初夏，暧昧地说，“你该叫她电灯泡。”

安初夏禁不住脸上一红，好在这是在晚上，别人并看不出来她在脸红。只是她清清楚楚地透过韩七录的肩头，看到夏心语的眼眸中迸射出明显的恨意。

不自觉的，她的双肩微微一抖，感到些寒意，也不知道是因为晚上的夜风吹得她有些冷，还是因为夏心语的目光。

“很冷吗？”韩七录注意到了安初夏刚才身体颤抖了一下，连忙整个人转过身，面带关切地说。

安初夏摇头，淡淡地回答道：“好像是有点感觉到凉了。”再看夏心语，她的目光怯怯的，似乎很害怕韩七录，楚楚可怜的样子完全跟刚才不一样，这让安初夏以为是自己错觉了。

“那回去吧，既然你一定要参加这个狗屁活动，我也不好再说什么了，好好休息。”韩七录似有不甘心，却又无可奈何。

安初夏的倔强脾气他清楚得很，她决定的事，谁也改变不了。

韩七录很自然地挽着安初夏的肩跟夏心语擦肩而过，某一瞬间，他突然觉得这个女生好像很久以前在哪里见过。于是他停下脚步，疑惑地打量了一下，在脑子里快速搜寻了一下后，他确信自己以前根本没有见过她，或许是错觉吧。

“怎么了？”见韩七录停下脚步，安初夏疑惑地顺着韩七录的视线看过去。正是楚楚可怜的夏心语。

“没事。”韩七录应了一下安初夏，嘴角一撇，冷然道，“这么晚了，还是早点回营地吧，电灯泡。”

夏心语瘦小的肩膀一颤，眼泪一下子涌上来：“对不起，七录少爷。我明天……不！我现在就跟老师讲清楚，我会到别的队伍里去的。”

虽然觉得夏心语这个人怪怪的，但安初夏还是想说算了，让韩七录不要再难为她。但她半个字都还没有说出口，韩七录就开口了。

“不用了，就当你的电灯泡吧，我不希望听到任何又出现新电灯泡的消息。”韩七录说完，拉着安初夏的手朝营地走。

安初夏的眉心不自觉皱在一起，韩七录不是那种跟陌生人会多话的人，可是他刚才虽然态度差，还是好心地让夏心语早点回营地。而且，当夏心语提出来要调换队伍的时候，他居然出乎意料地否决了。

是不是……韩七录这个臭小子对夏心语……这个认知让安初夏的胸口闷闷的，很不舒服。

“那你回去吧，我也回去了。”在男女生营地的分界线处，韩七录这才松开安初夏的手。他并没有感觉到安初夏的异样，转身往他的帐篷走去。

明月依旧高高地挂在天上，可是安初夏的心却变得堵堵的，她很讨厌这种感觉，可是却怎么样也挥不去。

而只有韩七录自己才知道自己在想些什么。他其实是在想：与其有可能换回来一个男的，还不如就这个女的好了，她看起来很怕事，也不会多嘴的感觉。

因为这种该死的活动的话，队友之间相互碰触肯定是避免不了的。安初夏这种长得还算过得去的女生，指不定那些男的心里就胡思乱想。所以还是不要换电灯泡比较保险一点。

韩七录对自己的想法感到很得意，回到帐篷后还悠哉游哉地哼了一句歌：“你就像烟火的美丽，那么美丽……”

见韩七录心情不错，跟他同一个帐篷的男生连忙讨好地凑过去：“七录哥啊，你看你心情这么好，就大人有大量地让我睡帐篷里面吧……”

因为韩七录在去找安初夏之前对他说过，让他滚去别的帐篷睡觉。

不成调子的歌声戛然而止，他目光阴森地盯着那男生看了一会儿：“我没有让你别睡帐篷里面啊。”

那男生立即泣不成声：“多谢七录哥，我就知道七录哥你没有那么铁石心肠，七录哥，我爱你！”

“爱你妹啊！”韩七录狠狠甩开那个用力抱着自己胳膊假哭的男生，“我确实没有让你别睡帐篷里面，我是让你睡别人的帐篷去。好了，现在立刻实施吧！我要睡觉了，啊……好困……”他懒懒地打了一个哈欠，倒头就睡。

“七录哥！”男生的脸色从红润变得苍白，再由苍白变得铁青，“七录哥你不能这么狠心啊……”

我数三下。”韩七录闭着眼睛数道，“三……一……”

“三怎么就直接一了？”男生的面部肌肉抽搐了一下。

“滚！”

男生躲开飞过来的枕头，泪流满面地跑出帐篷。人人都说做人难，他觉得做韩七录的“帐篷友”更难，他容易吗！

而另一边，安初夏心事重重地回到帐篷，床垫什么的都已经铺好了，帐篷里面幽蓝的灯光使整个帐篷充满了烂漫气息。

小雅见安初夏回来了，不怀好意地拉上了帐篷的拉链，坐到安初夏的身边问道：“怎么样？七录少爷找你什么事？跟你说了些什么？”

还未等安初夏回答呢，小雅就自顾自地双手合十，自言自语道：“今晚月色如此之好，七录少爷跟初夏你必定是……”说到一半，她却突然止住不说了，可是脸上却红了起来。

“你都乱七八糟地想了些什么？我们可什么都没做，就是让我好好休息。”安初夏恨铁不成钢地伸出食指戳了一下小雅的太阳穴。

这么一个动作，一直盖在她身上的外套顺势掉了下来，这才想起还没有把衣服还给韩七录呢。

“哟哟哟，还给了你定情信物？两个人还说什么也没有做，什么也没有做会去那么久吗？”小雅的脸上依旧挂着那坏坏的笑。也不能怪她，这个年纪的女孩子本来就是最爱八卦的，更何况是韩七录那样的风云人物。

安初夏恼怒地伸手想去抓小雅的痒痒，可是被小雅轻易避开了，正要闹起来，她突然停下了动作。

“小雅，你认识的人多，我问你件事。”

安初夏表情凝重，见她这种表情，小雅也不是那种不会看人脸色的人，立即也安静下来：“嗯，你问吧，只要我小雅知道的，都会告诉你。”

“也不是什么重要的事情……”安初夏有些吞吞吐吐，“就是……你认识一个叫夏心语的女生吗？”

小雅的目光向上，眼珠子转了一圈后回答道：“我想起来了！夏心语就是X班刚转来不久的新生啊。模样挺可爱的，我同桌前些天的时候还跟我说要去追她呢，后来好像失败了，我同桌这几天都很失落的样子。”

“唔，是这样子吗？”安初夏点头，脑子里不知道在想些什么，她觉得自已好像有点草木皆兵了，这可不像她安初夏啊。

见安初夏神色矛盾，小雅不自觉问出了口："初夏啊，你问这个做什么啊？夏心语得罪你了吗？你告诉我，我保证召集所有挺你的人去找她麻烦！"

安初夏连忙摆手："没有没有，你可不要冲动啊！就是萌小男突然请假，所以她被分到了我这队，我就是想知道她是个什么样的人，多了解一下而已，你可不要想多了，又给我惹事啊。"

"这样啊，没有招惹你就好，如果有人惹你，你一定不要瞒着哦！现在斯蒂兰里挺你的人可是很多的，你跺一跺脚这斯蒂兰就别想安静！"小雅信誓旦旦地说，眼睛亮晶晶的。

"好啦，我知道。再说了，哪有那么夸张，我又不是混黑道的。"安初夏笑起来。

"所有帐篷都熄灯了，就寝时间到，明天还要早起。"外面的老师拿着一个扩音器在喊。

小雅和安初夏连忙躺好，关掉了灯。等外面渐渐归于平静，小雅又忍不住说："初夏啊，其实我突然想起来一件事，你可不要怪我多嘴。"

"什么人，还在说话？"原来外面居然还有老师，好在她并没有听清楚是哪个帐篷里发出的声音，来回走了一下后离开了。

安初夏压低了声音，钻到小雅的被窝里面小声说："你说吧，什么事？"

"今天啊，本来是我们班的小 C，就是那个每次搞卫生都偷懒的家伙跟你们分到一组，他还跟我讲说他都成了你们的电灯泡了，到时候不知道要怎么办才好。"

安初夏皱眉："你的意思是说，夏心语跟我分到一对不是老师安排的？而是她有意要这样？"

小雅把被子拉了拉，继续说："我也奇怪呢，怎么后来小 C 突然又跟我说他终于不是电灯泡了。你现在又说是夏心语跟你们一起，这样子思考下去的话，应该就是夏心语提出来跟小 C 换，然后又去跟老师说了。"

听小雅这么一说，安初夏心里的问号越来越多了——为什么夏心语要这么做呢？

安初夏还想问问小雅，过了一会儿，她借着月光透过帐篷照进来的光往左边看去，小雅家伙气息均匀，居然已经睡着了。

叹了口气，她翻了个身，也闭上了眼睛，不管怎么样，觉还是要好好睡的。

第二天，安初夏睁开眼的时候小雅还在睡觉，看了看手表（手机早被统一交上去）才刚刚五点四十几分。她穿好衣服轻手轻脚地走出去，生怕吵醒了小雅。期间一不小心居然被被子带了一下，嘭的一声摔倒在地。还好小雅那个家伙睡的跟一只猪似的，她这才松口气爬出帐篷。

这个时间大多数人都还在帐篷里睡觉，但天色已经大亮，远方的天空色彩斑斓，什么颜色的云都有。

“初夏姐这么早就起了啊？”身后传来一个懒懒的声音。安初夏转过身，正好对上小C那双还带着浓重睡意的眼睛。

安初夏不动声色地点头，嘴角一勾轻笑道：“你不是也这么早就起了么？”

“才不是。”小C诚实地摇头，“我是起来上了个厕所，嘿嘿，那我不打扰初夏姐你欣赏景色了，我继续去睡一会儿。”

小C转身要走，安初夏终于忍不住脚步抬起追上去：“小C，你……你……”

说了半天她也只吐出一个“你”字，实在是问不出口，不知道的人一定会觉得她怕夏心语抢走韩七录。其实，她只是隐约觉得不安罢了，不是怕韩七录被抢走，但究竟是什么她自己也说不清。

她忽然有点后悔来参加这个活动了。尽管她自己也不知道为什么。

“初夏姐，你没把我当兄弟啊！”小C有些不满，“您有话就直说，我小C万死不辞！”

“也……没有那么严重啦。”安初夏尴尬地咳嗽了一下，“只是听说原本你是跟我分到一对的。怎么了？为什么后来不是你？你很讨厌我吗？”

“当然不是！”小C立马竖起三个手指头作发誓状，“我很喜欢初夏姐，很喜欢！”

话刚说完，小C就发觉自己这话说得有很大的BUG，连忙补上一句：“当然不是那种喜欢啦，初夏姐你懂的！”

安初夏依旧是不动声色的样子：“那么，是为什么不跟我一组呢？我比较慢热，更喜欢跟认识的人一起参加这种活动。”

小C点头：“是这样吗？我只是怕当初夏姐你跟七录少爷的电灯泡啦。那样子很尴尬的，正好有人说要跟我换我就同意啦。如果初夏姐你不喜欢的话，我可以跟老师说再换回来啊。反正也不麻烦。”

话一说完小C就要往老师们的帐篷走去。安初夏慌忙拦住她：“不用了不用了，多麻烦。不知道的还以为我排挤新队员呢。就这样吧，我去洗脸刷牙，你赶紧回去再睡一会儿，时间可是不早了。”

“对对！”小C连忙跟安初夏道别，一溜烟跑了。

安初夏的脸色却在下一秒阴沉下来，因为她看到夏心语从一个帐篷后走出来，她的脸上挂着淡淡的笑，带着一丝凉意。

目光一转，她脚步轻盈地来到安初夏面前，脸上依旧挂着那个淡淡的、诡异的、其中藏着浓浓讽刺意味的微笑。

“初夏你，居然会向别人打探我这个无名小卒啊……”夏心语绕着安初夏走了一圈，很是满意地看到了安初夏的脸色变得很不好。

但安初夏毕竟是安初夏，很快她嘴角一勾，将下巴高昂起："说吧，夏心语，换到我们的队伍里来，到底有什么目的。我这个人，一点也不喜欢拐弯抹角。"

夏心语嘴角的弧度愈加大，目光闪闪的，似乎心情很好。

"你不喜欢拐弯抹角，可是我喜欢啊。"她的语气异常轻松。

这让安初夏的火气一下子就窜了上来，她几步上前快速地拽住了夏心语的衣领，目光中满是怒意："我最讨厌你这种虚伪的人了！"

夏心语刚要说些什么，目光却突然一变，嘴巴嘟起，楚楚可怜的样子，眼泪很快也跟着涌上来，像是受了莫大的委屈："对不起初夏姐姐，我马上就跟老师说要换队伍，你不要打我啊……"

安初夏只感觉自己的脑部神经一紧，紧接着耳畔传来韩七录的声音。

"安初夏！你在干什么？"

那一刻，安初夏只觉得韩七录的声音变得很陌生，就像变得不认识她一样。不由自主的，她放开了拽着夏心语衣领的手，转身看着韩七录。

而韩七录也看着她，似是在探究什么。她是想要解释，可是身旁隐隐约约传来的夏心语的哭声又刺激到了她。

她咬紧了嘴唇，转而狠狠瞪了夏心语一眼，扭身就走。

"安初夏！站住！"身后传来的韩七录的喊声被她自动忽略了。她从来都是那样一个人，从不喜欢主动去解释什么。因为她觉得，如果是爱你的人，相信你的人，根本不需要解释。而那些不爱你、不相信你的人，即使解释了，也只是多余的解释。

所以她宁愿沉默，宁愿被误会。

"安初夏，你给我站住！"韩七录快速上前拉住安初夏的手，"我叫你没有听到吗？"

"听到了。"她昂起头，目光很平静，也很冰冷，"我听到了，然后呢？你想说什么？"

韩七录撇嘴："你这是什么态度？我有说你什么吗？一大早的，对你老公的态度也稍微太差了点。"

安初夏一怔，心说难道韩七录知道自己没有欺负夏心语吗？

趁着她愣神的那一刹那，韩七录轻轻拍了一下她的肩膀，柔声说："你等一下。"

疑惑间，韩七录已经转身走到哭的梨花带雨的夏心语面前，从口袋里掏出了一包纸巾："把眼泪擦干。"

夏心语的呼吸一泄，呆若木鸡地接过了韩七录递过来的那一小包纸巾。同时，她的目光流转了好几下，落在满脸疑惑的安初夏身上，然后很快移开。

“谢谢……谢谢七录少爷，我不会怪初夏姐姐的，我知道她也不是故意要跟我生气的。都是我的错，请你不要怪她！”

听到夏心语那诚恳的语气，安初夏只觉得想吐！她紧咬了下唇，目光直直地看着韩七录。

“我自然是不会怪她。”韩七录语气轻松，然后目光却在嘴角勾起的前一秒变得冰冷，“但是，我不想听到任何关于她欺负你的事在同学之中流传开。”

夏心语愣住了，韩七录话里的意思再明显不过，他是在告诉她，不管安初夏是不是真的欺负她了，他都会站在安初夏的那一边。

手心不自觉地紧扣一起，夏心语的脸色渐渐恢复：“我什么也不会说的，七录少爷。”

“这样的话……”韩七录瞥她一眼，嘴角扯起一个弧度，“当然是最好的。”

韩七录转身走到安初夏面前，伸手戳了下她的脑袋：“怎么不多睡一会儿？”

“嗯，睡得差不多了。”安初夏漫不经心地回答着，目光掠过韩七录的肩头，落到夏心语的背影上。

“啊……”韩七录懒懒地伸了个懒腰，“我到处看看去，你快去洗脸吧。”

“好。”安初夏点头，目光这才收回来，夏心语的生硬已经完全看不到了。

“等等！”安初夏叫住韩七录，“你是不是认识那个叫夏心语的？”

韩七录站住，一板一眼地看着安初夏回答道：“为什么这么问？不对，为什么本少爷要认识她？”

看到他的大少爷范儿出现，安初夏顿时耸肩，一撇嘴摆手道：“当我没问，我洗脸去了。”

一个早晨，就这么半闹不闹地过去了。当然，安初夏到后来也没有解释自己真的没有欺负夏心语。这个世界上就是有那么几个像安初夏这样倔强性子的人，和韩七录这样奇怪性格的人。

“我们期待已久的野外大探险活动现在正式开始！”校长大人拿着个扩音器神采奕奕地说道，“下面，我来说一下活动的规则……（以下省略N千字）”

活动的大致内容跟往年差不多，就是这一次由往年的两人一组变更为三人一组。每个组都是从同一个起点出发，终点都是蛇山的另一头。所有的现代化工具都已经被没收，当然，包括安初夏要带的霸天……（应该都还记得霸天是只霸气侧漏的狗狗吧？）

每个组既可以选择跟别的组一起走，也可以单独一个组为单位行动。当然每个组要做的，就是找到蛇山里早已经藏着的印有斯蒂兰学校标志的十面小旗。活动时间为三天，三天后找到小旗最多的一组获胜。

当然，为了防万一，每个组都有三个信号弹，一旦有危险，学院会立即派专门的人去搜救。

韩七录向来不喜欢跟很多人一起做同一件事，所以一开始就带着安初夏跟夏心语跟别的组分开了。很快的，他们就完全进了蛇山，周围都是树，完全看不到别的人。

蛇山是被保护得很好的老林子了，里面的树都长得很高。即使是像这样烈日当空的天气，站在蛇山里也会感到阵阵凉意。

但毕竟已经入了夏了，天气也是一天也一天炎热。

安初夏擦了把额头上的汗，跨过一根凸出土壤粗树干，目光落在前面拿着好几个大背包的韩七录身上，眼眸中满是愧疚之意。直到刚才活动开始她才知道，原来韩七录不让她带那个看起来很小，但其实很重的盒子是因为盒子里面的什么防晒霜到了这蛇山完全是派不上任何用场。

而且，活动规则规定不允许故意丢掉任何带来的东西，所以这些东西带得越多，受的罪就会越多。她还没开始拿行李呢，韩七录就把她的东西全都自己拿着了，她心里的愧疚感就又升了一层。

而且除了那种愧疚感，她心里更是感动。

“啊——”一个不小心，她被一个灌木丛里的灌木划到了手臂，手臂被划出了一道口子。

听到声音，韩七录连忙转身。在看到她受伤后，扔掉手上的东西就跑到她身边。

“怎么了？”韩七录紧皱着眉，眉目中满是担忧。

一直跟安初夏走在并排的夏心语眼中划过一丝阴狠之光，但很快，她关切地扶住安初夏也跟着问有没有事。

安初夏强忍着痛笑着说没事，可是夏心语清楚。刚才她故意趁着安初夏出神的瞬间，把脚下的一块圆木踢到安初夏脚前。安初夏踩到了圆木，但是好在她的反应能力好，及时稳住了身子，但是身子还是往右边一倾，手臂被有锯齿状的灌木叶划出了一道深深的伤口。

“怎么这么不小心？”韩七录一边训她，一边从刚才他扔到地上的一个背包里取出一个药箱。

“我来吧，七录少爷。”夏心语自告奋勇，“你们男生粗手粗脚的，擦药这种事还是给我做吧。”

韩七录听到夏心语的话有点不悦，转眼想想也是有点道理，于是便点头说：“那好，我去附近看看有没有那该死的旗子。”

说完，他转身就到到附近搜寻起来。

“不要走远！”安初夏不放心地喊了声，看到韩七录朝她挥挥手，这才放心地让夏心语帮她上药。

夏心语动作娴熟地找出适用的药，用棉签沾上酒精，先帮安初夏消毒。

“用酒精消毒的时候有点痛哦，要忍一下。”夏心语的表情无比认真，安初夏低低地应了一声。心说，这个夏心语难道是有双重人格？一下子对自己冷言冷语的，一下子又这么认真地帮她擦药。

思考间，一种刺痛从手臂传来，是酒精附上伤口的感觉。冰冰凉凉的，又有些痛。但她还忍得住。

“初夏现在是不是在想，我为什么之前要用那种态度对你吗？”夏心语说这话的时候还在一边帮她的伤口吹气。

这没什么不敢承认的，安初夏点头：“对，我在想，你是不是有双重人格。”

“噗。”夏心语忍不住笑出声来，“我不是双重人格哦，我只是……”她似乎是故意要吊人胃口，把“只是”两个字的音故意拉得好长。

“只是什么？”安初夏有些失了耐心。

“只是我喜欢七录少爷，所以有的时候啊，不由自主地就有些不太喜欢初夏你啊，不要介意哦。”夏心语甜甜一笑，那笑容很清澈，很真实，不像是装出来的。

这样一来，事情似乎就解释得通了。夏心语看起来好像很讨厌她只是因为她喜欢韩七录。这么想着，不知道怎么的，安初夏心里反而松了口气。

莫名其妙地觉得安心了许多。

伤口处理好，韩七录正好返回来，安初夏好歹跟韩七录同一屋檐下那么久了，虽然说还没有熟悉到他脚一抬就知道他要撒尿的地步，但是看他一脸冰冷的表情，知道肯定是没有找到那该死的旗子。

可是夏心语对韩七录并不熟悉，见他回来了，立即理了下刘海走上前：“怎么样，七录少爷，有没有找到旗子？”

“没有。”韩七录淡淡地回答，没有看夏心语一眼而是走到安初夏面前，“能撑得住吧？”

安初夏一愣，随即明白过来韩七录的意思是问自己这个伤严不严重。虽然说还隐约有着火辣辣的刺痛感，但是她才不是那些温室里长大的花朵。

她轻松地扯开一个大大的笑脸：“你说我是那种撑不住的人吗？”

韩七录深深地看了安初夏一眼，目光变幻似乎在挣扎什么，最终还是将目光落到前方：“那么，不要后悔。”

十几分钟后安初夏才算是明白韩七录的那句话的意思了。刚才他们走的都还是蛇山比较好走的路段，但是这个路段一旦过去，路是越来越难走，树木也长得越来越茂盛和紧密，给人以一种压抑感。

安初夏和夏心语两个人的旅行包都是由韩七录拿着，她们两个手上没有拿东西都已经累得气喘吁吁，上气不接下气，可是再看韩七录，面色只是稍微有些微红，气息平稳。

这难道就是男生跟女生的差别吗？

安初夏一咬牙，走到最前面："这样找下去不是办法，我们得冷静地分析分析，那些旗子会被藏在哪里，不然的话，我们这不等于是大海捞针吗？"

"……"夏心语抹了把汗，累得趴在一块石头上，连话都没有力气说。

"你怎么想的？"见夏心语没有搭话，安初夏转头将目光锁定在韩七录身上。然后她看到他将手中的东西全都一股脑放在地上，然后很帅气地从裤兜里掏出一支手机。

安初夏瞪大眼睛："不是不让带这种东西的吗？你的怎么没有被老师没收上去？"

韩七录瞥她一眼，一副"谁敢没收老子的手机"的表情，低头又翻起通讯录来。

"喂，是我，帮我查一下……喂，你干什么？"韩七录原本是打电话让人查一下旗子的准确地点，结果话还没开始说呢手机就被安初夏给抢去了。

"不干什么。"安初夏完全没有"这手机不是自己的"的自觉，一扬手，好好的一个上万块的手机就被她扔出好远，在地上蹦跶了几下底朝下，也不知道是生是死。

一旁的夏心语脊背僵了僵，想要说些什么又怕自己说错话，只好僵硬地保持原来的姿势看着事情的发展。

"你什么意思？"韩七录有些愠怒，好看的眉心皱起来，"你把手机扔掉，我们还怎么……"

"我说韩七录。"安初夏双手叉腰，一副大将之风，"你说你个大男生你有点骨气好不好？我们这样做是作弊，就算是赢了也没有什么好挂得住脸的。与其靠作弊赢，还不如大大方方地输呢。我以为你一直光明磊落，怎么了，是我看错你了还是你隐藏得太深？"

"你……"韩七录咬紧牙关，目光紧盯着安初夏，都快要把她盯出一个洞来。

见好就收是聪明人一贯的作风，安初夏很快就改变刚才的脸上，转而一副嬉皮笑脸的样子走上前："好了好了，我亲爱的七录少爷，我们继续努力，一定会赢的，OK？"

她伸出右手，做出了一个 OK 的手势。

韩七录冷冷地从鼻子里发出一声冷哼，但是脸色却已经缓和很多。他就是没有办法真的跟安初夏这家伙生气，真是败了！

折腾了一会儿，太阳渐渐升高，已然到了正午。三个人从背包里取出一些面包之类的东西，准备先把肚子填饱再说。

“其实……”夏心语喝了口水，擦了下嘴角的水渍，“我来参加这个活动之前，我家的佣人就有帮我查过，我们现在如果一直往西边走，会有一个小木屋。”

“小木屋？这里不是原生态的吗，居然有人住？”安初夏有些疑惑地看着夏心语。

夏心语点了下头，继续说：“那个木屋是以前蛇山的村民为了抓这里的蛇而造的，现在已经被废弃了，我猜，可能那里面会有我们要找的旗子。”

“太好了！”安初夏高兴地拍手，“你就应该早说嘛，害得我还在担心连一面旗子我们都找不到。”

听到安初夏这么说，夏心语摇摇头道：“其实我也不大确定，毕竟小木屋太明显，如果想藏起来的话，应该会找个更加隐蔽的地方。”

“不会。”一直沉默不语的韩七录这时候突然开口，“斯蒂兰的学生都是娇生惯养……”

“你是在说自己吗？”安初夏忍不住插嘴，看到韩七录的脸色欲变才慌忙捂住嘴巴：“我什么都没有说，你继续……go on。”

韩七录干咳了一声，继续说：“活动的策划者不可能把旗子藏得太过隐蔽。毕竟我们这只是一个活动，不是什么寻宝游戏。总之，那个木屋是我们最大的希望了，与其漫无目的地乱找，还不如去那里碰碰运气。”

安初夏跟韩七录对视了一眼，心照不宣地彼此点了下头。夏心语瞟了他们俩一眼，嘴角隐约闪过一抹诡异的笑……

天色渐渐暗下来，三个人走走停停花了很多时间，一直到太阳快要完全落下，晚霞布满天边他们还没有走到那个小木屋。但是三个人谁都没有说过放弃的话，因为他们已经别无选择。

“我背你。”一直都走在最前面的韩七录突然停下了脚步转身走向安初夏。

看着他那张帅气的俊脸上满是汗渍，安初夏莫名地觉得心口一阵心疼。就像以前妈妈每天加班到凌晨才回家她去开门看到妈妈憔悴的脸时的感觉一样。

什么时候，韩七录居然跟妈妈给她的感觉一样了。

“不用了。”安初夏不自觉地后退了一步。她是个很胆小的人，自从妈妈突然离开她，她就不再允许自己有在乎的东西。因为她怕那些在乎的人、东西或者事总有一天会离她而去。

虽然想要坦白自己的内心，可是终归还是胆小还是害怕，害怕失去。

韩七录的脸色不好起来：“我说背你就背你，你没看自己的脸色已经白到跟一张白纸一样了吗？”

夏心语早就注意到安初夏的脸色越来越白了，想来应该是上午的伤口发炎，导致感染了。她一直没有说，还以为韩七录不知道，原来韩七录知道。

她真希望安初夏就这样死在这里，反正……她早晚也是要死的。

“我没事，只是觉得有点累。不用管我，你手里拿着那么多东西，还怎么背我？继续走吧，天快黑了，天黑了还没有到小木屋就糟糕了。”安初夏皱眉，还是不让韩七录背她。

她其实早就觉得自己有点不对劲了，先是越来越用不上劲，那时候还以为是累了，看韩七录和夏心语都那么面色平常地赶路她就什么都没有说。后来她开始觉得很冷，可是明明是大太阳，怎么也不应该觉得冷。

而唯一的解释，就是——她发烧了。

在这个节骨眼上，发烧可绝绝对对不是一件好事，可是她不想让别人觉得她是个累赘，所以就一直硬撑着到现在。

“初夏姐，你的脸色确实不怎么好，东西我来背，七录少爷，你来背初夏姐吧。”夏心语二话不说几步跑到韩七录面前，拿过他手里拿着的几个大大的背包扛在自己的身上。

韩七录的眼眸动了动，深深地看了夏心语一眼，最后他又看了安初夏一眼，收回目光听不出任何情绪地说：“她不要我背就算了。”

话毕，他重新从夏心语手里拿回几个背包扛在自己肩上，转身没再看安初夏一眼自己走了。

他的大少爷脾气又来了，安初夏叹口气，深吸一口气加快脚步跟上去。

夏心语这下子走到了队伍的最后面，她的表情变得更加诡异。

抬头看看天边，晚霞已经渐渐变深，太阳眼看着就要落下去。她嘴角勾起一个冰冷的弧度，手握成圈状，心说，是时候了……

“我们往这边走看看。”夏心语突然高声说，“我有预感，这条路可能是通往小木屋的。”

韩七录的脚步顿住，脸上的表情显得很奇怪。眼睛定定地盯着夏心语的脸上看。

末了，直到夏心语的表情变得尴尬，伸手摸摸自己的脸问他“我脸上有什么奇怪的东西吗”的时候，韩七录才收回那奇怪的目光，那目光，让夏心语的心跳莫名其妙地加快，呼吸也急促了起来。

“没有。”韩七录摇头，“我只是觉得，我见过你。”

如果这句话是出现在一个唯美的场合，谁都会觉得这男生的搭讪方法好经典又好恶俗。但是现在可不是什么唯美的场合，这里是伸手不见五指的深山老林。

更何况，身边还站在一个安初夏。安初夏的脸上显得更加苍白，她紧紧地握着拳，可是没有发作出来。如果她现在做出什么冲动的、奇怪的举动的话，一定会被韩七录这个杀千刀的臭小子笑话的。

所以她憋着，死死地憋着，直到嘴唇也泛白也还是憋着。

夏心语的脸红了，似在害羞，目光还似有若无地瞟了安初夏一眼。

韩七录这才发觉自己的话说出来是有多奇怪。右手握成拳状，他轻咳一声，恢复面无表情的表情对夏心语问道："你怎么知道这条路是通往小木屋的。"

夏心语顺着韩七录的目光看着那条她所指的小路，目光变得深邃起来。

"我也不知道，大概是……直觉。"夏心语是这样回答的。

"就走这条路吧。"安初夏也有种这条路一定是通向小木屋的直觉，专属于女生的直觉。又或者说，只是因为另一条路实在太像之前走过的路。又或者说，这里的每条路都很像走过的路。

十几分钟后，面对着到了尽头的小路，安初夏第一次感觉到了什么叫作筋疲力尽、生无可恋。这条路根本不是什么通往小木屋的路，路走完了，可是看到的只有树，各种姿态的大树，像是什么妖怪一样，要把她吞噬。

"往回走吧。"韩七录沉默一秒，没有丝毫犹豫要往回走。

"等等！"夏心语突然喊了一声，然后兴奋地跳了起来，"七录你看！那边的黑黑的一片是什么？"

因为高兴，夏心语完全不害怕韩七录了，反而很亲昵地搂着他的手臂使劲摇晃。而韩七录也只是顺着夏心语手指的方向看去，眼神专注，根本没有要甩开夏心语摇晃着他手臂的手。

心，碎地粉粉的。安初夏心里这么想着。

然后眼前突然就很模糊，像是蒙上了一层雾。

可能不能被发现流眼泪啊……安初夏这么想着，闭上了眼睛，然后……好像没有力气睁开了。脑袋越来越重越来越重……

终于撑不住了吗？最后有意识的一刻，她这么问自己。

"安初夏！"韩七录这才注意到安初夏居然昏倒在了地上，他猛然甩开夏心语的手往安初夏那边跑过去。而夏心语的表情，是那么复杂和……可怕。

再度醒来，安初夏只觉得头痛欲裂，浑身酸痛。她感到自己的手脚都被绑着，而自己是坐在地上的。想要睁开眼睛，却因为瞳孔一下子还没有适应光线的原因，一时间眼睛感觉到一阵刺痛。她只好重新闭上眼睛，想要等稍微适应一点光线再睁开。

恰好在这时，传来一阵杂乱的脚步声。似乎是有人往这边走。安初夏赶紧装作还没有醒过来的样子，保持刚才的姿势没动。

脚步声在不远处停下，然后是门被打开的声音。

门……安初夏的脑子不停地在转动。脑子里冒出一大串问题，他们不是去参加野外大探险活动了吗？大探险活动是在深山老林，怎么会有门？

脑子继续转动，她突然想起来在意识完全没有之前，夏心语是看到了小木屋的。那么很有可能，现在她是在小木屋。

可是，为什么她感觉到自己的手脚被绑着？

不等安初夏再深想下去，凭听觉判断，开门的人已经走到了她的面前，并且蹲了下来。因为她听到对方蹲下来时裤子磨蹭的声音。

“怎么还没有醒？不是说只要烧退了很快就能醒过来的吗？”是一个男人的声音，而且这个声音她很耳熟。但是一时半会儿她居然想不起这声音是谁。

“伤口已经帮她处理过了，炎症已经差不多消除，烧也退了。估计是体力浪费太多，应该很快就会醒过来的，您放心。”

这个声音安初夏不用想也知道是谁，居然是夏心语！难道说，夏心语跟人联合起来绑架她？可是这不科学啊！她跟夏心语也没有什么深仇大恨。再说了，韩七录，韩七录去哪里了？

尽管脑子里的问号是越来越多，可是她现在只能继续装昏迷。

“最好是这样，我可不希望她现在就死掉。要知道，她可是一枚很重要的棋子。”男人冷冷地说道，随之抬手扣住安初夏的下巴，然后……

吻了上来！

还不等安初夏做出什么反应，对方已经放开她的唇。安初夏只感觉唇上还留着那个男人的余温。对方用的是 Lmperial Majesty（皇家尊严）男士香水，之前她放学陪姜圆圆一直看时尚杂志的时候看到过这种香水，姜圆圆觉得上面的推荐写得不错，想送给韩六海，就订购了。

皇家尊严这种香水全球只有十瓶，每瓶价格二十万美元，订购了这款香水后，有专人开着宾利车送货上门。不过是一瓶香水，奢华到这种程度也算是人神共愤了，所以安初夏对 Lmperial Majesty 印象很深刻，对这种味道也非常敏感，要知道，闻一下就好几百人民币啊！

所以这深深地说明了……绑架她的人的身份的特殊，买得起 Lmperial Majesty 的人绝对绝对不会是单纯的绑架犯那么简单。

对方的特殊性，让安初夏一时间都忘记自己刚才被他吻了的事实。

“爵少，你……”夏心语对刚才南宫子爵的做法感到很震惊，整个人就跟被一道天雷劈中一样，瞪大眼睛半天说不完一句话。

南宫子爵淡淡了笑了下，笑容里毫无温度，只是夏心语分明从那里面看到了浓浓的恨意。

“我只是想知道这个女人为什么这么抢手，居然能让我的两个对手都拜倒在她的石榴裙下。”南宫子爵冷冷开口。

一直装昏迷的安初夏这才意识过来自己刚才是被一个绑架犯吻了，还是一个超级有钱的绑架犯！无意间她握紧了拳，但还是忍着没有跟那男的拼命。

“我看只是您的两个对手的眼光都不怎么样罢了。您看，我一开始就没有怎么掩饰我对她的敌对，她居然都没有对我提高警惕。连我在给她的伤口消毒的药里动了手脚都不知道。我看啊，他们两个根本都算不上是您的对手……”

“出去！”南宫子爵皱眉，明显是不悦。

南宫子爵的可怕夏心语是见过不下几百次的，虽然她觉得自己什么都没有说错，还是一声不吭地退了出去。在她的世界观里，这个世界上最惹不得的就是南宫子爵这个男人。不，他是个撒旦……

走出房间，小木屋外的四周一片黑暗，但夏心语知道那片黑暗里，埋伏着数都数不清的南宫子爵的手下。深吸一口气，她也隐没在黑暗里……

夏心语离开后，房间里立即又陷入一片平静中，可是安初夏不敢动，因为她感觉得到南宫子爵的目光一直紧盯着她，手心不自觉开始冒冷汗，难道……被发现是装昏迷了？

不管了！她暗暗咬牙，虽然被人一直盯着看的感觉不好，可是装都装这么久了，也只能厚着脸皮装下去了……

“夏心语说得真没错，你确实很笨。”这句话用的是陈述的语气。

安初夏想了几秒钟也没想明白他这话是对谁说的，如果是对她说的，那他为什么突然说她笨？

他才笨好吧？他全家都笨！安初夏在心里默默骂起南宫子爵的祖宗十八代来。

“聪明的女人应该知道，装昏迷不是一个聪明人的做法。”南宫子爵的声音突然在耳畔响起。

安初夏吓了一跳，知道自己没有办法再装下去了。

“呵呵，我本来就不是一个聪明的人。”安初夏缓慢地睁开眼，看到的却是南宫子爵近在眼前的、放大了许多倍的脸！

她倒抽了一口冷气，因为手脚被绑着，所以她做不了多大幅度的动作，只是身子略略向后倾去。

这个被叫作爵少的男人，居然有着跟南宫子非一模一样的脸，他俩就像是一个模子刻出来的！

“南宫……子非？”安初夏不敢相信地小声唤出口。

只见南宫子爵淡淡一笑道：“嗯，是我。”

这一刻安初夏觉得自己的脑子真的是不大灵光了，南宫子非为什么叫爵少？而他为什么又要绑架她？夏心语跟南宫子非又是什么关系，好像很怕他的样子。

还有，他不是应该在住院么？

脑子飞速转动着想要搜寻到答案，但最终还是以失败告终。

安初夏努力忽视“南宫子非”那似笑非笑的目光和表情，开始打量起四周来。这只是一个小房间，空空荡荡的，连一张椅子都没有，不管是地板还是天花板都是用木头做的。用的照明灯也是用应急灯，看样子应该是夏心语他们来了之后才装上去的。

透过小房间的窗户看去，外面黑漆漆一片，但是看得出来那间他们之前一直在找的小木屋里不仅仅只有一个房间。所以……韩七录很有可能也被关在这里。

可是，韩七录是怎么被夏心语一个小丫头给抓住的？看样子在她昏迷期间发生了不少的变故。也不知道韩七录现在怎么样了……

安初夏不自觉地就开始担心起韩七录来。

“不问我为什么抓你吗？明明……我跟你的关系这么好。”南宫子爵再次在安初夏面前蹲下来，满脸的玩味。

安初夏收好心里复杂的情绪，抬眼毫不畏惧地对上南宫子爵的目光回答道：“我为什么要问？如果你想说的话，你自己也会说出来，如果你不想说，我问了也没有用。不是吗？”

南宫子爵脸上的笑意越来越浓：“有趣。”

“你……”安初夏顿了顿，咬咬牙目光凛然，“你不是南宫子非！”

安初夏以为南宫子爵的脸色会变化的，至少会愣一下，因为她突然说出这样的话任谁都会惊讶或者是被吓到。可是南宫子爵连眼皮也不带眨的，依旧带着那副欠扁的笑容。

他伸手摸摸下巴，依旧在笑：“哦？为什么这么说呢？”

他不否认也不承认，这让安初夏有点丈二和尚摸不着头脑了，难道，他真的是南宫子非？

“因为子非他从来都不会用这种眼神看着我，也从来不会伤害我。”她还是强装镇定，“而你，你虽然跟子非长得一模一样，连声音也一模一样，可是这并不能代表什么。你，不是南宫子非！你到底是谁？”

“哈哈。”南宫子爵站起身，笑容爽朗，“果然有趣，我确实不是南宫子非。”

“那你是谁，为什么要扮成子非的样子！”安初夏质问道。心里想着，难道他是南宫子非的一个仰慕者，因为太喜欢南宫子非了，所以就去整容成跟子非一模一样的人？可是科技还没有发达到这种程度吧，连声音也可以整的吗？

南宫子爵止住笑容：“看样子我有那个认真的自我介绍一下的必要。在下南宫子爵，跟你说的子非，是双胞胎。”

双胞胎……安初夏的脑子越来越混乱。

“看在你让我刚才觉得有趣的份上，我们来玩一个游戏如何？”南宫子爵的笑容又开始在那张跟南宫子非一样帅气但多了一丝阴暗的脸上泛滥起来。

“我不要跟你玩游戏！”安初夏想也不想地就拒绝了。

“呵呵……”南宫子爵笑出声来，“看样子你需要知道一个故事。”

这一次安初夏选择了沉默。从南宫子爵那波澜不惊的叙述中，她知道了南宫子非的故事。他跟南宫子爵从小就是孤儿，一次从美国的孤儿院逃出来的时候，碰巧遇到了当时美国一个社团的老大，于是他们就被收养了，接受最残酷的训练。

时间一晃而过，那个老大不管如何有势力有能力也终于开始衰老。于是他就让他们兄弟两个玩一个游戏，谁先完成任务谁就可以继承那个老大的位置。

过程南宫子爵说得很简短，只是说是南宫子非用了见不得人的伎俩赢得了那个继承权。而继承权只有一个，南宫子爵于是被赶了出来。

一直到现在，南宫子爵的暗势力终于可以正面地跟南宫子非抗衡。他收到消息说南宫子非为了一个女人了中国，于是他也跟了过来。

而夏心语只是南宫子爵的一个手下，之所以韩七录会觉得见过她那是因为小的时候韩七录和夏心语在同一所中学读过。那个时候夏心语很胖很丑很自卑。当她终于鼓起勇气向韩七录告白的时候，韩七录无情地拒绝了她，还说了伤人的话。于是夏心语就跑去寻死，寻死的时候正好碰到了南宫子爵。于是，才有了现在的故事……

“所以你找到了我，并且绑架了我。想要要挟他是吗？”等到南宫子爵的故事终于讲完，安初夏这才明白一切。

南宫子爵冷笑：“我不需要靠一个女人要挟他，我只是想要让他也尝尝失去挚爱的痛苦。”

“挚爱？”安初夏不解。

南宫子爵的脸色却阴沉下来：“当时，我有一个很爱的女生。可是他骗了她，让她自杀了。”

“这不可能！”安初夏摇头，“你说的一切都是骗人的。”

南宫子爵冷笑，那笑容很是悲伤，也有浓浓的嘲讽。

“你信不信，与我没有多大的关系。我只是想让你明白一点，我可没南宫子非那么心狠手辣。”南宫子爵看了安初夏一眼继续说，“回到刚才的话题吧，你到底要不要跟我玩游戏？如果不玩，也随便你，不过韩家的独生子的命怕是……”

“你说什么？你什么意思？”安初夏激动起来，“韩七录怎么了，你把他怎么了？”

如果不是有绳子绑着，她早就冲上去跟南宫子爵拼命了。此刻她的心都在颤抖着，满脑子想的都是韩七录。他千万不能有事，千万不能有事啊……

如果他出事了，那么她该怎么办？她还没有做好世界里没有韩七录的准备。

泪，不受控制地落下。

“你说啊！你把韩七录怎么样了？你恨的人是子非，你想要他痛苦你杀了我就好了，为什么要伤害韩七录？！”

这一刻，她才明白自己真的是完全陷进去了。韩七录的影子，原来早已经深深刻在她的脑海里。可是，现在才知道韩七录的重要，是不是晚了？而南宫子非，她真的心里只有抱歉了。

“呵呵，现在我反而是开始有点可怜南宫子非了。”南宫子爵不阴不阳地笑着，“自己爱的女人不爱自己……”

听南宫子爵这么说，安初夏顿时心生一计。她眼珠子一转，眉心皱起：“南宫子爵先生，我和子非认识的日子用手指头就可以数得清，请你不要口口声声说他爱我？请问你哪只眼睛看到他爱我了？我只不过是无意中救了他一命而已。”

只要南宫子爵相信南宫子非并不喜欢她，那么他或许就会大发慈悲放了自己，还有韩七录的吧？

虽然潜意识里就觉得这个方法成功的几率根本就是接近于零，但是目前也没有什么更好的办法了，就死马当活马医吧！

话一说完，南宫子爵的目光就直直地看过来，带着似乎能看穿人心的犀利。安初夏很没有骨气地红了脸，可不是她矫情，更不是她脸皮薄，而是……那目光似乎是太那啥……太赤裸了！

“你看我干什么？”安初夏将目光移向别处，尽量忽视南宫子爵的目光。

“呵呵。”南宫子爵饶有深意地笑了一声，“我跟他是双胞胎，我比你知道他。你还是不要枉费力气想什么鬼把戏了，最后再问一遍，要不要跟我玩这个游戏。”

居然一眼没看穿……安初夏咬牙，勇敢地对上南宫子爵的目光：“玩就玩！说吧，要怎么玩！”

她安初夏的世界里可没有“临阵退缩”这四个字。“很好！”南宫子爵伸手打了个响指，小房间的门被人打开，走上来一个带着墨镜的高个子外国男人。安初夏默默在心里说，大晚上的你戴着一个墨镜，装酷也得分分时间是不？

“爵少，请问有什么吩咐。”让安初夏惊讶的是，这个高个子外国男人居然能说一口流利的中文，而且普通话之纯正连她都觉得羞愧。

南宫子爵朝安初夏的方向努了努嘴，高个子外国男人似乎能看懂南宫子爵身体语言的意思，径直向安初夏走去。

“你想干什么？”安初夏的瞳孔猛然紧缩，脸色也变得苍白起来。

高个子蹲了下来，伸手朝安初夏身上探去……就在她即将尖叫出声的时候，南宫子爵凉凉的声音响起：“不要太自恋，我只是让他帮你解开绳子。”

就像是突然被打了镇定剂，安初夏就放下心来。果然，高个子只是伸手解开把她绑得像个粽子一样的绳子罢了，并没有做出什么她想象中可怕的事情。

果然是太自恋了吗……安初夏一脸的尴尬。

“Tony，把你的眼镜给她。”南宫子爵话刚一说完，安初夏就感觉自己的手上多了样东西，定睛一看，居然是那个高个子戴着的墨镜，这动作是有多快啊……

“现在，你可以走了。”南宫子爵淡淡看了安初夏一眼。

“什……什么？”安初夏不敢置信地瞪大眼睛，“你要放了我？”

“怎么？”南宫子爵邪邪地勾起嘴角，一脸不怀好意地笑，“难道说，你已经爱上了我，不想走了吗？”

“神经病！”安初夏大骂，脸蛋因为南宫子爵放荡不羁的话而变得通红，还好小屋子里那盏应急灯的光线不是十分明亮，所以她脸红也没有人能看出来。

骂完后，安初夏快步走出小房间，手脚因为长时间被绑着而感到一阵阵的酸痛。可是她并没有作任何停留，谁知道南宫子爵会不会立刻就改变主意呢！

“韩七录就被我们扔在这座蛇山上，你可要抓紧点了，否则，他可是会被蛇吞了的……”话音落下，安初夏刚跨出小房间的脚步停下，她脸色苍白地转过身：“你们对他……？”

南宫子爵一脸云淡风轻，好像他什么都没做一样。事实上，他只是在安初夏昏倒之后，韩七录背起安初夏的一刹那，送了韩七录一支弩箭而已……

而面对安初夏的质问，他面色平静地伸手摸了摸自己的下巴：“我想你现在没有太多的时间质问我，还不走的话，我可要改变主意了。我跟你玩的游戏就是……你能不能在他死掉之前找到他。”

大脑如同被雷劈到一般，安初夏脸色的表情瞬间凝固。

看到安初夏呆愣的表情，南宫子爵脸上的表情似乎有些不忍，但不忍的表情也只是在他的脸上停留了一瞬间而已。他抬高下巴，瞥了眼安初夏：“你手上拿着的眼镜可以用来在晚上看东西，我数三下，再不走，你就永远也不用走了。相信山上的野兽什么的，会好好照顾你的韩七录的。”

安初夏如梦初醒，愤恨的目光停留在南宫子爵的身上一秒后，急匆匆地转身离开小房间。

“爵少，您就这么放她走吗？”Tony终于忍不住疑惑地问出口。韩七录这个人看上去吊儿郎当整天只知道玩游戏和追女人，可是暗地里的势力的确不容小看。如果今天他死了的话，那无疑是在南宫子爵实现大计的路上除掉了一个很有威胁力的绊脚石。可是现在南宫子爵的做法真的让他不能理解。

“有时候，玩玩游戏，也是好的。”南宫子爵嘴角扬起，“我的床铺好了吗？

我困了。”

“好了，就在隔壁。”Tony 连忙回答。看样子是他多嘴了，爵少做事从来都是有原因的。

但这一次 Tony 理解错了，这一次的游戏，南宫子爵只是突发奇想罢了，根本就不存在什么原因。

南宫子爵打了一个哈欠之后就要往门外走去，Tony 再次叫住了南宫子爵，脸上的表情很复杂，想要问什么却又不敢问出口。他跟着老大混的时间差不多已经有五六年了，他心里在想些什么，南宫子爵是再清楚不过了。

“你亲自跟着她吧，不要被发现，发生任何事也不要现身，游戏结束的时候再告诉我结果。我现在得好好休息一下，为见南宫子非做准备了。去吧。”

没有再作出过多的停留，Tony 也出了房间，往安初夏离开的方向追去……

安初夏在荒野里跌跌撞撞地走着，还好南宫子爵告诉她这副眼镜不是装酷用的，而是可以在夜间看清楚东西，所以她才没把眼睛摘掉，而是戴上了眼镜。果然，原本黑漆漆的一片顿时变成一片绿色的视野，除了绿色显得有点诡异之外，倒是跟在白天看东西一样清楚。

当时夏心语让他们找的小木屋原来还挺大的，一共有两层，她就是被关在了二层的第一个房间，下了楼，她快速跑开。也不知道要往哪边跑，只是哪里有路往哪里跑，直到转身视线里再看不到小木屋她才停住脚步。

跑了太多路，她的身上开始出汗。之前发烧了，她身体还是有些虚，居然才跑了这么点路就累得不行。

背靠着一棵树，她大口大口地喘着气，手抵着自己的大腿。眼泪却像断了线的珍珠一般往下流。韩七录，韩七录他到底在哪里？

这么大一座山，她要怎么样才能找到韩七录？

“韩七录！”她伸手在嘴边做出喇叭状，大喊出声。可是回应她的，只是被她吓到了的鸟飞离树梢的声音。

身子无力地瘫坐在地上，安初夏捂着脸大哭出声。

哭过一会儿，她渐渐停止了哭泣。哭没有用，无论用什么方法，她还是得继续起来，找到韩七录。就算是尸体……她也要找到！下定决心后，安初夏伸手擦干自己的眼泪，眼睛里满是倔强。

脑子里拼命搜寻着来时的路，她不停地走着，直到远处的天空开始泛白。

天快亮了吗？她看着远处的天空发了一会儿呆，脚好像已经完全不属于自己的了，她现在完全是凭着意志继续走的。脚底也起了好几个泡，可是她根本就无暇顾及这些。脑子里也只有一个声音，那就是——必须要找到韩七录。

一直暗地里跟着安初夏的Tony也被她累得不像话。可是偏偏他又不能大口喘气。心里诧异中国的女孩子为什么意志那么坚定的时候，又开始心疼起安初夏来。一个女孩子，大晚上的在深山老林里行走，而且是足足走了一整个晚上。更何况，她的烧还刚退，体质比平时要虚弱得多。

出神间，他看到安初夏似乎发现什么东西了。动作利索地从这棵树跳到另一棵树上，他看清楚安初夏手里拿着的是一只手机。而且是价值不菲的手机。这从镶钻的外壳就可以看出来。

这种地方居然能找到手机？疑惑着，突然就看到安初夏拿起手机在按号码，心里立即警铃大作。

没有再过多犹豫，Tony从树上跳下，在安初夏反应过来之后快速跑过去夺过她手里的手机。

“初夏小姐，你这样，算不算是违反游戏规则呢？”Tony摇了摇手中的手机，脸上一副冷冰冰的表情。

“你……”安初夏从疑惑变为大惊，她居然一直没有发现有人跟着她。这个人她记得，是南宫子爵的手下。这么说，南宫子爵从一开始就派人盯着她了！

她想要破口大骂南宫子爵是一个小人，可是突然又理智下来，抬高下巴道：“南宫子爵居然叫人监视我，这种做法难道就很光明磊落吗？”

这话说得Tony脸上一阵青一阵白，监视一个人确实不是什么光明的行为。

“既然他不光明磊落，我为什么就得遵守那什么狗屁游戏规则呢？更何况，如果我没有失忆的话，他根本就没有说过怎么样是违反游戏规则的。”她可不想好不容易走出这么多路，又被南宫子爵抓回去。韩七录还没有找到，无论如何她也不能被抓回去！所以她的口舌现在变得相当灵活。

尽管Tony的中国话说得相当好，可是用中国话跟安初夏进行一场辩论赛他明显还是处于下风。

安初夏说得话没错，南宫子爵根本就没有说不能找外援。可是一旦安初夏找了外援，他们的处境就会变得很糟糕。毕竟他们现在也不能出现在人前，一旦暴露，警方、韩家、南宫子非，一旦联合起来，给予爵少的就是毁灭性打击。

尽管爵少吩咐过发生任何事情也不能现身，可是他不能冒这个险。

脑海一阵犹豫，Tony像是决定了什么。

“不如，安初夏小姐，我们来一场交易吧。”

安初夏找了一个晚上才找到这支昨天被她丢掉的手机，发现手机没有被她摔坏的时候她都快要开心疯了。现下突然又冒出一个南宫子爵的手下来，她心里别提有多恨南宫子爵跟这个高个子了。

“我没空跟你进行什么交易，请你把手机还给我！”她语气很是不善。

Tony 只好直接开口：“你不许跟外界联系，而我会帮你找到你要找的。”

一听他这么一说，安初夏的神经紧绷起来：“你……你说的话算数吗？你说真的吗？”

如果是站在南宫子爵的角度上，那肯定是不希望她找到人的。那么这个高个子又在玩什么游戏？她应该对这个高个子抱着希望吗？她犹豫了。

“我从来不骗人。”Tony 把手机放入自己的口袋，又把另一个圆形的会发光的东西拿出来，在上面快速地按了什么键，然后又把那个东西放回了口袋：“安初夏小姐，请跟我来。”

Tony 已经在前面带路了，安初夏盯着 Tony 的背影看了一会儿，最终选择了相信高个子。毕竟如果单单靠她一个人在这个深山老林里漫无目的地找人，说不定找了一年都还找不到人。

她别无选择。

高个子几次拿出口袋里的那个圆圆的东西，安初夏已经确信那应该是一个类似于 GPS 导航系统的东西。

“你为什么要帮我找人？”走了许久，Tony 没有再说话，反而是安初夏率先打破安静。

“我没有在帮你。”Tony 回答着，依旧保持着一开始的速度走路，“我只是跟你做了个交易。”

安初夏耸肩，不再说话，这个高个子还真是固执得很。

前面的 Tony 突然又停住了脚步，并且蹲下了身：“上来吧，我背你。”

安初夏愣了下，摇头道：“不用了，我可以自己走的。”

“我怕你还没有走到自己就先累死了，还是我背你吧，快点。”Tony 皱紧眉头，感觉到安初夏攀上了自己的背才站起身，“中国的女孩都这么轻吗？”

这算是夸奖吗？安初夏没有回答，也不知道应该怎么回答。

约莫走了有两个多小时，太阳已经升得很高了。终于 Tony 在一块巨石前停下，放下了安初夏。他的目光看着那块巨石道：“你要找的人就在那后面。”

安初夏的脊背僵住，她发现，现在自己比刚听到韩七录被南宫子爵射了一箭的时候还要紧张，两只脚像是被灌了铅一样，居然重地没有办法抬起脚走过去。

“不要说见过我。”Tony 看她这副样子，转身毅然离去。下面发生什么事，他决定不管了，脚步快速移动。善良是病，得治！Tony 这么想着，很快消失在一片密林中……

“韩七录……？”安初夏小声地喊出声，她发现连自己的声音都在颤抖。为什么死亡总是离她这么近？为什么生活对她总是这么不公平？为什么她最爱的人，一个个都会离她而去？

眼泪再次开始泛滥成灾，她终于下定决心，一步步朝那块巨石走去。这里的草长得很稀疏，碎石也很多，明明只是十来米远的路，却像是走了十来千米一样久。

她已经站在巨石前面，只要绕过巨石，就可以看见他——不知是生是死的他。

深吸了一口，她咬紧牙关几步绕过巨石，看见的……是满地的血，还有那个倒在血泊里的人。

"不——"安初夏立刻捂住了眼睛，眼泪却是透过手指尖的空隙一滴滴流下。空气间满是芳草的香味夹杂着淡淡的血腥味。她缓慢地放下手，一步步朝韩七录走过去。

他还是那么帅气，尽管紧闭着眼睛，尽管苍白着脸，尽管一动不动，也还是帅气地像来自童话里的王子。

"韩七录！"终于，安初夏走到韩七录的身边蹲下，用尽全身力气去抱紧他。她惊悚地发现韩七录中箭的地方居然是脑袋，一种强烈的无力感蔓延上她的心头。

好在理智没有完全消失，她将韩七录轻轻放下躺平，耳朵伏在他的胸前。微弱的心跳还一下一下地跳动着，她惊喜极了，有心跳，还有心跳！

"韩七录，我背你下山，你一定要挺住。"她将韩七录扶起，突然一个圆柱形的东西从韩七录紧握着的手里掉出。定睛一样，居然是一把上了一半信号弹的信号枪。

看样子韩七录是想要求救的，可是因为受了太重的伤以导致连信号弹都没来得及上好就昏迷过去了。

安初夏欣喜地装上了信号弹，信号弹她从巨石旁边找到好几枚。不知道能不能被人清楚地看到信号的位置，但是她已经等不下去了。

信号弹被发射到天空，膨胀成一股大红色的烟雾。由于没有什么风，烟雾好久才消散。

"怎么回事？"约莫过了十六分钟的时间，有人的声音传来，安初夏吓了一跳，还以为是南宫子爵的人。转头看去发现是斯蒂兰学院的几个学生，顿时松了口气。

他们看到韩七录倒在安初夏的怀里都吓了一跳，跑过来帮忙。他们用随身带着的药箱给韩七录的伤口消毒，尽管他们知道这根本没有什么用。之后又拿出水给韩七录喝，可他根本就一点都吞不下去。

安初夏急了，拿过那瓶水自己含了一口给韩七录嘴对嘴喂下去。

"好浪漫啊……"几个学生里有人忍不住发出这样的感慨，顿时发出感慨的女生被别的同学敲了一下脑袋。

"你是猪脑子啊！这是在救人，不是在浪漫！"

“可是我觉得很感动嘛……怎么办，七录少爷应该不会有什么危险的吧？”

“不知道啊，救援的人怎么还没有来？不如我们再发射一枚信号弹吧？”有人提议。

就在安初夏准备再发射信号枪的时候，头顶传来一阵嘈杂声。抬起头看，原来是三架直升飞机。直升飞机上都有着“凌家特警”的标记。

三架直升飞机只有一架落下来，因为这里的空地根本不够三架直升飞机停的空间。他们看到韩七录倒在安初夏的怀里也是吓了一大跳，他们给韩七录中枪的地方做了简单处理后又给他打了强心剂输氧。经过一系列的处理后，韩七录终于被他们用担架抬上了直升飞机。

救援人员里有两个人留了下来，他们负责送安初夏他们下山。虽然安初夏很想跟在韩七录身边，可是这种小型直升飞机已经容纳不下再多的人，只好由那两个救援人员领着往山下走去。

走着走着，她的眼皮越来越重越来越重，终于视线也变得模糊……

“爵少，很抱歉，我跟丢安初夏小姐了。”Tony 脸上的表情很奇怪，大抵是因为他从认识南宫子爵到现在还没有对他说过谎吧。

南宫子爵悠闲地躺在那只不知道从哪儿搬来的贵妃椅上，食指和中指间优雅地夹着一根雪茄。他的目光根本没有落在 Tony 身上过。

他不说话，Tony 当然也没有那个胆子敢开口，于是气氛顿时变得冰冷起来。

远处的天空升起一股红色的浓烟，明眼人都看的出来那是信号枪发射的信号弹。Tony 猜到了应该是安初夏发射的信号枪，他心虚地看向南宫子爵，正好南宫子爵犀利的目光也看过来。

两个人的目光交汇在一起。Tony 一个脚软，在南宫子爵面前跪了下来，“我骗了您，爵少。”

“Tony，你跟了我有多久了？”南宫子爵没有接 Tony 的话，淡淡地问。

Tony 有一种很不好的预感，但他还是硬着头皮回答：“我也不记得有多久了，只是好像从懂事起，就一直跟着您了。跟着您学习各国的语言，学习用各种武器，学习如何保护您……爵少，请您惩罚我吧！”

南宫子爵的眼眸变得迷离起来。起来从 Tony 去跟踪安初夏到刚才，发生了很多事。他一直以为的那些恨着的人，原来竟然是最爱他的人。他一度以为是南宫子非害死他爱的女人，却没想，那个真正暗地里下黑手导致他经年前输给南宫子非的人，却是他自己的女人。

当然若不是他的女人出卖了他，那么坐上那个高高在上的位置的绝对不是南宫子非，而是他南宫子爵。而他一直以为的南宫子非的人找他是为了杀了他，但其实，南宫子非只是想找到他，然后把老大的位置给他。

他一直以来坚信的东西，都在南宫子非一个人找到小木屋，然后波澜不惊地叙述给他看。他是不相信的，可是他不得不相信确实是他的女人故意走漏了风声。只是只要稍微去调查一下以前的事所有的事情，就可以明明白白。但是，他自己放不过自己。原来他恨着的，一直是以前那个太过天真的自己。

所以在南宫子非把那个象征着权力的帮主戒指给他的时候，他没有接受。反而是把自己手上的所有势力都给了南宫子非。也许，这大概也是他唯一能为他的亲兄弟做的事情了。而 Tony 自然还是什么都不知道。

“请您惩罚我，无论是什么样的刑罚我都能接受。”Tony 说的一脸坚定，似乎一点也不惧怕他。

他们两个人虽然是上下属的关系，但在这么多年枪林弹雨中，早已经把对方当成亲兄弟。

“是吗？”南宫子爵从回忆中清醒过来，眼睛看着 Tony 认真地说道：“那就走吧，永远不要再跟我有任何的交集。”

“爵……爵少？”Tony 满脸的震惊，如果刚才南宫子爵说的是让他自己了结自己，那么他一点也不会惊讶，更不会犹豫，可是刚才南宫子爵却说让他不要再跟他有交集。

将那根雪茄扔在地上，南宫子爵站起身，风淡云轻：“我在你的信用卡里打了两千万美元，算是我最后给你的一点心意。你走吧。”

“不！”Tony 果然地拒绝：“爵少，你让我怎么样都可以，让我去死我眼皮都不会眨一下，可是，如果你让我离开你，那么我怎么都做不到！我早就把为您做事、保护您当成了自己生命的全部。这也是我活着的唯一意义。”

一向不怎么把真实表情挂着脸上的南宫子爵，此刻的眼眸居然泛起了一阵雾气。

他毅然站起身背过身去：“我已经解散了我们的暗势力，所有的财团和黑道上的钱我都分给了兄弟们，我现在身无分文，你已经没有必要再跟着我。你走吧。”

连死都不怕的南宫子爵此刻却落下了一滴泪。

“爵少，我跟着您，从来就不是为了钱。除非我死，否则，我一定会陪在您的身边，不管发生了什么！”Tony 依然坚决。

南宫子爵转回身，定定地看着 Tony，半晌，他的嘴唇动了动：“好兄弟！”

第二十二章 失忆的大少爷

也不清楚一共睡了几天，只是觉得有人在唤她的名字，可是她想睁开眼，却怎么都睁不开眼睛。好累好累……好想就这么一直睡下去……可是那个声音却一直在叫她的名字。

到底是谁？是谁在叫她？

好想知道是谁在叫她……

黑暗袭来，所有的意识全部都消失了，包括那个声音。

这是哪里？睁开眼，就是白色的天花板，白色的墙壁，白色的床，白色的日光灯……安初夏动了动手指，可是全身上下都是那种说不出的酸痛。她想发出声音，可是喉咙干得要死。

门被打开，一个穿着粉红色实习护士服的小护士进来了，她手机拿着一个医用托盘，上面放着一瓶药水。走到床前，她看了一下手中的药水，用笔在上面写些什么。

“哦……”安初夏说不出话，只得发出一直沙哑的、奇怪的声音。

“你……”实习小护士拿着笔的手都在颤抖着，没等安初夏再发出声音，她大喊着跑出去，“医生医生！那个特护病房的病人醒了！”

很快有几个医生被那小护士带了进来，其中一个看起来较为年长的医生见安初夏果真醒了，不满地瞪了那小护士一眼：“大惊小怪什么呀？醒了就醒了，跟见了鬼似的。”

话说完，发觉不对，那医生连忙止住了声不再说话，那小护士憋屈地退到一边去。

“少奶奶，您终于醒了，我们是韩夫人特地安排的专门看护您的医师。请问您现在有没有觉得有什么不适？”另一个人戴眼镜的看起来比较稳重的医生开口问道。

“咳咳……水……”她好不容易发出“水”字的发音，立即就有穿着特护护士服的人送上水来。还体贴的把她扶起来喂了几口水下去。

一杯水慢慢见底，安初夏又干咳了几声，这才找回自己的声音来。

“您还要水吗？”有人问她。

安初夏见这么多个医生护士瞪大眼睛看着自己，心里觉得怪怪的。她又干咳了一声，摇摇头说道：“不用了，谢谢。请问，我这是在哪里？我为什么会在这里？别的人呢？别的人都去哪了？”

她想想起点什么，觉得心里堵得慌，可是又想不起来自己到底想要知道些什么，到底发生了什么。脑子一片空白，什么都想不起来。只是觉得头昏脑胀，浑身酸痛，哪里都不舒服。

“少奶奶，您什么都不记得了吗？这是在市中心医院，您之前因为过度劳累和脱水，再加上一时的情绪不稳定气血上涌所以昏过去了。至于别的人……请问您问的是谁？”那个戴眼镜的医生一板一眼地回答，声音温温润润，很是耐心。

“我……昏倒？”安初夏皱眉，就像是水龙头突然被打开，所有的记忆一下子全部都窜了出来。

满地的血、抬头不见阳光的密林、绑架、南宫子爵、高个子外国人、直升飞机……所有的记忆片段被全部都连在一起。

“韩七录！韩七录呢？”

“您请不要激动。”她欲起身，可是马上有人按住她让她不能动弹。

“少奶奶您先别激动，听我们说。”另一个女医生说道：“现在是凌晨两点，韩夫人和韩董事长在十一点多的时候才回的韩家，您放心，明天一早韩夫人就会过来看您的。在您昏睡的这几天啊，韩夫人可是每天都来医院陪着您叫您的名字呢。”

另一个医生也接口：“是啊，就连韩董事长那么忙的人也都会在公司的事情忙完之后就来医院看您。”

“是啊是啊，还有您的同学。但是我们怕太多人会妨碍到您身体的自动恢复，所以就一直没让他们来看您。不过现在好了现在您醒了，等身上的伤好的差不多了就可以回去了。”里面最为年轻的一个医生这样说道。

“你们先放开我。”安初夏皱眉，显然是身上当时找韩七录时被各种草、刺割破或者刺到的伤被他们压到了。

那几个按住安初夏手的人连忙放开她，唯恐弄痛了她。

“请原谅我们的失误。”看起来很呆板的一个护士说道，“您现在不能激动，有什么问题请明天自己再问韩夫人吧。出了什么差池，我们几个可赔不起。”

这个护士看起来脾气不好，旁边有人连忙使眼色让这个护士好好说话。

“对不起。”安初夏真挚地道歉：“给您们添麻烦了很抱歉，有什么事，我明天再问妈咪好了。”

“您能这么想真是太好了。”那个女医生说，“您肚子饿不饿？都睡了四天了，光靠输营养液营养肯定是跟不上的，我们去给您准备碗蛋粥吧。这个时候不能吃太油腻的东西，否则肠胃会受不了的。”

原来安初夏并不感到饿，满心都只是想知道关于韩七录的事，可是刚才那个护士那么说了，她也不好再问下来。现在又听这个女医生这么说了，她肚子就开始觉得饿了。就差没有咕咕咕乱叫了。

“那我们先出去，小惠，你留下来照顾少奶奶吧。”很快的，一病房的人都走了出去。那个叫小惠的护士很快就端来一碗皮蛋瘦肉粥，安初夏三两下就解决了，她还想再要一碗却被无情拒绝了，说是三四天没有进食不能一下子吃太多。

等输液都输完了，安初夏说是有人看着她自己睡不着，于是就把小惠打发走了。等病房的门被关上，安初夏立刻坐了起来，当脚触到地的时候，她反射性地收回了脚。因为脚实在是疼得厉害，大概是因为之前走路走出来的泡后来又被弄破了吧。她咬咬牙，还是拖着拖鞋下了地。

走到窗前，安初夏一把拉开了窗帘。淡淡的月光照射进来，映入眼帘的是一片沉睡在月夜里的景物。长长的街道上偶尔快速驶过一两辆车，很快又消失在视野的。

不知怎么的，她总觉得自己现在与这个世界是如此格格不入。

还有韩七录，不知道他怎么样了……他一定不可以……

不敢再想下去，安初夏从窗边离开躺回到病床上。大概是真的身体还很疲劳，没过多久又睡了回去……

再醒过来，已经是太阳晒屁股了。刚坐起身就听到外面走廊有人在大喊着：“醒了？！我家小初夏醒了？”

这高倍的声音安初夏用脚趾头想想就知道是姜圆圆来了。心里忍不住紧张起来，姜圆圆一定知道韩七录现在怎么样了。刚要下床门就被重重推开。

伴随着一声“小初夏”，一个黑影朝她扑来。来不及闪躲她就被抱了个满怀，浑身的酸痛感让她禁不住吸了口冷气。

“小初夏你可算是醒了啊！你知不知道你妈咪我都快担心死你了，我这几天可都没给我的亲亲读者们更新呢！刚才医生跟我说你醒了我还以为他们寻我开心呢。”姜圆圆一边带哭腔述说着，一边紧紧抱着安初夏不肯松手。

“汪汪汪！”病房门口传来狗叫声。

紧接着韩管家就上前急忙拉开姜圆圆：“夫人啊您快放手！你看看少奶奶都被你抱得喘不过气了，她身上可还都是伤呢。”

一语惊醒梦中人，姜圆圆这才意识过来安初夏身上还都是伤，慌忙放开了她，可还是紧紧握着安初夏的手：“怎么样？妈咪刚才弄痛你了吗？”

“没有没有！”安初夏微笑着说，“能有人担心我，怎么样都不会痛的。”

“你这傻孩子！”姜圆圆说着，眼泪落了下来，“你这傻孩子怎么就不知道心疼自己呢？妈咪都知道了，你都是为了找七录才弄成这个样子的。”

一提到韩七录，安初夏的心就紧绷了起来：“韩七录呢？妈咪，韩七录他人呢？他怎么样了？”

“哎呀，少奶奶，您可不能激动，医生说了，您现在的情绪要保持冷静，否则啊，说不定还会昏……哎呀你看我这张嘴，呸呸呸！”韩管家恨不得咬断自己的舌头。

一边的霸天使劲摇晃着尾巴想要吸引安初夏的注意，却被一个韩家的佣人带了出去。

“那你们快告诉我，他现在怎么样了？他为什么不来看我？”安初夏极力想要自己保持冷静，可是她真的冷静不了。

姜圆圆把安初夏的手搭在自己的腿上：“你放心，七录的伤重是重了些，可是医生说幸运的是没有伤到要害，抢救又还算得上及时，所以啊，他第二天就脱离了生命危险，不过还没有醒过来。我们现在已经把他送到美国去治疗了，那里我们有个熟识的这方面的专家。所以你啊，现在只要好好照顾好自己就行。比起七录啊，妈咪我可是更担心你。”

听到韩七录已经脱离了生命危险，安初夏一直悬着的心总算是放下了。

“少奶奶，您跟夫人先说这话，我去看看有什么东西能给您吃的。这么几天没进食，一定是饿了。”

“嗯，谢谢您，韩管家。”安初夏真挚地道谢。

那韩管家转过身，一颗浑浊的老泪落下，这傻姑娘，还真是让人心疼。

小初夏啊，你要不要躺下啊？这样坐起来会不会很累？”姜圆圆关切地问道。

安初夏弯起嘴角笑：“不用了，我都躺了这么多天了再躺着就要躺出病来了。不如这样，妈咪啊，你让我今天就出院吧，我在医院可待不惯。”

如果是以前姜圆圆肯定是安初夏说什么她依什么，可是这次姜圆圆的立场却很坚定——伤没完全好之前绝对不能出院，免得以前落下什么病根。

安初夏是无论如何磨破了嘴皮也说服不了姜圆圆。就这么僵持着一直到韩六海下班来到医院。他跟姜圆圆一眼，看到安初夏醒过来了都松了口气。但是晚上还要一个很重要的宴会他要出场，就顺便把姜圆圆也带去了。关于安初夏提出的要出院的事情，韩六海也跟姜圆圆站的是同一战线。

安初夏只好作罢，还好韩管家心疼她一个人在医院无聊，就把笔记本电脑给她带来了。

她打开 QQ，上面有很多留言，她一个个点开，都是同学们对她的关心。她一个个都回复了谢谢，说谢意都放在心里，就不多说了。

没一会又一个 QQ 头像闪起，居然是以前她在书架网写小说时加她的书架网的主编。那主编说的无非是让她快点恢复更新什么的。算了算时间她已经有将近两三个星期没有更新小说了。

心里觉得愧疚，加上反正这段时间也没有什么事情，就答应了会恢复更新的事。编辑又要了她的银行卡账号，让她努力码字就下了。

她点开了书架网首页，一眼就瞄到红包榜的第二位是她的小说《恶魔少爷别吻我》。而第一位是酱紫的小说，也就是姜圆圆的小说。左眼皮一直跳，手颤抖着点开了自己小说的页面。评论已经变成了两千多条，大部分都是催更的，还有的就是关于对小说剧情的讨论。

这么多的评论她耐下心来一条条看过去，偶尔也回复几条。做完这一切已经过了一个多小时，她想了想，点开了作家中心后台，点了一下“稿费查询”居然发现收到了足足合起来有两千多人民币的红包。

咧开嘴她笑得那叫一个欢快，正好这之后护士小惠进来给安初夏更换吊瓶。安初夏脸上的笑容顿时收住。

“少奶奶您这是在笑什么呢？跟中了五百万似的。”小惠打趣地说了这么一句。安初夏干笑着，直到小惠走出病房关上了房门她才懊恼地拍了下大腿。怎么这都被人看到了！要让小惠知道她刚才真是为了钱才笑那么开心的，那还不丢死人了？

不再看什么红包，安初夏打开了文档开始写小说。写完又检查了一遍才发了上去。

正在她准备再写一点的时候 QQ 突然又闪了起来。

鼠标指在那个头像上，消息盒子显示“灰姑娘的大姐”。安初夏笑了笑，点开了 QQ 消息。（灰姑娘的大姐就是萌小男，安初夏的网名是“淑女难为”）

灰姑娘的大姐：是本人吗？

淑女难为：对啊，这几天过得还好吗？

萌小男没有再回复，而是直接点开了视频通话。安初夏稍微理了下头发点了接受。

“你丫的居然还笑得出来！你知道发生什么了吗？”视频那边的萌小男穿着哆啦 A 梦的睡衣咬牙切齿地说。

“发生什么了？”安初夏不明所以地从床头柜那拿了个苹果咬了一口，“我为什么笑不出来？”

萌小男恨铁不成钢地双手叉腰道：“你家美相公去美国治疗了你总知道吧？”

安初夏将喉咙里的苹果咽下，点点头：“这个我当然知道啊。不是已经脱离生命危险了吗？我正准备等伤养好就去看那个王八蛋呢，居然让我那么担心。哼！”提到这个她气就不打一处来，自己那么担心他，可是他居然都不担心自己。好吧……看着他还没醒过来的份上就先放过他……

“哎呀你这个笨蛋！”萌小男重重地拍了下电脑桌，“等什么伤养好啊，你现在不是已经活蹦乱跳了吗？你给我现在就去办出院滚到美国去。怎么这么笨呐你？你知不知道向蔓葵那个贱人已经去美国了？万一韩七录看到的第一个人是她，然后以为救他的人是向蔓葵从此以身相许了怎么办？”

对于向蔓葵的存在，安初夏心里多少也当然会有芥蒂。可那毕竟是已经过去的事情了，就算是向蔓葵真的还想要把韩七录夺回去，只要韩七录的心是坚定的，那她也没有什么好担心的。

“你以为韩七录是王子，向蔓葵是公主，我是小美人鱼啊？”安初夏继续咬着苹果口齿不清地说着，“韩七录没有那么不靠谱。”

“哟哟哟。”萌小男的语气缓和下来：“你对你家美相公已经放心到这种程度上了吗？我告诉你，没有不偷腥的猫，到时候发生什么可别怪我没早提醒你啊。”

安初夏连连点头：“怎么会怪你呢，我们家小男对我最好了！”

“矫情！”萌小男偏偏嘴，换了个话题，“我跟你讲哦，我家里的小狐狸精被我爸给赶出去了。哈哈，当时我的心情那叫一个爽啊！”

“怎么回事？我看你这个后妈对你也挺好的啊，你丫……”

“打住！”萌小男连忙说，“这次可不关我的事，是那小狐狸精在外面勾引男人被我爸撞见了，于是就被我爸赶出去了。不过，我爸好像也没有想要接我妈回来的打算。”

“你也别太着急了，这种事情急不来的。”安初夏说，“大人的事，我们也最好还是被插手。”

“嗯，我当然知道，先下了，洗脸刷牙睡觉去。”

萌小男说着就断开了视频通话，头像也快速地暗了下去。安初夏耸肩，关闭了对话框。视线落在窗外，一切都是那么安静祥和……

刚才萌小男的话又回荡在脑海。向蔓葵毕竟是韩七录曾经深爱过的人……

好，那么她一定会早点养好身子，然后出现在韩七录面前。告诉他，他的心里只能只可以只准有她安初夏一个人！

关掉了笔记本电脑，安初夏把笔记本放到一边，没多久沉沉地睡去了。梦中，她居然梦见韩七录跟向蔓葵手牵着手，相互深情对视，然后两个人的脸越凑越近，越凑越近……

"啊！"安初夏被惊出了一身冷汗。

看了下时间，居然才四点多，可是她是无论如何也睡不着了。脚上的伤恢复得很快，她穿了鞋子套了件姜圆圆特地给她带来的外套就出了病房。她得出去走走，否则非得要憋死不可，而且无论如何也得想出一个办法让姜圆圆快点给她办出院手续，

不知不觉她居然已经走出了医院大门，医院大门走出去十米往左的地方有一个公交车停靠站，她坐到那个停靠站的椅子上，望着来来往往的车辆，有那么一瞬间的失神。

她好希望韩七录突然开着他那辆炫酷的跑车出现在她的面前，然后不要脸地喊她一声老婆。

可是……一种不安感在心里蔓延开来。

"初夏。"

安初夏条件反射地转过头去，看到的却是南宫子非从一辆银色的奔驰上走下来。他的右耳戴着一颗心形的钻石耳钉，过往车辆的车灯映得他的耳钉闪闪发光，耀眼至极。

"怎么一个人穿着病号服坐在马路边，你这样会着凉的。"南宫子非几步就走到安初夏面前蹲下身，眼眸中满是关切，"我送你回病房吧。"

南宫子非在安初夏被送进医院之后就想来医院看她了，只是那些医生拦着他，当时韩氏集团的总裁韩六海也在，他不好发作，只能带着大虎走了。之后他又来了几次，每次都被拒之门外，今天他刚从一个会议里回来，路过却发现安初夏坐在这里，这怎么能让他不马上下车？

"子非……"就像是看见亲人，她心里委屈地紧，身子微微前倾紧紧搂住了南宫子非的脖子，眼泪像断了线的珍珠一般往下落。

"怎么了？怎么了？是不是哪里不舒服？我马上送你回病房，别哭别哭。"南宫子非向来是冰冰凉凉的样子，现在却是满心满眼得疼惜。

那辆银色奔驰上还坐着两个人，两个人的表情却是全然不同。

一个完全是一副看好戏的姿态，就差拍手叫好。而另一个则是皱紧了眉，

似乎极不情愿看到车子前面的两个人靠得那么近。

“哎呀，真是头疼，我们老大总是有了嫂子就忘了我们这些手下。”那个一副看好戏样子的人就是大虎，他嘴上听着像是在埋怨，实际上根本就是故意在说给那个女生听。

在他的心里早就把安初夏当成自己的大嫂，南宫子非的老婆了。而那个女生，则是南宫子非在酒吧里喝闷酒的时候碰巧遇到的。

她叫玛格，自小被一个年迈的老人收养，老人原本就有一个亲生女儿名叫玛丽。那次她在那天晚上因为忘记带雨伞，正好遇到玛丽的男朋友杰克。杰克好心带她回家去洗个热水澡换身衣服，后来又忘记带干净的衣服进浴室，又碰上玛丽正好下班来杰克家。事情就演变成了她光着身子出现在杰克家里。

这玛丽本来就是水性杨花的女人，她气不过自己的男人居然被别人抢。于是一气之下跑到酒吧，看到坐在角落里的南宫子非就想要上前勾搭，玛格这时候赶到。后来在准备送玛丽回家的时候，那玛丽借着酒气居然把断了根的高跟鞋往她身上扔，恰好南宫子非一行人来取车，于是就正好救下了她。

之后，她就求着南宫子非收下她，因为那个当初收养她的老人已经去世了，而玛丽也绝对是不会再原谅她。尽管她真的跟杰克什么也没有发生。

让大虎弄不明白的是，南宫子非真的就收下了这个毫无用处长得也不算漂亮的女生，还给她好吃好住地让人伺候着。所以大虎当然就不喜欢她，总是经意不经意地就在玛格面前提起安初夏。

看玛格的脸色很不好，大虎心里那叫一个乐啊。他眨巴眨巴眼睛说：“玛格，你的功课学得怎么样了？你知道我们老大可是不收没有用的人当手下。你也知道了我们老大是一个什么样的人，所以啊，你最好……”

“大虎哥。”玛格收回目光看向大虎：“我知道自己配不上老大，你也不用多说，我不会对老大有什么非分之想的。”

非分之想这四个字似乎用词不大准确，但她知道，在大虎的眼里，如果真的她真的对南宫子非有什么感情，那统统都叫非分之想。

大虎动了动嘴唇，却没有再说什么。怎么感觉他欺负她了一样？他说的明明是事实嘛！

不管了！大虎冷哼一声，掏出手机来玩游戏。

安初夏不想回病房，可是南宫子非坚持要送她回去。说是这个时间一个女孩子家的坐在外面总是不像样。她也就由着南宫子非把自己送病房了。

“子非，我知道我不应该在你面前提起他的。可是我……我真的很担心韩七录。”安初夏说着，眼泪又流了下来。她觉得自己是那么没用。

南宫子非早就收到韩七录被送去美国治疗的消息了，他大致也猜到安初夏是什么意思了。

“你是想让我帮你出院去找他，是吗？”南宫子非从来不在安初夏面前发脾气，这次也是这样。尽管他心里有一个声音在大吼着“为什么你担心的人只有韩七录，”表面上他也还是波澜不惊。

有些东西，无论你怎么努力，就是勉强不来。他南宫子非想要用所有的资产来换得安初夏的平安，在他接到安初夏被南宫子爵绑架的消息时。尽管最后南宫子爵自己不要，但是，那一刻，他真的有“安初夏如果死了，他也不会活着”的想法。

他的嘴唇紧抿着，显示着他现在很难过。

“嗯！请你帮我！”安初夏的眼眸亮起来，“我想要你帮我出院，只要帮我办出院就可以了。”

她自己办出院是绝对不可能，因为姜圆圆特地交代过。但是南宫子非的话，不知道为什么，她总觉得南宫子非有那样的能力。

“初夏。”南宫子非伸手安初夏安初夏的右肩，跟她对视，“这是韩氏的医院，我还没有强大到可以明目张胆的帮你办出院。可是如果你要我直接带你走，我绝对不会不帮你。但是，你要为担心你的人想想。看得出来，姜圆圆是真心喜欢你这个未来儿媳妇，你伤没好就从医院消失，她会担心死的。”

安初夏沉默下来。是啊，姜圆圆一定会担心的……她不希望她担心。

“我知道了。”安初夏仰起头，“我会尽快养好伤，然后光明正大地出院。”

南宫子非点头，深深地看了她一眼后站起身来：“这个时候我也不方便再呆下去。时间还早，你还是先补补觉，我走了。”

安初夏伸手拉住南宫子非的衣袖，露出一个灿烂的微笑：“子非，谢谢你。”

南宫子非摇头，只要说不需要说谢谢的时候就听见安初夏说：“如果我先遇见你，我一定会喜欢上你的。”

他的身子僵住，连手指指节都有些僵住，慢慢的，他的脸上露出了一丝凄楚的表情：“谢谢你。”

他彻底死了心，因为他没有先遇到安初夏。

如果真有转世轮回有下辈子的话，他一定会比韩七录那个臭小子早一步找到安初夏，然后跟她白头偕老，永不分离。所以这辈子，他就先放手……先便宜韩七录那个臭小子了。

前提是，他能醒过来。

如果韩七录能没清醒过来，那么，也不能怪他插队了。

“那我先走。好好补一觉。”南宫子非也朝安初夏露出一个笑脸。

回到车上，大虎又开始八卦了，南宫子非也不忌讳玛格的存在，就把他和安初夏的对话都一五一十地说给了大虎听。平时他可不是什么话都会告诉大虎的，他又不是女的，不会像女生一样，什么事都告诉自己的闺密。

但是今天，他真的需要好好倾诉一下。

南宫子非说话，大虎沉默了有十来秒，突然一拍掌道：“嫂子话里的意思也就是说，如果韩七录不存在，那么……”

“你不要动什么歪脑筋，否则——”南宫子非没有再说，启动了车子的引擎。

大虎一个没有注意，头撞到旁边的车窗上，痛得龇牙咧嘴。

“大虎哥你没事吧？”看到大虎那个样子玛格是想笑的，可是还是忍住了，上前关切地问大虎有没有受伤。

“我没事！”大虎有些窘迫，但转眼就换上了一副贱贱的表情，“我不过开个玩笑嘛老大，你当什么真？我大虎就算是再为了您将来的幸福生活好，也不会做一些不道德的事嘛，你说是不是？”

南宫子非抽了抽嘴角没有说话，车子很快隐没在黎明的黑暗里。

日子一天一天地过去，太阳每天也都会升起，周围的一切都没有丝毫的改变，可是很多东西，都在悄然地改变了……

安初夏的身子一天一天地在恢复，终于可以出院，就在姜圆圆跟韩管家一起来给她办出院的时候，姜圆圆接到了一个电话。就是这个电话，让安初夏近乎崩溃……

那是一个小时前，由于医院是韩氏的，所以办出院什么的效率快得不得了。安初夏跟姜圆圆有说有笑地走出医院的大门，身后跟着含笑的韩管家。

一个星期前她们接到韩七录已经醒过来的消息，这个消息让安初夏很高兴。但是姜圆圆还是强行把她留下来再住了一个多星期的院，说是怕留下后遗症。

“我去把车开过来。”韩管家上前一步说，得到允许后转身跑开了。姜圆圆没有叫司机老陈开车来，而是自己开车载了韩管家来接安初夏，这说明她心情不错。

“我跟你说，那家餐厅的东西好吃得不得了，待会儿跟你逛完街我们就去那里吃饭怎么样？”姜圆圆兴高采烈地说着。

安初夏点头应予。后天就是姜圆圆跟韩六海的结婚20周年的纪念日，韩家上下都在筹备那天的晚宴，韩七录也会在那天回来。据说恢复得不错，只是美国那边也不知道是怎么了，没有韩七录的具体消息过来。

就好像，韩七录应该就不存在一样。或者说，根本没有任何韩七录跟她安初夏的关联的存在。韩七录会偶尔打电话过来，只是说写家常，因为时差的问题，安初夏根本没有接到过一次韩七录的电话。而韩七录也只是往韩家的座机打电话，这让安初夏很纳闷，也很不安。

可是她怕别人笑她想太多，所以这个问题根本就没有跟姜圆圆提起过，也很少在姜圆圆的面前提起韩七录。

听到后天韩七录会回中国，她很高兴，同时也不知道为什么，越来越不安。

“妈咪，我想去美国。”安初夏想了想还是说，“醒过来都一个星期了，可是他从来都没有给我打过一次电话，我……我想去美国看看。”

“什么，他没有给你打过电话？这个臭小子搞什么鬼？要不要我们现在就给他打个电话？”姜圆圆有些不敢相信地说。

韩七录每次打电话回来都没有提起过安初夏，她当时还以为韩七录会天天打电话给安初夏，所以没有在她这个当妈的人面前提起，现在听安初夏这么说，觉得太过匪夷所思。

难怪她的宝贝初夏总是一副眉头紧锁的样子。

“不用打电话了。”安初夏摇头，“我们这里十点，算起来，他那边应该是八九点钟了，这个点打电话过去不好。还有，其实……我想给他一个惊喜。”

惊喜？突然出现在韩七录面前？

姜圆圆的脑海中蹦出两个孩子热吻的画面，一张脸居然红了起来：“可能七录那臭小子也想给你一个惊喜呢？你这样不打个招呼就过去……”

放在口袋里的手机突然振动起来，姜圆圆拿出来看了下来电显示顿时喜上眉梢：“你看看，这是谁的电话？”

看着手机屏幕上显示的“臭小子”来电，安初夏的心脏突然不规则地跳动起来。

“你接？”姜圆圆不怀好意地笑起来，把手机递给她，正好韩管家这时候把车开过来，姜圆圆就说自己要去附近买瓶饮料，就拉韩管家下车走了。

安初夏低下头，郑重其事地按下接听键：“喂？”声音都变得颤抖起来。

那边顿了顿，传来韩七录熟悉的声音：“你是谁啊？我妈呢？”

安初夏还以为他一时没听出来这是谁，于是不悦地说道：“我是安初夏，你说我是谁！”

“安初夏？谁？我怎么知道你是谁？你是偷了我妈手机的贼吗？我警告你，这手机可不是你能偷得起的！”电话那边的声音显得很生气，不像是在开玩笑，。

“韩七录……你是在跟我开玩笑吗？一定是开玩笑的是不是？”安初夏明显感觉到不对劲，可是她还抱着一线希望。

“你认识我？”韩七录愣了一下：“哦，是在我失忆之前认识的人吗？不好意思，我完全想不起来前几个月的事情了。医生说这是脑损伤的正常现象。不好意思，刚才我的态度有点不好，现在你可以把电话给我妈了吗？我有事情要跟她说。”

安初夏的脑子突然就一片空白，手中的手机从手中无力滑落。

姜圆圆回来的时候正好就看到安初夏脸色苍白，手中的手机掉落在地上。

她心疼地跑过去问发生什么了，当然不是心疼手机，而是心疼她未来的儿媳妇。

“他……”安初夏的眼泪不听话地流出来，话也说不完整，只是不停地重复着，“他、他、他……”

姜圆圆捡起地上的手机，发现没有被摔坏，而通话还接通着，于是语气非常不好地就冲手机吼过去：“你这个兔崽子你对我的宝贝初夏说了什么？！”

“什么？”身在美国的韩七录皱了皱眉，在酒店的总统套房里来回踱步：“妈，是你吗？刚才接你电话的人是谁啊？我让她把手机给你接就听见一声巨响，发生什么了？”

“是谁？你问我我的宝贝初夏是谁？”姜圆圆气得身子直颤抖，显然她还没意识到什么不对劲，只是生气韩七录居然听不出安初夏的声音。

“他失忆了……把我忘了。”安初夏终于完整地说出这句话。

姜圆圆的表情愣了愣：“初夏，你可不要跟我开玩笑。他明明正常得很，也没有说自己失忆啊。”

电话那边的韩七录撇撇嘴：“我说妈啊，只是局部失忆，不想让你担心所以就没有跟你讲，你说的那个初夏到底是谁啊？”

姜圆圆咬紧牙关，刚想骂过去就又听见韩七录说：“不管她是谁了，那不重要。妈，我要宣布一个好消息，我跟蔓葵和好了，我想向她求婚。”

“什么？”姜圆圆抬高声音大喊出声，“我不允许，绝对不允许！”

安初夏面色苍白，显然是听到了韩七录说的话。

“妈，我知道你对她的印象不好，可是她已经变了。变得很好，我们在一起很好……”再多的话姜圆圆不想再听下去，直接按下了接听键。胸口因为生气而剧烈起伏着。

“发生什么事了，你们怎么这么一副表情？”刚才去附近的便利店正好碰到开车来祝贺安初夏出院的凌寒羽，于是凌寒羽就跟韩管家问了些金融上的事，两个人一边走一边聊到医院门口就看到姜圆圆面色通红，而安初夏则是变色苍白，还不断地流着眼泪。

由于萧明洛的哥哥萧明渊得了癌症，而且是晚期，所以萧明洛现在一边要着手帮萧父忙着公司里的事情，一边又要抽时间陪着自己的哥哥，所以萧明洛一早就给安初夏打过电话恭喜她出院了，并且通知了凌寒羽来医院接安初夏，所以凌寒羽是一个人来的。

一来就看到这样的场景他还真的是非常不解，经过野外大探险发生的事情，凌老太爷也放开了，不再提起让安初夏做自己孙媳妇的事情，而凌寒羽现在也算是清心寡欲。

但是在心底里，他还是心疼着安初夏的，看到她哭，他心里也不好受。

姜圆圆一边愤愤地说着刚才的事情，一边将手搭在安初夏的肩上，也算是无声的安慰。

“怎么会……”凌寒羽很震惊。韩七录也给他打过电话，只是压根就没有提起过失忆的事情。但是，他想起来了，韩七录也没有跟他提过安初夏，只是当时他为韩七录醒过来而高兴，所以压根没有觉得不对劲。

韩管家站在一边动了动嘴唇说：“少奶奶，您放心，只要是失忆，也总会有想起来的一天。我相信，少爷心里爱着的人，是您。”

安初夏咬紧下唇，表情倔强得让人心疼：“我想去美国。”

这一次，姜圆圆没有阻止：“我陪你去！”看她不打死那个小兔崽子！

“不用了。”安初夏摇头，“我想一个人去找他，看看他是不是真的那么薄情，能够忘了我，能够忘记了我心安理得地去跟另一个人长相厮守。”

她这么说着，眼角的泪在眼眶里转着，却固执地不让它落下来。

如果他真的这么薄情，那么，至少她也得潇洒地对韩七录说她不会祝福他，不是吗？

最后，还是韩管家陪着她。因为安初夏对美国那边的语言还不怎么通，虽然说是英语成绩很好，但课本上的东西总是不够实际和实用。而且到了美国，她也得有个人帮着她找到韩七录。

飞机在高空飞行，安初夏的心此刻也好像这架飞机一样，飞得高高的。

“您不用担心，少奶奶。”看安初夏那副表情，韩管家真的是不忍心。可是他也说不出再多的安慰的话了。

“我没关系的。”安初夏微笑着，那笑里满是凄凉：“我比想象中要坚强。”

韩管家不再说什么，也不知道该说什么了。

等到飞机抵达美国机场，已经是美国时间的凌晨三点多。安初夏被韩家在美国接应的人带到了跟韩七录现在所住的同一间酒店。韩管家特地安排了她跟韩七录住在同一层。并且是隔壁。

韩管家让她好好休息，所有的事情都会在天亮之后被解决。她点头应予，跟韩管家道了晚安后关了门。总统套房很大很大，她来到落地窗前，下面是灯光闪烁的美国。

这不是第一次来美国了，可是心情却是完全不一样。那次，虽然也有小的不愉快，可是后来的开心是远远多于那点不愉快的……她突然怀念起之前的时光来。

也开始后悔起自己参加了野外大探险活动来。

还开始后悔，后悔遇见韩七录。

她的时差调整得很快，再次醒来时，又是充满了活力。却又怎么都开心不起来。

是啊，怎么能开心起来呢？

门铃被按响，她打开了门，韩管家一脸笑意地说："少奶奶你醒了，少爷现在正在下面一楼用餐，您要下去吗？"

"你有跟他打过招呼吗？"她不知怎么的又开始紧张起来。

"还没有。"韩管家摇头，"我为您准备了几套衣服，您先换上。"末了他还补上了一句，"是夫人的意思。"

安初夏接过衣服去了卧室，都是一些很诱惑的衣服，她没敢穿，而是换上了自己带来的衣服——淡蓝色的紧身牛仔裤，上前是一声白色的衬衫，外面套一件黑色的夹克衫，看上去很清爽。

整理好一切后，她走出卧室，韩管家没有问她为什么不穿那些衣服，因为他当时拿了这些衣服的事情就知道安初夏是不会穿的……

乘着电梯到一楼，却没有看到韩七录的人。

"明明刚才还在的啊……"韩管家小声地嘀咕，"少奶奶，我去找找看。"

说完他就跑开了，安初夏都还没来得及说些什么，不想就这么在原地傻站着，她抬脚走出了酒店。酒店旁边过去一点是一个广场，还有喷泉，那边聚集了很多人，似乎是在看什么热闹。

安初夏不知道怎么的就走了过去，广场的人群围成了一个圈，她踮起脚尖才能看到里面。

"你愿意嫁给我吗？嫁给还不够成熟的我吗？"韩七录今天穿着一身很随意的休闲服，却挡不掉与生俱来的帅气。他单膝跪地，手里捧着一捧玫瑰，在他的身旁，放着的都是玫瑰，红得如血的，数也数不清的玫瑰。

而他面对的，则是满脸惊喜的向蔓葵。

那一刻安初夏却没有哭出来，她想要哭的，可是身体好像是被榨干了一样，没有一点水分。

向蔓葵却手捂着嘴，哭了出来，那是激动的泪水，那些围着看热闹的美国人都开始起哄，说的话无非是让向蔓葵快点同意之类的话。

"我……（愿意）"话未说完，安初夏从那围着的人群里挤了进来。

"我不会祝福你的。"她直直地注视着韩七录，"可是如果你现在恢复记忆，想起我来，我会原谅你。可是你如果再不想起来，我也不知道自己会怎么样了……韩七录，你当真就一点都不记得安初夏是谁吗？"

她曾找了他一个晚上，在密林里，孤独一个人找了他一个晚上。

她曾发誓，如果韩七录死了，她就不会活着。

她曾发誓如果韩七录没事，她就向他告白，说自己早就爱上他了。

可是谁能告诉她，为什么事情会变成这个样子？为什么她说想要珍惜的，统统最后都不属于她？为什么她爱的人，一个个都要离开她？

眼泪突然又落了下来，身体是空的。她看到韩七录惊讶地看着她，那眼里是陌生，是不悦。

而向蔓葵，她就当作向蔓葵不存在。

“真的想不起来吗？那几个月的记忆？”那一颗眼泪从眼眶落下，直接落到广场的大理石砖上。

围观的人不解，开始慢慢散去，也有人留下来看发生了什么。

“你……”韩七录只说了这么一个字，竟然就不知道要说些什么。胸口的疼痛是什么？为什么看到这个面容清秀的女生会有心痛的感觉？

“真的什么都不记得了吗？怎么办？韩七录，你说我要怎么办？”安初夏越说越大声，眼泪也越流越多。她知道自己哭起来的样子不好看，可是眼泪完全不受控制。

她明明滴水未进，可是眼泪却好像流不完。

“那么多的回忆，真的因为时间问题就完全想不起来了吗？真的就可以心安理得的，跟另一个人求婚吗？”

“……”韩七录不知道该说什么，只觉得胸口的疼痛越来越清晰。

他不喜欢这种近乎让他窒息的感觉，一点也不喜欢！

“七录，你认得她是谁吗？”向蔓葵走上前，挽住韩七录的手臂，动作是那么的自然。

可是她眼底的表情，却是带着一种惧怕。

自从韩七录被送到美国，她就动用了之前在美国的人脉网，来到韩七录身边尽心照顾。当知道韩七录忘记了前几个月的记忆时，她开心得几乎要疯了。她觉得是上帝在帮自己，所以她没有在韩七录面前提起半个关于安初夏的字。

韩七录也有问过她，是不是他忘记了一些很重要的事情，她总是含糊其辞。她在想，只要韩七录不想起来，她就绝对能重新抓住韩七录的心。

她做到了。可是，安初夏出现了。

但她绝不允许韩七录就这样被安初夏给抢走，安初夏算个什么？要背景没有背景，那张小脸蛋还算可以，但她自认为自己也不逊色！

“不……没印象。”韩七录摇摇头，转头温柔地看着向蔓葵道，“你都还没说愿不愿意呢。”

“我……”

“少爷！”韩管家挤入人群中，先是看到了安初夏满脸泪痕，紧接着就看到韩七录正搂着向蔓葵在说什么。旁边的人群渐渐散去，许是见没有看点了于是纷纷转身离开。

这声音太过熟悉，韩七录不用看也知道是韩管家来了。向蔓葵又没有机会回答韩七录，目光不悦地看向韩管家。

这韩管家为人忠厚，在韩家服务了许多年，就连韩七录都是他带着长大了，故而向蔓葵也不敢对这韩管家太过放肆，只能是心里骂几句。

“少爷，您不是住院吗？怎么跑出来了？伤好一点了没？”看到韩七录，韩管家一时间忘记了安初夏，也根本没有看向蔓葵，只是颇为关心地瞅着韩七录。

“酒店里太闷，我出来透透气。还有，我刚才跟蔓葵求婚了！”韩七录眉飞色舞地说着，手轻柔地搭上向蔓葵半露的肩，向蔓葵趁机搂住韩七录的腰，面色娇羞。

韩管家已经知道韩七录把这几个月内的事情忘了的事，此刻亲眼看到，一时间胸口喘着气，有点接不上气来。

“韩管家！”安初夏看到韩管家面色不对劲，连忙跑上前掐了下韩管家的人中，韩管家这才恢复过来。

经过这一番折腾，韩七录又把视线落回了安初夏的身上：“原来你是韩管家带来的，难怪你认识我。你是谁？叫什么？”

安初夏刚要回答，韩七录突然一拍脑袋瓜：“你是安初夏。”

韩管家跟安初夏的面色都是一喜，旁边的向蔓葵面部僵硬，搂着韩七录的动作也是一松，下意识地就想逃跑。因为她知道，韩七录一旦想起来安初夏是谁，那么她的一切成果就都要泡汤。

医生说会想起来之前的记忆的可能性不大，韩七录怎么这么快就想起来了？

“你刚才说了，你叫安初夏，是不是？”韩七录挠挠头，颇有些抱歉地说，“我的头受伤了，之前的几个月的记忆都记不清了。”

原本的喜悦，都在韩七录说完这番话后，又被如同涛涛大海一般的难过冲淡。她以为，韩七录把自己想起来了，结果，原来一切都是空欢喜。

“嗯，我是安初夏。”她是安初夏，不会被轻易打倒的安初夏。唯一的亲人死去她都挺过来了，现在她没有理由被打倒！

她已经决定了，既然韩七录没有办法想起之前的记忆，那就算了！她可以制造新的记忆，未来的路还很长，她就不信，韩七录的心是铁做的！

擦干脸上的泪水，她转头看向韩七录身边的向蔓葵，扬起一个并不是太好看的笑容。但那笑容里闪烁着专属于她安初夏的倔强，看得向蔓葵浑身发毛，只想快点离开。

“七录，你该回酒店打吊针了，我带你回去。”向蔓葵快速避开安初夏的目光，拉了拉韩七录说道：“再不回去看护该说您了。”

“怕什么？有韩管家在呢！”韩七录把下巴一扬，看向韩管家道，“大老远来看我，我请你吃饭！对了，还有你，许初夏，不，什么初夏来着？”

看韩七录的样子，记起安初夏的几率也应当很小，她不必担惊受怕的。向蔓葵暗暗下定决心，绝不让安初夏把韩七录抢回去！

向蔓葵瞥了一眼安初夏，淡笑着说道：“是安初夏。你怎么把你妹妹给忘了？”

“我妹妹？你认识她？”韩七录皱眉看向向蔓葵，疑惑地说，“之前你还问我她是谁。”

“我那不是看看你是不是把你妹妹忘记了嘛！”向蔓葵撒娇地说，“她妈妈为了救韩叔叔丧命了，所以韩叔叔就把她带到你们家了，这不等于是你妹妹吗？”

一听向蔓葵这么说，韩七录又开始打量起安初夏来：“原来是这样……”

韩七录对陌生人一般没什么好感，只觉得他们都是为了跟韩家攀上关系而向自己示好的，安初夏的母亲为了救父亲而丧命……这似乎值得推敲，但不知为何，他对这安初夏讨厌不起来。

或许是那几个月已经跟她很熟了，相处得比较好吧？

韩七录这么想着，没有再多想，带着人去了一家中国餐厅吃饭。

安初夏在韩家待的时间久了，在这种高档餐厅吃饭也能够很好地适应。趁着韩七录带着向蔓葵去上厕所，安初夏拉着韩管家说道：“韩管家，你应该也看出来了，我是在想，既然七录忘记了我，那就不要试图让他回想起来了。”

“您是想让少爷重新接受一个新的身份的你？”韩管家理智地说，“可是少奶奶，你看看少爷整天跟向小姐在一起，你就看得下去吗？”

看得下去吗？当然看不下去。

“可难道我就整天哭着让他想起我吗？”安初夏的眼眸闪烁着坚毅的光，“如果他真的到最后选择了向小姐，至少我也努力过，我不会留下遗憾。”

“少奶奶，真是辛苦你了……”韩管家伸手抹了一把眼睛，他那有些浑浊的眼睛流出了难以抑制的泪水。

“你以后可不要叫我少奶奶了。”安初夏适时提醒，拿起桌上的纸巾递给韩管家，才惊觉自己的脸上也都是眼泪。

卫生间内，向蔓葵上完厕所后补了下妆，对着镜子看了看，自认为怎么看都比那个乳臭未干的丫头惹人眼球！

今天她穿的一袭露肩又半露背的嫩黄色套裙，衬得她的肌肤更加雪白。她比韩七录要大一岁，但因为之前她的娱乐公司给她排的日程都很紧，所以休学了两年，因此她跟安初夏现在算一届，但她在美国就没怎么上过学。

走出卫生间，韩七录在门口已经等了好一会儿。

“怎么这么久？”

“怎么？你不耐烦了？”向蔓葵双手搂住韩七录，轻轻一踮脚吻了上去。现在的韩七录自然是不会拒绝，很快反应过来，两人热吻在了一起。

走廊走过来两个外国女性，看着他们接吻，笑着走进了卫生间。

许久，韩七录放开了向蔓葵，而向蔓葵眼珠子一转，在韩七录颈间留下一个暗红色的“草莓”。

“调皮！”韩七录伸手在向蔓葵的鼻子上刮了一下，脸上尽是宠溺。向蔓葵看得几乎要痴了，但她清楚地知道，这些宠溺，原本是属于安初夏的。

不！这就是属于她向蔓葵的！

向蔓葵拉着韩七录，满脸委屈的样子：“七录，你到时候别一直盯着人家初夏看好吗？我可不喜欢男朋友的眼睛一直盯着别的女的看。”

韩七录其实并没有一直盯着安初夏看，但向蔓葵这么说，他只好一口答应下来：“好！以后我就看你一个人！还有，我可不是你男朋友！我是你未婚夫！”

“我可还没有答应你呢！”向蔓葵嘟着一张嘴，跟她脸上的浓妆显出极大的反差。

其实没有一个男的喜欢自己女人画中浓妆，亲起来满口 BB 霜的滋味可不好受！韩七录凑近向蔓葵，低声道：“那你答不答应？”

“再说！”向蔓葵娇娇一笑，假睫毛几乎要挡住她的眼睛。

“以后不要再画那么浓的妆了。”韩七录说着，拉着向蔓葵往回走，“走吧，他们该奇怪了，我们上了那么长时间的厕所。”

两个人回到餐桌，安初夏差不多已经吃完了。

“七录，一会儿能不能陪我到处逛逛？我这都还是第二次来美国，也没有好好逛逛。”安初夏放下手里的筷子，鼓起勇气地说。

韩七录还没有回答，向蔓葵就夹了一个肉骨头塞韩七录嘴里，转头对着安初夏温文尔雅地笑着说：“等会儿回去七录还要打吊瓶了，明天就要回去复诊了，这最后一天的药可不能耽搁了。”

第二十三章 心痛的滋味

安初夏看了眼笑的温和的向蔓葵，觉得这女人真恶毒！

恶有恶报，不是不报，时候未到！安初夏垂下头，不再说话，低头把玩着手里的手机，屏幕一黑一亮，倒映着安初夏有些许尴尬的脸。

“我晚上确实还要挂药水，这样吧，韩管家，你陪初夏妹妹去到处逛逛吧。”韩七录一边嚼着肉骨头，一边含糊不清地说着，但韩管家还是听了个大概。

点了点头，韩管家把粗糙的大手覆在安初夏的小手，轻轻拍了几下，以示安慰。安初夏对着韩管家笑了笑，强忍住泪水，把喉间的苦涩都吞了下去。

韩七录竟叫她“初夏妹妹”……

深吸了一口气，她告诉自己，她要坚强！不可以轻易被打倒！

“少……”韩管家叫到一半突然意识过来，连忙改口道：“小姐，一会儿我陪你去，我们顺便给老爷和夫人买点礼物带回去。”

“好。”安初夏温顺地应下。

这顿饭吃得并不太高兴，吃完饭后，向蔓葵跟韩七录回了酒店，向蔓葵在这里是有自己的房子的，只是等韩七录挂完吊瓶之后再回去。

“少爷路上小心。”韩管家送韩七录跟向蔓葵上车后，走到安初夏身边道，“我带您好好玩玩，等向小姐回家了我再送您回酒店。”

韩管家颇有点小孩子气的模样逗得安初夏忍俊不禁，可是笑完之后，胸口处空落落的感觉更加浓烈了。为了不让韩管家担心，她强挤出一个笑容，拉着韩管家的手沿着大街走：“我们去哪儿逛啊？”

“就到刚才那个广场的旁边，那里有许多店，价廉物美。”这里大概韩管家来了不少次了，轻车熟路地带着安初夏往广场走。

这里的店铺每一家都有着自己独特的装修，进入这家店也许是中世纪的风格，但进入那家店，一下子仿佛又跳到了另一个时空。

挑选了一大堆的东西，安初夏想要自己拎着，可韩管家坚持要他拿，最后争执不过，安初夏只好放弃。

东西差不多都买够后，为了消磨时间，安初夏进了一家营业到凌晨的漫画店。刚跟韩管家一坐下，店主就贴心地送上两杯咖啡。店主知道两人是中国来的，因而坚持不收安初夏的钱。

安初夏是不怎么喜欢喝咖啡的，味道太苦。但人家主动送上去也不好意思驳了人家的好意，只好喝了一口。喝了一口才发现美国的咖啡味道很淡，加上她有点渴了，干脆把人家的咖啡当茶喝了。

其实她到漫画店来，不过是想让韩管家休息休息。看他拎了各种大包小包安初夏心里实在过意不去，可韩管家坚持要自己拿，她只好找了这么一个由头进来坐着。

坐在坐在木制的长凳上，鼻尖飘散着一种古朴的气息，店主是个四十多岁的女人，烫着一头波浪卷，面容祥和，看上去很平易近人，她的身心一下子放松下来。

看着安初夏并不看手里的漫画书，而是透过透明窗户看着外面人来人往的街道失神，韩管家知道，她一定又是想起了韩七录。

韩管家于是暗地里偷偷发了条短信给看护，看护很快回短信说向蔓葵已经准备走了，他便抬头对安初夏说道：“时间不早了，我们也该回去了。”

安初夏回过神来，对着韩管家点了下头。

刚一站起来，突然伸过来一只手，安初夏差点下意识地把手里的漫画书扔过去，还好及时控制住了。

“美丽的小姐，这是我用镜头捕捉到的一个美丽瞬间，送给你。”一个手里拿着拍立得照相机的外国男人递过来一张照片，嘴里说着一口流利的英语。

安初夏接过照片，上面是她正失神看着外面的人流，拍照人的技术非常好，把她的侧面拍得美轮美奂。

“你拍得真好看。”安初夏不由自主地赞叹。

一旁的韩管家见状，连忙放下手里的东西，从钱包里掏出钱来。

“不不不，这是我送给这位美丽的小姐的。”外国男人摆手表示自己不要：“祝你在美国玩得愉快，再见。”

“谢谢……”安初夏目送着陌生的外国男人远去，手里拿着那张外国男人送的照片，有些不好意思地看向韩管家。

韩管家笑笑，去买了店里的一本漫画，把那照片夹在漫画里递给安初夏："这照片就当作留念吧。"

告别了热情的漫画店的老板娘，他们拦了辆的士回到酒店。两个人一前一后站在大堂里等电梯下来，那下来的电梯出来的人却是向蔓葵。

看到是安初夏，向蔓葵也愣了一下，继而对安初夏说："我们能聊聊吗？"

看着身后走上前来的韩管家，安初夏对着他笑了笑道："韩管家，你先上去吧，我一会儿就上来。"

送韩管家上了电梯，两个人在大堂的沙发上坐了下来。

"相信你应该猜得到我找你想说什么。"

"抱歉，你大概是高估我了，我并不知道你想说些什么。"安初夏侧过头去。

听到安初夏的话，向蔓葵冷笑了一声，语气不善地说："既然你这么说了，我就直说了，离我的七录远一点！"

声音有些大，大堂里的其他人纷纷侧目往这边看。

安初夏也冷笑了一声，回过头与向蔓葵对视："我不知道你是怎么说出'韩七录是你的'这句话的，没错，他是失忆了，可其他人没有失忆。还有，有一件事我一直在想象。"

向蔓葵高傲地微抬了下下巴，态度轻蔑地说："想象什么？"

"想象七录恢复记忆之后，会怎样对你。"安初夏站起身，低头看着向蔓葵，"到时候，你什么都不是！"

说完，她抬脚就走，不想再看到这个女人多一秒钟！

向蔓葵被安初夏的话气得够呛，站起身对着安初夏的背影大喊："你现在才什么都不是！以后也将会什么都不是！"

无视身后向蔓葵的话，安初夏径直走向电梯，此刻电梯很空，一按下上乘键电梯门就打开了。她快速进了电梯，终于隔绝了向蔓葵的声音。

电梯里空空荡荡的，大镜子反射出她此刻的憔悴面容，她拍了拍脸，强迫自己振作起来。

只要想起曾经的记忆，她浑身就充满了正能量，一定要振作起来！

走出电梯门口，韩管家早就在那儿等着了，见安初夏出来，他连忙迎上去关切地问道："小姐你没事吧？向小姐跟你说了什么？"

"还能说什么，让我离七录远一点。"安初夏淡笑了一声，"你放心吧韩管家，我是不会被向蔓葵刺激到的。"

两人一边说着一边走过悠长的铺着地毯的走廊，走向安初夏的房间。

"哎呀，你是不知道向小姐，她早年在娱乐圈里打拼，要是玩什么阴谋诡计，您是肯定玩不过她的，所以我才担心啊！"韩管家说着，用房卡打开房门，带着安初夏进去。

总统套房内干干净净，所有的地方都一丝不苟，她走到巨大的落地窗前，看着楼下的灯红酒绿，重重地叹了一口气。

“韩管家，你说，我要是坚持不住了怎么办？我现在好累……”

许久没有听到回应，却听到脚步的声音，安初夏疑惑地转过身去，正对上韩七录的眼睛。

“韩管家呢？”韩七录左手打着吊针，右手举着个吊瓶，身上还披着一张毯子，那毯子由于他的动作，眼看着就要掉到地上去。

“你怎么这样就过来了？”安初夏连忙走过去，帮韩七录拉了一下毯子，顺手就接过韩七录的吊瓶。由于身高问题，安初夏得高高地举着才能不让打着吊瓶的手有回血。

她那高举着吊瓶的样子，让韩七录有一瞬间的呆愣。心想，这个妹妹还挺会照顾人的嘛……

但他很快回过神来，左右看了看：“韩管家不在你这里吗？”

“他刚刚还在这里呀。”安初夏的视线从韩七录打着吊针的手上移开，扬声喊道，“韩管家？”

“在！”厨房的门突然被打开，探出韩管家的头，紧接着韩管家的腰一推，门被打开。只见他的手里端着一杯刚磨好的豆浆。

走出来才看到韩七录，韩管家的面上现出疑惑：“少爷，您怎么来了？”

“我让看护回家了，现在吊瓶挂好了，才想起我不会拔针。”这只是韩七录随便找的借口，他觉得看护站在旁边太烦，就让看护提早回家了。后来一个人闷在房间里无聊，知道韩管家跟安初夏在这里，准备过来串串门。

韩管家看了看吊瓶，还有一大半呢，就让韩七录在客厅里坐一会儿，等盐水挂完了再拔针，他自己过去拿放吊瓶的架子，毕竟安初夏那样一直拿着也不是办法。

偌大的房间里一时间只有韩七录跟安初夏两个人，看着下面车水马龙，安初夏只希望时间永远凝固在这一刻。

客厅内太过安静，韩七录看着安初夏小小的个子，却卖力地高举着吊瓶，心底的某一处只觉得暖暖的。

他的喉结上下滚动了一下，还是开口道：“不然还是我自己拿吧？”

“没关系。”安初夏移开落在韩七录手上的视线，下意识地问，“疼吗？”

“啊？”韩七录反应过来安初夏指的是他打着吊针的手，连忙摇头，“男子汉大丈夫，这点东西算什么？”

安初夏点点头，并不接话。

“对了，我刚进来的时候听到你在说什么很累，是逛街很累吗？你们女孩子，不是从来都不会觉得逛街很累吗？”韩七录以前是几乎不会故意找陌生人聊天的，但对这个记忆中几乎完全陌生的安初夏，却似乎是例外了太多。话一说出口，连他自己都觉得自己的话突然变多了。

安初夏倒是没有注意到韩七录表情的变化，摇摇头回答道：“没有……有吧……有一点累。”

谈话间，韩管家拿了挂吊瓶的架子过来，吊瓶总算是不用拿了，但安初夏反而觉得心底有一丝的失落。处理好吊瓶，韩七录在沙发上坐着，看着韩管家给安初夏端过去一杯豆浆，忍不住说：“韩管家，你不会是忘了本少爷吧？”

“我以为少爷您不喝的。”韩管家连忙直起身子道，“您不会又拿我开涮吧？”

韩七录失声笑起来，目光却似有若无地往安初夏那边瞄。他总觉得有一些什么地方不对劲，但怎么也想不出到底是哪里不对劲。

“说起来这豆浆还有瘦身的作用……”

韩管家的话才说到一半，韩七录就立刻接嘴道：“瘦身？”

话音一落，韩七录已经快速来到安初夏身边，一把夺过她手里的豆浆，仰头尽数喝了下去。在安初夏惊讶的目光中，韩七录的动作一泄，解释道：“你这么瘦，再瘦怎么得了？”

“我……”安初夏表情复杂地说，“可是我渴。”

“我去给您烧开水，一会儿再用水降温，很快就好。”韩管家眼中浮现出点点笑意，转身进了厨房关上了门。

大厅里重归安静，韩七录这才意识到刚才他喝的地方似乎正好是安初夏喝的地方，这样一来，两个人就相当于是……

用余光看了一下安初夏，她似乎没有什么反应，专心地看着自己的脚出神，也不知道在想些什么。

“你喜欢喝豆浆？”韩七录犹豫着开口说，“那不如还是让韩管家再磨一杯豆浆给你好了。只是突然觉得有点不好意思。”

安初夏抬起头来，看向韩七录语气平淡地说道：“不用了，我喝开水就好。不过，你要是真觉得喝了我的豆浆不好意思的话，那就抱我一下吧。”

知道向蔓葵肯定会跟着回国，回国之后，大概一个拥抱都成了奢望吧？她的眼神一空，里面夹杂些凄楚。

韩七录疑惑地看着安初夏，似乎是不明白安初夏为什么要他抱她。这种要求，似乎是不符合他们之间的身份。即便是妹妹，要哥哥抱也过了那个年龄吧？

仿佛看穿了韩七录想的什么，安初夏淡淡一笑：“不肯抱就算啦。以前你不待见我，所以现在看你对我的态度好了一些，就想要个友好的拥抱……”

这招欲擒故纵用得好，韩七录连忙把挂着吊瓶的架子拉进，伸手轻轻抱住了安初夏。

这个拥抱那么熟悉，却又是那么的陌生。想着以后这个拥抱就要属于向蔓葵，她颤抖着手回抱住了韩七录，将自己的下巴轻轻地抵在了韩七录的肩上，紧咬着下唇。

有可能，这就是他们的最后一个拥抱了吧？

她了解韩七录在感情上是很专一的，有了向蔓葵，她安初夏的胜算并没有多少。但还好，还有曾经的记忆在，一想起过去的那些时光，她又感觉浑身都充满了正能量！

“对不起。”韩七录的声音自颈后传来：“以前对你不好，可能是因为蔓葵……我跟她分开了一阵子，那之后，对女生似乎都没有什么好脾气。以后我会对你好的，像对亲妹妹一样对你。毕竟你妈妈用自己的生命救下了我爸不是吗？”

对不起……韩七录向她说对不起，却又说会像对亲妹妹一样对待她？

刚积蓄起来的力量又溃不成军，喉结的苦涩一阵阵涌上来，眼眶再也蓄不下那么多的眼泪，终于缓缓顺着脸颊流下，留下两行泪痕，落到她的唇上，带来苦涩一片。

尽管她努力地抑制着自己的哭声，韩七录还是清楚地听到了她在啜泣，连忙侧脸看过去：“你怎么了？怎么哭了？”

“没有，没事……”安初夏摇摇头，立即擦干了眼泪，哽咽着坐正身子违心地说道：“我只是太感动了。”

“这有什么好感动的……”韩七录伸手拍了拍安初夏的脑袋，颇为温柔地说，“看来我以前对你实在是太不好了，难怪你在我跟蔓葵求婚的时候看到我大骂我，一定是怕蔓葵抢走我对不对？你放心吧，以后我就是你的好哥哥了。”

眼见着眼泪又要忍不住了，安初夏连忙转过头去，半趴在沙发上，望着外面的夜景不说话。

大概是太累了，坐飞机来美国之后她还没有好好休息过，疲劳加上各种时差反应，她的眼皮渐渐沉重，终于再也听不到任何的声音，陷入沉睡中。

韩管家出来的时候就看见安初夏趴在沙发上睡着了，而韩七录吊瓶里的药水已经挂得差不多了，正拿着手里不知道在看什么，

“少爷，我帮您把针头拔掉。”韩管家一边轻声说，一边指了指睡着的安初夏。

待韩七录的针头拔掉，韩七录自告奋勇把安初夏抱回房间睡觉，还不忘记帮她把毯子盖上。动作虽然不够轻柔，但已经是他做的最小心翼翼的动作了。

走出房间关上门，韩七录走到正在整理行李箱的韩管家身边道：“我以前是不是对初夏特别不好？我对她说以后要像对亲妹妹一样照顾她，她竟然哭了。”

"是吗？"韩管家并不打算说什么，自顾自收拾着行李，但其实他的心里已经是翻江倒海。

对安初夏说要像对亲妹妹一样照顾她，她当然会哭……韩管家在心里叹口气，只觉得安初夏真命苦。

"你倒是说说看我对她有多不好。"韩七录索性跟着韩管家蹲下身，追问道。

"过去都已经是过去了，还提那些事做什么呢？"韩管家手上的动作不停，他心里在想，这件事不应该是由他来说，回国后，他不说，其他人必然也会说。只是不知道韩七录在知道自己以前是多么爱安初夏的时候，会是什么反应。

会是疑惑还是不安，亦或是抗拒？

这些现在都还无从可解，只有到回到 A 市才知道答案。

"也是，明天就回国了，我回房间休息了，明天一早起来还要去医院检查。"韩七录站起身，走向玄关处。

收拾好东西后，韩管家走到巨大的落地窗前，看着下面车水马龙，又抬头看看天空。纽约的夜空很美，美得看不到一刻星星，整个天空黑漆漆的，像是合上的幕布，不知道幕布揭开之后会是有多么绚丽的舞台。

他看着外面的景色发呆，无力到连一声叹息都发不出。

A 市的夜空倒是比纽约的夜空要来得热闹，星星虽然少，但好歹也零星地挂了几颗。但是这个到了晚上还是灯红酒绿的城市，没有几个人会抬眼看星星。

一张宽大的床上，一个瘦小的身影正躺在床上，看着头顶上的……天花板。天花板上挂着一串风铃，从窗户外偶尔吹进来一阵微风，带动着房间内的风铃，响起悦耳的声音。

终于躺不住，玛格从床上坐起来，抓起一旁的手机看了下时间。都已经是凌晨一点多了，南宫子非还是没有回到别墅，她一向都等南宫子非回到这个"家"才躺下睡觉，南宫子非不回来，她也就一直睡不着。

思来想去，她决定给一直不怎么待见她的大虎打电话。

电话那边嘟嘟嘟响了许久，就在她以为大虎不会接电话的时候，电话突然被接通了，那边响起嘈杂的音乐声。

"喂？大虎哥？你跟老大在一起吗？"

大概是为了接电话，大虎换了个地方，音乐声渐小。

"啊？你刚才说什么？"大虎看了看手机屏幕，上面显示着玛格的名字，他的语气顿时不耐烦起来。他对这个玛格一点都没有好感！

"你跟老大在一起吗？你们在哪里？怎么还不回家？"玛格颇有些急切地说着，一只手拿着手机，另一只手揪着被单。

“我们在亚特兰蒂斯，没事别打电话，你自己先睡吧。”说完，大虎也不管玛格还有没有话要说，立刻就按下了结束通话键，并且把手机关机。

玛格没有 VIP 通行证，亚特兰蒂斯她是进不去的，只能走出去，站在大门口干等着。

挂掉电话，大虎回到吧台旁边的沙发上，南宫子非正在喝酒，表情难看得吓人。安初夏出国去找韩七录了，他当时心里告诉自己要好好放手，可是真的放手，心里却难以释怀，只好借着酒精来麻痹自己的神经，借着酒精，让自己的心里好受一点。

如果这个时候有个女人在，肯定会阻止南宫子非这么不要命地喝酒。可大虎不是女人，他是男人，自称是 super man！作为南宫子非最忠实的手下兼最好的哥们儿，他不会做劝酒这种事，他能做的，就是陪着兄弟一起喝！

尽管他喝的比南宫子非少很多，但他酒量没南宫子非那么厉害，现在近乎接近极限。

又是一杯威士忌下肚，南宫子非终于眼皮一重，沉沉地睡了过去，再也听不见耳边的嘈杂乐声，再也感受不到辛苦的疼痛。

大虎尽管头晕晕的，但是神经还算是清醒，叫了小弟备车，扶起南宫子非摇摇晃晃地往外走。酒保见状，也帮着大虎扶着南宫子非。

玛格也不知道自己在门口坐了多久，迷迷糊糊之间，突然听到外面的大铁门响起的声音，紧接着传来车子开进来的声音。她一下子清醒过来，也不顾自己光着脚丫就往外面跑。鹅卵石铺成的路硌得她的脚生疼，她也不知道回去先穿上鞋子。

车子在停车棚里挺好，南宫子非是大虎背下来的，他也已经到了极限，但他潜意识里有个声音告诉他，一定要把南宫子非带回房间。

“这是怎么了？这是喝了多少啊……”玛格迎上前，却发现自己并帮不了忙，只好跟在大虎的身后。

把南宫子非安置在穿上之后，大虎往外走了几步，没走几步就栽倒在地上，也醉得不省人事。玛格只好下楼去叫了小弟，把大虎搬回他的房间。

房间重归安静后，玛格细心地替南宫子非脱了鞋，又花了好大劲把南宫子非拖到床上。再帮他把衣服都脱了时，她已经浑身都是汗了。

不喜欢这种黏黏的感觉，她于是回房间洗了个澡才重新回到南宫子非的房间。

想着南宫子非喝了那么多酒，明天早上起来头一定会痛，她想着叫厨师煮点醒酒汤。

南宫子非不相信任何陌生人，故而偌大的别墅并没有仆人，只有钟点工在定点的时候会到别墅来打扫。但这里厨师是有的，是南宫子非专门从美国带回来的。只是玛格不会英语，想想两个人沟通不了，加上她也不好意思这么晚了去叫醒别人，只好决定自己去煮醒酒汤。

安顿好南宫子非后，她下楼往厨房走去。

醒酒汤玛格以前没有做过，只好拿出手机照着网上说的做。这手机也是南宫子非给她买的，她懂得知恩图报，但是她自己心里清楚，对南宫子非的感情，早就已经不只是“要知恩图报”这个程度了。

但是她更加清楚，自己没有资格站在南宫子非身边，因为南宫子非的心里早已经居住着一个叫作“安初夏”的女孩子。

那个安初夏也真是不知好歹，她以为她是谁，居然辜负了老大的一片痴心！

越想越生气，玛格搅拌的动作也越来越快，以导致一滴溅出来的汤汁落到了她的手臂上，手臂立即变成一片嫩红。她急忙跑到一边用清水冲着，疼痛感这才渐渐少去。

出了这么一点小岔子，玛格不敢再分心，做好了醒酒汤之后用碗盛好，小心翼翼地端上楼走到南宫子非的房间。

南宫子非由于喝得太多，估计躺着不舒服，以导致睡姿不佳，两个枕头纷纷掉到了地上。

玛格只好放下醒酒汤把枕头放好，又坐到窗边拉着南宫子非起来，语气半劝半哄地说道：“老大，起来喝醒酒汤喽，你要是不喝明天头会超级超级痛的！快点起来。”

醉酒中的南宫子非哪里听得进玛格的话，玛格只能是用尽全身的力气把南宫子非拽着躺坐在床上，背靠着床靠。本想着让南宫子非坐着，她好端来醒酒汤喂他，可是她刚一走开，南宫子非就又躺了回去。无奈之下，她突然想到了一个点子。

只是这个点子，似乎有点……羞人。

她只觉得自己的脸上微微发烫，转身去拿了醒酒汤自己喝了一口，然后放下碗，一步步走向南宫子非。她把南宫子非扶起之后，用手抵住不让他躺回去，俯身印上南宫子非的唇，一点一点地往里面灌药。

她煮的醒酒汤是酸甜的那种，南宫子非并不抗拒，反而主动地吮吸着。她还想灌第二口，南宫子非的手腕一个用力，猛然拉过玛格的手，玛格左手上的醒酒汤因为南宫子非的用力，一下子手上打滑，碗径直掉到了地上。

这碗够僵硬，掉到地板上愣是没有碎，只是碗里的葛根花和苦参撒了一地。许是南宫子非之前就喝醉过，所以厨房里这些东西备得很齐全。

“老大……”她含糊不清地发出两个字音，此刻她被南宫子非压在他的脚上，南宫子非许是脑子不清楚了，深深地吻着她的唇，先只是跟刚才一样地吮吸，后来开始缠绕着她的丁香舌。

从未体会过这种感觉的玛格一时间竟然不知作何反应，只是愣愣地躺着被南宫子非吻。呼吸渐渐地变得急促，她感觉到南宫子非的手在她的身上乱动着。

心里一惊，她欲想推开南宫子非，无奈他的力道太大，她实在挣脱不开。此刻她已经从呆愣的状态恢复到正常，张口闷声喊道："老大……你要干什么？"

南宫子非的脑海浑浊一片，只想着找个宣泄的地方。那微甜的嫩唇符合他的需要。

这个姿势并不舒服，南宫子非换了个姿势，这次是正正当当地把玛格压在了下面。他的唇还未吻上去，手就开始撕扯着玛格身上的睡裙。那睡衣是丝制的，一被拉开了点口，整件裙子就都被撕开。

由于刚才洗了个澡，她并没有穿上内衣，此刻正是给了南宫子非方便，手覆盖上去，引起玛格一声控制不住的闷哼。

南宫子非俯下身，留下一个个热火般的烙印。

玛格并不挣扎，这是她爱的男人，第一眼看到就深深刻在了心里的人，又是给她吃给她住，甚至着手安排她重新上学，她怎么拒绝？又怎么舍得拒绝。

"子非……"她低低地唤了一声。

南宫子非的动作不停，却是温柔了许多，轻轻在玛格的唇上印上一个吻，俯在她的耳边道："初夏，你是我的了……"

玛格脸上的笑容顿时全部都僵住，下身的疼痛，带着胸口如同山洪一般汹涌的疼痛压向她。这个她爱着的人，现在要了她的少女之身，却对着她温柔地叫着另外一个人的名字。

她可以接受南宫子非不爱她，但是她不能接受自己竟被当成了一个替身！

"我不是安初夏，不是！"她大声地叫了起来，抗拒着南宫子非。

但醉酒中的南宫子非怎么还会顾得了那么多，他伸出一只手就足以牵制住玛格的两只手，嘴里不停地喊着安初夏的名字，语气轻柔。

"你放开我！"玛格的脸上慢慢地都是泪痕。

明明屋子里一点都不冷，她却连脚底都觉得冷。下身满是胀痛，她只想着要逃离，却是如何也逃不了，最后，她筋疲力尽，绝望和心寒，让她没有了丝毫的力气。

她留着最后一丝的力气，抿起嘴，对着南宫子非笑了笑，吐出一句话——安初夏，我恨你。

对于南宫子非，她无论如何也恨不起来，可是对于安初夏，她此刻有多绝望，有多痛苦，就有多恨安初夏。

为什么要有安初夏这个存在，如果安初夏不存在的话，一切都不会是这样了吧？至少这个压在她身上的男人嘴里不会叫着安初夏的名字吧？

眼前的景物越来越模糊，她疼得已经不觉得疼了，终于闭上眼睛，暂时性地昏厥了过去。

这个夜晚，注定是不同的，又跟每一个太阳落下又升起的夜晚是一样的。黑夜过去，来到的又是白天，不管夜晚发生了什么，白天终究是要来临的。

南宫子非从阵阵头痛中醒来，一侧身，睁开眼竟看到一张熟睡的脸。

他呼吸一泄，立即坐了起来，却发现自己不着片缕，而对方也是一样。

玛格被这动静被吵醒了，缓慢睁开眼，只觉得有一双眼睛在看着自己。顺着感觉看去，正好对上南宫子非幽深的眼眸。

玛格的脑子一空，昨晚的痛苦记忆一瞬间又全部在她脑海里回房。

还是南宫子非率先反应过来，语调平淡地说道："昨天晚上……我是不是喝醉了？"

玛格拉过身上的毯子包裹住自己的身子，坐在床上，瘦小的肩膀颤抖着，却始终抑制着自己的哭声，不让自己哭出来。

昨晚南宫子非喝醉了，把她当成了安初夏强要了她。她拼命喊着不要，可是南宫子非根本不理会她。撕心裂肺的痛伴随着温柔的唇，南宫子非给了她希望，却又用安初夏的名字给了她绝望。

她是喜欢南宫子非的，从那天第一眼见到就心动了的。可是压着自己身上的他却喊着安初夏的名字。

可悲……她觉得自己是天底下最可悲的人。

南宫子非眉头紧皱，昨晚的记忆突然苏醒。昨晚，竟然是把她当成了安初夏！

"老大，我是愿意的。"玛格率性打破了长久以来的沉默，强忍着眼泪说道，"可是，你却抱着我，喊着安初夏的名字。"

"……"

"我也是有尊严的，尽管我满心都放着一个你。"玛格说着说着，眼泪终于忍不住，汹涌着夺眶而出。

南宫子非一直保持沉默，沉默良久，他缓缓开口，伴随着一声叹息道："我会对你负责的。"

随着话音落下，玛格的哭声止住，哭得梨花带雨的眼睛看向南宫子非："真……真的吗？"

那眼神，像极了安初夏。南宫子非心一软，或许……他可以用爱上别人的方法，来忘记一个人。

"真的。我会负责。"南宫子非的目光有些闪躲，但终究是下定了决心："我会努力地试着……接受你。"

他承认他有时做事很卑鄙，可他的良心还没有被狗吃掉。他做了那种事情，就要为她负责，即便不能爱上她，也要予她最好的生活，赐她一世欢颜吧？

“老大！”恰巧在这时候，房间的门被大虎猛地打开了。

映入他眼帘的是南宫子非跟玛格竟然都只是身上披着薄薄的毯子，看得出两个人什么也没穿。他的脑容量和脑部处理器一时无法反应过来，卡在了原地，只是瞪大了摄像头，哦不，是眼睛，傻傻地看着他们。

玛格紧紧地用毯子盖住自己露在空气中的肌肤，头深深地低下。潜意识里，她觉得错在自己，如果她当时再坚决一点，直接挣脱开南宫子非跑出门，大概也不会这样……

可是哪里有那么多的如果？

若是真的可以再来一次，她还是会重蹈覆辙的吧？

“大虎，你先出去。”南宫子非沉着嗓子说道，看得出来他的脸色并不好，语气中也带着让人难以抗拒的威严。

“可、可是老大……”

“出去！”大虎还想说点什么，手指颤抖地指着玛格，但被南宫子非那么一喝，差点吓得尿裤子，连忙转身跑了出去。

南宫子非侧身捡起了身旁的衣物，一件件快速穿上，整理好后，他背着玛格说道：“你也快穿好衣服下来吧。”

“老大……”玛格低唤了一声，尴尬地说道，“我的衣服，被你昨晚撕破了。”

沉默了一下，南宫子非抬脚走出去，走到门口才道：“我让人送上来。”

门被轻轻带上，玛格的神经这才放松下来。伸手按在自己的左胸口处，那里的心脏扑通扑通强有力地跳动着。她是欣喜的，用一夜的疼痛换得南宫子非的一句“我会对你负责”，她觉得值了，就算是再痛几次，她也觉得值！

很快地，有人在门外敲门，玛格连忙盖好自己的身子侧头道：“进来吧。”

进来的人是厨师长的助理，是一个标准的金发美女。她的手里拿着几件玛格的衣服，走到床前递给玛格。可玛格一伸手过去，金发美女的手腕却是一动，绕开了玛格的手扔到床上。紧接着用她并不太标准的中文说道：“别碰到我要炒菜的手，脏！”

玛格面色震惊，显然是没有预料到这个平时跟她并没有多少交集的外国女人对自己的态度会这么差。一时心里气急，仰头就问：“你什么意思？！”

“什么意思？”

金发美女转身走了几步，又像是忍不下去，折身走回来：“你这个毫无背景的女人别以为跟老大睡了一个晚上就真的以为自己可以跳上枝头了，你永远也成不了鸟王！永远只能是一只野鸡！”

原本那金发美女是想说凤凰的，奈何这两个字她不会说，只能用鸟王代替。

“你说谁是野鸡呢！”玛格咬紧了牙，因为生气，浑身颤抖着。

金发美女的烈焰红唇一翘，颇为轻蔑地说道：“不是你是野鸡，难道还是我是吗？所有人都知道了你昨晚趁着老大喝醉了，故意去勾引老大！”

说完，金发美女扭头就走，显得很不屑跟玛格说话。

玛格简直是颠倒了是非，昨晚她不过是好心煮一碗醒酒汤而已！醒酒汤里面的东西都还在地上散着呢！

尽管委屈，她住在这别墅早已经受了很多白眼了，都认为她是吃软饭的，基本上的人都不会给她好脸色看。

“早该习惯的！”玛格敲了一下自己的头，忍着下身的疼痛穿好衣服。

平日里轻轻松松就走下去的楼梯，今天她足足花了好几分钟才走下去。但也正是因为走路慢，才听到了南宫子非跟大虎的对话。楼梯是螺旋式的，周围都是挂着各种画的实墙，并不用担心会被发现。

“老大，你疯了吧，还要送她去斯蒂兰上学？”大虎的声音显得很是暴躁，“昨晚您不过是喝醉了，稍微给她一点补偿不就好了吗？至于这么对她吗？”

“大虎！”南宫子非喝了一声，等大虎安静下来了才继续说，“做了对不起人家的事，总要对人家负责，就这么算了那不是成了小人了吗？”

“什么小人啊？我们本来就不是走正道的人！”大虎气呼呼地说，“反正，我是不会承认她是我们的大嫂的，兄弟们也不会承认！”

“是你说了算还是我说了算？”南宫子非的语气渐冷，仿佛可以冰得死人。

眼看着南宫子非的脸色越来越差，大虎只好低声道：“当然是您说了算……”

“那事情就这么定了，吃早餐吧！”随后，玛格只听得到吃东西的时候，再也没听到说话的声音，她犹豫了下，强忍着痛像个正常人走路一样往下走去。

脚步声让大虎和南宫子非同时停了停手中的动作，南宫子非并不去看玛格，只是沉声说道：“快吃早饭吧，明天我们去一起去斯蒂兰上学。”

“一起？”玛格的眼睛一亮，“斯蒂兰？”

“你最好不要让我们丢脸！”大虎的话的意思显然是他也要去斯蒂兰上学，按照南宫子非的意思，他们早已经用不着上学，但这也是一个很好的掩护身份，这个年纪去读书，万一有什么事发生，警方也不会很快查到他们。

并不友善的话让玛格的眼神一暗，但她还是坐了下来，沉默地吃起她的早餐。

大虎刚才要是骂的是安初夏，南宫子非怕是早就暴怒了吧？可是骂的是她，南宫子非就连一句斥责的话都没有说。

玛格慢慢地吃着饭，内心却掀起一阵阵狂澜。

第二十四章 再失我爱

纽约某大街街头，安初夏在邮局买了几张明信片，准备带回去送给朋友们。她已经决定要坚强，就不能病怏怏地回去！

她要回到以前的安初夏，因为那样的安初夏才是韩七录所喜欢的！

韩管家陪着韩七录去医院检查了，向蔓葵说是要收拾一下东西没有跟到医院去。原本安初夏是打算跟去的，但被韩管家劝住，说是一会儿就回来。

一个人在酒店里闲着无聊，想起之前路过一个邮局，便照着原路去了邮局。还好她英语不错，虽然口语还是会有问题，但日常的交流倒也不成问题。

“初夏！”突然一个熟悉的声音让她震住了。

这声音不是别人，正是韩七录发出的。

下意识地转头一看，还没有看清楚，就落入了韩七录紧紧的怀抱。她能感受到韩七录的呼吸很急促，看样子是狂奔着来的。

“你……”

“你跑这儿来干什么？快把我和韩管家吓死了！”韩七录紧紧地抱着安初夏，大口地喘着气说道：“不是让你在酒店里好好等着吗？”

虽然不明所以，但安初夏在那一瞬间仿佛觉得以前的韩七录又回来了。一直沉浸在这个怀抱里，直到听到另一个声音。

“七录！”向蔓葵在大街拐角的地方就看到韩七录抱着安初夏在说些什么，她的眉头一紧，快步走上前，伸手用力拉过韩七录。

突然从韩七录的怀抱中脱离，安初夏有点舍不得，可是不得不跟韩七录保持了些距离，因为向蔓葵紧紧地缠着韩七录的手臂，就像是在宣誓韩七录的所有权是归她的。

“你怎么找来了？不是让你在酒店里等着吗？”韩七录侧过脸去，温柔地看着向蔓葵：“要是你也丢了，我可真不知道该怎么办才好了。”

听言，向蔓葵微仰起头，在韩七录的脸颊上亲了一下，浅笑着说道：“我在美国这么几年了，我可不会丢。我才不会让别人为我担心。”

这话是故意说给安初夏听的，她咬了咬牙关，终究是没有说话。

韩七录并没有听出向蔓葵的话中有话，让向蔓葵打电话告诉韩管家人已经找到了后，掉转了视线看向安初夏：“你来这儿做什么？我们找了你好久，差点就报警了。”

安初夏用余光看了眼向蔓葵，她什么也不想解释，只是说了句：“对不起，让你们担心了。”

“知道担心下次就不要乱跑了，知道了吗？”向蔓葵对着安初夏展开了一个大大的微笑，伸手抱着韩七录的手臂道：“我们回去吧，我脚走得好累。”

“谁让你天天穿这么高的高跟鞋的。”韩七录假装嗔怒地说着，却是又问向蔓葵：“要我背你吗？”

“好！”向蔓葵欣喜地答应着。

乖乖跟在韩七录跟向蔓葵身后的安初夏一路沉默，看着韩七录背着向蔓葵，只觉得眼眶微酸。

——没关系的，Everything will be ok！

她在心里轻轻对自己说，抬手用右手手肘处擦了擦快要渗出来眼泪，扬起了一个大大的笑容。

纽约机场。

“一会儿我们就登机了。”安初夏打着电话，向姜圆圆报平安。

“那你们快点回来，我在家里可担心死你了。”姜圆圆说着，伸手按住话筒，转头轻声问一旁的凌寒羽道，“你要说点什么吗？”

凌寒羽呆愣片刻，很拽地一仰头：“不用了，我走了。”

“那等下飞机见了！”姜圆圆快速挂了电话，追出了门口，“寒羽啊，你不留下来吃烧烤吗？”

“不了。”凌寒羽朝着姜圆圆摆摆手，他只是过来探听一下安初夏的情况，才没其他的兴趣。

另一边的南宫子非家别墅，此刻正在吃着夜宵，两人站在二楼的露天阳台上，趴在栏杆上聊天。

“你觉得，你能忘掉嫂子，接受玛格吗？”大虎抽了一口气，烟头在空气中忽明忽暗，像是放大了很多倍的萤火虫。

南宫子非摇了摇头："不知道。"

应该会很难吧，忘记一个深爱着的人，并不是那么容易的事情。他突然有些后悔遇到安初夏，如果没有遇到她，就不会有难过了吧？

手机铃声突然响起，大虎抽了一口烟，不耐烦地按下接听键："干吗？"

那边也不知道说了什么，南宫子非侧了一下头，看到大虎的表情渐渐地由一开始的不耐烦，变为了欣喜，紧接着又由欣喜，变为了狂喜。

"我问你，消息准确吗？"大虎把手下的烟头往地上一扔，抬脚用脚尖踩上去，"要是消息不准确，老子可要找你的麻烦！"

似乎是得到了肯定的答案，大虎哈哈一笑，挂断了电话。

"谁的电话，说什么了，看你笑得一脸贼相！"南宫子非瞥了他一眼，但对电话的内容似乎并不怎么感兴趣。

大虎把手机往兜里一放，满脸的愉悦："是我们在美国的人，那边说，韩七录失忆了，不记得大嫂了。还说，韩七录在美国的一个广场上跟向蔓葵求婚了！"

"什么？"南宫子非的烟掉到了地上，显得很是震惊，"那初夏呢？知道这件事了吗？"

大虎叹了口气道："大概就是因为这件事，嫂子才迫不及待要去美国，现在不知道就奇怪了。这个时候嫂子一定很伤心。"

"他们什么时候回国。"南宫子非的目光变得深邃，"我把初夏交给了他，他竟敢向别的女人求婚！"

看着南宫子非那么恼火的样子，大虎贼贼地一笑："他们应该在明天早上就会到A市的机场吧。其实，这也不一定是坏事。老大，这个时候嫂子最需要安慰了，也只有这个时候，嫂子才会发现最爱她的人是你啊老大！"

原本想送水果进来的玛格的脚步停在了原地，她想要打开玻璃门的手轻轻收回，思绪转了千万次之后，嘴角弯起，露出一个笑脸来，伸手推开了阳台的玻璃门，端着水果盘走了进去。

"老大、大虎哥，吃水果了。"玛格端着水果语气轻松地走上前，轻轻把盘子放在了阳台的圆桌上。

大虎轻咳了一声，拿起一颗提子塞进嘴里，含糊不清地说道："反正老大，我的话你自己想想吧！"

话说完，大虎也不再逗留，转身出了阳台的门走了。

"老大，你不吃提子吗？我刚洗好的。"玛格把桌上的水果盘端到南宫子非面前，他这才拿了一颗，象征性地吃了一个。

"以后叫我子非就好了。"

听到南宫子非这么说，玛格欣喜地问道：“真的可以这么叫吗？”

“嗯。”南宫子非点了点头，抬头看着天上，今天晚上没有星星，天气预报说是会下雨，大概这次天气预报会是准的吧？

“子非……”只是一个名字，却叫得玛格心跳都加速起来，她小心翼翼地看了南宫子非一眼问道：“你下午的时候说，明天晚上放学后带我去打保龄球是吗？还算数吗？”

好像是有这么一回事，他看玛格一个人留在家里无聊，就随口这么说了。

“算数。”南宫子非点了下头回答道。

“那你不要带我去打保龄球了，反正我也玩不来。你陪我去逛街好吗？”玛格颇有些紧张地问道，一双眼睛小心翼翼地看着南宫子非，生怕他突然就不耐烦起来。

这次南宫子非倒是没有一点不乐意的样子，微点了下头后从裤子口袋里摸出一个小药盒，举手递给了玛格：“白天的时候就应该给你的，那个时候没有想到，你现在去吃了吧。”

南宫子非说完，抬脚离开阳台。

接着阳台地板上装的地板灯，她看清了盒子上面的字：左炔诺孕酮片。虽然这个名字她没有接触过，但就算是个傻子，也知道这应该是避孕用的。

这东西七十二小时内有效，这点常识她还是知道的。

“子非……”她对着夜空轻轻喊了一声，打开里面的包装，把药丸拿了出来。

许久，她扬手把手里的药丸扔得老远，折身将空盒子放在了桌上。

如果怀上了，她一点也不害怕，如果没怀上，那就算她倒霉！她在心里说道，对不起了子非，我只是想用这种方法，让我能更有理由留在你身边。

漫漫长夜过去，是一个下着淅淅沥沥下雨的早晨。

南宫子非早早地起床了，站在大厅门口看着外面的景物发呆。大虎平时一般没这么早起，今天倒是反常，起来之后去厨房拿了块土司在嘴里啃，出来就看到南宫子非站在大厅门口。

“想过没有？趁着现在把嫂子追回来，还是……”大虎伸出一个手指，指了指上面，代表着玛格。

“我得为她负责。”南宫子非转过身正面着大虎，“我让人家一个女孩子吃了那种药，我怎么好意思再去把初夏追回来？”

“怎么不好意思？”大虎抬高了音调，“如果我是你，我就会趁着这个机会，万一以后韩七录的记忆恢复了呢？而且，他记忆没恢复的这段时间，谁去安慰嫂子？你就眼睁睁的，把嫂子送到那个什么凌寒羽的手上？我可是听说凌老太爷对这个孙媳妇很是满意！”

南宫子非的脸色变得有些黑，他紧紧地握紧了拳头，手臂上的青筋明显地暴起。

“我得像个男人！”

“那你就像个男人去吧，我去机场接嫂子！”大虎抬脚就要往外走，结果刚走出两步就被南宫子非一把拉了回来。

“不许去！”南宫子非紧抿着唇，随后开口道，“陪我去打拳！”

说着，南宫子非闯入了雨中，往别墅旁边的健身房走去。

“嫉妒就嫉妒吧，还练什么拳……”大虎嘴上抱怨着，心里也清楚南宫子非肯定是不会去接机了，重重地叹了口气，他拿了旁边的雨伞跟上去：“老大，下雨打伞啊！”

雨淅淅沥沥地下着，飞机赶在大雨前降落。走出安检门，安初夏揉了揉太阳穴。下来的时候一个劲地耳鸣，弄得她很不舒服。

因为时间太早，姜圆圆并没有来接机，不过早早就安排了司机过来。

“小姐，我来吧。”安初夏本打算自力更生把行李箱抬到后备箱上去，可刚拿到行李韩管家就抢先一步拿走了。他们两个人的东西少，一共也只有两个行李箱，韩七录的东西也不多，但向蔓葵的四个行李箱还有其他大包小包的东西可多了去了。但韩管家似乎并没有帮忙的打算。

韩七录去了机场的厕所，向蔓葵倒也没那么娇气，自己去拿了拖行李的车把行李一个个放到拖车上去。

“韩管家，你不去帮一下忙吗？”安初夏看着向蔓葵吃力的样子，禁不住对韩管家说。

在她眼里韩管家一直是一个很热心的人，哪知道韩管家这次脸一偏，很是冷漠地说：“我只为韩家工作。”

意思就是向蔓葵的事情跟他没有关系。但安初夏知道，韩管家并不是他自己说的那么冷血的人，他只是由于她的事情，不想去帮向蔓葵。

这样干看着，安初夏实在看不下去，她背上只有一个包包，两手空空的，于是自己走上前帮向蔓葵抬起了一个行李箱：“我帮你吧。”

向蔓葵原本就因为要自己搬行李而气恼，此刻出来一个安初夏，她立刻就以为安初夏是故意借此来嘲笑她，顿时心中一阵恼怒，行动也再没有经过大脑，一下子把安初夏推开了。

可这一推，安初夏只是后退了几步，连摔都没有摔倒，但是由于向蔓葵当时把手里的行李箱只放了一个角到拖车上，一下子重心不稳，行李箱砸了下来……

向蔓葵下意识地就要跑，可她穿着高跟鞋，脚一扭摔倒在地上，行李箱向她重重地砸了下来。

“你没事吧？”安初夏顾不得刚才向蔓葵狗咬吕洞宾，连忙走到她身边想把行李箱搬开。

可她的手刚一触碰到行李箱，只听一声呵斥——“滚开！”伴随着手臂上一道强大的力，她被往后拉开，整个人重心失衡，一下子四脚朝天摔在地上。更糟糕的是，她的脑袋磕到了拖车的脚，只觉得头部一阵晕眩夹杂着难以难愈的痛，连视线都有些不清。

但她依旧看清楚了拉她害她摔倒的那个人，居然是韩七录。

“蔓葵，没事吧？”韩七录手脚麻利地把压在向蔓葵身上的行李箱搬开，想要扶向蔓葵起来。

“痛痛痛……”向蔓葵倒吸了一口冷气，手覆盖在脚踝的地方，显然是扭伤了脚。

“小姐！”目睹这一切的韩管家连行李都顾不上，连忙跑上前，但他已经走出了一段距离，需要点时间，这时候身侧出现了一个黑影，快速地往安初夏那边跑去。韩管家的脚步顿时停了下来，凌少爷？他怎么来了？

凌寒羽正是来机场……散步的。他不知道安初夏几点到，也没有去查航班，昨天回到家里之后，翻来覆去睡不着，干脆就早早地来机场……散步了。

“我扶你，能起来吗？”同韩管家一样，凌寒羽也目睹了这一切，原本想在向蔓葵推安初夏的时候就冲上去的，但看安初夏没有摔倒，也就一直站在机场大门等着。

可谁会想到韩七录竟以为是一旁帮忙的安初夏导致向蔓葵被行李箱压住的，上去就是把安初夏拽开，凌寒羽再也站不住，以他最快的速度向安初夏冲去。

“可以。”安初夏接着凌寒羽的力，站起身揉揉脑袋，血倒是没有留，就是肿起了一个大包，一碰就痛，她立即不敢再碰。

这时候向蔓葵被韩七录横抱了起来，看到安初夏，她心生一计，抱着韩七录的脖颈道：“不关初夏的事，是我自己不小心，你刚才把她推开做什么？”

“我看到的，就是她把行李箱按在你身上。”韩七录的语气毫无温度，目光却连看都不看安初夏一眼，只是打了电话让司机进来把拖车拖出去，继而抱着向蔓葵往机场大门口走去。

“少爷……”韩管家想要上去解释，但似乎已经太迟了。

韩七录的话，无疑对安初夏的凌迟处死，她呆呆地看着韩七录抱着娇弱的向蔓葵，连脚都迈不开。

说好要坚强的，所以这个时候不许哭！她狠狠咽下喉间的苦涩，移开目光面带微笑地看向凌寒羽：“刚才谢谢你啊，你怎么来了？”

“散步。”凌寒羽面色如常地说道，眼睛开始打量起安初夏来。她身上有好几次擦伤，后脑勺估计摔得不轻，去了纽约没有多久，整个人竟瘦了一圈。尽管她对着自己巧笑倩兮，那眼眸中的凄楚，却让凌寒羽的心狠狠地揪了起来。

“凌少爷。”韩管家走上前，面色复杂地说，“真是谢谢你了。”

“按照我对七录的性格，他应该会送向蔓葵先回去。”凌寒羽说着，看着安初夏道：“不如先去我家处理下伤口，免得韩夫人会担心。”

韩管家连忙道：“那我陪小姐一起去。”

他知道凌寒羽对安初夏的感情，生怕凌寒羽就趁着韩七录失忆的这段时间把安初夏给抢走了。女生嘛，总是容易把感动当成爱情，他得把着关！

“先生，那是您的行李吧？”机场的工作人员指了指不远处被另一个工作人员推过来的行李箱道：“公众场合要注意保管好自己的行李。”

“好的，谢谢。”韩管家抬脚去拿行李箱。

凌寒羽跟安初夏两个人并肩往大门口走去，安初夏走得很慢，凌寒羽这次没有催促，配合着她的脚步往大门口走。

“他一点都想不起来了吗？”终于忍不住，凌寒羽还是开口问道。

安初夏垂了下头，转而摇摇头道：“如果他能记起哪怕一丁点儿，也不会像刚才那样对我了吧？不过没关系的，总有一天他会记起来的。”

看到安初夏那么难过，却强装乐观的样子，凌寒羽心里很不是滋味。他本已经清心寡欲，甘心做一个暗夜骑士，但他看安初夏那么难过，实在是不好受。

张了张嘴，他想让安初夏忘掉韩七录，考虑考虑其他人，但他还是没能说出口。

到达凌家后，凌寒羽很绅士地先下车走到另一边帮安初夏打开了车门，还不忘记问一句：“自己可以走吗？”

“可以，我又没有摔到脚。”安初夏笑笑，自己快速下了车。

韩管家说是不方便进去，就坐在韩家的车上等着。毕竟要是让姜圆圆看到安初夏浑身是伤的样子，韩家估计又安静不了了。

而且，如果去医院处理伤口的话，万一有娱乐记者看到，事情会闹得更大，毕竟安初夏已经不是曾经的安初夏了，在名义上她是安易山的干女儿，也是韩式集团未来继承人的未婚妻。她这受伤的样子若是被拍下，无论对韩氏还是安氏都有一定的不良影响。

凌家还是跟以前一样，用暗红色石头砌成的复古式大宅依旧祥和，黑色的铁栏杆上有一株不知名的绿色植物探头出来，颇有一种来到世外桃源的感觉。

“小少爷！”门口的保镖向凌寒羽打招呼。

还好安初夏已经来过这凌家大宅了，否则非得被这些人吓死不可！

不一时，坤尼迎了上来，对着凌寒羽恭恭敬敬地垂首道：“少爷，您回来了。”

“嗯。”凌寒羽拉了下安初夏的手道：“去叫私人医生过来。”

“是。”坤尼答了一声，用余光打量了一下安初夏，转而快速消失在视野中。

这次走的路线跟上次不一样，绕过了最前面的房子，来到了后面的小房子里，那小房子外面有一块小花园，里面栽种着各种不知名的话，但有一种她是认得的，她曾经在一本杂志上看到过，是一种很稀有的兰花，一盆就可以卖上个百八十万。

进了屋子，穿过一道小走廊，凌寒羽带着她来到了自己的房间，房间内被收拾得很整齐，连床单上都没有一丝的褶皱。

“坐吧。”凌寒羽让安初夏坐在沙发上，自己则走出了房间，不一会儿，拿了两罐红牛进来，把其中一罐递给了安初夏。

她是并不喜欢喝红牛的，那味道她觉得怪怪的。但一趟飞机坐下来，十几个小时有时睡着有时醒来，折腾了不知道几次，喝罐红牛也好补充一下体力。

手里的饮料刚喝了没有几口，一个熟悉的声音从外面走廊里传来：“我的初夏来了吗？！我的初夏是不是在里面？”

话音落下没有多久，凌老太爷走了进来，他此刻穿着一身的正装，如果没有猜错的话，应该是刚从某种正式场合里回来，连衣服都没来得及换。

安初夏连忙起身对跟凌老太爷打招呼，凌寒羽仰头喝了一口红牛，看向安初夏道：“乖乖在那里坐着。”

凌寒羽话音出口，凌老太爷才觉出不对劲儿。

第二十五章 重生的代价

安初夏穿着白色的短裤短袖套装，衣服裤子上不少地方变成了灰色，而暴露在空气中的肌肤有好几处有擦伤，虽然不是很严重，但是看在凌老太爷的眼睛里可是不得了。凌家的男孩子们从小就受到严格的军事训练，可是凌家对女孩子从来都是能怎么宠就怎么宠，乍一看到安初夏浑身是擦伤，凌老太爷晃了晃神，指着安初夏问道：“怎么回事？你跟谁打架了？！”

被凌老太爷这么一问，安初夏原本是想笑的，但到底没有笑出来。最后只得摇摇头，干笑着说：“没有，就是摔倒了。”

被大家暗地里尊称“老狐狸精”的凌老太爷，此刻眼神锐利地看了眼凌寒羽，心里知道事情并没有安初夏说的那么简单，但是既然安初夏不愿意说，那他也不好出面问。得知凌寒羽叫了私人医生过来之后，一颗心放了下来。

不管发生了什么，人没有大碍就好。尽管这姑娘应该是无缘做他的孙媳妇了，但是以后认来做个干孙女还是挺好的。

私人医生很快赶到，他一路被坤尼飙车着带过来，走到房间里的时候都还感觉人在空中飘。作为凌家的私人医生，像这样被凌家的人带过来已经不止这么一次了，按理说早应该习惯，但有些东西真的是再多吃也习惯不了。

检查完身体上的伤口后医生表示并没有大碍，但就是头部。虽然没有明显的流血状况，但是拨开发丝就不难发现头皮上还是有淤血在的。私人医生定下心来，摸了摸安初夏的手，手心冰凉，可是全都是汗。

“请问，您现在有没有感到头晕之类的症状？”仔细检查完后，私人医生面容颇为严肃地问道。

安初夏点了点头："还有一点想吐，应该不会很严重吧？"

私人医生站起身，并没有回答安初夏的话，只是转身对凌老太爷说："老太爷，我觉得她应该住院做一个脑补的检查，我初步考虑，应该是有轻微的脑震荡。"

"脑震荡？"这还得了的！凌老太爷连忙叫起人来。

"等等，老头儿！"凌寒羽扬声道，"韩管家说了，贸然地送医院的话，万一引起媒体的注意，后果会很严重。"

"严重什么？还能有比初夏脑震荡更严重的吗？我看哪家媒体敢报道！谁敢报道，我就让他们整个公司的人吃不了兜着走！"

有了凌老太爷的这句话，凌寒羽顿时安心下来。可安初夏并不想去医院，她踌躇着说："没有什么大问题的，轻微的脑震荡嘛？还是不要大动干戈了……"

这次说话的不是凌老太爷和凌寒羽，而是一脸严肃的私人医生："小姐，如果真是脑震荡，不加注意会引起颅内血肿，还是不要掉以轻心比较好。"

有钱人家就是爱大惊小怪，她只不过是摔了一跤而已。安初夏腹诽着，却也不敢掉以轻心，她叹了口气，原本是想大事化小，现在看起来是不可能了。

凌家的办事效率那是杠杠的，不一会儿已经被安排好了一切。检查的地方是不允许闲杂人等进入的，凌寒羽和凌老太爷只能坐在外面的椅子上等。韩管家知道情况后先回了韩家，把消息告知给姜圆圆。

毕竟事情到这个地步似乎也很难瞒住了。

看着门上"检查中"的牌子，凌寒羽拿了手机打给韩七录。韩七录很快接了电话，未等凌寒羽说话就先开口道："在机场看到你了，特意来接机的怎么后来就没人了？"

凌寒羽深吸了一口气道："你在哪儿？"

"蔓葵家里，刚才在帮她搬行李呢。"韩七录云淡风轻地说着，一点也没有想到安初夏的存在。

这下子凌寒羽总算是相信韩七录是真的忘记了那几个月的记忆了，安初夏浑身是伤，整个人临近生死边缘却还不忘记寻找韩七录，这才把韩七录给救了回来，可是韩七录却把她忘记了。

听说在韩七录在美国治疗的这段时间，向蔓葵一直陪在他身边。凌寒羽突然想起有一个童话故事倒是跟现状挺像：人鱼公主救了王子，用一切换得留在王子身边的机会，王子却把另一个女人当成了救命恩人，这是命运的安排吗？

不！他凌寒羽从来不相信什么命运！爱一个人，就应该让那个人幸福，而不是只是想自已跟那个人在一起，爱情不应该是自私的！

"给你一个小时，一个小时后到市中心医院来，别带向蔓葵，你一个人来。"说完，凌寒羽挂断了电话，他还是第一次主动去挂韩七录的电话。

似乎意识到有什么严重的事情发生了，韩七录的面容变得有些冷峻。

“谁的电话啊？”向蔓葵抱着一盘花走到阳台，韩七录连忙走上前接过。

“没什么。”韩七录笑笑，帮着把花摆到阳台上，并没有跟向蔓葵解释什么。

凌老太爷看凌寒羽挂了电话，猜到是打给韩七录，闭着眼睛道：“七录那小子要来了？你怎么样样比别人差？连个女人都被人家七录给抢去了。对了，初夏是怎么摔倒的，到底怎么回事，给我说说看。”

知道瞒不住凌老太爷，凌寒羽只好实话实说。

原本以为凌老太爷知道韩七录失忆忘记了安初夏，他会为初夏感到难过，没想到眼睛里放射出了欣喜的光。好歹也是爷孙，凌寒羽下一秒就明白了凌老太爷为何高兴，连忙说道：“你可不要想太多，七录早晚会恢复记忆的！”

“你爷爷我可什么都没说。”凌老太爷下巴一抬，气势凛冽。

韩七录还有一个小时到医院，而他一个小时也可以从机场往返医院一次了。

“老头，你在这里等着初夏出来，我去一趟机场。”说完，凌寒羽转身就跑，凌老太爷知道这个孙子是不会无故抛下安初夏的，也就没有制止他。

坐在医院蓝色的椅子上，凌老太爷叹了口气道：“坤尼啊，你说太爷我什么时候才能看到寒羽这龟孙子结婚啊？”

一旁的坤尼并没有回答凌老太爷的问题，只是开口适时提醒道：“寒羽少爷如果是龟孙子，那……”

后面的话没有说出来，但凌老太爷立刻就明白了意思，抬起一脚就往坤尼飞去：“臭小子！”

坤尼险险躲过，尴尬地咳嗽了一声，倒是使得气氛缓和不少。

凌寒羽来到机场，通过凌家的关系找到了机场负责人，只说：“带我去监控室，把早上七点到七点半之间大厅的视频调出给我看。”

由于知道大致时间，整个安初夏事件很快就找到，凌寒羽拷贝了一份到自己的手机上，看看时间还有二十来分钟，连忙往医院赶去。

敞篷跑车刚开到医院，就看到韩七录正站在医院门口打电话，几乎是下一秒，凌寒羽的手机就响了起来。

按掉挂点键，凌寒羽停好车，大步往医院门口走去。

看到凌寒羽走过来，韩七录蹙眉问道：“你叫我来医院干什么？”

凌寒羽伸手勾住韩七录的脖子，伸手给了他一拳道：“到美国之后可是一个电话都没打给我，你自己说吧，要不要补偿我。”

“补偿你？”韩七录的眼珠子转了转，“你是要本少爷来医院献血吗？早说啊！我得先补一补！”

“得了，说正事，给你看一个视频。”凌寒羽并没有提起安初夏，只是拿出手机，调开了之前调来的监控给韩七录看。

整个片段不超过五分钟，却看得韩七录脸色苍白。

“原来我误会她了……”韩七录抬眼看向凌寒羽，半眯起眼睛道，“你该不会是看上我妹妹了吧？”

“妹妹你个头！”凌寒羽狠狠地说，“你失去记忆的那几个月，是在跟安初夏谈恋爱，你很爱她！”

韩七录的表情僵住，冷冷道：“你胡说什么……是她让你这么跟我说的吗？”

“有必要吗？”凌寒羽摇摇头道，“全世界都知道你在和安初夏谈恋爱，全世界都知道安初夏为了救你差点丢掉自己的小命，可是你……”

“七录！”一个女声突然响起。

凌寒羽和韩七录下意识地往声源处看去，向蔓葵已经换了一套小香风的裙子，曾经的浓妆也换成了清丽的淡妆，看上去就像个名媛淑女。

打电话的时候凌寒羽就告诉过韩七录让他不要带向蔓葵来，此刻看到向蔓葵，凌寒羽随即就往韩七录脸上看去。

察觉到凌寒羽在看自己，韩七录冷着脸解释道：“我没有带她来。”

等到走近了，向蔓葵才开口道：“还好我查了我车子的定位系统，不然我可不知道你来了医院，怕是要找到韩家去了。喏，你忘了这个。”

向蔓葵递过来一个小小的迷你袋子，里面装着的是向日葵的种子，是向蔓葵送给韩七录的回国礼物，说是让韩七录种在韩家的花园里，结果韩七录走的时候忘了拿。向蔓葵住的地方没什么出租车，韩七录就开了向蔓葵的车回去，如果不是这样，估计向蔓葵要找到韩家去了。

如果去了韩家，姜圆圆肯定是不待见她，所以向蔓葵并不怎么喜欢去韩家。当然了，如果韩家的人都欢迎她，她当然是很想去的。

做兄弟那么多年，韩七录都开口说了向蔓葵不是他带来的，凌寒羽心里自然没有怀疑，只是愈发觉得这个向蔓葵讨厌。曾经她为了前途，为了什么所谓的家族放弃了跟韩七录的感情，如今又从美国回来，想要挽回这段感情，只能说，向蔓葵是自私的。

或许她是爱着韩七录，但她似乎从来只为自己考虑，并没有想过韩七录。

韩七录接过那袋子，并没有表现出不悦。这大概与他以为自己爱着的是向蔓葵有关。

“你可以等到我下次来再给我的。”韩七录伸手把那迷你袋子折叠好，这并不占多少空气，所以他直接给放进了裤兜里。

“我想早点让你种下去啊，记得，不许让别人帮忙。”向蔓葵挽住韩七录的手，动作自然地看向凌寒羽道，“寒羽你身体不舒服吗？怎么让七录到医院来？”

凌寒羽嘴角一勾，笑起来颇为无害，但那眼眸闪过的光是冷的。

“不是我受伤，是初夏。”凌寒羽侧过脸看向韩七录道，“她现在应该在病房里了，因为你那一推。”

“是摔倒脚了吗？”向蔓葵动了动脚，“我崴到了脚也没跑医院啊，初夏她是不是也太娇弱了？”

这话说的，把凌寒羽气得够呛，立即开口道：“她头撞到了什么，医生考虑是脑震荡，所以我强制让她来医院检查！她可比你坚强多了，要是你的男人在失忆的时候被别人抢了，你会怎么样？”

“寒羽！”韩七录出声制止道，“你乱七八糟的是在说什么？”

“你不用觉得我说的话乱七八糟，你很快就会明白一切。”凌寒羽转身往医院内走去，“我已经把该告诉的都告诉你了，要不要去看他你自己决定。”

看着凌寒羽的身影消失在电梯口，向蔓葵偏头看向韩七录道：“我们一起去吃午餐吧，我知道这附近有家……”

“我应该去看看初夏。”韩七录看着向蔓葵，“是我害得她脑震荡的。”

“不是只是考虑脑震荡，还没有下结论吗？”向蔓葵拉了拉韩七录的袖子撒娇地说，“现在结果应该还没有出来，我们先去吃午餐，然后顺便买花给她吧。你难道还想要两手空空去看她吗？”

韩七录哑然失笑：“我还以为你不希望我去看她。”

“她是你妹妹嘛。”向蔓葵重重地咬着妹妹这两个字，拉着韩七录往医院外走去，笑颜灿烂。

她不怕韩七录以后会恢复记忆，她可以用这段时间的记忆，填补掉韩七录以前的记忆。到了那个时候，就算韩七录恢复了记忆，也会觉得她向蔓葵更适合他韩七录！

病房内，安初夏闭着眼睛沉沉睡去。

凌寒羽刚要打开病房的门，门就被凌老太爷打开了。看到凌寒羽，他先是一惊，紧接着做了一个禁止的动作，走出门关上了病房的门。

“医生说先让她好好休息，她睡着了，我们就别打扰她了。”凌老太爷说着，领着凌寒羽往医生办公室走去。

医生办公室内也充斥着消毒水的味道。安初夏的主治医师看到凌老太爷跟凌寒羽进来，连忙站起身来向他们打招呼。

“诊断结果是轻微脑震荡，按照老太爷的描述是摔倒了是吧？”医生拿着一根棍子指着挂在机器上的脑部 CT 片子，“这里有轻度的充血和水肿，我们的治疗方案是，先静脉注射药物，然后每天去拍一下 CT。”

“那你的意思是不严重吗？”凌寒羽急切地问，“要多久才能好？一定要住院治疗吗？”

医生笑着答道：“这种情况并不是十分严重，一到两周就可以恢复。但是我建议是必须住院，要警惕颅内血肿更严重，导致严重的后果。”

“那就麻烦医生了。”凌老太爷笑笑，从凳子上站起身来，“你可一定要好好治好她。”

“那是肯定的。”医生客气地笑笑。

从医生办公室出来，凌寒羽不自觉地老往电梯那边看。聪明如凌老太爷，很快就猜到凌寒羽是在等韩七录。但韩七录迟迟不出现。

“寒羽。”凌老太爷笑着坐到凌寒羽的身边道，“为什么不好好抓住这次机会？你应该知道，这对你来说是最好的机会。”

凌老太爷所说的机会指的是什么，凌寒羽再清楚不过，韩七录很有可能永远不恢复记忆。而这个留在安初夏身边的机会也是轻易不可得，若是他上点心，安初夏可能会就此留在自己身边。

但是他知道，留在自己身边，安初夏永远不会开心。

“我不会抢兄弟的女人。”凌寒羽正色道，语气中满是不容置疑。

“不抢兄弟的女人是对的。”凌老太爷点点头，似笑非笑地看着凌寒羽道，“但这次不一样，这不是抢，是韩七录他自己不要。”

也是有想过趁着这个机会让安初夏留在自己身边，但理智告诉他不可以。

不是韩七录不要，是韩七录暂时地忘记了安初夏。他要做的，就是让韩七录记起安初夏，或者，让他重新爱上安初夏。但如果这两条路都行不通，韩七录执意要跟向蔓葵在一起的话，那他绝不会让安初夏孤独地一个人。

凌寒羽眼底翻涌的光凌老太爷清清楚楚地看在眼里，但他选择了什么也不说。孩子们总有孩子们自己的处理方式，他这个老人家，只要在需要帮助的时候伸一把手拉他一下就够了，不需要过多地干预，否则很多时候会适得其反。

老太爷不动声色地站起身道：“咱爷孙俩也好久没有一起在外面正儿八经地吃饭过了，走，今天你请客。”

这个情况不是大多数应该是长辈请客的吗？无奈凌老太爷的思维从来不走寻常路，凌寒羽站起身道：“老头儿，我今天可没有带钱出来。”

坤尼留在医院照看安初夏，直挺挺地站在病房门口，惹得过路的人不停地朝这边看来。凌寒羽快速跟上了凌老太爷的步伐，这凌老太爷也一大把年纪了，步伐还跟年轻人一样快。

进入电梯，凌寒羽认真地解释道：“我今天一早就出来了，除了手机还真的什么也没带。”

凌老太爷双手置于背后，一副淡定的样子，随着电梯一声响，凌老太爷一边走出电梯一边说："那咱们就去吃霸王餐，你要掩护我。"

掩护……凌寒羽满头黑线，只觉得这个时候需要飞过一只身后带着黑点的乌鸦，然后那黑乌鸦叫几声才符合氛围。

"老头儿！我真没跟你开玩笑！我真没带钱包！"凌寒羽之所以这么着急，是因为他清楚这老头出门肯定也没有带钱包的打算。

在A市，越是有钱的人出门越是不会带钱或者银行卡。为什么呢？因为一般用不到！可这些小餐厅的人，不一定认识他老太爷，也不一定会给他老太爷面子。就算给面子不用钱，那他凌寒羽也丢不起这脸！

"我耳朵不背！"凌老太爷停下脚步，认真地看着凌寒羽道，"今天爷爷就给你好好上一课，做人，有的时候就是要厚脸皮！"

"我们凌家丢不起这脸，我们大可以让坤尼把钱送过来。"

两个人说着说着进了一家中档的餐厅，许是现在时间还早，吃饭的人还不多。凌老太爷走到柜台处问："你们这饭是免费的吗？"

凌寒羽只想找个地洞钻进去，可自家爷爷在这儿，他也不好扭头走人。

在柜台的服务员上下打量着两个人，看两个人一身名牌，也不像是没有钱吃饭的人。现在的有钱人都讲究什么节俭。这么想着，服务员摆出一副笑脸来："是的，我们这儿的饭是免费的，请问两位需要点什么？"

一旁有服务生迎上前："我们这儿有菜单，两位可以坐到位置上点。"

"好，我们到位置上去。"凌老太爷脸不红心不跳地说，"乖孙子，你想吃点什么？"

在位置上坐定后，凌寒羽一个劲地盯着自己的脚尖，只觉得窘迫到不行。从出生到现在他还从来没有吃过霸王餐，从来都是给别人小费。

"你自己点吧。"凌寒羽像是在赌气，他们明明可以一个电话打给坤尼或者其他人送钱过来，好端端的吃什么霸王餐啊！

还说什么练习厚脸皮，他觉得自己能够跟着凌老太爷来这一趟，脸皮就已经厚的不行了！

"那好吧，那我点。"凌老太爷一副淡定的样子，翘着个二郎腿往餐单上像模像样地扫去，却是在用余光注视着坐在不明显位置的韩七录跟向蔓葵。

他从刚才还在餐厅外面就看到他们两个了，所以故意逗凌寒羽说是真的要来吃霸王餐。看着凌寒羽满脸窘迫的样子，他真想哈哈大笑。

"这样吧，你把你们餐厅的招牌菜全都拿出来。我第一次来吃，也不知道什么菜比较好吃。"凌老太爷说着，把菜单递给了服务生，服务生走后，用脚踢了踢坐在对面的凌寒羽压低声音道，"别怕嘛，爷爷在这儿呢。"

"死老头，你到底搞什么？！"凌寒羽皱紧了眉，"这件事传出去，咱们凌家可是要丢死人的！”

见凌寒羽真的火了，凌老太爷笑笑，指着角落里吃饭的韩七录和向蔓葵道：“不是有他们在的吗？”

顺着凌老太爷手指指的方向，凌寒羽瞪大了眼睛。原来这老狐狸早就看到韩七录他们了，难怪一点都不尴尬的样子。

“七录，过来！”凌老太爷扬起声喊道，声音浑厚有力，颇有领导人的风范。

韩七录听到声音，立即往声源处看来，看到是凌老太爷，面露惊讶之色，向蔓葵也转过头来。凌老太爷她还没有亲眼见过，但是在各大政治报道上经常看到凌老太爷的名号。如今亲眼一见，虽然没有报纸上和电视上看起来那么年轻，但是眉宇之间透露着一股热血。

“凌老怎么也在这儿吃饭。”韩七录很快带着向蔓葵走过来。

凌老太爷指了指椅子示意他们坐下：“很久没跟你吃过饭了，坐下来再吃一点，别搅了老头儿我的好兴致。”

这点面子韩七录还是要给的，便拉着向蔓葵坐下。菜很快就上来，凌老太爷也不提钱的事，扯着别的东西说：“头上的伤可好得差不多了？”

“多谢凌老挂心，早就不碍事了。”韩七录说着，含笑看着向蔓葵道，“多亏她在我受伤的时间内一直陪在我身边照顾我，我才能好得这么快。”

听韩七录这么说，向蔓葵面上一暖，笑了笑并不说话。其实她在美国并没有多么尽心竭力地照顾韩七录，只是有空就过来陪着韩七录，没想到韩七录会铭记于心。她还记得第一次去看韩七录的时候，生怕他立刻会赶走自己。

没想到天意弄人，韩七录居然把前几个月的记忆给忘了，天知道那个时候她心里有多高兴。

但是她没有没有料到的是，看起来颇为慈祥的凌老太爷说起话来可是一点也不慈祥。

“这姑娘这么贴心啊，难怪你要请她吃饭谢谢她。”凌老太爷瞥了眼向蔓葵，故意笑着说道。

韩七录以为凌老太爷误会他们的关系是普通朋友的关系，摇摇头道：“我刚才忘了给凌老介绍了，这是我的女朋友，向蔓葵。”

向蔓葵大方地对着凌老太爷笑着点了点头，算是打过招呼。

“你说这是你的女朋友？”凌老太爷显得很吃惊的样子，“那躺在医院的那个姑娘呢？我记得那姑娘可是冒死把你从雨林里背出来的。那不是你的未婚妻吗？怎么又冒了个女朋友出来？”

韩七录面色一僵，在美国的这段期间，他完全没有往谁救了他、他又为什么会受伤那边想。他只知道向蔓葵回到了他的身边，他又跟以前一样幸福了。

虽然心底总会有一种莫名的空洞。

回想凌寒羽说的他爱的人是安初夏，可是，这怎么可能……

“凌老，那已经是以前的事情了，还提旧事做什么？”向蔓葵依旧笑得大方得体：“我跟七录现在过得很幸福，至于初夏，我们正准备吃完饭就去看她呢。毕竟是七录不小心把初夏推倒的。”

听到向蔓葵说是韩七录把安初夏弄得脑震荡，凌老太爷心里一惊。但很快明白过来，这韩七录，是真的把安初夏忘得一干二净了。

“这样也好。”凌老太爷莫名地说了这么一句，只有凌寒羽知道凌老太爷这只老狐狸肯定又在想着把安初夏变成自己的孙媳妇。

饭吃得差不多了，凌老太爷站起身道：“七录，去结账吧，两桌一起结，省得分两次麻烦。对了，再随便点几样菜带走，我医院的人还没吃饭呢。”

韩七录没有多想，起身去结账了，只有凌寒羽面色怪怪地看向凌老太爷。这老狐狸的脸皮，还真的是够厚！

安初夏早已经醒了。医生让她卧床休息，不要随意走动，但她实在躺不住，就让坤尼把床调高，半坐半躺着看报纸。

报纸自然是没什么意思，但没有看多久，姜圆圆就来了，一身家居服说明她没来得及换衣服就赶来了，惹得安初夏一阵感动。

“妈咪，你怎么来了。”叫姜圆圆妈咪已经成了一种习惯，她热泪盈眶地看着姜圆圆道：“我没有什么事的，只要休息几天就好了。”

“都脑震荡了还没什么事！得多严重才算有事啊？傻丫头！”姜圆圆走上前来，韩管家拿着在酒店里买的午餐一一放在小桌子上。

“小姐，你先吃饭吧，医院的饭菜可能不怎么好吃，这是我们特地带过来的。”

韩管家刚一说完，姜圆圆就怪怪地看着韩管家道：“你以前不都是叫初夏少奶奶的吗？怎么突然改口了？”

韩管家面色尴尬地看向安初夏：“是少奶奶让我叫她小姐的。”

“你听着。”姜圆圆双手叉腰，“以后继续叫少奶奶，无论如何也不能改口！”

“是，夫人！”韩管家正色道。

“汪汪汪！”门口想起狗叫声，安初夏立刻就听出这是霸天的声音。霸天在外面叫得欢，韩管家怕打扰到其他病人，只好把霸天带进来。原本是不用带霸天来医院的，但姜圆圆听说是韩七录推倒了安初夏，并且现在跟向蔓葵在一起，心想着向蔓葵应该会跟着一起来医院，便突然生了一个念头，把霸天带来了医院。

霸天看到安初夏，尾巴一个劲地摇，发出低声呜咽的声音，表示它很激动。

“妈咪，我想过了。”安初夏一边吃饭一边说，“如果七录真想一直跟向小姐在一起，我就当他的妹妹好了。”

“你脑子撞坏了吧？吃你的饭！”姜圆圆一拍桌子，“就算是轮也轮不到向蔓葵，不许再乱讲话！”

安初夏只好乖乖闭上嘴，姜圆圆这暴脾气，可不是每一个人都敢惹她的。

“霸天过来！”姜圆圆离开床沿，把霸天拉过来，“一会儿那女的要是进来，我松开绳子你就往她身上扑。不要咬她，吓吓她就够了，知道了吗？”

霸天是极聪明的一只狗，听完姜圆圆的话似懂非懂地低声呜咽几声。

没过多就，病房的门被打开了，第一个进来的是凌老太爷，看到姜圆圆立即眉开眼笑地打招呼：“好久不见。”

“真是多谢凌老把我们初夏送医院了。”姜圆圆刚客套完，只看见向蔓葵抱着一篮子水果进来，韩七录不知道去哪儿了。

向蔓葵一眼就看到了姜圆圆，她没有想到姜圆圆会来医院。韩七录现在跟凌寒羽去了医生办公室，一时间不会过来。

“霸天。”姜圆圆轻轻拍了拍霸天的脑袋，松开了手上的绳子。

“汪汪汪！”聪明的霸天立即就朝着向蔓葵叫喊着跑去。向蔓葵以前去韩家的时候就跟霸天碰过好几次面，每次霸天都会朝着她叫，没想到今天竟然直接冲着自己冲了过来。她吓得六神无主，手上的水果篮掉到了地上。

“霸天，你干吗？别叫了！”姜圆圆在后面故意骂着霸天，但霸天还是一直站在向蔓葵面前跳着喊着。

向蔓葵看着霸天那庞大的身躯在自己面前凶狠地跳来跳去，只觉得下体一热，有什么东西涌了出来，她连忙夹紧了脚，以防别人看出来她竟然吓尿了。这要是被人知道了，那她就没有脸再活下去了！

安初夏实在看不过去，拉拉姜圆圆的手道：“妈咪，差不多够了！”

姜圆圆撇撇嘴，吹了一个口哨，霸天立即乖巧地往回走。

“这水果是给你的，初夏你好好休息，我先走了……”向蔓葵狠狠地指着地上的水果篮，咽了口唾沫，转身逃也似的离开。

走出病房后，向蔓葵快速走进电梯里，她快速脱下自己的小内内，还好她穿的是裙子，把内裤丢掉就解决事情了。

向蔓葵出了医院之后，直接拦了一辆出租车报了自己家里的住址。

刚上车没多久，她还有点惊魂未定，放在腿上的手还不自觉地发颤。太可怕了，没事养那么大一条狗干什么？！快到家的时候韩七录的电话打过来了，她连忙定了定心神，强笑着说：“七录？”

“我妈说你临时有急事先回去了，没什么事吧？”韩七录的语气里透着隐隐的担忧，这让向蔓葵觉得值了。但回想姜圆圆当时的表情，她完全可以一开始就吹口哨让那条狗不要叫，可是姜圆圆没有。

这只能说明，姜圆圆是故意的！

她的嘴角有些僵硬，但还是极力地维持着她微笑的表情："没什么事，就是家里的人知道我回来了，让我赶回老家一趟。不好意思啊，没来得及跟你打一声招呼就走了。"

"没事。"韩七录走到病房门口停住脚步，"那你路上注意安全，我先挂了。"

挂掉电话后，韩七录迈步走进病房。安初夏的病情他都已经知道了，那个时候他心里着急，推安初夏确实还推得挺重的，没有想到会造成这样的后果。

但他想不通的一点是，向蔓葵为什么要推安初夏。回想凌老太爷跟凌寒羽的话，他们都说安初夏才是他喜欢的人，可蔓葵不是说安初夏只是他的妹妹吗？

他到底应该相信谁？

一走进病房，所有人的目光都落在他的身上，尤其是安初夏的目光。很复杂，似乎是夹杂着迷茫，夹杂着绝望，又带着几丝希冀。

众人的目光看得韩七录有些尴尬，他走上前几步问道："头还痛吗？"

安初夏立即摇摇头道："好多了。"

姜圆圆正给安初夏削着苹果，在韩七录刚进来的时候看了他一眼，后又低下头。她是有很多话想跟儿子说的，可到了这一刻，心底太过复杂反而什么话都说不出来。

"那个……寒羽啊。"凌老太爷站起身道，"我还有些事情没有处理，你先送我回去吧。"

凌寒羽不动声色地看了韩七录一眼，跟着站起身。

"凌老您慢走啊，改日我再来登门道谢。"姜圆圆手里拿着个削好的苹果递给安初夏，站起身送凌老太爷他们出去。

一时间，病房里只剩下韩七录跟安初夏两个人。

姜圆圆其实没有必要送凌老太爷他们，她这是在故意给他们独处的机会。有些事情，只有他们自己两个人面对面才能说得清楚，别人改变不了也干预不了。

病房的门被关上，韩七录走上前几步，坐到姜圆圆之前坐的位置。

"抱歉，我都知道了，是我误会你了，不是你害蔓葵摔倒的。"韩七录低垂下头，道歉的态度倒是很诚恳。

深吸了一口气，安初夏平复了一下心情道："我没有怪你，你当时走开了，误会也是正常的。"

听到安初夏说没有怪他，韩七录试探着看向安初夏的眼眸，那眼眸里清澈如水，并没有在说假话。她是真的没有怪他。

"有一件事，我想问问你。"韩七录不知为何，此刻心里会突然紧张起来，连手心都渗出了薄薄的一层汗。

安初夏并不言语，等着韩七录问下去，尽管她能够猜到韩七录要问的事情是关于什么。

“他们说，我失去记忆的那几个月，我爱的人是你。”说到这里，韩七录倒是出奇的冷静，“是这样的吗？”

——我爱的人是你，是这样的吗？

安初夏苦笑了一下，泪水在眼眶里打转，她以前没有想过，有一天韩七录会连是否爱过她都不知道。

“是这样的。”安初夏依旧笑着，笑得无比凄楚，却又异常坚强，看得韩七录心口一揪，有一种喘不过气的感觉。

韩七录慌乱地移开视线，低头盯着雪白的被单道：“可你说过你是我妹妹，为什么那个时候不说。”

“说了你也不会相信的吧？”安初夏摇摇头道，“并且我从来没有主动说过我是你妹妹。谢谢你来看我，我累了，想好好休息了。”

看安初夏面带疲惫，脸色也不怎么好看，韩七录只好站起身，走到床的另一头，把床慢慢摇了下去，让安初夏睡得尽可能舒服一些。把床摇下去之后，韩七录用手扶着床沿：“也不知道该怎么补偿你，但你也知道，我现在有蔓葵陪在我身边了。”

他的意思是她安初夏不要再痴心妄想了是吗？

安初夏翻过身去道：“我知道。”

“那我出去了，你好好休息。”韩七录说着，迈开脚步走出病房，听到门被关上的声音，安初夏眼角渗出了晶莹的泪珠。她怕哭出声音被人听到，连忙用被子捂住嘴和鼻子。她不会痴心妄想了，她不会做过多的事情，她只能等待，除了等待，就是无声的陪伴。

早就送完了凌老太爷跟凌寒羽的姜圆圆此刻正坐在病房门外的公共椅子上，原本安抚霸天的手在听到开门的声音后僵了一下，紧接着拍了拍霸天的头，站起身看向韩七录。

“她说想要好好休息，我就出来了。”不等姜圆圆开口，韩七录率先开口说，“有一些事，我想确认一下。”

“我也有事情要跟你确认一下。”姜圆圆正色道，她很少有这么正经的一面，而一旦她这么正经，必然都是出了什么大事。

病房门口不是说话的地方，韩管家留在医院照顾安初夏，姜圆圆跟韩七录则坐了电梯出了市中心医院。走到医院门口，韩七录建议道：“不如到对面的咖啡厅吧，那里有包厢可以坐。”

“用不着浪费那个钱。”姜圆圆说着径直朝医院门口停车的地方走去，韩七录无奈只得跟上。对于这个妈，他有的时候可一点办法都没有。

姜圆圆一直走到自己的车位上，拿出车钥匙就坐到驾驶座上。姜圆圆不开车可有些年头了，韩七录不放心地走到驾驶座的窗外道："还是我来开车吧。"

"哪那么多废话呢？"姜圆圆启动了引擎，把车子从车位里倒了出来，多年不开车，手法倒还是相当娴熟。韩七录这才定了定心，在车停好之后快速上了副驾驶座。

他刚坐上去，姜圆圆就板着脸道："坐到后面去，我不想看见你。"

"你这是吃什么火药了？"韩七录真想甩手就走人，但对象是姜圆圆，他只好硬生生压下肚子里的火气，打开车门坐到了后面。

不想看他可以不看啊，偏偏就让他坐到后面，这样有区别吗？

两个人一路无言，一直把车子开到了韩家。

佣人打开两个人的车门后，姜圆圆一边往大厅走去，一边开口道："我要确认的事情很简单。"

很简单还要大老远跑回家做什么？韩七录叹口气，从医院开到韩家，各种红绿灯走走停停需要大半个小时，现在油价涨得厉害，来回的车费都够两杯咖啡的钱了。

一走进一楼的客厅，韩七录的视线立即就落到了客厅左边雪白的高墙上。如果没有记错的话，那边本来是空空的什么也没有，而现在，居然挂着一个被放到了N倍的相片。那相片是全家福什么的也就算了，可以当作姜圆圆的一时兴起，可那相片上，居然是他跟安初夏的亲吻照。

照片上的自己也跟现在一样染着栗色的头发，只是比现在稍短了一些，可以确定照片是他失去记忆里的其中一天里拍的。照片很自然，没有一点像是PS上去的，这已经充分说明了他之前确实是喜欢上了安初夏。

因为按照他的性格，是绝对不可能去亲吻一个自己不喜欢的女孩，就算是临场作秀也不可能。而那照片上的自己，根本没有一点对照片里的女孩表示厌恶的表情。

但可是，他对那几个月的记忆一点都没有。

姜圆圆刚从她的写作室拿了平板电脑出来，抬眼就看到韩七录正出神地盯着墙上的巨幅照片看。

"看够了吗？"姜圆圆收敛了心绪在沙发上坐好，翘起二郎腿颇为酷拽地说，"那照片挂着好几个月了，是经过你自己同意才挂着的。"

听了姜圆圆的话，韩七录面上闪过一丝惊讶。他对安初夏的喜欢，竟然到了这种地步？

想到这里，韩七录灵光一闪，既然连墙上都有他们的亲密照，那他以前用的手机也肯定有。而那手机有密码锁，别人是进不去修改的。

“你去把我房间里的手机拿下来。”韩七录随便叫了一个佣人上去拿手机，自己迈步在姜圆圆的面前坐了下来，“现在可以说了，你要确认的事情是什么。”

姜圆圆握着平板电脑的手紧了紧，开口道：“对以前的事情，你一丁点儿都不记得了？”

“对前几个月的记忆，我最后记得的，是爸他差点出事。好像就是安初夏的妈妈救了爸。”韩七录老实地说。

意思就是正好忘记了初夏的出现，姜圆圆叹了口气：“我最想知道的是，你跟向蔓葵现在到底是什么关系？”

姜圆圆问起韩七录跟向蔓葵的关系，其实她心中自己早就清楚，但她还是想确认一下，并且告诉让韩七录明白自己的立场。

“我在美国的时候就跟你说过了，我已经向蔓葵求婚了。”韩七录清了一下嗓子继续说，“虽然我还没到法定年龄，但我们可以先订婚。”

听到“订婚”两个字，姜圆圆只觉得脑子像是被闪电劈过，脑电波刺啦刺啦地响。手上是平板电脑微凉的触感，她突然一惊，转而笑了起来：“七录，看来你回国之后还没有上过网嘛！”

韩七录被姜圆圆阴森森的笑弄得浑身鸡皮疙瘩乱掉，他半搭着眼道：“什么意思？”

“你自己上网搜一下韩氏未来夫人。”姜圆圆说完，一甩手就把平板给扔了过来。韩七录措不及防，连忙伸手接住，电光火石之间，平板电脑稳稳地落在了韩七录的手里。

败家女！就不怕他接不住把平板给摔了啊？！

韩七录在心里嘀咕了几句，快速打开引擎搜索“韩氏未来夫人”六个字。让他大惊失色的是这几个字一打出来，网页上全都是关于安初夏的，甚至还有他跟安初夏出去玩的时候的偷拍。

他正想问姜圆圆到底是怎么回事，网页上其中的几则新闻引起了他的注意。

《斯蒂兰森林探险活动导致韩氏继承人生死未卜》

《韩氏继承人被其未婚妻救下，两人均生命垂危》

然后第二则新闻下还有配图，图上是他满头是血，衣衫褴褛，安初夏正抱着他在哭，背景是一块巨大的石头。而安初夏也好不到哪里去，身上的衣服破得不成样子，手上脚上到处是划痕。

看着那图片，不知怎么的，他突然就眼眶一热，一滴晶莹的泪珠滴到了平板电脑的屏幕上，顺着斜坡滑到边缘处。

姜圆圆看到韩七录突然地流泪，以为是他看到网上的消息后想起了一切，一下子满脸的欣喜，疾步走上前问道："你是不是想起来了？都想起来了对吗？"

相对于姜圆圆满脸的欣喜，韩七录一脸的迷茫，伸手把眼角的泪痕拭干，疑惑地像是在自言自语地说："我为什么哭？"

看他这般反应，便是没有把以前的事情记起来。

姜圆圆低咒一声："该死！我还以为你个臭小子恢复了记忆！"

"总之。"韩七录定了定心神把平板电脑递回给姜圆圆道，"我现在爱的人是向蔓葵，安初夏只是曾经，即便是以前爱过她，那也是以前的事情了。"

"你说什么？"姜圆圆一怒，把手中的平板电脑直接砸向韩七录。

韩七录也没有避开，平板电脑直接砸到了他的前胸处，他闷哼一声之后，依旧没有服输的样子："我会好好对安初夏，但她永远只能是我妹妹。"

"等你恢复了记忆，你就会知道自己的话有多荒唐！"姜圆圆态度强硬地说，"她向蔓葵这辈子也休想进我韩家的门槛一步！"

一旁的韩家佣人们看这母子两个形式这么紧张，纷纷想上去劝，可是众人你推我我推你，愣是没有一个人敢上去蹚这趟浑水。毕竟这两个可都不是好惹的主，一不小心他们的饭碗就会丢了。

就在这个时候，客厅的电话突然响了，站在电脑旁边的佣人连忙去接，不一时，走到韩七录和姜圆圆面前："夫人，老爷问你怎么不在医院，他人已经到医院了。"

就在姜圆圆知道安初夏住院之后，韩六海也接到了消息，但他集团里有事，一时脱不开身，就让姜圆圆先去医院，他忙完再去，结果姜圆圆完全忘记了韩六海的存在。

"你告诉他，我马上去医院。"姜圆圆说着，狠狠地瞪了韩七录一眼道，"向蔓葵的为人，你似乎应该了解得清楚一点，再考虑要不要收回刚才的话。我现在回医院了，初夏估计也不想看到你，你爱干吗干吗去吧，下个星期开始，跟初夏一起回斯蒂兰上学。"

姜圆圆正经起来的时候还是颇有威严的，韩七录并没有顶嘴，只是折身上了楼梯，正好碰到了好不容易找到韩七录之前的手机的佣人。他拿过手机，手机的密码他倒是一直都用同一个，故而没有忘记。

解开锁后，令他一愣的是，手机屏幕上是安初夏的一张自拍照。屏幕上鲜活的一个人，此刻却躺在病床上，都是拜他韩七录所赐。他咬咬牙，还是上了楼。

刚才姜圆圆说的向蔓葵的为人，指的是曾经向蔓葵为了自己的前途毅然决然地跟韩七录断绝关系的事。当时韩式集团还没有发展成现在这样鼎盛，出国求学的向蔓葵走她的音乐道路，这看起来远比留在韩七录身边当个小女友的前途要光明得多。

这不得不开始让姜圆圆猜测向蔓葵又回到韩七录身边的动机。但不管动机是好是坏，她都接纳不了向蔓葵这种城府比太平洋的水还要深的人。

医院的病房内，韩六海正坐在床头陪着安初夏聊天："这么长时间不上学了，学习还跟得上吗？要不要我找几个家教来医院帮你补习？"

"不用了不用了。"安初夏连连摆手道，"请家教多麻烦啊，我改天让我朋友把课本带过来，我自己看书就成，看不懂的地方我回到学校再问老师。"

听了安初夏的话，韩六海感到很欣慰，欣慰的是这个未来的儿媳妇这么乖巧。但欣慰的同时，也为韩七录感到担忧："你说七录那臭小子怎么就没有一点能比得上你的呢？从小到大就没有让我们省心过。"

他一时间忘记韩七录失忆的事情，等话说出口了，才发觉自己说错话了。这个被称为商业巨头的男人在自己的儿媳妇面前却表现得不怎么样，他连忙解释道："我不该提起这个的，你看我这脑子！"

"没关系的。"安初夏摇摇头，"其实，七录他很聪明的，只是不肯学，只要他下决心学，成绩一定也能很好。"

听人这么夸奖自己的儿子，韩六海还是蛮高兴。他握着手中的一次性塑料杯，鼓捣了半天，最终还是开口道："其实，初夏，你也不用太难过。医生说这种症状自然会好的，所以说，不必难过。"

韩六海是想让安初夏放宽心，这份心意安初夏当然清楚。

她点点头道："我知道，谢谢爸爸。"

"你这孩子，又见外了。"韩六海笑呵呵地说，却是在心里叹了口气。知道韩七录的症状之后，他早就向美国那边的医生咨询过了，那边的医生说，很有可能韩七录一辈子都不会再恢复那几个月的记忆。

可是这些话让他怎么跟安初夏说？

姜圆圆很快回到医院，三个人在姜圆圆颇有喜感的谈话中度过了一个愉快的下午。晚上姜圆圆本来是想留下来陪着安初夏的，但安初夏执意让她回去。姜圆圆没有办法，只好答应回去，说第二天一早就来看她。

安初夏答应下来，姜圆圆这才放心地走。

姜圆圆走后，病房里一下子陷入一片安静之中。望着窗外的夜空，安初夏叹了口气："什么时候能恢复记忆呢？如果一直不能恢复记忆的话，我真的能让你重新喜欢上我吗？"

没有想到，这几句自言自语被偷偷打开病房的门的萌小男听到了。她立即接嘴道："我当然能重新喜欢上你啦！"

静谧的病房内突然响起这么一句话，安初夏着实吓了一跳。等看清说话的人是萌小男之后，她重重松了口气，转而恼怒地拿了一个枕头丢向萌小男："你什么时候来的，吓死我了！”

这枕头的力道不重，萌小男轻松地就接住枕头，笑呵呵地走上前道：“精力不错，亏我还以为你出什么大事了，一放学就回家恳求我老爸让我晚上到医院来陪你。”

“恳求？”安初夏转了转眼珠子，“你跟你老爸的关系倒是恢复得不错嘛！”

“那当然，他可是我亲爹！”萌小男毫不客气地一个屁股坐到了床沿，大大咧咧地说，“我亲爹把我亲妈接回来住了，改天就去重新领结婚证，怎么样？”

“我该给你发个贺电啊！”跟萌小男这么一聊，安初夏开朗许多，觉得以前的自己又回来了。这么看着向蔓葵跟韩七录秀恩爱，她整个人都快要崩溃了！

玩笑开够了，萌小男正经地说道：“那个消息不会是真的吧？七录少爷失去了跟你在一起的那几个月的记忆？”

安初夏点点头：“你说这事诡异不诡异，偏偏就是那几个月，怎么不把跟向蔓葵在一起的那几年忘了！”

看安初夏颇为激动的神情，萌小男哈哈大笑：“你放心，有我萌小男在，那啥葵花迟早滚蛋！”

“葵花？”意识到这是萌小男给向蔓葵取得外号，安初夏哑然失笑：“那葵花可不是你想象中那么好对付的，大家都说，我现在应该等待，等着他恢复记忆。”

安初夏的话音一落，萌小男就毫不犹豫地拍了一下安初夏的下巴，因为脑袋正伤着呢，她可不敢碰，万一那小脑袋瓜报废了她可找不到零件修复。

“痛……”安初夏捂着下巴泪眼汪汪地说道，“我可是伤员！”

“伤员又怎么样？说错了话就是该打！”萌小男一脸正经地说，“《青春期》看过没？里面说了，等待，那他爷的就是浪费青春！浪费青春你懂么？”

听言，安初夏撇撇嘴道：“你也就光会耍耍嘴皮子功夫，那你说吧，我该怎么办？除了等他恢复记忆我还能怎么办？”

这问题问得那是相当深奥！萌小男摸了摸自己的下巴，动作姿势颇像著名雕塑《思考者》一样。

这个时候如果光明正大地去追求韩七录，那按照她对韩七录的了解，结果只会适得其反。韩七录最讨厌缠着他的女生了！可是如果就这么等着，那朵葵花就可以光明正大地上位了。这左不是右不是，还真想不出个好对策。

“诶？不如……”萌小男双眼冒着寒光，神秘兮兮地拉长声音说道，“我们一不做二不休，干脆把葵花给‘咔嚓’了！”

说到咔嚓两个字时，还配上了一个杀头的动作。

“得了吧你，洗洗睡，我困了。”安初夏翻了个白眼，躺回了床上闭上眼睛不再看萌小男。

许是太晚了，第二天还得上课，萌小男也不再闹腾，起身去关了病房的灯，自己睡到了家属床上，一夜下来，倒是还算睡得踏实。

第二天一大早，两个人还睡得正香，突然一阵开门声把她们吵醒。

“呀，小初夏！你可没跟妈咪说有朋友陪你在医院睡，所以妈咪只带了你一个人份的早餐。”姜圆圆拎着一个保温瓶，面带歉意。

萌小男这时候已经完全醒了，揉了揉眼睛后，大咧咧地站起来道：“没事的阿姨，我反正要去上学，一会儿正好回学校吃早餐。”

注意到萌小男穿的是斯蒂兰学院的制服，姜圆圆温和地笑着说道：“那真是抱歉了，我让人开车送你去斯蒂兰上课吧。”

“没事，我自己坐车去也可以。”萌小男连连摆手拒绝。

“又不是什么大不了的事情,你看看现在都这么晚了,不坐车可就要迟到了。”

一经姜圆圆的提醒，萌小男这才掏出手机看时间，坐公车去的话还不一定能够及时到。这么想着，她也不再客气，跟着姜圆圆的司机走了。

萌小男离开后，姜圆圆将保温瓶里的东西拿了出来。是一大碗瘦肉粥，她一早起来特意让厨师慢慢熬的，这东西特别有营养而且美味。

安初夏洗漱完毕从卫生间里走出来就闻到瘦肉粥的香味，连声赞叹道：“好香啊，谢谢妈咪！”

“香就吃多一点，妈咪我可是起了个大早呢！”姜圆圆笑着说道。

今天的天气很好，蔚蓝色的天空中偶尔飘过几朵洁白的云，由于是早晨，气温还不是特别的热，偶有微风吹过，带着夏季特有的芳草香。

萌小男吃完早餐从食堂里出来，迎面就撞上一个剪着樱桃小丸子发型的女生。那撞到她的女生倒是率先看清萌小男，连忙说：“我找你半天了，快跟我来！”

“你个死丸子要带我到哪儿去？很快就要上课了！”萌小男皱着眉扬声喊道，但她倒是没有避开丸子伸过来拉住她的手。在野外大探险活动后，莫昕薇和丸子跟她的关系倒是缓和了许多，莫昕薇早又有了个新的男朋友，是外校的，长得一副小白脸的样子。

丸子把她带到了林荫道的一处地方，那里远远地站着一个人影。看那搔首弄姿的模样，萌小男一眼就认出那是莫昕薇。

一段时间相处下来，萌小男也慢慢知道了莫昕薇其实并没有之前觉得的那么讨厌，不过是嚣张了一点，熟识了之后会发觉莫昕薇并没有多少大小姐架子，也就难怪丸子跟她关系那么好了。

“我当是谁找我呢，原来是莫大美女。”萌小男双手叉腰道，“你这是准备好了让我迟到吗？”

听到声音，莫昕薇转过身来，一只手玩着自己的头发，另一只手叉腰，颇为自大地说道："本小姐看起来像是那么做事情不谨慎的人吗？"

不等萌小男发问，一旁的丸子紧接着说道："我们早就替你请假了，说是你爸妈复婚了，请假半天。"

"什么？！"萌小男瞪大了眼睛，情绪颇为激动，"两位大姐，那我爸妈改天真复婚了你让我怎么请假去？！"

莫昕薇走上前，笑着勾起下巴道："小笨蛋，你就说你妈又怀上了，要摆满月酒呗！"

萌小男一摇头，果断地甩开莫昕薇的手，翻了个白眼道："有事说事啊，没正事饶不了你们，壮哉我初夏老大可是要回来了！"

听到安初夏要回来的消息，莫昕薇丝毫不感到意外，反而轻蔑地说道："回来有什么用？人家正主回来了！你家那什么初夏老大，可以打包回家了。"

脾气暴的萌小男一下子就忘记莫昕薇是自己人，拔腿就要一脚踢过去，幸亏丸子激灵，抢先一步拉开莫昕薇，萌小男那一脚飞旋踢这才落了个空，否则莫昕薇非得趴地上不可。

由于丸子的一拉，莫昕薇险险夺过萌小男的那一脚，但她怎么受得了那气，顿时火气也上来了，扯着嗓子就朝着萌小男喊道："本来就可以打包了回来了，你没听七录失忆了然后跟向蔓葵在一起了啊？那向蔓葵是什么人啊，知名杂志签约模特，好多大牌子的代言都是她做的，你老大算个什么啊？！"

"你再说一遍，再说我今天就抽死你丫的！"萌小男一个弯腰就脱了自己右脚的鞋，作势要往莫昕薇脸上扔去。

眼看着场面有些失控，丸子仰头对天喊道："你们两个别吵啦——"

被丸子的狮子吼吼一吼，两个人这才冷静了一些。

"莫大小姐，咱们找萌小男来可不是吵架的。"丸子撇了撇嘴道："你们两个也真是的，怎么每次说着说着就真吵起来了呢？我们的时间可不多了！"

"什么时间不多了？"萌小男冷静下来，蹲下身一边穿着鞋子一边问道。

一经丸子提醒，莫昕薇才想起正事。这两位属于见面就吵架的典型，但这不妨碍她们的关系越来越好。

"你没有听到消息吗？向蔓葵今天要到我们斯蒂兰来办理入学手续，不过她刚回国有很多行程安排，似乎安排到下个星期来上学。"莫昕薇叹了口气，看着自己刚坐好的指甲道："我可一点都不希望她来斯蒂兰上学。你给想想招，有什么办法能让她不来斯蒂兰。"

下个星期……萌小男突然想到安初夏似乎也说下个星期如果没有意外就出院，然后回到斯蒂兰上课。

“不过……”萌小男皱着眉看向莫昕薇道，“别人不希望她来斯蒂兰还有理由，你为什么不希望她来这里上课啊？该不是你对韩七录还心存幻想吧？”

“幻想你个头啦！姐姐我跟我男朋友关系好着呢！别瞎说！”莫昕薇说完，看到萌小男还用那种探究的眼神看着自己，只好招了，“好吧，我是不希望她影响到我校花的位置……”

“噗哈哈哈……”话音一落，萌小男抱着肚子就大笑，差点笑抽搐。

果然她还是高估了莫昕薇，莫昕薇那典型的头发长见识短，能有什么正当的不希望向蔓葵来斯蒂兰的理由。

不过这样也好，多一个人讨厌向蔓葵，对安初夏来说是好的。要是每一个人都喜欢向蔓葵，加上韩七录喜欢向蔓葵，那她的初夏老大不得伤心死啊？！

“萌小男，再笑你信不信我把你嘴巴撕了？”莫昕薇挽起没有袖子的袖子作势就要冲上去撕破萌小男的嘴巴。

眼看着两个人又要再度吵起来，丸子干脆就走到了一边，等着两个人吵完。但两个看到丸子走开，似乎意识到了什么，纷纷摆正了脸色。

“不跟你一般见识！”向蔓葵说着，正色道：“昨天我家的新加盟的一家美容院不是刚开张吗？做脸部护理的时候向蔓葵也来了，然后她就聊到要来斯蒂兰的事儿。估摸着现在快要到学校了，你快想想办法，有啥办法能阻止她来上课的？”

“要我说，也用不着阻止，她不是明星吗？平时的档期肯定能让她经常不来上课，我们要做的，就是趁着她不在的时候，帮初夏挽回七录少爷的心！”

萌小男郑重其事地说着，莫昕薇立即插嘴道：“我对你那什么帮安初夏挽回七录的心的计划可没兴趣，我从来不做对自己没好处的事。”

如果没有莫昕薇的帮忙，事情会变得不大好办，毕竟莫昕薇在这斯蒂兰也是颇有名望的。萌小男转了转眼珠子，笑着说道：“这怎么对你没好处啊？你想啊，要是七录少爷不喜欢向蔓葵了，那她不是会觉得无地自容就不会留在斯蒂兰了呀。你说呢？”

如果韩七录不喜欢向蔓葵了，那向蔓葵似乎真的就不会继续留在斯蒂兰学院了的样子。听完萌小男的话，莫昕薇陷入深思。

其实她对校花不校花的并不是太在意，虽然还是有那么一点在意向蔓葵会抢走自己的风头。但是该抢的风头安初夏早就抢掉了，这段时间跟萌小男相处，还有听安初夏以前的故事，她倒是一点也不讨厌安初夏了，帮安初夏挽回韩七录的心，这行动听起来好像也不赖。

至少不会无聊！

想到这里，莫昕薇看向萌小男问道：“那我们要怎么做？”

“第一步，孙子兵法里有说，知己知彼百战不殆！我们得先了解一下向蔓葵的底子！”萌小男眯着眼睛说道。

“我跟她以前就认识，不需要了解了。”莫昕薇说着笑了起来，“你丫原来还熟读兵法啊？！”

萌小男禁不住嘴角抽了抽：“这是文学常识好吗？你了解她了我可不了解，这样，我们现在就去校门口堵她！”

“像她那样的身边肯定会带保镖还是什么，你去堵她不是欠抽么？”丸子甩了甩头发，得意地说道：“我有主意，跟我来！”

随着时间的推移，气温渐渐爬升。大本钟前面的鸽子们悠闲着在散步，享受着地上的鸟食。突然有三个人影逼近，鸽子们并不怕人，但还是稍稍离那三个鬼鬼祟祟的人影远了一些。现在可是有报道说有奇怪的人虐待鸽子，它们可不想被虐待。

“差点就碰到教导主任了！”走过了危险地带，三个人同时松了口气。

“你们两个她都认识，就到那栋楼后面看着，我倒是要看看本人有没有电视上好看。”萌小男布置了位置后，站在一块校门往这边看不到的转角处，这个位置很好，探出一点点头就可以看到校门那边的情况，而那边不容易发现这里。

原以为向蔓葵很快就会到校门口，没想到等了半天校门口除了进来过几个来上课的老师和几个迟到的学生之外，根本没有向蔓葵的影子。尽管这里处于阴暗处，但越来越高的气温让萌小男开始烦躁起来。

终于，她不耐烦地从那转角处走了出来，走到大本钟前望向另一处的莫昕薇跟丸子，大喊道：“你们的消息到底准不准确，说好的人呢？现在连个人影都看不到！”

莫昕薇跟丸子也等得有些不耐烦了，正欲从那栋楼后面走出来，忽然就看到校门口停了一辆车。

女生的直觉让她们觉得那车上下来的应该就是她们要等的人。果不其然，车上下来一个穿着超短裙，上身穿着露肩T恤的女生，那女生正是她们等待已久的向蔓葵。

“喂——人来了，回去！回去！”看清了来人之后，莫昕薇立即压低了嗓子对萌小男说道。

站在远处的萌小男自然是听不到莫昕薇在说些什么，但她天生视力好，这距离也不算太远。只见她眯了眯眼睛，学着莫昕薇的口型。

“回——去？”她对着口型自己念了一遍，脑中突然嘣的一声，她立马转过头，正好看到向蔓葵往这边走来。

她要的是偶遇啊偶遇！现在她这么直挺挺地站在这里，那朵葵花肯定会怀疑的！

可事情出乎她的意料，人家向蔓葵身后跟着一个中年妇女，直直地朝她走来，然后……然后就直直地走开了，连正眼都没瞧萌小男一眼。

躲在远处的莫昕薇跟丸子看着向蔓葵走远，连忙往萌小男这边跑来。

“你怎么没按照计划向她要签名呢？”丸子一脸痛心疾首地说道：“我们那里太阳光只晒，为的不就是你近距离看她吗？说好的签名呢？我可是就看着你呆瓜一样站在这里。晒了这么久不知道得做几天面膜才能白回来！”

萌小男满脸地委屈：“她压根正眼都没瞧我一眼！亏我还以为她会问我为什么上课时间站在外面。”

“人家当红模特会主动跟你搭讪才怪呢！”莫昕薇说着，妩媚地一撩发丝勾起嘴角说道：“也就是我们这么平易近人的美女才会跟你说话了。”

“我现在可没心情跟你斗嘴。”萌小男回想起刚才她看到的向蔓葵，跟电视上浓妆艳抹的样子比起来清纯许多，她原本还想着电视上漂亮的人现实中不一定漂亮，没想到她错了，错的很彻底！

“虽然没有‘近距离’地看她，但好歹你也看到她真人了，说说吧，我们的下一步动作是什么？”莫昕薇颇有兴致地问道。

萌小男清了清嗓子说道：“下一步动作，就是等着初夏他们来上学！”

“那不是得下个星期了？”丸子一边说着，一边拿过萌小男手里的本子，借此挡住往她脸上射的太阳光。她虽然长得不是特别漂亮，但是她坚信，没有丑女人，只有懒女人！

这一行为引起萌小男的鄙视：“你再挡太阳也没我白，姐姐我天生白！”

丸子正要说话，远远地就看见萧明洛往这边走来，显然是为着萌小男来的。她跟莫昕薇对视了一眼，极有默契地对着萌小男做了一个“拜拜”的动作。

两个人突如其来的举动让萌小男猜到了什么，转过身往后看，正好看到了萧明洛手里拿着一瓶喝了一半的可乐往这边走来。再看莫昕薇跟丸子两个人，那两人早已经跑远。

她跟萧明洛不知怎么的就在一起，刚在一起的那几天还好，后来萧明洛就渐渐掌控了主动权，各种要求她好好学习，好以后一起上同一所大学。

但学习这种事一向是萌小男所最不齿的，什么知识改变命运，都是狗屁，她萌小男只相信老爹的身价决定命运。

萧明洛一走上前，劈头盖脸地就是一通骂：“我路过你教室的时候看到你教室没人。”

“嗯，因为我在这里。我又没有影分身之术。”萌小男嘴硬道。

“很好。”萧明洛挑了挑眉道：“那你给我解释解释，为什么你班主任说，你请假参加了你爸妈的复婚典礼。”

来一道雷劈死她吧！向蔓葵跟丸子那两个小妮子居然真的用这个理由帮她请假了！她还以为她们两个只是说着忽悠她的！

见萌小男不说话，萧明洛深吸了一口气开口道：“平时看你挺机灵的，怎么连请假都不会找个好理由？”

萌小男转了转眼珠子，狡黠地伸手挽住萧明洛的胳膊摇来摇去：“因为我忘了吃药呀，感觉自己萌萌哒！”

看萌小男这副可爱的模样，萧明洛叹了口气：“我会叫家教晚上到你家里去把上午的课补回去。”

“我现在就回去上课！”萌小男瞪大了眼睛自告奋勇地说道，企图改变萧明洛的主意。晚上她可还要溜到医院去陪她的初夏老大的！

萧明洛一摊手道：“你已经请过假了，这个上午是回不去了。”

“那你让我去那儿？”萌小男愁眉苦脸地说，“我妈要知道我请假假，非得抽死我！我爸最近特听我妈话，要是看我妈抽我他只会在旁边喊加油。你就眼睁睁地看着我被我妈抽死吗？”

“先看你被你妈抽半死，然后再带你医院。”萧明洛瞥了萌小男一眼，眼底满是宠溺，“长记性了没？下次还敢跟班主任撒谎吗？”

萌小男还想争取一下，谁知道萧明洛拉着她的手就往校门口走去。

不会是真把她带回家给她老妈抽吧？这可不行！路过一旁的路灯时，萌小男一伸手整个人就紧紧地贴着路灯的柱子，打死也不肯往前走。

看萌小男慌乱的样子，萧明洛哑然失笑：“你已经请假过了，在学校里呆着也不是事，先去我家吧。”

通常情况下，如果一个男性邀请萌小男去自己家，那萌小男绝对是二话不说就拒绝。她虽然闹腾了些，但也是个自尊自爱的好孩子。

但是，凡事总有例外嘛！

“你不早说，差点吓死我！”萌小男一松手，从灯柱上跳下来，拍拍手走到萧明洛面前喜滋滋地问道，“你真要带我去见你家长？”

萧明洛听了，伸手就敲了萌小男的脑袋瓜一下：“你这脑子里整天都想些什么乱七八糟的啊，不回萧家，我在斯蒂兰附近买了一套房子。”

“噢！”萌小男跟在萧明洛身后，脚步也没有先前那么欢快了。她也知道萧家不是那么好近，她老爹虽然还算有钱，但跟萧家比起来简直是九头牛跟一根牛毛比。而萧明洛之所以让她好好学习，是因为萧家注重身份。既然萌小男不能以一个跟萧明洛门当户对的身份出现在萧家长辈面前，但至少要以一个名牌大学毕业的身份出现。

这是萧明洛的想法，萌小男自然也知道，但她同样知道，即便是从名牌大学毕业，萧家长辈们也不大可能接受她，毕竟萧明洛是大名鼎鼎的萧氏集团的继承人，而她只是一个家里稍有点钱，开了家小小房地产公司的老总女儿。

似乎察觉到一直都活蹦乱跳浑身充满正能量的萌小男有点不对劲，萧明洛停下了脚步，果然一回头就看到萌小男低着头自顾自往前走，没有意识到他停下了脚步，一蒙头就撞上了他。

这一撞并没有多痛，倒是让萌小男才繁杂的心绪中回归到现实来了。她抬起头，见萧明洛睁着一双桃花眼看着自己，眼中闪过迷茫，疑惑地问道："你怎么不继续走了？"

"……"萧明洛以沉默回应，依旧那么定定地看着她，甚至于连眨眼的频率都低了许多。

萌小男顿觉有些尴尬，连手都不知道该往哪里放，余光瞥见萧明洛手里的可乐，她灵光一闪，一伸手就把萧明洛手中喝了一半的可乐拿在手里，略带鄙夷地看向萧明洛道："有没有点常识啊，喝可乐杀精的！"

奇怪的气氛被萌小男一句杀精彻底粉碎。萧明洛伸手扶着额头，一脸头痛的样子："江南，你说我该拿你怎么办？"

萌小男没有一点在心爱的男人面前要收敛一下性格的认知，嘴角一撇，万分不满地说道："出门在外叫小号，以后再叫我真名你问我拳头答不答应？"

"拳头？"萧明洛眉心一皱，一手拉过萌小男小小的拳头，低下头就是深深的一个吻。那吻极尽缠绵，带着些强势的意味，等萧明洛离开萌小男的唇时，她的唇已然微微肿胀，红红的唇瓣看起来更加可人。

"你拳头答不答应？"萧明洛说着，还冲着萌小男挑了挑眉，似乎在用他的眉毛说"不答应我就再亲你"。

萌小男当然是不介意他再亲自己的，但至少这个地点似乎不适合用来kiss。万一要是被哪个校领导看见了，她可没萧明洛那么好的背景，万一被驱逐出校……被斯蒂兰学院开除，她估计会被老妈抽死！

这么想着，萌小男的气势立即弱了下来，连声道："答应，答应。"

一个小插曲让笑颜重新回到了萌小男的脸上，萧明洛这下在心里放下心来，继续拉着萌小男的手往校门口走。

他跟萌小男要想走到最后，需要砍掉的荆棘还很多，他不希望萌小男因为两家人的家境关系而不开心，而放弃他。因为哥哥的关系，流连花丛那么多年，他也是第一次真正的想要交付自己的心。

一道阳光洒下，这些淌漾在浮华红尘的男女们，该怎么去寻找自己的幸福呢？

（《韩七录，你站住》第一部终，敬请期待第二部）

番外

天气晴朗、万里无云的周末，霸天用舌头绺着自己的毛发，姿势慵懒。

安初夏看了一眼手腕上的手表，心想：已经八点半了，韩七录应该已经起床了吧？想到这里，她揉了揉霸天的脑袋：“霸天乖，喂饱了你，我要去喂那只恶魔了，你自己乖乖晒太阳，有益身体健康哦！”

霸天舔了舔她的手，也不知道是无意还是听懂了她的意思。

因着霸天的乖巧，安初夏心情大好，又揉了好几下霸天大大的脑袋这才起身直奔韩七录的卧室。

不多时，她便来到了韩七录紧闭的房门口，抬手敲门，等了半天里面还是毫无反应。

这么好的天气也能睡到这么晚，她也真是服了韩七录了！等不到人门开，她干脆自己用佣人给的钥匙把房门打开了。房间内很安静，落地窗的窗帘拉得严严实实的，导致一丝阳光也照不进来。

明明太阳都要晒屁股了房间内还暗得跟晚上似的，她真怀疑自己是来到鼹鼠的世界了。

初夏撇撇嘴，嫌弃地往卧室走，而比起客厅，卧室内更暗。她的脚步在卧室门口停住，继而打开了卧室大灯的开关。

房间顿时明亮得如同白昼。

“嗯……”

不悦的嘟囔声响起，床上的人伸手把被子一拉，继续睡觉。

“韩七录，你也不看看都几点了，还不起床？”安初夏几步走上前，对着把自己裹在被子里的韩七录说，“快点起床了！”

她自以为自己的声音够响了，然而床上的人却是丝毫不受她的影响，继续蒙头大睡，连动也不曾动一下。

初夏终于耐不住性子，爬上床想撤走韩七录的被子。

“起来了！”她一边喊，一边拽被子。

但韩七录似乎有所察觉，提前抓住了被子。两个人的力气悬殊太大，她拽了半天的被子，被子竟然还在床上。而扯个被子她居然扯得满头都是汗。

初夏心里顿生烦躁，脚一跨就直接坐在了韩七录的身上，继而伸手去抓被子。

韩七录终于不耐烦了，放开被子睁开眼睛瞪着她：“安初夏，你想死吗？”

带着浓重起床气的韩七录一双漆黑的眸子里沾染着怒意，还带着浓浓的倦意，像一只被惹急了的小猫。

四目相对，一时两人突然陷入谜一般的沉寂中。

“对不起……”还是初夏先打破沉默，松开手说，“我只是叫你起床而已……”

韩七录不爽地瞥她一眼：“叫人起床是用这种方法吗？爬到别人的身上坐着？那你叫人起床的方法还真……独特。”他刻意咬重了独特这两个字，带着起床的沙哑感，听得初夏不由得脸一阵发烫，脸很快红到了脖子根。

他把她想成了什么人嘛？这简直就是对她的侮辱！

安初夏攥着拳头愤愤地说：“韩七录，你这个人怎么说话的，我不就是叫你起床吗，你至于这么侮辱我吗？”

要不是她怎么都叫不醒她，她会需要爬到床上拽被子？要不是被子拽不动，她会需要坐到他身上扯被子？

“我哪里侮辱你了？你自己说我哪个字说错了？”

“你……”安初夏气急，一时甚至都说不出话来反驳。

“你就说，我哪个字说错了。”韩七录浑然不觉她的怒意，继续说着，还扬了扬下巴，“你自己低头看看，你坐在哪里？”

初夏下意识地往下看。她正坐在韩七录的腰上，这个姿势，实在让人误会。

不由自主的，她的脸再度变成了红苹果。

“我懒得管你！”她绷紧了脸，快速从他身上下来，连拖鞋都没有穿就跑了出去。韩七录绝对是故意的！故意逗她、耍她！为的就是让她无地自容，好如他所愿滚出韩家。

初夏越想越生气，走到玄关处的时候，气恼地把门重重一甩。

砰——还躺在卧室床上的韩七录都觉得整个卧室都震了震。

这丫头……真生气了？

他不就是随便说了几句逗她的话，至于生气成这样吗？

想到这里，韩七录有些无奈地从床上坐了起来。刚才还全身每个细胞都在困倦中的他，连眸子都是清明的——他无比清醒。该死的安初夏，扰他睡眠，结果她还给他甩脸色，怎么搞的？应该发火的是他才对吧？真是的！

地上还散放着两只女式拖鞋。韩七录定睛看了一会儿，终究还是无奈地弯腰把拖鞋捡了起来，放到了门口的玄关处，打算洗漱完拿出去给她。

主人和佣人的关系，不应该是这样的。韩七录在卫生间内对着镜子里的自己，眼眸中流露出了困惑的神色。他这是怎么了？

难道身为堂堂韩氏集团继承人的他，其实骨子里有着“奴性”？韩七录摇了摇头，加大了刷牙的力度。然而没刷多久，他就吃痛地减小了刷牙的力度。

什么牙刷？！韩管家怎么置办洗漱用品的！牙刷也敢“欺负”他！改天他非得好好“教育”韩管家不可。

另一边，安初夏怒气冲冲地回到自己的房间收拾书包。她昨天放学之前就跟凌寒羽约好了今天去他家做作业。

她的大学物理学得不太好，而凌寒羽正好擅长物理，因而她就拜托他辅导自己一天物理。代价么，则是给凌寒羽做一顿午餐。

只是做一顿午餐而已，这对她来说没什么大不了的。安初夏看着书包里塞进去的两包方便面，“会心一笑”——安初夏牌牛肉面，凌寒羽一定会喜欢的！

整理好东西，初夏背上书包就往外走，一路走出一楼大厅，她原本急促的交不起却是越走越慢。

姜圆圆的叮嘱历历在耳：我们不在的这两天，你多照顾着七录一点，你别看他那副样子，他在生活上就是一个白痴；他周末喜欢赖床你也知道，可以让他晚点起床，但是早餐一定要吃。

安初夏越走越慢，刚走出鹅卵石路的尽头，她的脚步戛然而止。

算了！就算欠那个恶魔的，给他做顿早餐再走，爱吃不吃。

初夏叹了一口气，转身往回走。一定是她上辈子造了什么孽，上天要派这样一个恶魔来折磨她！时间已经到了早上九点，她跟凌寒羽越好的时间是九点半，看来要推迟了。

想到这里，初夏拿出手机先发了一条短信给凌寒羽，告诉他自己会晚一点到。

等发完短信，她抬头就看到韩七录手里拿着个苹果在啃，一个脑袋东张西望的，不知道在找些什么。

“谁让你空腹吃苹果的？”初夏几步走上前去，踮起脚尖拿过了他手里咬了好几口的苹果。姜圆圆都说了韩七录的胃不好，他自己也应该是知道自己的情况的，没想到他还是这么不注意！

“吃个苹果怎么了？厨房里没有早餐你让我吃什么？”韩七录瞪了她一眼，

继而低头去看她的脚。

居然穿了运动鞋？等等！还把睡衣换上了衣服裤子。

他的目光慢慢往上看，很快他就看到了她肩上背着的双肩包。

“你要出门？”韩七录危险地眯了眯眼睛，眼中的不悦勃然而出。

“对啊。”初夏理所当然地点头，“昨天就约好了。”

“你昨天就约好了的事，到现在你要出门了才告诉我？”

“我……”安初夏瞪他一眼，“我约好了人为什么要告诉你？”

“因为你是我的女佣！”

“韩七录！我在学校忍你也就算了，你为什么在家里也要这样对我？欺负我对你来说是很有趣的事情吗？”

“当然！”韩七录抬了抬下颚，“欺负女佣对本少爷来说，勉强算得上是一件有趣的事情。你应该感到荣幸。”

“有病！”初夏说着，将刚才夺过的苹果塞还给韩七录，“吃你的苹果吧！”她刚才居然还特意又回来想帮他做早餐，真是白瞎了她的一片好心！

她就应该头也不回地走，让他吃他的苹果去！反正他自己都不注意他的胃，她没有必要皇帝不急太监急。

想到这里，初夏转身就要离开。

“你站住！”韩七录喊住她，见她脚步不停，直接伸手拽住了她的手腕。

“你要干吗？”初夏试图从他的手心里拽回自己的手，但是显然这样的尝试是无果的。

“没有我的允许，你不准走！”韩七录命令道，“给我做早餐去！家里的佣人都集体公假旅行去了，我的一日三餐由你负责！这件事我妈不是昨天早上就说了吗？”

“早餐你不是有苹果了吗？午餐和晚餐我会叫外卖到家里来，到时候你记得去开门拿外卖。”

“你出去玩，让我一个人在家吃外卖？”韩七录咬着牙说，“你可真行。”

“我不是出去玩！我是去补课……算了算了，跟你也说不清。”初夏闭上眼睛深吸了一口气，妥协着说，“早餐我帮你做，行了吧七录大少爷？”

听她是去补课，韩七录的脸色才算是缓和了一些。

“这还差不多！”他这才松开了手往大厅走，继而往沙发上一坐。

初夏不爽地瞪他一眼，在心里腹诽他，却只能去厨房给恶魔做早餐。因为时间问题，她只给韩七录煮了一碗面条。等端出去的时候，顿时被韩七录嫌弃了。

“早餐你就煮一碗面条给我吃？还能再简陋一点？”

“别的我不会做。”初夏将面条往桌上一放，“你自己决定吧，吃还是不吃。

反正早餐我已经给你做了，吃不吃是你自己的事。”

“安初夏！”韩七录不悦地将眉心皱成了一个“川”字。

亏他还故意把她的拖鞋放到了她的房门口！她就用这种态度对他！

“我说了，你爱吃不吃。”初夏无视他的不悦，屈手接下自己腰上的围裙。

“你是不是非得要我吻你你肯乖乖听话？”韩七录话锋一转，一句话，便使得千夏连解围裙的动作都僵住了。

这个恶魔……又想……

“韩七录，你要是敢那样做，你就死定了！”她会让他死得很惨！

“那你倒是试试看我敢不敢？”韩七录说着，好整以暇地翘起二郎腿，悠哉悠哉地看着她说，“给你三秒钟决定，要不要再去厨房给我煎一个荷包蛋。”

“韩七录你别太过分了！”

“三！”

“韩七录！”

“二！”

韩七录根本不听她的话，在只有她和恶魔两个人在的大房子里，她……

初夏叹了一口气，做了一个暂停的手势：“算我输了，我去给你煎蛋！”跟恶魔讲道理，和对牛弹琴的性质差不多。

她无奈又愤恨地重新系上才解了一半的围裙，转身回到了厨房，煎荷包蛋对一般人来说并不是一个什么难事，但对她来说，这几乎要了她半条老命。

当她终于端着两个“金灿灿”的荷包蛋出来的时候，韩七录已经把她刚才下的一碗面全部吃下去了，甚至连汤都没留多少。

当然，她知道不是因为面条美味，而是因为昨天晚上韩七录嫌弃新来的厨师做饭好不吃直接“绝食”了一个晚上而导致的。

任性的少爷。初夏叹了一口气，将装了荷包蛋的盘子放到了他的面前。

“本少爷面都吃完了，你蛋才刚煎好？安初夏你是故意消极怠工，想饿死本少爷吧？”

初夏攥紧了拳头强忍住怒气。她倒是想饿死他，如果饿的死的话她是没意见的，并且无比喜而乐见。

“你干站着干吗？去给我磨一杯豆浆。”韩七录一副大少爷做派，“本少爷渴了！你这下的什么面呀？是想咸死本少爷吗？”

“嫌咸你不是也吃完了？”初夏翻了个白眼，“磨个豆浆不费劲，你也是该学着自己动手做这种小学生都会做的事情了。蛋我煎好了，我可以走了吧？”

“谁说过你煎好蛋就可以走了的？”韩七录把筷子往桌上一放，“做了午饭你才能走，而且必须在晚饭时间以前回来给我做饭。”

"午餐和晚餐你直接叫个外卖就好了啊，或者我帮你叫。无论是哪一家外卖，一定都会比我做的好吃的。而且……"

"不行！"韩七录不等她说完就打断她，"外卖不干净，我就要吃你做的。"

那句"我就要吃你做的"知道的知道他是胡搅蛮缠，不知道的还以为他多喜欢她做的饭呢。

安初夏深深地翻了一个无可奈何的白眼。

"韩七录，你能不能偶尔稍微体恤一下民情。我是去学习，又不是去玩，我不是你，智商那么高。我所有的成绩都是因为我付出的比别人多的多才得到了回报。所以，你能不能稍微也理解一下我，让我安安静静地去补个课啊？"

说到后来，她的语气里甚至带了些恳求，是难得的她对他说话的态度。

韩七录的眼眸闪了闪，心底升起一种从未有过的，难以言语的复杂情感。

安初夏这个人……总是能让他出现莫名其妙的情绪，真是让人讨厌极了。

看到恶魔陷入沉默，初夏知道自己的话起了点作用，便趁热打铁："我知道你可能不太懂我这种不是天生聪明的人的痛苦，但是……对于我们这种人来说，真的是一分努力一分收获。"

她尽量捧高踩低，韩七录脸上的胡搅蛮缠便慢慢淡了下去。

"总之……晚饭之前必须回来。"韩七录咳嗽了一声，别开脸。

"——你就像烟火的美丽，那么美丽……"

为了做饭方便而被她放在桌子上的手机徒然响起了铃声，打断了她正要说出口的"谢谢"。

她拿起手机一看，是凌寒羽的来电。

现在都已经九点半了，从那条会晚到的短信后她便没有半点消息，这让人会使得凌寒羽担忧地打电话过来询问。

"喂？寒羽啊。"初夏快速划过接听键。

那头传来凌寒羽担忧又焦灼的声音："是发生什么事情了吗？怎么到现在都还没有过来？"

"没有啦，只是一点小事情，我现在就出发过来。"

"那要我过来接你吗？"安静的大厅内凌寒羽的声音显得那样清晰。

"不用啦，我现在出门的话，应该正好能等到去你那边的那班公交车。你过来接我反而更麻烦，我自己过来就好了。"初夏说着说着就感觉到周围的气温似乎骤然下降了。

她疑惑地皱了皱眉，一时没有在意。

"那好吧，我等你。"

"好的，那一会儿见。"初夏说着挂断了电话。

一抬头，却跟一双沾染了浓重怒意的眼睛的视线撞在了一起。

韩七录的眼睛似乎要喷出火来。

千夏诧异地眨了眨眼睛。

恶魔这是怎么了？她刚才好像没有说什么会让恶魔生气的话啊，这家伙怎么突然就跟换了一副嘴脸一样？

“韩七录，你……”

“你补课的老师是凌寒羽？”韩七录几乎是咬着牙说出这几个字的，每一个字都像是泛着寒气，让人听了想打寒颤。

“对啊……”初夏迟疑地说道：“是寒羽啊，他的物理很好，所以我……”

“寒羽寒羽叫的可真亲啊。”

“什么啊……”恶魔又在发什么疯？

“直接打电话告诉他吧，你很忙，今天不去了。不对，以后都不去了！”韩七录说着，从椅子上站了起来，“如果你不打的话，我来打。”

“你是不是神经病又犯了？”初夏气得忘记恶魔吃软不吃硬，双手往腰上一叉，道：“你不让我去我偏要你，你还能把我绑起来不成？”

“那你看我敢不敢绑你？我的女佣，我想绑就绑。”

“神经病！简直是不可理喻！”千夏气急，转身就要走。

然而她才刚踏出一步，一直大手直接揽住了她的腰，将她拉得转身回去。

她还没来得及做出什么反应，灼热而霸道的吻就压了上来。

出于惩罚，他还在她的唇上咬了咬。

她吃痛地“唔”了一声，他的吻重又压上去，将她的呜咽尽数吞进了肚子里。

“你……唔！放开！”初夏用力地捶打着他的胸口，恶魔却怎么也不肯放开她。

也不知过了多久，两个人都有些精疲力竭了，韩七录这才放开了她。

她一时有些站不稳，只能扶着他站着。

“你要是敢去找凌寒羽，刚才的动作我不介意再重复一次。但下一次，我可不会这么轻易地放过你。”韩七录说着，邪魅地抿了抿唇，似在回味刚才的味道。

宛若地狱的恶魔喝饱了血，猖狂而得意。

“韩七录，你信不信我跟你同归于尽……”初夏一把推开他，咬着牙的模样似乎是恨不得把他给撕碎。

“你试试？死了拉个女佣垫背似乎也不是特别糟糕的事情。”

“你——”

她打不过他，却连嘴皮子上也输给了他。

“你就像烟火的美丽，那么美丽……”

手机铃声再度响起，初夏瞪了韩七录一眼，这才调整了一下呼吸，按下了接听键。

“喂？”

“是我，寒羽。”凌寒羽的声音响起，韩七录不由得眯了眯眼睛，气氛紧张。

“寒羽啊，我……”她吞吞吐吐地“我”了半天，也无法将“我不能来了”说出口。

“你在‘我’什么啊？”

“没……”她一抬头，撞到了韩七录危险而霸道的眼神。

“是这样，爷爷突然有事情要我去做，今天我恐怕不能辅导你的物理了。真是不好意思啊……”

仿佛得了救，初夏暗暗松了一口气，答道：“没关系的。”

“那就先这样喽，改天请你吃饭。拜拜。”

凌寒羽很快挂掉了电话。

大厅内的两个人都没有注意到一分钟前站在大厅门口无措的人影。

总有一些时刻，让人尴尬而又难过地想要逃离。

一小时后。

初夏正绞尽脑汁想要解开物理题，却怎么也找不到合适的解题思路。

就在她想要放弃的时候，房门突然被敲响。

“没锁，自己进来。”初夏不耐烦地大声说道。

“你好，初夏小姐。”一个带着黑框眼镜的中年人走了进来，手里拿着一个棕色的公文包。

没想到进来的人不是韩七录。

初夏连忙站了起来，抱歉地说：“不好意思……我不知道是你。请问……你是哪位？”

“我姓龚，单名一个勒字，是专攻物理学的，韩少爷说，你这里也许需要帮忙。”

初夏的表情顿时像是被雷轰了一般，韩七录竟然请一个物理学专业的来教她物理！

她狠狠咽了一口唾沫，久久不能回神。